KB065744

조립식 보리수나무

조하형 장편소설
조립식 보리수나무

펴낸날 2008년 7월 25일
지은이 조하형
펴낸이 채호기
펴낸곳 ㈜문학과지성사
등록번호 제10-918호(1993. 12. 16)
주소 121-840 서울 마포구 서교동 395-2
전화 02) 338-7224
팩스 02) 323-4180(편집) 02) 338-7221(영업)
전자우편 moonji@moonji.com
홈페이지 www.moonji.com

ISBN 978-89-320-1880-5

조립식 보리수나무

조하형 장편소설

문학과지성사
2008

일러두기

1. 산림청 자료, 『산불통계』(1997), 『동해안산불백서 1-2』(2001), 다큐멘터리 「지진, 한반도는 안전한가」(KBS)에서 기초적인 정보를 얻었다.

2. 현대 건축에서 많은 용어들을 가져왔다: 랜드스케이프 건축, 다이어그램 건축, 노이즈스케이프, 데이터스케이프, 스킨스케이프, 테크노폴리스, 메타-시티, 이벤트-시티, 등등. 그러나, 용어들은 소설 자체의 맥락에 따라 변형되거나, 다른 의미로 사용되었다. 현대 건축과 관련된 책들 중, 『네오큐비즘과 추상 픽처레스크』(임석재, 북하우스, 2001), 『미로』(봉일범, 시공문화사, 2005), 『희망의 한반도 프로젝트』(김석철, 창비, 2005), 강릉 복구와 관련해서는 『도시조경의 근대사』(이정형 편역, 대가, 2005)에서 많은 정보를 얻었다.

3. 이 소설은 2006년 『문학·판』에 봄호부터 겨울호까지 연재되었던 소설을 수정, 보완한 것이다.

차례

제1부

짝수 장(章)들

2장

……그리고, 불이 온다.

강원도 양양군(襄陽郡) 농업단지, 구(舊)화일리 산불이 발생한 시간은, 5월의 첫날 밤이었다. 전국 도처에서 솟아오른 불길이, 어둠을 찢어내고 있었는데, 건조주의보에 강풍주의보까지 겹친, 동해안 관광단지의 화세(火勢)가 가장 강했다.

김희영은 신(新)강릉 재난상황실에서 데이터 마이닝을 하다가, 양양행을 자청했다. 산림연구사의 주 업무는, 지형과 식생 및 대기 상황을 분석해, 산불의 속도와 경로를 예측하는 일이었다. 불길이 잡히면, 발화 원인을 포함, 생태학적 변화를 조사하는 일도 중요했다. 하지만, 늙었거나 아프거나 미친 주민들을 대피시키는 일이 더 급했다.

고온 건조한 대기는 재난의 원소들로 점철되어 있었다. 어두운

데다가, 순간최대풍속은 초당 15미터, 방어적 진화 작업조차 힘든 상황에서, 산불은 대지진이 뒤틀어놓은 능선을 따라, 거침없이 내달리고 있었다. 구화일리 주민들은 대부분, 포마토pomato 같은 환금작물을 재배하는 노인들로, 처음에는 전쟁이 일어난 것으로 오인했다. 몇 개의 사이렌 소리가 엇갈리는 호(弧)를 그리며 정적을 쪼갰다. 강제로 깨워진 사람들은, 붉게 일렁거리는 스카이라인과 마주쳤다. 호 형태로 찢긴 어둠의 상처들이 빠른 속도로, 환하게 벌어지고 있었다. 불의 폭음에 쫓기고 있었기 때문에, 집 주변에, 물 한 바가지 뿌릴 여유조차 없었다. 손에 잡히는 대로 아무거나, 가재도구들을 옮겨 실은 개량 경운기나 골격을 따라 형광 테이프가 부착된 트랙터들이, 이 지방 특유의 복잡한 단층선을 따라, 고치를 쩨고 나오는 벌레의 속도로 움직이기 시작했다.

김희영은 피난민들의 행렬을 역류하며, 적외선으로 빈집들을 스캔했다. 시야가 흐린 건 어둠 때문만이 아니었다. 불길보다 먼저 달려온 연기가, 공기의 질감을 완전히 바꿔놓았다. 숨을 쉴 때마다, 코나 입 안에 그을음이 들러붙는다. 산불 연기의 맛은, 오래된 녹차처럼 비릿하다. 그녀는 현실적인 데이터들을 확인했다 —— 온도와 습도, 풍향과 풍속, 고도와 좌표…… 객관적인 수치와 주관적인 느낌 사이에, 바다를 담을 정도의 간극이 있었다. 비현실감은, 대피를 거부하는 노파와 마주치면서, 증폭되었다. 산비탈의 조립식 플라스틱 기와집; 사반세기 전 모델. 고철과 폐목으로 어지러운 마당을 가로질러, 스티로폼으로 땜질된 합판 문을 열었다. 산발한 노파가 고철과 폐목의 질감을 가진 목소리로 고함쳤다: 누가 뭐래도 나는 여기서 안 나간다……

　노파 양쪽으로, 허리 높이의 쓰레기 더미가, 협곡의 미니어처처럼 쌓여 있었다. 녹슨 식기와 깨진 접시들은 역설적으로, 그곳에 '생활'이 없었음을 증명하고 있었다. 노파는 발을 끌면서, 유령처럼 미끄러져 왔다. 김희영의 손을 붙잡고, 뜬금없이, 비둘기에 관해 말하기 시작했다 ── 그동안 길들여서 말을 할 줄 알게 됐다고, 새들이 없으면 살 이유가 없다고. 노파는 기름때로 얼룩진 플라스틱 의수로 방 안을 가리켰다. 그곳의 시간은 한없이 늘어지다가, 지난 세기에 정지해버린 게 틀림없었다. 양초로 조명되는 10평 정도의 공간은, 생활사 박물관의 코너를 장식할 만한 골동품들로 채워져 있었다. 그리고 바랜 군청색 모포 위에, 갈색과 회색이 섞인 십여 마리의 비둘기들이 있었다.

　김희영은 '핸디컴'의 위치표시계를 작동시키고, 공익근무요원들을 호출했다. 노파는 의수가 빠질 정도로 격렬하게 저항하다가, 마을회관으로 옮겨졌다. 산비둘기들은 모포째로 옮겨져, 마당에 놓여졌다 ── 전부, 발목이 잘리거나 날개에 구멍이 뚫렸다. 새들이 정말로 말을 할 줄 안다면, 할 말이 많았을 것이다. 그녀는 불타는 합성밀림을 바라보며, 산비둘기들의 수명을 예상해보았다.

　주변 산들의 윤곽이, 네온사인 테두리가 된 것처럼 환했다. 강한 열풍이, 불에 달궈진 돌의 밀도로, 그녀의 얼굴을 때렸다. 전혀 다른 형태의 불이 오고 있었다. 노파 때문에 흔들린 마음은 쉽게, 공기 중에서 진동하는 재난의 원소들에 공명했다. 산불의 성장은 임계적 과정이고, 언제나, 혼돈의 가장자리에서 위태롭게 급변한다.

평균적인 규모의 산불이란 존재하지 않으며, 그것이 일단 시작되면, 그 강도를 예측하는 방법 역시 존재하지 않는다.

40분, 플러스마이너스 10분. 지형과 식생 및 대기 상황이 변하지 않는다면, 산비둘기들의 남은 수명은, 40분, 전후일 것이다. 김희영은 계산을 끝내고 뒤돌아섰다. 합성밀림의 산불은, 수만 개의 구멍 뚫린 날개들이 퍼덕거리는 소음을 내면서, 잘린 발목들이 잰걸음 치는 속도로 달려오고 있었다.

양양군 농업단지 산불이 처음부터, 해안 관광단지 쪽으로 움직인 건 아니었다. 산불로 데워진 공기가 난류(亂流)로 끓어올랐고, 교란된 바람이 수시로 화두(火頭)를 돌려버렸다. 김희영은 동해안 산불 상황실과 교신하면서, 계속 방황하고 있었다. 불이 붙어서 미쳐 날뛰는 짐승을 뒤쫓고 있는 것만 같았다. 산림청 산불관리과장 사공(司空氏) 역시, 헤매고 있기는 마찬가지였다.

—양양은 서풍인데, 간성은 남풍이야. 속초는 남서풍이고. 전체적으로는, 동해 쪽으로 움직이는 것 같아. 하지만 국지적으로는, 너도 봤잖아, 비선형적으로 움직일 거야. 북저남고(北低南高), 기압 배치는 꼼짝도 안 해. 하지만, 엄살 부리지 마. 동해-삼척 불길이 훨씬 강해. 동해안뿐만이 아냐. 마지막으로 들어온 위성사진을 보면, 남북한 합쳐, 열점(熱點)이 50개가 넘어. 내륙의 불길도 장난이 아냐. 모르겠어. 지금, 여기도, 혼란에 빠져 있다고. 일단, 관광단지 쪽으로 따라가.

김희영은 양양군 이동지휘부 차량을 얻어 타고, 바다 쪽으로 움직였다. 공무용으로 보급된 메탄올 연료 스테이션왜건은 사내들의 쉰내로 절어 있었지만, 산불 연기 탓에 창문을 열 수 없었다. LCD 모니터에서는, 동해-삼척 도시연맹의 산불이 궁형 화선(火線)이 되어, 오히려 내륙 쪽으로 기고 있다는 상반된 소식이 나오는 가운데, 그녀는 물속을 달리는 기분에 사로잡혔다. 헤드라이트 빔이, 전방 몇 미터 앞에서, 힘없이 부러지고 있었다. 쐐기형 불빛에 잘려진 연기는, 동양화에서 상투적인 기법으로 묘사되는 강물을 닮았다. 피로감이 미열로 변하고, 눈을 뒤덮는 수은 같은 것으로 변해가던 어느 순간, 연기의 강물이 환해졌다. 도로까지 내려온 불길이, 좌우 양편에서, 반투명한 커튼이 되어 흔들렸다. 소방대원 운전사는, 불의 터널 속에서, 속도를 높였다. 포장도로 여기저기에는, '로드킬' 당한 야생동물들이 깨진 수박처럼 나뒹굴거나, 마른걸레처럼 들러붙어 있었다. 일출이 가까워지면서 바람은 확실히 약해졌지만, 좁은 도로를 빠져나갈 때는 여전히, 등이 깨진 남생이를 굴리고 가죽만 남은 너구리를 날려버릴 정도로 강했다. 시공간이 갑자기 끝나는 느낌으로 뭔가가 나타나서, 스테이션왜건 전면 유리창을 덮었다. 급정거 소리와 함께, 차 안에서 졸고 있던 사람들이 부딪치고 뒤엉키는 순간, LCD 모니터에서는, 동해-삼척 도시연맹의 비산화(飛散火)가 제18운하를 뛰어넘어, 갈령산 8부 능선에 옮아 붙었다는 속보가 튀어나왔다.

　—비산화라는 게, 어떤 거요?

　군청의 건설과장 아니면 보건소장이, 자다 일어나 갈라진 목소리로, 김희영에게 물었다.

산불은 통상 다섯 종류로 분류된다. 수간화(樹幹火)는, 나무줄기가 타는 불이고, 수관화(樹冠火)는, 수간화로부터 발전한 불로서 화세가 강하고 진행 속도가 빠르다. 지표화(地表火)는, 지상의 낙엽과 초본 등이 타는 불이며, 지중화(地中火)는, 토양 유기물 층이 타는 것으로, 불꽃도 없이 서서히 타지만 쉽게 꺼지지 않고 재발의 불씨가 된다. 그리고 비산화는, 강한 돌풍을 타고 수 킬로미터까지 날아가서 옮아 붙는 불덩어리를 말한다: 그래서, 강 건너 불구경하던 사람들을 덮치기도 하죠.

동해-삼척의 산불은 며칠째 잡히지 않으면서, 구릉지를 따라 부채꼴 형태로 미끄러지고, 또다시 산꼭대기-점으로 기어오르는 양상을 반복하고 있었다. 구(舊)가곡천 자리, 제18운하는, 동해-삼척과 울진군의 경계선으로, 산불대책본부에서 방화선을 구축했던 지점이었다. 그곳이 뚫렸다면, 초동 진화 계획은 물 건너간 셈이었다. 김희영은 반사적으로, 이철민의 재난 시뮬레이션을 떠올렸다.

스테이션왜건 내부는 불의 뉴스와 상관없이, 동면 상태로 얼어붙었다. 코를 골거나 침을 흘리는 중년 사내들의 얼굴에서, 김희영은 충청도 일대에 흩어져 있는 마애불(磨崖佛)들을 떠올렸다. 부처 같다는 이야기가 아니다. 바위에 인각된 얼굴들은, 알아볼 수 없을 정도로 마모되어 있었다. 햇살이 특정한 각도로 쏟아지는 오후의 한 순간에만, 얼굴 비슷한 게 드러난다고 했다. 그날 마애불들 근처에서는, 이목구비가 흐리고 땟물이 줄줄 흐르는 아이들이 숨바꼭질놀이를 하고 있었다. 시뮬레이션 전문가인 이철민은, 세계 전체에서, 그렇게 닳아버린 마애불의 얼굴을 보았다: 얼굴의 사막화; 풍화된 얼굴들은 모두 어디로 가는가? 길들의 무덤, 바람이 멈추는 곳에, 지워진 얼굴들의 사막이 있었다. 그러나, 시뮬레이션은 다른 시공간을 묘사한 초현실주의 풍경화가 아니었다. 그는 가능한 세계, 연속적인 시공간 내부에서, 극한의 풍경을 찾아냈다. 다만, 그곳으로 가는 길 위에는 몇 개의 문턱들이 존재했다. 그중 하나가, 극단적인 알베도효과(：지표 반사율)였다.

한반도에서 지표 반사율이 극단적으로 상승하는 조건은 무엇인가? 이철민은 극단적인 방식으로, 그 문제를 해결했다 — 숲들이 사라지면 된다. 삼림이 파괴되면, 대기 에너지 과잉/과소 지역이 왜곡된다. 알베도가 커지면, 에너지 부족 상태는 건조한 하강기류를 불러온다. 그리고, 그 모든 과정들은 포지티브 피드백 이펙트를 통해 강화된다.

김희영은 다른 생각을 하려고 애썼지만, 생각들은 언제나 끝에 이르러, 화염에 휩싸였다. 산불의 3요소인 지형과 기후와 연료가, 아주 낮은 확률로 조합되고 있었다. 메탄올에서 분리된 수소가 전기로 변해 모터를 돌리는 소리가, 불의 진동처럼 느껴졌다.

일출 시간이 지났지만, 해는 보이지 않았다. 아침이 되자, 산불 연기의 어둠만 강해졌다. 소방헬기는 바람이 잦아들 때까지, 장식용 고철에 불과했다. 그동안, 양양 농업단지의 산불은, 낙산사가 있는 관광단지 쪽으로 번지고 있었다.

낙산 해수욕장: 초현실주의의 오렌지색으로 염색된 모래가 깔려 있고, 20미터 간격으로 크롬의 누각, 파라솔 하우스들과 키치풍 야

자수 가로등이 꽂혀 있다. 그 인공휴양지가 순식간에, 파헤쳐진 개미집처럼 변해갔다. 피난민이 되어버린 관광객들은, 중국에서 날아오는 황사와 산불재가 뒤섞인 바람 속에서, 일제히 같은 방향으로 움직였다. 하와이 컨셉트의 상점과 음식점들은, 셔터를 내렸다. 대기를 태우던 네온사인과 홀로그램 장식의 러브호텔들은, 묘비로 변했다. 네거티브 필름으로 찍은 재난 다큐멘터리 같다고, 김희영은, 파력발전 구조물과 선박형 인공섬에 의해 기하학적으로 구획된 바다를 보며 생각했다. 수륙양용선이 정원 초과 상태로, 인공섬의 관광객들을 운반하고 있었다. 도로는 이미 마비되었다. 주민들이 대피하면서 풀어놓은 복제 소들과 간이 실제로 배 밖에 붙어 있는 폴리염화비페닐 중독 멧돼지들이, 차들 사이로 뛰어다녔다. 세계는 무서운 속도로 풍화되거나, 증발하고 있는 것처럼 보였다.

낙산사 상공에 헬기가 떴을 때는, 일주문 앞까지 불길이 번진 상태였다. 낙산사 수목장(樹木葬)숲 관리인 박인호는, 스님들과 함께, 불상과 불화와 법구 등을 지하수장고로 옮기고 있었다. 『법화경(法華經)』「관세음보살보문품(觀世音菩薩普門品)」에 이르기를, 어떤 위기에 처하더라도 관세음보살에게 간구하면 구원받으리라 했는데, 원통보전(圓通寶殿)의 건칠관세음보살좌상마저 피신해야 하는, 불의 재난이 오고 있었다. 박인호는 지하 골동품 석유램프 아래에서, 실리카겔이나 에타폼 같은 걸 찾아 헤매고 있었다. 오래전, 불의 리듬에 맞춰 추락하던 때의 기억이, 몸을 둔하게 만들고, 눈을 어둡게 만들었다: 더 이상 불에 탈 만한 것이 남아 있지 않은 인생은, 축복인가, 저주인가? 조습제나 완충재를 찾아 헤매다가, 중성지 몇 장과 모슬린 천을 발견했다. 그것들은, 그의 인생처럼, 오염되어 있었다.

맨 먼저 나타난 대형 헬기 조종사는, 공군 출신 베테랑으로, 역도 선수 같은 다부진 체격의 노처녀였고, 홀로그램 시대의 매직아이 마니아, 황보(皇甫氏)였다. 김희영 역시 그녀가 시키는 대로, 두 장의 항공사진을 나란히 펼쳐놓고, 입체 영상을 본 적이 있었다. 높이도 깊이도 없는 평면에서, 산이 솟아오르고, 강이 흐르기 시작했다. 사진의 위치를 좌우로 바꾸자, 이번에는 산꼭대기가 함몰지구-호수처럼 가라앉고, 강줄기는 공중에서 흐르는 산맥으로 돌변했다.

—들어본 적 있지? 북극 근처 툰드라 지대를 비행하다가, 초원을 봤다는 비행사 이야기. 매직아이를 가진 사람이었어, 그 사람은. 우리, 산림청 항공관리소 '엑스파일' 역시, 대단하지. 그러니까 오래전, 동해안 일대가 사막이었을 때, 산림청 헬기들이 유전자 변형 종자들을 뿌리고 다녔다고 해. 사막형으로 개조된 소나무나 자작나무 씨앗들을, 흙과 비료, 접착제 등과 혼합한 뒤, 자연분해용기에 담아 공중에서 투하하는 일이었어. 그들 중 하나가, 폐허의 사막에서 고대의 사원을 발견했지. 그런데 그게, 낙산사였다고 해.

두 대의 헬기가 낙산사 상공을 선회하고 있었다. 김희영은 일주문 앞 국도에서, 황보의 헬기를 눈으로 좇았다. 헬기들은 검은 연기 구름 속으로 사라졌다, 나타났다, 하는 환각적인 움직임을 반복했다. 어지러움 때문에 눈을 감자, 청록색 구름이 시계(視界)를 지배했고, 다시 눈을 떴을 때, 헬기의 밤비바켓에서 광점(光點)들이 쏟아졌다. 기형의 붕어와 웅어들이, 얼음 조각처럼 빛나며, 쏟아지고 있었다. 가뭄으로 인해, 함몰지구-저수지들의 수면이 낮아졌다. 신강릉

의 함몰지구-호수에서는, 몰락해버린 도시의 흔적들이 노출되기도
했다: 고층건물의 정글짐 같은 철골들, 쓰레기와 물풀들이 휘감긴
첨탑의 네온 십자가, 회반죽 덩어리를 달고 물뱀처럼 떠오르는 케
이블…… 양양의 함몰지구-저수지 역시 수면이 낮아지면서 오염되
었고, 흰 배를 보이며 뒤집어진 물고기 떼로 뒤덮여 있었다. 소방헬
기들은, 물과 함께, 썩은 생선들도 퍼왔다.

　김희영은 아침 해변의 풍경이 오버랩되는 느낌에 사로잡혔다: 유
흥가에서 일하는 동남아시아 여자들과 낙산사에서 템플스테이를 하
던 유럽인들이 이질감을 더하는 가운데, 파력발전 설비 방파제에서
국도까지 비말이 날리고, 횟집 쓰레기통에서 나온 생선 내장과 꼬
리지느러미가 달린 뼈들이 공중을 헤엄쳐 다니던 풍경.

　등이 휘어진 붕어들이, 낙산사 일주문에 부딪쳐 튀어오르며 퍼덕
거렸다. 젤 상태로 썩은 웅어들은, 불타는 소나무에 처박히는 순간,
진흙덩어리 같은 것으로 변해 익어갔다. 생선-우박들이 쏟아지는
가운데, 500여 명의 민관군 진화대가, 불의 바다 속으로 뛰어들었
다. 큰불이 잡힌 건 오전 10시경이었다.

　뒤늦게 피로감이 밀려왔다. 몸의 경계가 희미해진 느낌, 팔다리
가 아주 멀리 있는 느낌이 들었다. 그러나, 김희영은 강릉으로 복귀
할 타이밍을 놓친 채, 낙산사에서 주는 국수나 먹고 있었다. 해명
(海鳴)이 강해지고 있었다: 큰 파도가 무너질 때 생기는 진동, 그 일
대에서 휘감기는 공기의 파열음. 피로감이 불안감으로 교체되는 동
안, 아드레날린이 다른 스트레스 호르몬을 압도했다. 그녀는 호르

몬 레벨의 사이보그가 되어 움직였다.

팔각정(八角亭) 의상대에서 홍련암(紅蓮庵)으로 가는 길은, 거대한 파충류의 등뼈를 닮았다. 오목한 허리를 따라 내리막이 이어지다가, 머리 쪽으로 연결되는 급경사 오르막이 나타난다. 길 오른쪽은, 부서진 파도가 하얀 병풍처럼 솟구치는 바다였고, 길 왼쪽은, 염분을 중화시키는 트랜스제닉 소나무들이 꽂혀 있는 절벽이었다.

낙산사란 어떤 곳인가, 김희영은 주지스님에게 물어본 적이 있었다.

생선회와 산나물을 동시에 먹을 수 있는 곳이다, 스님은 표정 하나 안 바꾸고 답했다.

홍련암 관음전(觀音殿)은 정면과 측면 세 칸에, 겹처마 팔작지붕을 이고 있는 전각으로, 의상대사가 관세음보살을 친견(親見)했다는 해변 석굴 위에 세워져 있었다. 생선회와 산나물이 만나는 지형은, 기괴하고 위태로웠다. 오봉산은 이곳에 이르러, 중간 단계를 생략하고, 바다로 변신한다. 홍련암은 산과 바다가 대치하는 지점에 자리 잡고 있었고, 김희영이 보기에, 도약의 불안과 위험을 고스란히 체화하고 있었다. 그래서 홍련암은, 바람이 심한 날에 산 소리와 바다 소리가 결합되는 패턴, 그 불협화음이 가시화된 건축물처럼 보이기도 했다.

낙산사를 낳은 자궁, 홍련암에서 보는 바다는, 거의 미쳐 있었다. 파도와 파도가 부딪치고, 조수까지 뒤섞여서, 해수면은 혼란 그 자체였다. 먼 바다에서는 백중, 천중의 파도가, 미세한 물입자의 연기를 피우며 달려오고, 가까운 바다에서는, 해벽에 부딪쳐 부서진 바다의 잔해가, 거품 섞인 백파(白波)가 되어 쌓이고 있었다. 그러나, 음향의 불안은 핵심이 아니었다. 위험한 부활의 바람이 불고 있었다.

민관군 진화대가 뒷불 정리를 하는 동안, 대피했던 주민들과 관광객들이 되돌아왔다. 소방전문인력과 장비들은, 다른 산불 지역으로 돌려졌다. 군부대 헬기들은, 고성군 탄약-무기단지를 방어하러 갔고, 산림청 헬기들은, 울진군 핵융합발전단지로 날아갔다. 소방차는, 낙산사 홍예문 근처에, 한 대만이 남아 있었다. 그녀의 불길한 예감은, 정오 무렵, 현실이 되었다.

잿더미 속에서 발아하는 불씨.
불나무 끄트머리에서 태어나는 불새.
낙산사 수목장숲이 불타기 시작했다.

—불이 옵니다.

그 말의 의미를 제일 먼저 이해한 사람은, 홍련암 관음전에서 염불하던 스님이었다. 참배객 몇 명이 뒤따라 움직이기 시작했다. 김희영은 여전히, 홍련암 끄트머리에서, 물마루가 붕괴되는 과정을 지켜보고 있었다. 파두(波頭)는 몸체보다 빠른 속도로 튀어나가다가, 휘어지며, 하얗게 부서졌다. 무너지는 것들 속에는, 위안을 주는 친근감이 있었다.

—대피하셔야 돼요.

김희영이 뒤돌아보았을 때, 그곳에는 무너지기 직전의 거대한 물마루 같은 사내가 서 있었다. 절벽과 잘 어울리는, 박인호였다. 수목장숲은 낙산사와 산림청이 공동으로 관리하기 때문에, 그들은 몇 차례 만난 적이 있었다.

—바다가 있는데 뭐가 걱정인가요?

김희영의 목소리가 강한 바람에 흩날렸다. 한 치수 큰 방화복 점퍼가 불길처럼 펄럭거려서, 그녀는 한 그루, 불타는 나무처럼 보였다.

—수목장숲이 타고 있어요. 바다와는 상관없는 일이죠.

박인호는 바람막이가 되어, 김희영이 내려오는 걸 도와주었다. 박인호가 앞장서고, 김희영이 바짝 뒤쫓기 시작했다.

김희영이 물었다: 원통보전에도, 보타전(寶陀殿)에도, 관음이 안 계시더군요.

박인호가 답했다: 관음상들은 지금, 지하 창고에 있습니다. 해수관음상은 창고보다 커서 못 들어갔죠.

—관음보살도 불탑니까?

—관음보살 형태를 한 나무나 쇠는, 불타거나 녹습니다.

—낙산사는요? 낙산사도, 불타거나 녹을까요?

—낙산사는……,

박인호는 심리적 시간으로 100년 동안 고민했다.

—……불타지 않습니다. 하지만 우리는 불탈 수 있죠. 그러니까, 좀더 빨리 걸읍시다.

그들이 낙산사 후문 쪽으로 빠져나가는 동안, 수목장숲의 불길은 반대편에서 능선 쪽으로 기어오르고 있었다. 박인호는 보타전 앞마당에 남았고, 김희영은 천왕문 쪽으로 이어지는 언덕길을 뛰어 올라갔다.

스님들과 불자들이 한 줄로 늘어서서, 연꽃두레박을 옮기고 있었다. 2005년 화재 이후, 당시 주지였던 정념(正念) 스님이, 모조 목재 두레박에 야광성 수련 한 송이씩을 띄워, 경내에 배치한 것이었다. 꽃으로 불을 끌 수 있는가? 장난감 같은 두레박이 손에서 손으로 이어지는 동안, 탄내가 짙어졌다. 그 냄새는, 산 냄새와 바다 냄새가 뒤섞인 덩어리 위에, 돋을새김으로 새겨져 있었다. 후각의 차원에서, 재난의 예감이 밀려와, 사람들을 지배했다. 이윽고, 회색 연기가 밀려왔다. 풍경이 흐려지기 시작했다. 낙산사는 사라지는 것 같기도 하고, 경계 없는 형태로 확장하는 것 같기도 했다. 잠시 후, 숲 소리가 파도 소리를 압도했다.

끝났어.

모든 것이 이제 막 시작되고 있었지만, 박인호는 감각의 차원에서 끝난 것을 알았다.

대낮의 몽환적인 어둠 속에서, 낙산사가 불타기 시작했다.

김희영은, 불티가 흩날리는 홍예문 밖 공터에서, 몸을 낮췄다. 피부를 근육에서 분리시킬 것 같은, 지독한 바람이 불고 있었다. 소방차 뒤에 웅크린 채, 눈을 감았다. 몸들이 날려가는 이미지가 떠올랐다: 피부-몸이 파도치다 떠오르고, 근육-몸이 무늬 결을 따라 찢긴 채 날려가고, 골격-몸이 풍화되며 가늘어지고……

소방차를 붙잡고 있는 손이, 뜨거웠다. 힘을 빼자, 왼쪽 유방이 없는 몸뚱이가, 오른쪽으로 기울어졌다. 소방대원들의 고함 소리;

소방차가 불타고 있었다.

퇴로는, 없었다. 쓰러진 소나무들이, 일주문으로 내려가는 길을 끊었다. 불바다에 잠긴 솔숲이, 해초처럼 너울거리며 다가온다. 이 쪽이야. 소방대원들이 주황색으로 일렁거리는 홍예문 속으로, 빨려 들어갔다. 그녀 역시, 불타는 문을 향해 달렸다. 홍예문을 통과하는 순간, 절 북쪽과 남쪽의 수목장숲이, 원래 차지하던 부피보다 훨씬 크게, 부풀어올랐다가 끊어지며, 사방으로 튀어나갔다. 눈을 감아서는 안 돼, 속으로 외치면서도, 눈을 감고 주저앉았다. 불의 파도가 밀려와, 배나무와 후박나무들을 휘감았다. 불의 굉음이 하늘에서, 폭포처럼 쏟아졌다. 움직여, 라는 소리가 도플러효과로 찢긴 채, 그녀에게 도달했다. 다시 일어나, 불타는 천왕문 앞에서 웅성거리고 있는, 소방대와 스님들의 무리에 간신히 합류했다. 잠시 안심하는 순간, 방향을 가늠할 수 없는 열풍(熱風)이, 그녀의 피부-몸과 근육-몸을 뚫고 들어왔다. 골격-몸 안에, 세포 레벨의 불씨를 놓았다. 천왕문과 조계문의 불길이 강이 되어, 공중을 흘러간 것도 그때였다. 불의 급류는, 대성문과 원장(垣墻)을 쓰러뜨리고, 칠층석탑의 반전된 모서리를 깎아내며, 원통보전을 휩쓸어버렸다. 김희영은 왼쪽 유방이 있던 자리에 통증을 느끼며, 다시 주저앉았다. 사위가 적막해지고, 두개골 속에서 이명이 울렸다. 원통보전의 피부-몸과 근육-몸, 골격-몸이 타들어가는 동안, 그녀는 원통보전이 전혀 보이지 않는 곳에서, 그 불타는 세부를 보았다 — 오직 기억의 힘으로, 원통보전이 되어서.

현판의 글자와 외벽의 부처님 벽화가 증발하는 동안, 용두 장식의 형태가 무너졌다. 금단청의 현란한 색들은, 검은 연기로 풀려 나갔으며, 기둥과 대들보는, 그 날카로움이 눈에 보일 듯한 소리를 내며 쩍쩍 갈라졌다. 무너진 토담 바로 옆에서는, 종루가 불타고 있었고, 그 안에서는 쇳덩어리가 녹고 있었다.

범종(梵鐘) 하부에 있는 고사리 모양 물결무늬가, 공기 중으로 번져나가기 시작했다. 표면에 인각된 범자(梵字)들이 지워지는 동안, 상부에 새겨진 보살입상들의 법의(法衣)와 두광(頭光)은 촛농처럼 흘러내렸고, 꼭대기에 있는 용뉴(龍鈕)의 반룡 두 마리가, 뒤엉킨 채, 비상을 시도하였으나, 종루와 함께 추락하고 말았다. 그 충격으로, 원통보전이 흔들렸다.

김희영은 자기 몸속에도 있는 불의 압력과, 원통보전을 쥐어짜는 불의 중력을 동시에 느꼈다. 혈액과 체액이 끓어올라 증발하고, 혈관과 신경들은, 가늘어진 뼈마디에 감겨 나부끼다 날려갔다. 이윽고, 관절들이 일제히 꺾이는 소리가 울려 퍼졌다. 원통보전이 무너지는 순간, 그녀는 두개골 천장에 그려진 주악비천도(奏樂飛天圖)가 물에 뜬 기름처럼 이지러진 채 날려가는 것을, 마지막으로 보았다.

끝났어.

불티들의 안개 속에서 떠돌던 저주파 신호가 그녀에게 전해졌다.

김희영은 왼쪽 가슴의 통증이, 몸 전체로 퍼져나가 격렬하게 진동하는 걸 느꼈다. 세계 8대 관음 성지 중 하나가, 그녀의 유방처럼 도려지고 있었다.

4장

　방화선이 무너졌다. 낙산사를 태운 불길은, 지맥의 흐름을 역류하기 시작했다. 비무장지대—공원의 불길이 한반도의 허리를 절단하는 가운데, 고성군 산불은 진부령 일대를 초토화시키며 남하하고 있었고, 속초와 인제군 산불은 동서 양쪽에서, 외설악과 내설악을 잠식해 들어갔다. 설악산 권이 포위된 채 타들어가는 동안, 박인호는 낙산사 지하수장고와 수목장숲을 오가며, 내부에서부터 얼어붙고 있었다.

　지하수장고: 불상이나 탱화, 법구 등을 지하로 내렸지만, 일시적인 방편에 불과했다. 창고에는 온도나 습도 조절 장치도 없었고, 치명적인 콘크리트 내벽이 그대로 노출되어 있었다. 보존 최적습도가 상대적으로 높은 칠기류와 상대적으로 낮은 청동운판 중, 어느 한쪽은 손상을 피하기 힘들 것이다. 콘크리트의 알칼리성 가스는, 탱

화의 안료를 변색시킬 것이고, 벽면 목재선반의 휘발성분은, 금속 유물에 해를 입힐 것이다. 옮기는 도중, 향로와 정병(淨瓶) 표면에 긁힘이 생기기도 했고, 사리함의 장신구가 떨어져 나가기도 했다.

보존은, 없다.

수목장숲: 전소된 나무들이 쓰러지면서, 뿌리들이 움켜쥐고 있던 유골들도 지상으로 노출되었다. 산사태까지 일어난 숲은, 갈아엎은 밭처럼, 파헤쳐져 있었다. 성난 유족들이, 불타는 강원도로 몰려들기 시작했다. 무너진 것은, 일개 숲이 아니었다. 나무로 육화된 영혼들이, 시커멓게 변색되고, 뿌리가 뽑힌 채 나뒹굴다가, 산사태로 뒤섞여버렸다. 쓰러진 나무들을 일으켜 철근과 철사로 고정하고, 비명(碑銘)과 유골들을 수습하고, 짐승의 껍데기처럼 변해버린 땅에 털실 그물을 치는 일은, 뭔가를 하고 있다는 걸 보여주기 위한, 수사적 행동에 불과했다.

복원은, 없다.

지하수장고와 수목장숲에서 벌어진 일은, 박인호가 지난 몇 년 동안 겪었던 일들의 축소판과도 같았다. 불가능한 보존과 복원의 테마가, 되풀이되고 있었다.

4년 전, 강릉 단오제가 시작되던 날.

문화재연구소의 보존과학자(: 컨서베이터conservator)였던 박인호는, 유물 운반용 밴을 몰고, 서울과 강릉을 잇는 영동 스마트 하이웨이를 달리고 있었다. 학예연구실의 큐레이터가 동승하고 있었는데, 그녀는 낙산사 보수 작업 때도 그와 함께 일한 적이 있었다. 낙산사는 불타지 않는다. 그 말은 바로, 그녀가 금으로 도금한 이쑤시 개 같은 담배를 피우며, 낙산사 홍예문 근처에서 내린 농담의 결론이었다.

낙산사는 671년, 신라 문무왕 11년에, 해동 화엄종의 종조(宗祖) 의상(義相)에 의해, 가시적인 몸을 입게 되었다. 낙산(洛山)은 원래 산스크리트어를 음사한 보타락가산(寶陀洛伽山)의 준말로, 관세음보살이 항상 머무르는 곳을 이르는 말인데, 지구상에 여덟 군데밖에 없다고 알려져 있었다. 『삼국유사』에 따르면, 의상은 당나라에서 화엄교학을 공부하고 돌아온 뒤, 강원도 양양 땅에서 지극정성으로 기도한 결과, 관세음보살을 친견하게 되었다고 한다. 그때, 관세음보살은 한 쌍의 대나무가 솟아나는 곳에 절을 지으라고 했다는데, 의상이 보살의 뜻을 받들어 법당을 세우고, 흙으로 관음상을 빚어 봉안한 것이, 낙산사-몸의 기원이 되었다. 그 후, 의상은 삼층석탑을 세우고, 16나한을 봉안했으며, 해변 석굴 위에 홍련암을 세워, 낙산사-몸의 원형을 완성하였다. 그러나, 의상의 낙산사는 786년에 소실되었고, 새로운 낙산사는 858년, 범일국사(梵日國師)에 의해 중창(重創)된 것으로 기록되어 있다. 그것이, 낙산사-몸의 윤회, 혹은 진화의 시작이었다. 역사적 낙산사는 끊임없이 파손되었다가, 중수되었고, 붕괴되었다가, 중건되었다. 1468년, 학열(學悅) 스님에 의해 중창된 낙산사-몸이, 칠층석탑과 홍예문 등을 갖춘, 현대적 낙산사의 소박한 원형이었다고 한다면, 임진왜란이나 한국전쟁은, 낙산사-몸의 외양을 급변시킨 계기가 되었고, 1977년, 16미터 높이의 해수관음상을 점안한 이후 시작된 신축, 복원 사업은, 낙산사-몸을 거대하고 복잡한 유기체처럼 변모시켰으며, 2005년, 양양 산불은, 신합성 물질의 도입으로, 낙산사-몸의 질료를 바꿔놓는 계기가 되었다.

관음 성지의 사찰은 그렇게, 오온(五蘊)이 이합집산(離合集散)하듯 윤회, 전생해왔고, 원생동물이 척추동물로 전개되듯 진화, 변신해왔다. 낙산사는 하나의 '실체'가 아니라 '과정'으로 존재해왔고, 계속 변해왔기 때문에, 변하지 않는 이름을 얻었다. 그래서, 낙산사는 불타지 않는다……

박인호는 기발하고 도발적인 그녀에게 늘 호감을 갖고 있었다. 그러나, 그날은 아니었다. 태양은 불길한 갈색이었고, 대기는 황사와 분진으로 가득했으며, 그는 체온과 상관없이 추위를 느끼고 있었다. 그녀 역시, 마찬가지였다. 그녀 역시, 그날은 자기만의 세계에 틀어박혀 있었다. 그녀는 단오제 문제로 밤을 새웠다면서, 출발하고 얼마 지나지 않아 잠든 척했다. 그들은 각자의 세계에서 일어난 지각변동과 기후급변에만 몰두하기 시작했다.

그 무렵, 박인호는 35세였고, 제법 키가 큰 사람들보다 머리 하나가 더 컸으며, 체중은 정신적 빙하기와 간빙기에 따라 10킬로 이상 차이 났기 때문에 정확하지 않았고, 한 번도 결혼하지 않았다. 몇 명의 여자가 있었지만, 그녀들은 급변하는 지형과 식생에 적응하지 못하고, 떠났다. 그가 보여주는 활기는, 빙하기 사이에서 잠시 회복되는 온기, 상대를 기만하기 위해 연출된 감정처럼 보이곤 했다. 그는 자신의 의도와 무관하게, '외향적이며 화제가 풍부하고 웃음소리가 멋진 사람'으로 기억되기도 했고, '어둡고 우울하며 눈빛이 불안한 놈'으로 기억되기도 했다. 어떤 인간이든, 감정의 스펙트럼 위에서 진동하는 법이지만, 그의 경우에는 진폭이 너무 컸다 — 시공간에 대한 착란적인 감각, 병적으로 예민한 감각을 야기할 정도로.

박인호는 10년이 넘게, 정신적 지각변동과 기후급변에 시달려왔다. 정신이 녹아내린다. 그것이 우울증을 묘사하는 상투적인 은유가 되었지만, 박인호가 보기에, 그것은 정확한 표현이 아니었다. 결과적으로는, 유사했다. 그러나, 그것은 녹아내린다기보다 얼어붙는 것에 더 가까웠다: 드라이아이스의 불붙는 듯한 차가움: 쩍쩍 갈라지는 통증을 동반하는 차가움.

마음의 온도가 갑자기 임계점 아래로 떨어지면, 녹아 있던 감정의 찌꺼기들이 다시 응결되기 시작한다. 절망이나 분노나 환멸이나 치욕의 원자들이 비평형 상태에서, 먹함수 패턴에 따라, 무정형의 덩어리를 형성하며 자라난다. 그러면, 풍차는 팔이 여러 개 달린 거인이 된다……

그때의 감각은, 인식 주체 자체가 깨졌다 재조립되는 것이었기 때문에, 내관(內觀) 자체가 불가능했고, 오직 외계(外界)가 교체되는 감각으로 전이되어 나타났다. 자신이 곤충이나 파충류 같은 걸로 변해버린 건 인식하지 못한 채, 가시광선의 풍경이, 적외선이나 자외선의 풍경으로 교체되는 것만 인식하는 셈이었다. 일단, 그 지각변동과 기후급변이 시작되면, 그 과정은, 바닥까지 갈 때까지 돌이킬 수 없었다. 그것이 내부에서 외부로, 한 방향으로만 진행되는 과정이 아니었기 때문이다. 변질된 풍경은 피드백되면서, 우울증의 몸을 한 단계 더 밑에 있는 지옥으로 끌어내렸고, 몸의 지옥은 다시, 몸 밖으로 스며나와 풍경을 변질시켜갔으며, 그 과정이, 에셔의 그림처럼 반복되었던 것이다. 4년 전 그날, 그의 상태는 최악이었다.

카 스테레오에서는, 만델브로 집합의 프랙털 패턴과 멱함수 패턴에 따라 작곡된 전자음악이 울려 퍼지고 있었고, 갈색으로 코팅된 유리창 밖에서는, 동일한 패턴에 따라 설계된 '눈으로 듣는 음악'이 울려 퍼지고 있었다. 대재앙이 없었다면 존재하지 않았을 미친 풍경을 가로지르는 동안, 또다시, 미친 질문에 사로잡혔다: 어떻게 하면, 이 시공간에서 나갈 수 있는가?

온도란, 분자들의 평균속도; 마음의 온도가 내려가면, 감각기가 교란되고, 속도감이 왜곡된다. 절망과 분노와 환멸과 치욕으로 조립된 인간은, 우울증의 시공간에서 벗어나기 위해, 파워 버튼을 누르고, 액셀을 밟았다.

톱니처럼 들쭉날쭉한 산줄기, 거울 같은 함몰지구-저수지들, 원근감을 교란시키는 단층선의 명암. 그런 재난의 풍경이 추상적인 덩어리가 되어, 격변-음악과 뒤섞이는 동안, 얼어붙은 채 쪼개지는 내면으로부터, 중앙선을 넘어 돌진하라는, 도저히 거부할 수 없는 요청이 있었다: 시공간을 절개하라……

하지만 핸들을 틀려는 바로 그 순간, 격변-음악의 리듬이 급변했다. 긴장하던 근육이 갑자기 풀려버렸다. 그가 리듬을 놓친 채, 랜덤과 패턴 사이의 칼날 같은 임계선 위에서 한 템포를 쉬는 동안, 내면의 요청에 따라 격변-음악을 연주한 사람은, 다른 사람이었다.

신강릉 쪽에서, 시속 220킬로미터로 달려오던 컨버터블 탑 승용차가, 중앙선을 넘어왔다.

두 대의 차가 한 몸인 듯, 압축되며 뒤엉켰다가, 도로 밖, 불과 모래의 황무지로 날아갔다. 시공간이 파도치며 뒤틀리는 것 같았다. 그 만곡(彎曲) 위에서, 뒤따라오던 차들이 연쇄 충돌로 찌부러지고, 뒤집혔다. 격변의 에너지가 격렬한 맥박처럼, 시공간 자체의 파동 같은 게 되어, 도로 전체로 번지는 동안, 모로 누워 미끄러지던 유조차로부터 불길이 솟아올랐다. 불의 파도가, 빠른 속도로 스마트 도로를 덮어가기 시작했다. 유물 운반용 밴은 뒤집힌 채, 모래와 자갈 속에 처박혀 있었다. 금이 간 유리창 때문에, 박인호는 시공간 자체에 균열이 생겼다고 착각했다. 잔금 때문에 흐릿한 풍경은, 수만 개의 조각들을 끼워 맞춘 듯 갈라지고, 평면적이었다. 뒤늦게, 동승자가 있다는 생각이 났지만, 보이지 않았다. 다만, 홍수 때 떠밀려온 진흙 쓰레기 더미 같은 게, 여기저기 쌓이고, 들러붙어 있었다. 여자는 시공간의 단층선 위에 있었고, 반 토막이 났다. 갑자기, 해가 지기 시작했다. 살점이 뒤섞인 혈액과 체액이, 시공간의 균열을 따라, 노을처럼 번지고 있었다. 다시 해가 떴을 때, 박인호는 자신의 인생에서 가장 난해한, 보존과 복원의 문제에 직면하게 되었다.

낙산사 지하수장고와 수목장숲이 대충 정리되기까지는, 사흘 이상이 걸렸다. 그동안, 대청봉을 정점으로 한 설악산 서북 능선의 불길은, 난류(亂流)를 타고 흩어지며 화산처럼 폭발했고, 오대산 다섯 봉우리는, 검붉은 연꽃 형태로 공중에 떠올랐다. 두로봉 불길이 북쪽의 만월봉, 응복산 불길과 이어지는 동안, 비로봉과 호령봉의 불길은 서남쪽으로 뻗어나가, 양평의 용문산까지 이어졌다. 설악산 봉정암에 이어, 오대산 상원사 역시 적멸의 세계로 녹아내렸고, 남한강과 북한강 상류는 재로 뒤덮인 늪으로 변해갔다.

박인호는 풍경의 교체를 외면하고 있었지만, 결코 자유롭진 못했다. 그는 계속, 예감이나 기억의 형태로 침략해오는, 외풍에 시달렸다. 낙산사가 불탔다는 사실에 거듭, 새삼스럽게 놀라며, 지하수장고와 수목장숲 사이에서 얼어붙는 때도 많았다. 복서(卜筮)의 복(卜), 거북점에 관한 기이한 생각이 떠오른 것은, 전소된 보타전 앞에서 얼어붙은 채, 의상조사비를 떠받치고 있는 거대한 거북을 보았을 때였다. 하얀 돌거북은, 시커멓게 그을려 있었다.

교체된 풍경을 둘러보기로 한 것은, 시간적 여유가 생겼기 때문이 아니었다. 수많은 지하수장고들이, 박인호를 기다리고 있었다. 산불이 확산되면서, 문화재 보존과학자가 절실히 필요했다. 당장, 설악산 신흥사로 떠나야 할 상황이었다. 다만, 그는 귀복(龜卜)에 관해 강박적으로 생각하고 있었다: 거북의 등에 구멍을 뚫고, 태운 뒤, 갈라진 상(象)으로 점을 쳤다고 했던가? 전소된 낙산사, 전소된 풍경의 복사(卜辭)는 무엇인가?

점심 공양이 끝난 뒤, 박인호는 낙산 해수욕장 쪽으로 내려갔다.

아스팔트 도로를 경계로, 오봉산 쪽 건물들만 전소되어 있었다. 반대편 건물들은, 그을음 하나 없이, 보존되어 있었다. 마치, 시공간의 어긋난 단층선을 걷는 것만 같았다. 잔인한 추억이 밀려오기 시작했다. 마음 한구석에, 반야심경(般若心經)-차폐막을 세우고, 108 걸음을 걸었을 때, 재난대책본부로 보이는 공기주입식 천막이 나타났다. 베이지색 공무원 제복을 입은 사람들이, 텔레비전 앞에 몰려 있었다. 불타는 풍경은, 회전하는 만화경이나 디지털 만다라처럼 보였다. 그때, 공무원들의 이야기를 엿듣게 되었다. 동해안 지역의 주기적 산불은 방화일 확률이 높다는 얘기였다. 그린벨트를 풀고, 재개발 사업을 하기 위해서. 새로 길을 내고, 땅값을 올리기 위해서. 그것은 컨서베이터 말년에, 박인호가 하던 짓과 유사했다. 속세는, 여전했다.

주변 마을들은 화산재 속에서 발굴한 고대 유적지 같았다. 대형 중장비들의 굉음, 복구 작업에 투입된 군인들의 소음과 무관하게, 폐허는 절망적으로 고요했다. 불에 탄 나무들은 콘크리트 전신주처럼 누워 있고, 시커먼 풀들은 발에 차일 때마다 금속성 녹처럼 부서졌다. 시커멓게 오그라든 차량들, 그 근처에서, 한 무더기의 유리조각들이 날카롭게 빛났다. 그 순간 그의 내부에서도, 날카로운 상(象)이 떠오르는 듯했는데, 파란 방수천 밖으로 비어져 나온 소 대가리를 발견하고, 놓쳐버렸다. 시커멓게 타버린 살덩어리에는, 트랜스제닉 식물들이 낳은 돌연변이 개미들이 우글거리고 있었다.

점(占)이란 결국 자기 자신에게 묻는 것이고, 자각에 이르기 위한 반조(返照)의 형식에 지나지 않는다고, 그는 믿고 있었다. 거북점을 담당했다는 벼슬아치, 태복(太卜)은 고대의 시뮬레이터였다 —— 유행(流行)하는 세계를 관찰하여 상(象)의 변화를 시뮬레이션하는. 그는 불에 구운 갑골(甲骨)의 무늬를 세심하게 살피던 복인(卜人)처럼,

전소된 풍경을 세심하게 살피며 걸었다. 지붕이 날아갔거나 검게 그을린 집들, 그 사이에, 완전 붕괴된 집들이 무덤 형태로 쌓여 있고, 가슴이나 허리까지 오는 벽들은 우툴두툴하게 깨지거나, 창문 부분이 뚫린 채, 위태롭게 기울어져 있었다. 예언은 오직, 전소된 풍경의 기미를 살피는 통찰의 과정 중에, 자신의 내부에서 개시(開示)되는 '해석'의 다른 이름에 지나지 않았다. 불에 구운 거북의 등과 자신의 마음이 공명하는 순간을 포착하는 것이, 핵심이었다. 갑자기, 길이 끊어졌다.

너덜지대로 변해버린 시멘트 길. 박인호는 불에 그슬려 검은 줄무늬가 생긴 개와 마주쳤다. 개의 형상을 한 폐허와 사람의 형상을 한 폐허는, 오랫동안 서로를 마주 보고 있었다. 근처에 깨진 장독 같은 게 있는지, 간장과 고추장 냄새가, 탄내와 먼지 냄새를 쪼개며 날아왔다. 지극히 현실적인 냄새와 대조적으로, 개의 눈동자에 떠 있는 인간의 얼굴은, 환영과도 같았다. 폐허의 풍경에서 자신의 얼굴과 대면했을 때, 다시 한 번, 날카로운 의미가 내부에서 꿈틀거렸다. 그것은 피부와 근육을 울룩불룩하게 만들며, 형태의 일부를 암시했지만, 살을 찢고 튀어나와 온전히 드러날 정도로 날카롭진 않았다. 복인(卜人)은 무슨 증거를 원하는가? 떠오를 듯 말 듯, 위험한 담벼락처럼 마음이 흔들리는 동안, 예언 대신 기억이 왔다.

4년 전 교통사고 때도, 미래는, '아직 오지 않은 과거'였다.

그는 살아남았다, 6명이 죽고, 20여 명이 중경상을 입었음에도 불구하고. 몇 군데 타박상을 제외하면, 옷이 좀 더러워졌을 뿐. 박인호에게는, 병원이 훨씬 위험했다. 화장실에서 흘러나온 물 때문에, 대리석 복도에서 미끄러졌고, 손목을 다쳤다. 그토록 상처 입기 쉬운 몸뚱어리가, 찌그러진 시공간 속에서, 거의 완벽하게 보존되었다. 그렇다, 기적이었다. 그러나 기적이든 재난이든, 은총이든 저주든, '수학적으로는' 동일하다는 걸 깨닫는 데, 긴 시간이 걸리진 않았다. 신이 있다면, 아마, 그랬을 것이다: 너는 살려줘도 지랄이냐?

기적이 일어난 이후의 세계를 묘사하기 위해서는, 보수 작업을 위해, 낙산사에 갔던 때의 기억이 필요했다.

낙산사는 석가모니불이 아니라, 관세음보살을 본존으로 모신 사찰로, 대웅전이 없는 대신, 원통보전이 심장 역할을 했다. 하지만 처음 온 사람을 매료시키는 것은, 원통보전의 건칠관세음보살좌상이라기보다, 보타전의 7관음상들과 그 뒤편의 1,500관음상들이었다. 문화재연구소 사람들이 고향실에서, 주지 스님을 만나는 동안, 박인호는 홀로 보존과 복원 작업을 해야 할 곳으로 이동했다. 보타전에 올라 삼배를 올리고, 심호흡을 하는 순간, 예민한 시공간 감각의 그물망에 뭔가가, 걸려들었다: 보이지 않는 얼룩, 혹은 드러나지 않는 균열. 어떤 부조화, 어떤 상처가, 진원지를 알 수 없는 진동 같은 게 되어, 울증의 몸을 때렸다. 법당의 문이 열려 있었고, 내부는 이음매 없이 외부와 연결되어 있었으나, 보타전의 시공간은 다른 차원에서 잘린 채, 분리되어 있는 것만 같았다.

보존과학자는 유물 손상을 묘사하기 위해, 그 누구보다 많은 어휘를 가지고 있었다. 일반인들이 그냥 얼룩이 묻었다고 말할 때, 그는 단어들의 목록에서 정확한 의미와, 뉘앙스를 가진 단어를 골라내야 했다(: blurred, dirt, grime, smudge……). 수식어 문제까지 고려하면, 목록은 기하급수적으로 늘어났다. 그렇게 훈련되었음에도 불구하고, 보타전의 이질적 요소를 묘사할 단어가, 그에게는 없었다. 효과는, 분명했다. 그것은 정보를 빨아들이는 검은 구멍처럼 작동하고 있었다. 법당 안의 불상과 장엄구(莊嚴具)와 의식구(儀式具)의 정보들이, 상호 중첩되며 화엄세계를 연출하는 대신, 상호 분리되며 한곳으로 결집되고 있었다. 시공간의 상처, 그것은 장엄하고 신성한 풍경의 의미를 빨아들이다가, 어느 순간, 주도적인 풍경이 되어버렸고, 그 순간, 박인호는 시공간이 훼손되었다고 느꼈다 ― 연구소 사람들과 스님들이 와서, 실제 훼손 부위를 가리킬 때까지. 십일면관음상과 마두관음상의 금장에, 박락(剝落)이 일어났고, 할로겐 램프에 장시간 노출된 목재관음상들 중, 일부의 얼굴에 미세한 균열이 나타나 있었다……

기적 이후의 세계는, 보타전의 훼손된 시공간을 닮아 있었다. 그러나, 시공간의 질을 바꿔버린 훼손 부위는 찾을 수가 없었다. 태양의 색이 변했다거나, 공기가 희박해졌다거나, 산과 강의 자리가 뒤바뀌는 일은, 당연히 없었다. 다만, 세상은 그대로의 상태에서, 조금도 변하지 않으면서, 완전히 변해 있었다. 어느 날 갑자기, 똑같은 태양이지만 전혀 다른 태양이 떠오르고, 어느 날 갑자기, 똑같은 공기지만 전혀 다른 공기를 호흡하게 되고, 어느 날 갑자기, 똑같은 거리지만 전혀 다른 거리를 걷게 될 때, 인간은 어떻게 해야 하는가?

박인호는 천천히, 자신이 쌓아오던 것을 전부, 그라운드 제로 지점으로 돌려가다가, 다섯 종류의 불길이 찾아왔을 때, 아무도 모르는 동네로 가서 묘꾼이 되었다.

전소된 풍경은 끝내 해독되지 않았다. 강원도를 지배하는 모래바람의 대기권 속에서, 한 가지 생각을 오래 하기는 힘들었다. 돌아가야 할 시간이었다.

불타버린 일주문을 지나, 석탄처럼 분해된 솔숲을 통과하는 동안, 박인호는 비로소 낙산사의 변모를 실감할 수 있었다. 낙산사는 이제, 탄광지대의 겨울 숲에 내던져진 뼈 무더기거나, 피부가 벗겨지고 근육이 절단되고 내장과 신경이 파열된, 몸들의 잔해에 지나지 않았다. 그는 지붕이 완전히 날아간 홍예문을 통과하며, 한 여자를 추억했다: 낙산사는 불타지 않는다…… 그녀는 나름대로 옳았다. 그러나, 변역(變易)과 불역(不易)에 관한, 언어화하는 순간 모순에 빠지고 마는 관념적 유희는, 확실히 심오해 보이지만, 확실히 무의미했다.

2년 전, 묘꾼으로 일하다가 낙산사 주지 스님을 만나게 된 것은, 신강릉의 테크노 공원묘지에서 사계절을 보낸 뒤의 일이었다. 낙산사 보수 작업으로 인연을 맺게 된 스님이, 수목장숲 관리직을 제안했을 때, 그는 조금도 망설이지 않았고, 그런 자신을 발견하며 놀랐다. 낙산사는 처음부터 예상된 이름이었던 것만 같았다, 서울을 떠나야겠다고 생각하던 그때부터. 그러나, 그가 도달하고자 했던 낙산사는 당연히, 특정한 형(形)을 부여하고, 특정한 색(色)을 입힌, 나무와 돌과 쇠가 아니었다.

박인호는 천왕문과 조계문을 통과했는데도 계속되는, 속세의 폐허와 마주쳤다. 전소된 요사채와 붕괴된 고향실을 가로지르며, 낙산사-몸을 생각한다. 낙산사 피부-몸과 근육-몸은 녹아서, 뒤엉키고, 골격-몸은 부서져, 뒤틀렸다. 나무와 돌과 쇠가, 특정한 방식으로 조합되면 낙산사가 되고, 다른 방식으로 조합되면 쓰레기 더미가 되는 것인가? 훼손된 시공간에 머물며, 낙산사라는 이름을 들었을 때, 그 이름은 결코, 불타기 쉬운 물질들의 특정한 조합에 그치는 게 아니었다.

박인호는 어느새 전소된 원통보전 터에 이르렀다. 무너진 토담 사이로, 차경(借景)의 검은 숲이 밀려든다. 전각이라는 중심이 붕괴되자, 차이들이 지워진 무초점의 영상이 범람한다: 모든 것이 똑같다는, 그래서 모든 것이 쓸모없다는 생각을 강요하는 풍경. 그러나, 그가 도달하고자 했던 낙산사는 당연히, 순환-몸이나 도관-몸, 신경-몸의 기관들에 해당하는, 전각이나 성보문화재에 그치는 것도 아니었다.

누군가가 낙산사의 심장, 원통보전에 간다고 했을 때, 그 원통보전이란 무엇인가? 그 사람은 결코, 원통보전이라는 '실체'에 도달하는 것이 아니다, 그 사람은 오직, '원통보전'이라는 현판이 붙어 있고, 장엄된 벽과 천장에 의해 일시적으로 구획된 시공간에, 몸을 담을 뿐이다. 박인호가 보기에, 낙산사 역시 마찬가지였다.

누군가가 낙산사에 간다고 했을 때, 그 사람은 낙산사라고 하는 실체에 도달하는 것이 아니었다. 그 사람은 오직, 원통보전-시공간과 보타전-시공간, 관음전-시공간에 갈 뿐만 아니라, 원통보전과 보타전 사이, 보타전과 관음전 사이에 있는 시공간에 가는 것이었다. 그리고, 그 시공간은 전각과 성보문화재가 내뿜는 미지의 입자들로 가득 차 있었다.

박인호는 원통보전을 지나 오솔길로 접어들었다: 신성봉으로 오르는 길. 그러나, 생선 같은 잎들이 바람에 퍼덕일 때마다, 하늘이 은빛 비늘로 쏟아지던, 그 빛의 바다를 관통하던 숲길은 완전히 사라졌다. 시커먼 나무들이, 운반되기 좋은 상태로 잘린 채, 건축 폐자재처럼 쌓여 있었다. 숯검정이 묻어나는 표피와 달리, 절단면의 하얀 속살은, 해수관음상을 향해 나아가는 길을 참혹한 분위기로 물들였다.

700톤의 화강암으로 조각된 해수관음상은, 그을음투성이가 되어, 훼손된 시공간 자체를 응시하고 있는 듯했다. 돌지붕으로 가려진 관음전 역시, 참화를 피할 수는 있었다. 하지만 재난 뒤에 살아남은 것들은 언제나, 다른 것이 되어버린다는 걸, 그는 똑똑히 알고 있었다. 잔인한 추억이, 반야심경-차폐막을 뚫고, 밀려들기 시작했다. 박인호는 주위를 둘러보다가, 해수관음상 바로 옆까지, 바다 풍경이 밀려들어오는 걸 보고 놀랐다. 근처 나무들이 쓰러지면서 고스란히 드러난 바다는, 나체 상태인 듯한 느낌을 주었다. 벌거벗은 바다는, 그의 마음속에서 되살아나는 기억처럼, 여전히 격렬했다.

낙산사를 하나의 시공간으로 생각하는 순간, 낙산사는 '하늘을 지붕으로 삼고, 바다를 마당으로 삼아,' 세계 전체로 퍼져 나간다 — 사찰문화원 관광책자의 표현대로. 어디까지가, 낙산사인가? 낮은 담장들이, 절간과 속세의 시공간을 분리할 수 있는가? 몇 개의 문들이, 시공간을 분절할 수 있는가? 낙산사-시공간은 새어나가고, 넘쳐흘러서, 속세-시공간과 이음매 없이 이어지고 있었다. 박인호가 보기에, 그 지점이 위험했다.

의상은 관음을 친견하기 위해, 시공간의 특정 장소로 몸을 움직여야 했다. 박인호 역시, 낙산사에 도달하기 위해서는, 양양으로 와야 했다. 한편, 이 세상에는 설악산 신흥사도 있고, 오대산 월정사도 있었다. 낙산사는, 낙산사가 아닌 것들과 다르기에, 낙산사라는 이름을 얻었다. 낙산사를 시공간 '전체'이면서 동시에, 차이를 생성하는 '개체'로서 구별 될 수 있게 하는 것은 무엇인가?

이제, 다 왔다. 박인호는 폐허의 보타전으로 가는 길을 따라 내려갔다. 보타락과 관음지를 우회했다. 의상기념관, 처음 출발했던 곳. 그 순간 갑자기, 모든 것이 한꺼번에, 한 지점으로, 집결하기 시작한다. 낙산사 후문에서 출발해, 폐허를 가로지르고, 낙산사 정문을 통과한 뒤, 거대한 원의 궤적을 완성하는 순간.

세계가 사라지고, 마음의 스크린이 뜬다. 잔인한 추억과 미친 바다와 모래바람이, 추상화된 운동의 차원에서 통일되어, 시공간을 휩쓸고 지나간다. 사물들의 피부-몸과 근육-몸, 골격-몸, 순환-몸, 도관-몸, 신경-몸이 날아가는 순간, 모래먼지들이 응집해, 떨리고 비틀거리는 붓의 느낌으로, 무중력 시공간에 문자를 새겨나간다: 貞, 吉, 凶, 利…… 문자 하나하나가 진동하며, 춤추다가, 무너지는 순간, 풍경-문자들의 잿더미에서, 날카로운 정보가 솟아오른다……

시공간을 점유하는 낙산사의 또 다른 몸이 있었다: 정보-몸.

그것은 일종의, 정확한 비유는 아니지만, 가시적인 형태나 경계가 모호한 역장(力場)과 유사했다. 자석의 자기장은 일정한 시공간을 점유하지만, 시공간 그 자체와 분리되지 않는다. 서로 다른 형태와 경계를 가진 장(場)들과 시공간은, 둘이면서도 둘이 아닌 것이다.

낙산사 칠층석탑은 공간을 점유한 채, 수백 년의 시간을 견뎌온 것처럼 보인다. 보존과학자가 보기에, 미학적 진실은 달랐다. 칠층석탑은, 장식되고 구조화된 공(空), 인간의 시간으로 15세기에 응결된 시공간의 현시에 다름 아니었다. 그리하여 칠층석탑을 수리, 복원하는 일은, 시공간을 수리, 복원하는 일과 다르지 않았다.

모든 몸들은 시공간(空)의 응결에 지나지 않는다고, 박인호는 믿고 있었다. 광자와 쿼크는 시공간에 주름이 잡히면서 태어났다. 그러나 모든 몸들이 같으면서도 전부 다른 것은, 피부-몸과 근육-몸, 골격-몸, 순환-몸, 도관-몸, 신경-몸이 조립되는 방식, 상호의존적 발생의 형식, 정보-몸이 다르기 때문이었다. 광자가 전자기장의 응결이듯, 쿼크가 쿼크장의 응결이듯. 하지만 자석이 변하면 자기장도 변한다. 전자기장이 광자 그 자체의 양태이듯, 쿼크장이 쿼크 그 자체의 양태이듯. 낙산사 정보-몸 역시, 피부-몸과 근육-몸, 골격-몸, 순환-몸, 도관-몸, 신경-몸과 함께 끊임없이 변하는 것이었다, 사실은 그 변화 그 자체였다. 거북점, 전소된 풍경의 상(象)을 읽는 것, 그것은 전소된 낙산사의 정보-몸을 읽는 일과 다른 것이 아니었다.

박인호는 오후에 출발했던 그 자리에서 얼어붙었다. 낙산사는 아주 먼 곳에 있는 별처럼 여겨졌다: 이미 폭발했지만, 그 소식이 아직 지상에 도달하지 않았기에, 여전히 빛나는 것처럼 보이는 별. 그는 오직 빛을 쫓아 움직였고, 도달하였으나, 그곳에는 광원(光源)이 없었다. 허무의 빛에 휩싸이는 순간, 점사(占辭)는 그의 몸이 그린 궤적, 그 자체였다: 링반데룽〔環狀彷徨〕. 그는 아주 먼 길을 걸어서, 추억의 한 장소로 되돌아갔다. 다섯 종류의 불길이 휩쓸어버린 시공간. 그 폐허의 시공간에서 한 발짝도, 단 한 발짝도 움직이지 못한 셈이었다. 이제, 또다시, 아무도 모르는 동네로 가서, 묘꾼 같은 게 되어야 할 차례였다.

6장

방재(防災)연구소-슈퍼컴에 접속된 컴퓨터에는, 한반도 위성사진
이 떠 있었다. 그것은 황사지붕과 열점(熱點)들 때문에, 천체망원경
으로 찍은 성운처럼 보였다. 유사-무한의 시공간을 응시하는 동안,
열점들은 선이 되고, 면이 되어, 붉게 파도치는 입방체로 떠올랐다.
불의 구조물은 연료가 바닥날 때까지 갈 것이다, 기상이나 지형 조
건이 급변하지 않는 한. 이철민은 결론을 내리면서, 전자시신경을
끊었다.

메모리의 여백을 찾아 랜덤하게 이동하는 그의 연구실은, 슈퍼컴
들의 광활한 대양에서 떠도는 초전도 추진 잠수함과 같았다. 승선
구 장식은 김희영의 솜씨였다 — 불교풍의 살바도르 달리; 「자신
의 몸이 계단과 기둥의 세 척추, 하늘 및 건축이 되는 것을 지켜보
고 있는 벌거벗은 나의 아내」가, 와이프아웃되는 필름을 역회전시

키는 것처럼, 모니터에 새겨졌다.

이철민은 잠시 화면에서 등을 돌리고, 진동 의자를 작동시켰다. 몸의 경계선이 시공간으로 퍼져나가는 듯한 진동 속에서, 맞은편 벽에 부착된 신자유도시, 마카오 야경(夜景) 홀로그램을 응시했다: *마카오여자는 어디로 갈 것인가?*

단청의 색조로 변조된 모니터 영상이, 광(光)저장장치가 장착된 디지털 테이블에 반사되고 있었는데, *마카오여자*의 무기들, '의상(義相)의 「법성게(法性偈)」 해설서 종이책'과 '서바이벌 매뉴얼 멀티미디어 북'이 그 일부를 잘라내고 있었다.

김희영은 잠시 귀가했다가, 다시 산불 현장으로 떠났다. 이철민은 주인도 없는 아파트에 머물면서, 결벽증 환자의 방을 어지럽히고 있었다. 그는 현재, 공식 업무에서는 손을 뗀 상태였다. 학교에 안식년을 신청했고, 방재연구소에도 휴가를 신청했다. 연락처를 폐쇄해 사람들을 피하고, 세상 소식을 느슨하게 따라 잡으면서, 『불교논리학』이나 『괴델의 불완전성정리로 풀어본 원효의 판비량론(判比量論)』 『불교와 일반시스템이론』 같은 책이나 읽고, 자기만의 '메타-시뮬레이션'을 돌리는 일에만 미쳐 있었다.

그러나, 그가 있는 신강릉 역시 재난을 피할 수는 없었다. 사흘 전 오후, 진도 4 이상의 충격파가, 함몰지구-매립지 위에 세워진 교수 아파트-정원 단지를 뒤흔들었고, 그의 병약한 심장을 때렸다. LPG 탱크가 산불의 복사열 때문에 폭발했던 것이다. 심장의 카오스적 꿈틀거림에 사로잡혀 있었을 때, 김희영만이 알고 있는 휴대폰이 울렸고, 낙산사 전소 소식을 들었다. 자극 받기 쉬운 혼란 상태의 신체, 인지시스템의 임계상태에서 전해들은 낙산사 소식은, 전혀 다른 맥락에서 작동했다. 그의 삶에서, 낙산사는 지나치게 많은 것을 의미했다. 갑자기, 피부 밑에 뿌리혹박테리아 같은 걸 이식한 것처럼 보이던, 근육질의 거구가 생각났다. 어둡고 우울하며 눈빛이 불안한 놈을 다시 만난 곳은, 낙산사 수목장숲이었다.

4년 전의 일이었다, 아내가 사고를 낸 것은.

그 무렵, 이철민은 35세였고, 170센티에 50킬로도 안 나가는 시뮬레이션 관련 교수였으며, 결혼한 지 7년째였다. 그는 삼대 독자였기 때문에, 결혼식 때부터 아이 문제로 압박을 받았는데, 그때까지도 아이가 없었다. 불임은 아니었다. 그의 아내는 기이한 형태의 자연 유산 때문에 붕괴되고 있었다. 미국 유학 생활 때도, 그의 아내는 세 번이나, 임신 7개월이 넘어서, 자궁이 무덤으로 변해버리는 경험을 했다. 자궁 속의 아이는, 바깥세상이 가까워지면 언제나, 갑자기, 탯줄로 목을 감고 자살해버렸다.

산부인과 의사들이 '고요함의 위험'이라고 부르는 가설: 임산부가 잠든 동안에는 호흡이 약해지고 혈압이 떨어진다, 각종 영양분이 태아에게 제대로 전달되지 않는다, 태아는 저혈당 저산소 상태에 빠지면서 감당하기 힘든 불안에 휩싸인다, 태아는 그 상태를 해소하는 방법을 본능적으로 알고 있다……

고요함의 폭력에 맞서는 것. 알려진 치료법은 그것밖에 없었다. 잠든 산모를 불규칙적으로 깨우는, 또 다른 폭력으로 저항하는 것.

그러나, 이중의 폭력은 더욱 거대한 고요함으로 귀결되었다. 아이는 자살했고, 산모는 우울증과 영양실조 상태에 빠져버렸다.

아이는 없어도 된다, 이철민은 단호하게 말했지만, 그의 눈은, 모조 참나무 마루 위를 기어가는 바퀴벌레를 보고 흔들렸다. 그녀는 남편의 흔들리는 눈동자 때문에, 파멸적인 용기를 얻었다.

—그건 우리들 이야기지. 아이의 말은 달라. 모르겠어? 우린, 거부할 수 있는 입장에 있지 않아. 우린, 이미 거부당한 사람들이잖아? 아이는 태어나고 싶지 않은 거야. 왜, 모르는 척하는 거지?

그녀의 눈동자는 항성처럼 흔들리지 않았지만, 그 눈빛은 분명히, 착란상태에 빠진 자의 것이었다. 그리고, 착란상태에 빠진 여자는 궁금한 게 많았다: 아이는 나를 거부하는 걸까, 세상을 거부하는 걸까? 착란은 강박상태로 변해갔다. 한국으로 돌아온 뒤, 그녀는 그 질문에 대한 답을 확인하려고 했다.

그날, 이철민은 '동시성'이라는 무의식의 메아리 속에서 혼란에 빠졌다. 맨 먼저, 체세포 복제 연구를 하는 교수와 같이 점심을 먹다가, 대리모에 관한 이야기를 들었다. 돌잔치에 갔다가, 친척 어른들로부터 두번째로, 대리모에 관한 이야기를 들었다. 귀갓길 라디오에서, 불임 상담을 하던 의사로부터 세번째로, 대리모에 관한 이야기를 들었다. 우연이 겹치면, 계시가 된다. 집에 돌아왔을 때, 그의 아내는 갑자기 대리모를 사자고 했다. 인공자궁, 합성 아미노산 박스는 아직, 바이오해저드 문제를 해결하지 못했다. 그리고, 아내는 더 이상 임신할 수 없을 정도로 피폐해져 있었다. 아이를 원하는가, 착란적인 질문에 대한 답을 원하는가, 그는 끝내 물어보지 못했다.

고교 동창 독고(獨孤氏)가, '라디오에서 불임 상담도 하는 리프로테크 전문가'를 소개시켜주었다. 병원 측은, 배아이식에서 출산까지, 완벽한 대리모 프로그램을 가지고 있다고 주장했다. 비밀도 완벽하게 보장된다. 다만, 서류상에 흔적이 남지 않는 거액의 현금이 필요하다.

일단, 시작했다.

그들은 젊었을 때 냉동 보관했던 정자와 난자를 사용하기로 했기 때문에, 20대에 아기를 가지는 셈이었다. 대리모는, 지하시장의 젊고 건강한 여성 지원자들 중 선별되었다. 그날 이후, 시한폭탄의 초바늘을 바라보고 있는 듯한 날들이 시작되었다.

아내는 다시 피아노를 치기 시작했다. 첫번째 유산 이후로 굳게 닫혔던, 피아노의 문이 운명적으로 다시 열렸다. 그러나, 그녀의 베토벤은 한 번도 들어본 적이 없는 것이었고, 베토벤의 평판을 나쁘게 만드는 것이었다. 피아노곡으로 기묘하게 편곡된 '운명' 속에는, 광기의 씨앗 같은 것이 들어 있었다. 그는 시간을 대신하는 음악의 흐름 속에서, 미친 인공식물이 자라나는 시뮬레이션을 머릿속에 그렸다. 씨앗-생성자는, 린덴마이어 시스템의 단순한 성장-규칙들이 반복적으로 적용되는 동안, 점차 복잡한 형상을 갖춰갔다. 그러나, '운명'이 끝까지 연주되어 '개체발생'이 완료된 적은 없었다. 음악은 늘 중간에서 끝날 운명이었고, 그때마다, 이철민은 베란다로 나가 담배에 불을 붙일 운명이었다. 그들은 운명 속에서 잉태되어 태어나는 것과, 직면할 준비가 되어 있지 않았다. 그리고 이 세상에서 끝까지 연주되지 않았던 것은, 베토벤만이 아니었다. 태아는 고무줄처럼 탄력 있는 탯줄에 목을 매면서, 낯선 자궁까지 철저하게 망그러뜨렸다.

그때 '삶의 척추'가 꺾여버렸던 것이다. 이철민은 교통사고 현장에서도 그렇게 중얼거렸다.

사실, 사고 자체는 에필로그에 불과했다. 질적 단절, 그것이야말로 재난의 본질인 듯했고, 시뮬레이터의 척추는 논리학이었다. 삶의 등뼈가 꺾여버린 지점에서는, 논리가 통하지 않게 된다. 그 이후, 아무런 논리도 없이 양적으로만 채워가는 삶은, 쓰러지기 전에, 추하게 비틀거리면서도, 몇 걸음 더 걸어보는 것에 지나지 않았다. 다만, 겉보기에는 별로 표가 나지 않았다. 그의 아내는 오차 없이 일상생활을 이어갔고, 계속 피아노도 쳤다. 정말로 무서운 일은, 사람이 절망으로 미쳐서 격렬하게 날뛰는 게 아니라, 아주 평화롭게 딴사람이 되어버리는 일이란 것을, 이철민은 처음 알았다. 아내는 자기 자신의 어두운 패러디 같은 게 되어 있었다.

이철민의 사정도 별반 다르지 않았다. 그 역시 하던 일을 계속했다. 희한한 것은, 오히려 너그러워진 것처럼 보였다는 것이다. 언제나 까다롭게 굴던 그는, 주변 사람들에게, 그들이 원하는 것을 주기 시작했다: 입에 발린 칭찬과 허구의 존경 같은 것들. 모델링 절차를 아무 대가 없이 공개하기 시작한 것도, 그때부터였다. 그런 식으로 친절하게, 그런 식으로 예의 바르게, 가식적인 웃음과 무의미한 농담으로 무장한 채, 그는 대상이 모호한 경멸을 초신성처럼 발산하고 있었다. 그들 부부는 그렇게, 자신의 삶을 타인의 삶처럼 응시하면서, 척추가 꺾인 삶을 일변시킬 뭔가를 찾고 있었다.

이철민은 강박적으로 일에 매달리면서, 무슨 일이 일어나든 아무 일도 아니게 되어버린 삶의 지루함을 잊으려고 애썼다. 그의 아내는 정상적인 주부의 일상을 철저하게 모방하면서, 하나의 지루함을 다른 지루함으로 교체하려고 애썼다. 그러나, 지루함은 쉽게 끝날 것 같지 않았다. 그녀는 결국, 대상이 모호한 기다림을 끝내기 위해, 컨버터블 탑을 완전히 개방한 채, 시속 220킬로미터로 중앙선을 넘어갔다.

낙산사 수목장숲 관리인을 보는 순간, 뇌관을 건드린 듯, 그 모든 재난의 기억이 폭발했다. 에피소드 하나하나가 순차적으로 떠오르는 게 아니라, 모든 것이 한꺼번에, 아주 사소한 것조차도 빠지지 않은 기억의 총체가 되어, 그 모든 것을 세부적으로 경험할 때의 강도 그대로, 그를 사로잡았던 것이다.

한편, 거구의 사내 내부에서도 유사한 폭발의 과정이 있었다. 그들은 서로의 얼굴을 보면서 부조리 연극을 시작했다. 그날, 그들은 해수관음상 근처 풀밭에서, 오직 '과대망상적인 낙산사'에 관한 이야기만 했던 것이다 ― 핵심을 피하기 위해서.

그 며칠 후, 이철민은 수목장숲에서 아내의 유골을 되찾아 바다에 뿌렸다. 난감한 일은, 그 뒤에 일어났다. 낙산사에 관한 이야기는, 거구의 사내와 더불어 시간이 흐를수록 생생해졌고, 예상치 못한 곳에서, 예기치 못한 상황에서, 새로운 의미를 지닌 채 계속, 떠오르곤 했던 것이다.

낙산사에서 교차하는 위도와 경도; 그곳이 재난 시뮬레이션의 임계점이었다. 근거는, 없었다. 그는 통계적으로 산불 발생 확률이 가장 높은, 동해안 관광단지에서 시작해야 했고, 시작하기 위해서는 출발점이 필요했는데, 머릿속에 떠오른 단어가 바로, 낙산사였다. 낙산사를 건드리면, 기억의 총체가 한꺼번에 폭발하는 식으로, 재난이 폭발한다. 그런데, 함부로 선택했던 변수들, 임의로 조작했던 데이터들이, 생명력을 얻고 있었다.

급경사의 마사토를 파 뒤집으며 쏟아지던 불길은, 낙산사를 기점으로 유턴하면서, 내륙 쪽으로 달리기 시작했다. 진화대는 설악산 국립공원을 방어하기 위해, 구(舊)물갑리 쪽 함몰지구—저수지를 중심으로, 방화선을 쳤다. 김희영은 기록 촬영을 하면서 동시에, 이철민에게 동영상을 전송했다. 확산 넓이 300미터, 비산 높이 100미터의 불기둥들이, 상승 난류(亂流)의 형태를 가시화하면서 솟구쳐 올랐다. 불마루 끄트머리에서 잘려 나온 불덩어리들은, 삼차원 문양이 되어, 어두운 대기를 가르며 불티를 흩뿌렸다. 쏟아지는 불-우박들이, 사람들의 머리카락을 태우고, 옷에 구멍을 뚫었다. 흔들리는 것도 불이고, 흩어지는 것도 불이었지만, 김희영은 자신이 흔들리고, 흩어지는 느낌에 사로잡혔다. 무너지는 것은 하나의 방화선이 아니었다, 김희영과 이철민은 멀리 떨어진 곳에서, 같은 생각을 했다.

지난 일주일 동안, 강원도 동해안 지역에서만 5만 헥타르 이상이 불탔고, 천 가구 이상이 전소되었다. 한반도 전체로 확장하면, 그 피해는 전시 상황을 연상시키는 것이었다. 시뮬레이션이 작동될 수 있는 조건들이 갖춰지고 있었다. 이런 식으로 간다면 그것이 올 것이다. 아주 '오래된 미래,' 그것이.

세계는 이중으로 불타고 있었다: 전쟁과 분쟁과 테러.

콩고 내전이 아프리카 12개국으로 확대되었고, 남미의 내전은 몇 달에 한 번씩 정권을 교체하고 있었다. 팔레스타인과 카슈미르 등에서 벌어지고 있는 종교전쟁, 다민족국가들에서 진행 중인 분리주의 운동과 프랑스의 브르타뉴, 에스파냐의 카탈루냐 등을 휩쓸고 있는 독립전쟁, 거기에 원리주의 테러까지 보태졌다. 산불은 이미, 충분히, 불타고 있는 세계를 가로지르며, 다시 한 번, 불을 놓고 있었다. 한반도와 중국뿐 아니라, 몽골의 대초원, 남아시아와 라틴아메리카의 열대림이 불타고 있었다. 미국 서부의 산불은 한 달 넘게 잡히지 않고 있었고, 포르투갈에서 시작된 산불은, 스페인과 프랑스를 관통하는 거대한 화선(火線)이 되어 북상하고 있었다.

그러나, 불타는 세계가 그의 진정한 관심사는 아니었다. 그것은 일종의 무대 장치, 혹은 연주 전의 튜닝 작업에 지나지 않았다. 그는 불타는 세계를 넘어, 부서지는 세계를 보고 있었다.

동북아시아의 기후 급변에 관한 시뮬레이션을 돌릴 때도, 이철민이 생각한 것은 '부서지는 세계'였다. 세계는 이미, 충분히, 파국적 요소들을 노출하고 있었다. 우선, 대기 순환이 교란되어 뒤틀리고 있었다.

중위도 지방의 대기는, 편서풍의 교란 작용에 의한 열 혼합으로, 에너지 불균형 상태를 해소한다. 반면에 열대 지방의 대기는, 안정적인 '해들리순환'에 의해 평형 상태를 유지한다: 적도 수렴대에서 상승해 대기 상층부에서 이동한 뒤, 에너지 적자 지역에서 하강해

발생지로 다시 돌아가는 대기의 흐름. 그런데 온실효과로 인해 아열대 쪽 에너지가 증대되면서, 해들리순환에 의한 하강기류가 약해지기 시작했다. 열대의 공기는 상승하면서 비를 뿌려 건조해지고, 단열 법칙에 따라 팽창하면서 냉각된다. 그 저온 건조한 공기 덩어리가 이동해 쏟아지는 곳이 바로, 아열대 사막이었다. 하강기류의 약화는, 사막을 바꾸기 시작했다. 강수량이 증대되면서, 돌연변이 풀과 꽃들이 자라기 시작했던 것이다. 반면에, 적도와 극지방의 열적 차이가 증폭되면서, 아열대 대기 상층부의 제트기류는 더욱 강해졌다. 그 결과, 해들리순환이 동북쪽으로 뒤틀리고, 기후대가 이동하기 시작했다. 사막이, 극지방 쪽으로, 이동하고 있었다. 거기에, 엘니뇨-남방진동이 겹쳐졌다. 미국 남서부와 동유럽에 홍수가나고, 페루의 해안 사막이 초원으로 변해가는 동안, 아프리카 남부와 호주는 폭염으로 타들어가고, 인도네시아와 중국은 극심한 한발로 쩍쩍 갈라졌다. 한반도 역시 이상고온 현상과 가뭄, 바다의 적조현상에 시달리고 있었다. 그때, 이철민은 대가뭄을 배경으로 동아시아에서 발생한 두 가지 사건에 주목했다.

인도네시아 케이스: 엘니뇨가 야기한 대가뭄은, 인도네시아 전역에서 자연발화에 의한 대산불로 이어졌고, 그 연기가 말레이시아와 싱가포르, 태국까지 퍼져 나가면서, 남아시아 전체를 마비시켰다.

중국 케이스: 몽골 건조 지대가 확대되고 중국의 사막화가 가속되면서, 황사 발원지가 확대되었다 — 타클라마칸 사막에서 황토고원을 지나 만주에 이르기까지, 수천 킬로미터의 땅이 황무지로 변해버린 것이다.

그는 방재연구소 점조직의 팀원들이 조립해가는 재난 시뮬레이션으로, 자기만의 세계를 구축하기 시작했다. 먼저, 중위도 지방에서 수증기 혼합이 활발해지는 시뮬레이션을 폐기했다. 그리고, 기후대의 이동 속도와 국지적 교란을 과장했다; 인도네시아 케이스와 중국 케이스를 끌어와 한반도 위에 포개버린 셈이었다.

김희영이 보기에, 그것은 사이언스 픽션이었다. 그것은 이론적 설명 모델의 현상학적 기술도 아니었고, 계산적 예측 모델의 예언도 아니었다. 차라리, 재난을 처방하는 모델에 가까웠다. 그것은 '모델'이라기보다, 하나의 '세계' 그 자체였다: 탄소 기반 세계에 반하여, 그 자체의 실재성을 주장하는, 실리콘 기반 세계.

—어차피, 슈퍼컴으로도 기후 변화를 정량적으로 처리하는 데는 한계가 있어. 게다가, 실측치 계산에는 늘 자의성이 개입해. 가령, 구름 하나만 봐도 그래. '나비효과'까지 갈 필요도 없어. 지난번, 대기 이산화탄소 농도가 두 배 증가할 때의 온실효과 계산 역시 그랬지. 구름의 역할은 이중적이야. 낮은 고도의 층구름이 냉각제 역할을 하는 반면, 높은 고도의 새털구름은 온실효과를 강화해. 구름 계산 방식에 따라, 온도 상승 폭이 다섯 배나 차이 났어.

하지만, 계산된 모형들 중 확률이 낮은 쪽을 선택하는 이유는 무엇인가? 김희영이 보기에, 목적지는 이미 정해져 있는 것 같았다. 그곳에 도달하기 위해, 그는 없는 길을 만들면서 움직이고 있었다. 인도네시아 케이스는, 한반도의 식생과 지표 알베도를 변화시켰다. 중국 케이스는, 재난 시뮬레이션의 미학적 효과를 강화시켰다. 그는 원하는 것이 나오도록 매개변수와 데이터들을 조정했고, 결국,

당연히, 원하는 곳에 도달할 수 있었다. 그것이 작년의 일이었다.

그런데 해가 바뀌자마자, 기이한 징후들이 나타나기 시작했다. 유아론적 환상의 파편들이, 현실 곳곳에서, 출현하기 시작했다. 하지만 이철민이 갑자기 변한 것은, 시뮬레이션이 현실로 범람할 것 같았기 때문이 아니었다. 그는 드디어, 하나의 끝을 꿈꾸기 시작했다. 꺾여버린 삶의 척추를, 완전히 끊어버리든가, 다시 봉합하든가, 해야 할 때가 왔다고 생각했다.

이철민이 방재연구소에서 일하게 된 것은, 3년 전, 도망칠 시공간을 찾지 못해 한 점 무(無)를 꿈꾸던 때의 일이었다. 그 무렵, 고교 동창 독고의 권유로, 동해안 관광단지의 자연 스키장 컨설팅에 참여하게 되었다. 아이가 죽고, 아내가 죽고, 방향감각은 여전히 회복되지 않고, 머릿속은 계속 정전인 상황에서, 그는 자신의 신경을 학대하기 위해 일에 매달렸다. 모든 일이 아무래도 상관없다고 생각하던 때였지만, 아이러니컬하게도, 그 사실을 말하기 위해서는, 제대로 일을 처리할 필요가 있었다. 우선, 강원도 적설량과 스키장 입장객 간의 상관관계를 분석해, 손익분기점을 넘어서는 적설량 임계 구간을 칼처럼 설정했다. 임계 구간 밖의 예상 손실을 헷징하기 위해서는, 날씨파생상품에 투자할 필요가 있었다. 그리고, 습설로 인한 추가 비용 규모 예측 모델을 만들어서, 랜덤하게 보이던 과거 데이터들에 우아한 패턴을 부여했다. 그러나, 사람들을 놀라게 한 건 그런 장난감들이 아니었다. 그는 이번에도, 통계 기법 등의 모델링 소스를 완전히 공개했다. 그 모든 게 아무래도 좋다는 것, 따라서, 전력투구할 필요가 없다는 것, 그는 그런 걸 '논리적' 으로 보여주기 위해 전력투구하는, '비논리적'인 짓을 하고 있었다.

몇 달 후, 산림청 산불관리시스템을 구축하기 위해 전력투구하고 있었을 때, 독고에게서 다시 연락이 왔다. 자연 스키장을 비롯해서, 동해안 관광단지의 부동산과 시설물들은, 초국적 자본 '매크로 앤 타이니MACRO & TINY'가 소유하고 있었다. 독고는 그 투자 회사의 전략투자팀에서 일하고 있었는데, 파견 근무 형식으로 방재연구소 에 '나가 있다'고 했다.

전 지구적 과잉생산 공황 이후, 금융 부문의 초팽창은 정해진 수 순이었다. 하루에, 한국 1년 예산의 40배가 넘는 돈이, 국경을 가 로지르며 움직이고 있었다. 초국적 자본은 이미, 충분히, 세계 시 장을 지배하고 있었고, 사실은 세계 시장의 움직임, 그 자체나 마찬 가지였다. 그리고 유효수요가 없는 생산능력 과잉 상태에서, 초국 적 자본은 필연적으로, 투기 자본일 수밖에 없었다. 독고는 그 투기 자본의 최전선, '재난투자' 파트에서 일하고 있었다. 방재연구소 는, 그의 입을 통해 비로소, 현실적 실체를 가지게 되었다.

이 세상에는, 전쟁이나 재난을 통해 이득을 취하는 인간들이 있 다. 국제적 분쟁이나 내전을 '조정'하는 투자나, 자연재해 및 환경 오염과 관련된 헤지펀드는, 더 이상 새로운 게 아니었다.

독고는 주로 정치적 재난과 관련된 펀드를 운용하고 있었다. 거 칠게 요약하면, 아프리카나 남미의 전쟁이나 선거에 '투자'하는 것 이다. 권력투쟁에 나선 정당이나 무장 단체가, 초국적 자본의 이데 올로기에 동의하기만 하면, 압도적인 지원을 받아, 승리할 확률이 높아진다. 그래서 기반 투자에 성공하고 나면, 그다음에는, 이윤 추구를 위한 환경 조성 작업에 들어간다. 규제 완화 등의 자유화 조치는 기본이고, 긴축재정과 통화 평가절하 등의 경제 정책을 강제하는 것이다. '재난투자'란, 강도 높은 구조조정을 실행할 수 있을 정도로 강력하면서도, 해외 자본에 우호적인 정부를 세우는 '설비 투자'인 셈이었다.

이철민이 제안받은 자리는, 자연 재난과 관련된 시뮬레이션을 제공하는 일이었다. 허리케인 펀드에 관해서는, 그 역시 들어본 적이 있었다. 그것은 처음에, 전문가들에게 동기를 부여하고, 재난에 대비하기 위해 조성된, 공익 목적 펀드였다. 허리케인의 경로와 강도를 예측해 정보이용료를 받고, 피해 규모와 파급 효과를 고려해, 주식과 채권에 포트폴리오 투자도 하는 등, 피해를 줄이고 복구 기금을 확보하는 게 주목적이었던 것이다. 그런데 그것이 60퍼센트를 넘는 수익률을 기록하면서, 새로운 역사가 시작되었다. 방황하던 '벤처 캐피탈'들이 뛰어 들어오기 시작했던 것이다. 한편, 정치적 재난과 자연적 재난은 둘이 아니기도 했다 — 사헬의 대가뭄이 지속되면 사하라 이남 지역에서 물을 둘러싼 분쟁이 발생하고, 산유국에 지진이 발생하면 강대국들이 석유 이권에 개입하면서 이슬람 근본주의자들의 테러가 급증하는 식으로.

방재연구소는 그런 재난들과 관련해, 자본이 움직일 수 있도록 정보를 수집하고 창출하는 센터였는데, 어디에나 있지만 어디에도 없었고, 수십 개의 이름을 가졌으나 공식 명칭 또한 없었다. 매크로앤 타이니는 다국적기업들의 사유지, 마카오에 상징적인 빌딩을 갖고 있었지만, 조세 천국인 버뮤다의 '오두막'이 본점이었고, 그 프랙털적 파편들은 전 세계에 흩어져 있었다. 한국에서의 별칭, 방재연구소는 초국적자본 연합체가 공동 설립한 연구소로, 매크로 앤 타이니의 슈퍼컴 속에, 슈퍼컴들의 네트 위에 있었다. 존재하면서도 존재하지 않는 그 시공간에서, 점조직에 가까운 전 세계의 전문가들이 세계-시뮬레이션을 구축하고, 파국적인 미래를 미리 살아내고 있었다―오직, 자본 이득을 얻기 위해서. 하지만 정책 결정 과정은 초국적자본 연합체의 블랙박스 속에 있었고, 전문가들의 정보 창출 활동은 학문적 활동으로 완벽하게 포장되어 있었다. 아무래도 좋았다. 재난 시뮬레이션 파트에 자리가 났다는 말을 들었을 때, 이철민이 생각한 것은, 슈퍼컴의 광대한 시공간이었다: 접으면 무가 되고, 펼치면 무한이 되는 시공간. 도망칠 수 있는 시공간은 슈퍼컴 속에, 슈퍼컴들의 네트 위에만 있었다.

날이 어두워지면서, 아파트 유리창이 꺼진 모니터처럼 거울로 변해갔다. 김희영에게서는 여전히 연락이 없었다. 이철민은 방재연구소에서 귀환하자마자, 재난 생방송을 불러왔다. 불타는 속리산이, 시공간을 뛰어넘어, 그를 덮쳤다.
'한남금북정맥'의 불길은 경기도 안성에서 확산되어, 북서쪽으로는, 수원 일대를 가로질러 인천까지 나아갔고, 남서쪽으로는, 천안을 태우면서 태안반도로 향했다. 충북 음성의 보현산과 괴산의 보광산 불길은, 회유치를 넘어 백두대간, 속리산 국립공원을 타격했다. 속리산 천황봉의 산불은 순식간에, 비로봉에서 수정봉에 이르는 일곱 개의 봉오리로 번져 나갔다. 천황봉에서 문장대까지, 마루금 전체가 하나의 불꽃봉오리가 되어 피어올랐다. 불의 파도가 밤티재와 늘재를 지나, 청화산으로 범람하는 동안, 국내 유일의 목조탑인 팔상전(八相殿)이 붕괴되었고, 금동미륵불상은 지저분하게 녹아내렸다. 법이 정주하는 절(法住寺)이 불타고, 피난처 십승지지(十勝之地) 중 한 곳인 충북 보은골마저 불타고 있었으니.

이철민은, '식물성등대로(路)' 너머, 매크로 앤 타이니 소유의 테마파크 불빛이 아스라이 보이는 베란다로 나갔다. 금으로 도금한 이쑤시개 같은 담배에 불을 붙였다. 인광(燐光) 빛깔을 발하는 롤러코스터의 궤도가, 거대한 짐승의 등뼈처럼 솟아 있었다.

삶의 등뼈, 이철민은 중얼거렸다, 삶의 논리.

시뮬레이션들의 시뮬레이션, 메타-시뮬레이션은 삶의 논리 게임, 바로 그것이었다. 그가 복원하려는 논리란, 단절된 명제들, 단절된 서사들을 연결시키는 메커니즘이면서 동시에, 인식을 넘어, 존재를 움직이는 엔진 같은 것이었다. 따라서 메타-재난-시뮬레이션의 목표는, 생존 이상의 어떤 것이 되어야 했다.

이런 식의 황당한 질문은 어떤가, 이철민은, 등뼈만 남은 짐승에게 말을 걸었다. 모래바람 때문에, 롤러코스터 궤도에 일정 간격으로 세워진 발광다이오드 램프가 깜박거리는 것처럼 보였다. 그것이 마치, 등뼈만 남아서 풍화되고 있는 짐승의 심장 박동 같았다.

평상심이 곧 도다(平常心是道): 빌어먹을 마조도일 선사가 말했지.

형이하와 형이상의 단절, 평상심과 불심의 단절, 그 꺾여 있는 척추를 봉합하는 논리학이란 어떤 것인가?

8장

　김희영은 잔불정리조와 함께 목탄 숲 속을 돌아다니고 있었다.
구(舊)오색리, 남설악 일대를 조사하고 있었지만, 남설악이든 어디
든, 그녀가 발견하는 것은, 파국적인 시뮬레이션의 파편들이었다.
사위는 해질 무렵처럼 어두웠다. 시계(視界)는, 검은 나무들 때문에,
버티컬이 걸린 듯 끊어지고, 열파 때문에 휘어진 채 흔들렸다. 탄내
와 지열로 채워진 숲은, 관목과 교목, 초본에 이르기까지 철저하게,
파괴되어 있었다: 폭력적인 방식으로 등질화된 고요함.
　사스레나무든 분비나무든, 불타버린 잔해들은 해골의 익명성을
닮아 있었고, 내설악의 수렴동 계곡이든 외설악의 천불동 계곡이
든, 깨져버린 풍경은 고유의 빛을 상실하고 어두웠다. 폐허의 숲 속
을 헤매다 보면, 좌표는 말할 것도 없고, 감각마저 모호해져간다.
흐리고 어두운 풍경 속에서 선명한 것은, 가슴 부위에 고여 있는 통

증, 움직일 때마다 출렁거리는 통증밖에 없었다.

리얼리티가, 없다.

그렇게 중얼거리고 있었을 때, 남미의 휴가철 해변처럼 울긋불긋한 핸디컴-휴대폰에서 브라질풍의 바흐가 폭발했다. 설악산과 지리산이 무선으로 이어졌다. 산불관리과장 사공은 지리산 산불 현장을 지키고 있었다.

경남 함양군과 산청군의 산불은, 진화대의 저항에도 불구하고, 기어이 지리산 천왕봉으로 기어올랐다. 전북 남원시와 전남 구례군, 경남 하동군의 불길이, 지리산 국립공원의 삼도봉을 중심으로, 용암처럼 흘러내리던 때의 일이었다. 사공을 포함, 진화대책본부 사람들은, 황량한 제석봉의 고사목들이 대포 역할을 하며 비산화를 쏘아대는 환각적인 풍경을, 맨 정신으로 지켜봐야 했다. 지리산의 심장이라고도 불리는, 반야봉이 불타는 동안, 임걸령에서 노고단으로 이어지는 꽃길은, 불의 급류로 변해 거칠게 휘어졌고, 험준한 암벽, 형제봉과 노고단은 열파로 깨졌으며, 성삼재까지 뻗어나간 산불이 주능선을 따라 작은고리봉을 넘는 순간, 사람 키를 넘는 풀밭과 만복대 억새밭은, 불의 고속도로가 되어버렸다. 더 나쁜 소식은, 영신봉에서 끓어 넘치던 불길이, 백두대간 마루금 밖으로 흘러내린 일이었다. 불의 너울이, 낙동강 하구로 이어지는 낙남정맥을 따라, 한반도 최남단을 가로지르고 있었다.

—이런 건 본 적이 없어. 초현실적인 불이야.

사공의 쉰 목소리 밑에, 전기신호로 변조된 지리산 바람 소리가 깔려 있었다.

―제석봉 자갈밭 위로, 불이 물처럼 흘러 다녔어. 차갑기로 소문난 연하천은, 열탕이 돼버렸고. 산으로 둘러싸인 남원시 마을들은 불바다 속으로 가라앉았어. 세석평전 일대 복원 사업, 기억나? 우리가 초안을 잡았던, 사이보그 열대림. 다시, 폐허로 돌아갔어.

초현실적 산불은 아직도, 천왕봉에서 노고단을 거쳐 만복대에 이르는, 40여 킬로미터의 주능선을 점령하고 있었다. 사공 일행은, 고리봉 너머, 정령치 호텔에 머물다가, 구(舊)덕치리까지 쫓겨갔다. 진화대는 그곳에 최후 방화선을 긋고, 지리산 불과 싸우고 있었다. 백두대간이 끊긴 것처럼 보이는 지점이었다. 고리봉에서 구(舊)고기리로 내려가는 산길은, 땅이 꺼져버리는 급경사였다. 거기서부터, 수정봉을 넘어 봉화산에 이르는 구간은, 요양원이 있는 마을과 레몬향을 풍기는 푸른 카네이션 재배 단지였다.

―아마, 잡히지 않을 거야. 이미 강제 대피령을 내렸지. 오대산과 속리산 쪽도 장난이 아닌 모양이던데. 거긴 어때? 봉정암이 전소된 게, 확실해? 적멸보궁이 불탈 때까지 뭘 하고 있었나?

김희영은 설악산 상황을 간략히 설명했다: 산사태로 개조된 지형, 단 한 마리 새도 살지 않는 목탄 숲, 숯과 재로 뒤덮인 검은 계곡…… 그리고 초현실적 산불에 대한, 현실적 대책을 물었다.

초현실적 산불에 대해서는, 초현실적 대책밖에 없겠지. 사공은 신음인지 웃음인지 알 수 없는 소리를, 전파 노이즈에 섞어 보냈다.

―여기, 카페 주인한테 들은 얘기야. 그러니까 여기, 해발 수백 미터 되는 고원지대가, 예전에는 바다였대. 수천 년 전 얘기가 아냐. 마을 노인들은, 그들의 조부나 조모에게서 직접 들었다는군.

정령치 꼭대기까지 물이 들어왔다고. 1000미터가 넘는 고리봉에, 아직도, 배를 댔던 자리들이 남아 있다고 해. 땅을 파면, 조개껍데기도 쏟아져 나오고. 그래서 여기, 마을 이름도, 배 주(舟)자, 마을 촌(村)자, 주촌이야. 그래, 그러면 산불이 잡히겠지. 산이, 바다가 되면. 산이 더 이상, 산이 아니게 되면.

산불관리과장은 태백산에서 만나자는 미친 농담을 하고, 전화를 끊었다. 백두대간과 정간, 그리고 13개의 정맥을 따라, 불의 길이 열리고 있었다. 대재난 이전에 그려진 산맥 지형도는, 아직도 교과서에 남아 있지만, 야전교범(野戰敎範)이 될 수는 없었다. '산맥'이라는 개념은, 지질구조선을 따라 붙여진 것으로, 강에 의해 끊어지기도 하는 등, 실제 지형과는 다르다. 태백산맥이나 소백산맥 같은 건, 지표상에 존재하지 않는 것이다. 산불은 당연히, 대지진 이후의 실제 지형과 일치하는, '수정된 산경도(山經圖)'를 따라 움직이고 있었다.

남한의 경우, 설악산 불이 백두대간을 타고 남쪽으로 흐르고, 지리산 불이 백두대간을 타고 북쪽으로 달린다면, 불길은 속리산 불을 매개로 태백 어디쯤에서 이어질 확률이 높았다.

사공 과장의 초현실적 대책 때문에, 김희영은 점심때 보았던 '모래시계 속의 개미'가 생각났다. 그것은 한 박자 늦게 오는 바람에, '기억이 되어버린 예언'의 형태로, 그녀를 기다리고 있었다.

링반데룽의 신탁: 연대를 짐작할 수 없는 그 알루미늄 박스는, 어디에서, 왔는가?

김희영은 구오색리 산불수습대책본부에서 아침 일찍 출발했었다.

야산의 산불 피해지 관할 부서를 찾기 위해서였다. 긴축재정의 일환으로 야기된 공공부문 축소, 특히 재난대책기구들의 분할 축소는, 사실상 통합 지휘 체계를 와해시켰다. 그 결과, 지휘 라인이 다른 소방대와 군대, 공무원 조직의 공조 체계는, 주먹구구식으로 운용되고 있었다. 진화 장비와 인력 분배시스템 역시, 정보 유통 단계에서, 이미 혼선을 빚고 있었다.

고유 지명도 없이 그냥 '당산'이라고 불리는 그 산은, 현행 진화 체계로부터 완벽하게 소외되어 있었다. 김희영이 처음 갔던 곳은 지방산림관리소였다: 담당자는, 당산이 국유림이 아니기 때문에 자신들의 관할이 아니라고 했다. 그녀는 길 건너편에 있는 군청으로 갔다: 담당자는, 당산이 민유림인 건 맞지만 산불 피해 규모가 50헥타르 이상이면 자신들의 관할이 아니라고 했다. 그녀는 다시 지방산림관리소로 갔다: 담당자는, 당산이 민유림이고 산불 피해 규모가 50헥타르 이상인 건 맞지만 공유림이 아닌 사유림이기 때문에 자신들의 관할이 아니라고 했다. 그녀는 다시 군청으로 갔다: 담당자는, 당산이 민유림이고 산불 피해 규모가 50헥타르 이상이며 공유림이 아닌 사유림인 건 맞지만 산불수습대책본부가 가동 중일 때는 자신들의 관할이 아니라고 했다.

김희영이 구오색리 산불수습대책본부로 다시 돌아왔을 때, 그 알루미늄 박스가 그녀를 기다리고 있었다. 양양의 구(舊)남대천 근처에서 발견된 것이라고 했는데, 승용차 트렁크 크기였고, 내부에는 폴리에틸렌 필름과 건축용 파이버보드, 플라스틱 폼 등이 덧대어져 있었다. 그 박스 속에서, '아기 미라'를 비롯한 유물들이 쏟아져 나와, 일대 소동이 벌어졌다. 그중에는, 투명한 유리병 두 개를 이어 붙여, 손으로 직접 만든 것 같은 모래시계도 있었다. 진화 시뮬레이션 속에 넣고 시간을 가속시키면 나올 듯한 변종 개미 한 마리가, 시간의 통로를 막고 있었다. 그녀는 유리병을 흔들어 바싹 마른 개미를 산산조각 냈다. 붉은색 계통과 노란색 계통, 두 가지 색으로 염색된 모래의 시간이, 오렌지색으로 흐르기 시작했다. 바닥에 쌓인 과거가 두번째 미래가 되어 흐르기 시작했을 때, 경찰들이 나타나 알루미늄 박스를 수거해 갔다.

모래시계 속의 개미.

결국, 그것이다.

세석평전의 폐허는 복원될 것이다. 하지만 다시, 세석평전의 사이보그 열대림은 붕괴될 것이다. 하지만 다시…… 고리봉은 불과 물 사이에서 진동할 것이고, 그 리듬에 맞춰, 주촌은 떠올랐다 가라앉았다 할 것이다.

모래시계 속의 개미는 어떻게 밖으로 나갈 수 있는가?

모래시계, 그 닫혀 있는 무한에 관해 생각하는 동안, 가슴의 통증이 심해졌다. 그녀는 허리를 펴지 못한 채, 시커먼 덤불 뒤편으로 이동했다, 시커먼 살덩어리가 발을 걸었다. 시커먼 덫에 걸린 시커먼 토끼는 불가능한 각도로 꺾인 채, 정전기로 일어선 시커먼 머리카락 같은 열기를 내뿜고 있었다. 리얼리티가 있는 건, 몸의 통증뿐이다. 잘려나간 것은, 왼쪽 유방이 아니라, 리얼리티에 대한 감각기의 일부인지도 몰랐다.

대학원 시절, 가슴을 애무하던 남자 친구가, 그녀의 유방에서 뭔가를 발견했다. 그 자식은 유방의 핵, 어쩌고 하는 농담을 했는데, 그건 별로 재미있는 이야기가 아니었다. 암이었다. 초음파 찍고, 조직검사하고, 수술실로 들어갔다. 유두는 무조건 남겨야 한다고 주장했지만, 마취에서 깨어났을 때, 왼쪽 유방 전체가 잘려나간 걸 알았다. 부모님은 눈물을 보이지 않으려고 애썼지만, 눈동자에 들러붙은 수막렌즈까지 감출 수는 없었다. 눈물이 돋보기와 거울 역할을 동시에 할 수 있다는 걸, 그녀는 처음 알았다.

왼쪽 유방이 없어도, 새벽은 온다. 해가 뜰 때까지만, 울기로 했다. 그녀는 유방 없이 살고 있는 세상 모든 여자들을 축복했으며, 동시에 저주했다. 자기 몸에 일어난 재난이, 사회-몸으로, 세계-몸으로, 확대되기를 바라기도 했다: 신이여, 지금 주십시오, 대재앙을…… 그리고 자신에게 일어날 일들을 상상하며, 미리 울어버린 뒤, 이제부터는 정말로 강해지지 않으면 안 된다고, 그 말의 의미가 죽어버릴 때까지 수십 번, 수백 번을 되뇌었다. 하지만 강해지는 게 어떤 건지 몰랐기 때문에, 그 말은 처음부터 죽어 있었다.

수술은 작은 시작에 불과했다. 첨단 암 치료법은 비용 때문에 고려할 수 없었다. 민간의료보험제도는, 새로운 암 치료법들을 무용지물로 만들어버렸다. 원시적인 항암 치료와 방사선 치료, 그리고 호르몬 치료가 그녀를 기다리고 있었다.

항암화학요법을 받는 동안, 익숙하지만 낯설게 느껴지는 것, 언제나 바로 곁에 있었지만 아주 먼 곳에서 온 것처럼 느껴지는 것과 조우했다. 그 조우의 느낌은, 아르누보 스타일의 장식 거울 앞에서,

머리카락과 눈썹, 속눈썹이 다 빠져나가고, 시간을 곱절로 살아버린 얼굴과 대면하던 때와 유사했다.

무의식적 자살에 관해 처음으로, 진지하게 생각했던 것은, 고등학교 때였다. 어느 무책임한 책에서, 모든 사고사가 무의식적 자살이라는 글을 읽고 난 뒤, 근거 없는 불안에 시달리기 시작했다: 나는 자살할지도 모른다…… 자기도 모르게 뭔가를 원할지도 모른다는 불안은, 강도가 약해지긴 했지만, 스무 살이 넘어서도 사라지지 않았다.

암은 역설적으로 그녀를 구했다 — 왼쪽 유방만 확실히 죽임으로써. 그녀는, 두려운 일을 약한 강도로 시뮬레이션해봄으로써, 애매하던 것이 조금은 명확해졌다고 느꼈고, 명확해진 만큼 자유로워졌다고 느꼈다. 두 시간 넘게 항암 주사를 맞는 동안, 그녀는 오직한 가지 생각을 변주하는 일에만 매달렸다. 이를테면, 치명적인 수술 자국을 갖고 있는 한, 세상이 내일 붕괴될 거라는 사실을 혼자만알고 있는 표정, 그런 표정을 지을 권리가 자신에게 있다고 생각했고, 그런 생각이 항암 치료를 견딜 힘을 주었다.

그래서, 유방재건성형수술은 보류하기로 했다.

왼쪽 유방이 있었을 때도, 의미 있는 시간을 보낸 기억은 별로 없었다. 중력으로부터 자유롭고 누구에게나 설득력이 있는 유방을 맞춰 달아도, 삶이 변하지 않을 거라는 걸 알고 있었다. 병원 재활센터에는, 성형수술을 받고 자신감을 회복했다는 여자들의 이야기가 널려 있었지만, 그녀에게 필요한 것은, 그런 유의 자신감이 아니었다. 모든 면에서 평범 그 자체였던 그녀는, 왼쪽 유방을 잘라냄으로

써 오히려, '그들'의 무리에서 떨어져 나와 '나'라고 하는 것이 될 수 있었다. 자살은 이제, 두 개의 유방이 제자리에 붙어 있는 여자들이나 선택하는, 통속적인 결론에 불과했다. 왼쪽 유방이 없는 여자에게는, 훨씬 거대한 프로젝트가 필요했다. 그녀는 좀더 독창적인 방식으로, 세계에 대한 환멸을 보여주지 않으면 안 된다고 생각했다. 다음은, 방사선 치료 단계였다.

실제 방사선을 쬐는 시간은 채 몇 분이 되지 않았지만, 자세를 잡고, 각도를 맞추는 데, 30분 이상이 걸렸다. 그날도 변함없이, 김희영은 유방이나 자궁이 없는 여자들과 함께, 모조 풀과 꽃으로 자연 놀이터처럼 꾸민 대기실에서, 벽에 투영되는 텔레비전을 보고 있었다: 시사 고발프로그램, 「마카오로 간 여자들」.

카메라는 마카오 특유의 무국적, 탈역사적 풍경을 배경으로, 그곳의 한국인 무희들과 창녀들을 스케치했다. 거기에는 뭔가, 김희영의 마음을 건드리는 요소가 있었다. 그곳에는, 팔이나 다리가 없는 장애 여성도 있었던 것이다.

모자이크 처리된 얼굴, 변조된 음성: 다리를 잘라내서 삶이 황폐해진 건지, 삶이 황폐해져서 다리 정도는 떼어줘야 했던 건지, 어느 순간, 알 수 없게 되었어요. 그러자, '어떻게 이런 일이 일어날 수 있는가'라는 식의 분노는, '사실은 이런 일이 일어날 줄 알았다' '어차피 일어날 일을 미리 겪었다'라는 식의 희한한 안도로 변해갔죠……

당신을 일백 퍼센트 이해한다, 김희영은 속으로 중얼거렸다. 절단된 상흔처럼 모호한 도시에서 날아온 전언이, 10억 볼트의 번개처럼, 그녀를 꿰뚫고 지나갔다. 뇌세포의 이온 통로를 달리는 전기 신호의 변조, 신경전달물질의 홍수, 재배치된 시냅스들이 두개골 내벽에 어두운 홀로그램을 그렸다: 나 역시, 마카오로 가서 변태들을 위한 창녀나 되는 게, 맞지 않을까?

맞다, 지쳤다.

그동안, 말도 안 되는 세상의 요구를 들어주며, 형상기억합금처럼 참고 견디느라 지쳤다. 예쁘게 보이려고, 트랜스제닉 은빛 장미처럼 꾸미는 데도 지쳤다. 오래전부터, 진짜 생각을 말해버리고 싶었지만, 언어도 없었고 겁도 났다. 그러나, 잘려나간 유방은 말할 수 없던 것들을 보여줄 수 있는 상징물이 되었고, 물어뜯긴 듯한 실밥 자국은 광기에 가까운 용기를 제공했다.

그날 이후, 김희영은 마카오 야경 홀로그램, 디스플레이 벽지를 인터넷으로 구입했다. 마카오는 그녀에게, 지옥이자 고향을 의미했다. 마카오 주민들에게는, 상처가 치유되지 않는 게 구원이었다. 다음은, 호르몬 치료 단계였다.

호르몬 치료를 받던 어느 날, 김희영은 교통사고로 반 토막이 난 여자와, 손목에 유아용 컬러붕대를 감은 거구의 사내와 마주쳤다. 그들은 모두, 병원 지하 약국의 일광(日光) 시스템 아래에서, 자신들의 약을 기다리고 있었다. 김희영은 호르몬제 부작용 상태에서, 쳐다보지 않았다고 주장해도 될 정도의 각도로, 반 토막이 난 여자를 계속 쳐다보고 있었다. 지하로 내려온 태양 아래에서, 반 토막이 난 여자의 얼굴은 데스마스크처럼 보였다. 신경이 불타버리고 미세 혈관들은 광기의 시멘트로 채워진 듯한 그 얼굴에서, 김희영은 자신의 얼굴을 발견했다. 그러자 불구의 몸짓 하나하나에서, 정교하게 계산된 듯한 슬픔과 분노와 체념이 나방의 인분(鱗粉)처럼 흩날리는 걸 볼 수 있었다. 지하 로비의 구도가 너무 불안했다. 옥상 집광 장치에서 운반된 빛은 비균질적으로 퍼져 있었고, 사물들의 경계선이 퍼져 나와 백색잡음처럼 중첩되고 있었다. 갑자기, 모든 게 우스워졌다.

겨우, 왼쪽 유방 하나 없는 게, 그렇게 대단한 일인가? 상처를 이용해 오히려, 선택받은 인간인 척 굴고 있는 건 아닌가? 그녀는 광섬유와 특수 플라스틱 파이프가 끌어들이는 자연광이, 자신의 가식적인 살을 태우는 느낌에 사로잡혔다. 데스마스크의 공격은 계속되었다. 마음의 지하에 있던 치기 어린 상념들이, 지하로 내려온 태양 아래에서, 적나라하게 드러나고 있었다. 세상이 내일 붕괴될 거라는 걸 혼자만 알고 있는 표정, 그런 표정을 지을 권리는 누구에게도 없었다. 겨우, 내가 얼마나 힘든지 알아달라고, 어린애처럼 떼를 쓰는 짓에 지나지 않았다……

그녀는 낯선 태양 아래에서 타들어가며, 재가 될 때까지 앉아 있었다. 태양이 꺼질 무렵, 다시 일어섰다. 상처 입은 자들 특유의, 자기가 세계의 중심인 양 행동하는 짓은 그만 두자고, 지하로 내려온 태양 아래에서 결심했다. 그리고, 마카오로 떠났다.

무슨 특별한 재능이 있는 것도 아니고, 예쁘지도, 똑똑하지도 않고, 유방은 하나밖에 없다…… 타클라마칸 사막으로 가서 실컷 우는 게 맞겠지만, 마카오로 가서 견디기로 했다. 무대 위에서 토플리스 차림으로 춤추는 여자처럼 유쾌해지고, 화대를 받는 창녀처럼 친절해지고, 술과 안주를 나르는 웨이트리스처럼 성실해지기로 했다.

물론, 그녀가 누구처럼 비행기를 타고 마카오로 날아갔던 건 아니었다. 그 대신, 마카오 식으로 강해지는 법에 관해, 오랫동안 생각했다. 그런데, 그 마카오에는 이철민도 살고 있었다.

마카오에서의 삶은 모순으로 점철된 것이었다. 그녀는 새로 태어난 인간으로, 오인되기 시작했다. 다시 학교로 돌아가 졸업을 하고, 산림청 공무원으로 자리를 잡을 때까지, 그녀는 정말로 열심히 살았다. 본질은 절망, 한 가지지만 그 색깔은 아주 다양해서, 이율배반적인 보색 대비의 형태로 나타날 수도 있었다. 그러나, 가식은 아니었다. 위선이라는 표현도, 정확하지 않다. 열정 자체는, 진짜였다. 다만, 목적이 없었다. 타인들은 그 맹목을, 성실이라고 불렀다. 주변 사람들이 요새 좋아졌다고 말하던 때가, 그때였다, 다 타버린 마음이 한 줌 잿더미로 남았을 때.

구조조정으로 해체되기 전까지, 김희영은 상설기구였던 재난대책통합본부 연구원이었다. 그때나 지금이나, 현대판 '아마조니스'는, 자청해서 재난이란 전쟁터로 달려갔다. 영혼이 타버린 인간들을 중독시키는 압력이, 재난 현장에는 있었다: 지금이순간-바로여기에 집중하게 만드는 압력. 마카오로 간 여자들이나, 다국적기업 용병이 된 사내들은, 자신을 이해할 거라고 믿었다. 그녀가 이철민을 다시 만난 건, 산림청 연구사로 발령이 났을 때였다. 이철민이 보기에, 그녀는, 약간의 명분만 주어진다면 기꺼이 전사하기 위해 전쟁터를 찾아다니는 인간처럼 보였다. 그래서, 마음에 들었다.

김희영과 이철민이 처음 만났을 때, 그들은 제자와 선생 사이였다. 몇 년의 시간이 지났다. 그들은 산림청 산불 관리시스템을 구축하기 위해, 다시 만났다. 몇 달의 시간이 지났다. 그들은 대학 내 생태공학실험실, 바이오스피어 사업을 위해, 다시 만났다.

그 무렵, 이철민은 40평짜리 아파트를 팔고, 17평짜리 교수아파트를 전세로 얻었다. 보험과 적금을 해약했다. 주식과 부동산까지, 현금으로 바꿨다. 그 모든 걸 익명으로 기부했다. 자신에게 당장 필요하지 않은 것을, 지금 그것을 필요로 하는 사람들에게 보내는 것이, '논리적인' 일이라고 생각했다. 앞으로의 계획 같은 건 없었다. 큰 병에 걸리면, 그때는, 순리에 따른다. 더 이상, 아쉬울 것도 없고, 두려울 것도 없었다. 김희영은, 그에게서도 '왼쪽 유방 같은 것'이 잘려나간 걸 발견했다. 자기 분야에 무서울 정도로 집중하지만, 사실은, 그 모든 게 공허하다고 생각하며, 기본적으로 시니컬하다. 그리고, 모기나 바퀴벌레를 제외하면 주변에 아무도 없다. 그래서, 유혹하고 말고 할 것도 없었다. 긴 이야기도 필요 없었다. 정보-몸들 사이에 신비한 통로가 놓이고, 내밀한 정보들이 달렸다. 마카오 주민들은, 자기 속에 있는 설명 불가능한 것을, 상대에게 전달하려고 애쓰지 않아도 좋았다. 그들은 서로에게서, 원하던 것을 얻었다: 기다림의 대상이 뭔지도 모르면서 오랫동안 기다려왔던 것; 친밀감이나 오르가슴이나 평화나 해탈 같은 게 아니라 그저, 트라우마의 레벨이 비슷할 때 느끼는 편안함; 이해 받고 있다는 느낌, 오직 그것.

여자는 유방 절제 수술 이후 처음으로, 다른 사람 앞에서, 보형물이 든 브래지어를 풀었다. 남자는 수술 자국 위에 차가운 손을 얹고, 그 손이 심장의 온도로 데워질 때까지, 존재하지 않는 유방을 추억했다. 여자는 어느 순간, 마카오 야경 홀로그램 속으로 들어갔다. 일정한 간격으로 시공간에 광원(光圓)을 새기는 투영기들. 다국적기업들의 유리숲에서 고대의 새처럼 날아오르는 네온 문자. 어둠의 회랑 속에서 천천히, 포르투갈풍 건물과 중국풍 건물들이 뒤섞인 채 떠오른다. 무한의 소실점을 향해 마주 보고 달리는, 바로크와 네오고딕과 포스트모던 발광체들. 카지노의 네온 문신이 기하학적 형태로 어둠을 도려내면, 향 연기와 담배 연기의 주름진 차폐막이 나타난다. 그 너머에서 명멸하는 것은, 영어와 광둥어와 포르투갈어가 충돌하며 일으킨, 음파 발광 현상의 잔해이다. 마카오, 빛의 제국. 하지만 손을 뻗어 움켜쥐는 순간 부서지는, 채색된 공허. 볼 수는 있지만, 만질 수는 없다. 남자의 길고 마른 몸, 역시 마찬가지였다. 팔뚝에 돋을새김된 혈관과 가느다란 손가락의 잔주름, 돌멩이를 일렬로 세워놓은 것 같은 등뼈와 윤곽이 고스란히 드러난 갈비뼈, 빈약한 엉덩이에서 앙상한 겨울나무처럼 뻗어 나온 두 그루의 다리…… 여자는 사람의 형상을 한 그 폐허에서, 홀로그램적 리얼리티만을 느낄 수 있었다. 남자는 그토록 생생하면서도, 비지정학적 마카오처럼 추상적이었다. 대상을 놓쳐버린 욕망이, 추상적 패턴을 그리며 흩어지기 시작했다. 리얼리티, ……불감증 환자는 손을 뻗어, 한 줌 공허를 움켜쥐며 중얼거렸다.

리얼리티, ……김희영은 시커먼 덤불에서 빠져나와 다시 움직이며 중얼거린다. 뿌리까지 타버린 참나무들이 지그재그로 쓰러져 있는 구간을 통과하자, 목판화의 풍경이 흔들리기 시작했다. 검은 재가 떠오르고, 나무들이 내뿜는 연기 때문에, 주위가 창백해지고 있다. 검은 나무들은, 기체로 변해 날아가면서, 점점 왜소해지고 있었다. 소리 없이 사라지는 것들을 보며, 폭력적인 고요함에 관해 생각한다, 그 순간.

바로 앞에 있던 검은 나무가, 환하게 비명을 질렀다. 땅 밑을 기던 불길이, 수관을 타고 상승하다가, 표피를 찢고, 밖으로 튀어나왔다. 정말로 위험한 것은, 눈에 보이는 불길이 아닌 것이다. 잔불은 불꽃도 없이 수백 도로 끓어오르며 폐허를 돌아다니다가, 어느 순간, 불나무가 되어 솟아오른다.

김희영은 불의 압력에 떠밀려, 반사적으로 물러섰다. 굴참나무의 코르크층을 쇠붙이로 때리는 소리, 신갈나무 열매 수백 개를 일시에 짓이기는 소리들이, 나뭇가지 관절들마다에서 울려 퍼졌다. 너울거리는 불길 때문에, 하늘 땅 전체가 흔들리고, 고요함을 깨뜨린 소리가 지속되며, 두려운 리듬으로 변해간다: 불의 리듬. 그녀는, 자신의 몸이, 그 리듬을 거부하면서도 동경하는 것을 느꼈다; 허파는 공포로 위축되지만, 심장은 매혹되어 흥분하고, 발은 뒷걸음질치지만, 손은 만져보고 싶어 한다……

등짐펌프를 짊어진 진화대원들이, 신호음을 내며 달려왔다. 마비되어 있던 김희영은, 비로소 그들과 함께 불나무를 공격하기 시작했다.

불길은 날개를 접고 추락하듯, 순식간에 물방울로 변해 뚝뚝 떨어져 내렸다. 물에 젖어 번들거리는 검은 나무는, 기름칠을 한 금속 파편들을 대충 용접해놓은 것 같았다. 금속성의 느낌 때문에, 탄내와 연기가, 살을 베거나 찌르는 감각으로 전이되어 느껴졌다.

불의 리듬은 사라졌다, 다시 움직이기 시작하는 순간.

그녀는 자신의 내부에 여전히 살아 있는 불기운을 느꼈다.

갑자기, 낙산사가 불타던 때의 기억이, 그때의 정서적 충격과 동일한 강도로 몸을 때렸다.

그때, 뭔가를 받았지 —— 마음의 잿더미 속에 숨어 있는 것.

그녀는 그 자리에 멈춰 서서, 쉽게 가라앉지 않는 심장에 손을 얹었다. 다 타버린 마음, 그 밑에서, 열기가 느껴졌다: 마음의 지중화 (地中火).

양양; 도울 양(襄), 햇볕 양(陽); 해가 돋는 곳.

그곳에서, 불을 받았다.

간절히, 빛을 원하였으나, 오직, 불을 받았다.

10장

불타는 세계의 벙커.

디지털 정원이 음악으로 변해, 그들만의 벙커 속에서 자라난다: 바람의 방정식, 순차적으로 물결치는 수학적 억새들, 황금각으로 배열되는 솔방울 비늘들, 비트맵 하늘에 박혀 있는 돌, 부석(浮石)들 주위로 번져나가는 동심원의 하늘-물결…… 그 모든 형태들이 음악으로 번역되어, 모니터 밖에서 자라난다. '마카오의 연인들'은, 액체 주입식 매트리스 위에, 벌거벗은 채 널브러져 있었다. 그들의 늘어진 몸뚱어리 위에서, 디지털 백합이 탱고풍으로 자라난다. 물리학과 화학으로 환원되는 섹스가 끝났다.

김희영은 오대산 권 피해 조사를 끝내고 휴가 중이었다. 이철민이 텔레비전을 켜자, 불타는 영상과 소음이 벙커 속으로 쳐들어와서, 하늘과 바람과 식물의 음악을 휩쓸어버렸다.

그들의 연애야말로 기묘한 것이었다.

여자는 주로, 손이나 입으로 남자가 정액을 배출할 수 있도록 도와주었고, 남자는 주로, 여자를 위해 인터넷 동영상으로 배운 스포츠 마사지나 해주었다. 몸을 나른하게 만들기 위해, 섹스가 필요했을 뿐. 몇 시간 동안, 서로의 존재를 잊은 채 테크노사운드 속에 가라앉아 있다가, 문득 생각난 듯, 머리카락을 쓰다듬거나, 혹시 물 같은 거 마시고 싶지 않은지 물었고, 프랑스 요리책을 보면서 동영상으로만 보던 음식을 함께 만들 때도 있었지만, 요리책이든 뭐든, 그냥 책이나 읽다가, 간단한 하이테크 푸드로 때우는 경우가 더 많았고, 베란다의 다단식 웰빙채소-시스템을 함께 가꿀 때도 있었지만, 베란다의 폴딩 소파에 나란히 앉아, 테마 파크의 미친 롤러코스터를 응시하며, 눈을 뜬 채 꿈을 꾸는 일이 더 많았으며, 그때도 테마 파크 따위에 가고 싶다는 생각은 한 적이 없었다.

—저 중들은 평상심, 뭐, 그런 비슷한 걸 유지하고 있을까?

이철민이 재난 생방송을 보다가 뜬금없이 물었다. 경북 문경시의 희양산이 불타고 있었다. 백두대간 줄기의 웅장한 바위산, 그 남쪽 기슭에 있는 절이 바로, 봉암사였다. 일 년 중 석가탄신일에만 개방되는, 수행전문도량의 스님들이, 방화선을 파거나 동력톱을 들고, 소나무들을 쓰러뜨리고 있었다.

벙커 밖의 세계는 여전히 격렬하게 불타고 있었다.

안 잡는가, 못 잡는가, 산불보다 뜨겁게 여론이 들끓고 있었지만, 기상 조건은 오히려 악화되었다. 국지적 강풍이 불씨를 퍼뜨리는 광경은 더 이상, 새롭지 않았다. 제한 급수제가 실시되고 생수 가격이 급등하는 가뭄도, 여전했다. 계속 발효 중인 건조주의보는 식상해져, 힘이 없었다. 군인과 공무원, 주민들까지 진화 인력으로 동원되고, 입산금지 조치와 함께, 방화선을 이중, 삼중으로 구축했지만, 불길은 사그라지지 않았다. 발화 원인을 놓고 억측이 난무하는 가운데, 사이비 종교들이 재기할 준비를 서두르고 있었고, 산불의 진동에 공명한 방화범들까지 나타났다. 차량이나 가로수가 동시 다발적으로 불타기 시작했다. 방화인지, 실화인지, 건물 화재까지 급증했다.

그 무렵, 전시 행정의 일환으로, 인공강우 실험이 기획되었다. 재난대책중앙본부의 웹 사이트가, 사흘이 멀다 하고 해킹을 당하던 때의 일이었다. **불타는 고딕체**들이 유명했다. 실제 불보다 훨씬 멋지게 타오르는 키네틱 타이포그래피 : FIRE KOREA……

지리산 고리봉을 내려온 산불은, 전북 남원의 성장호르몬 첨가밀과 운봉의 베타카로틴 강화 벼, 경남 함양의 웰빙 키메라채소들을 휩쓸어버리면서, 덕유산 권과 연결되는 영취산 근처까지 나아갔다. 속리산 불은 남북 양 방향으로 흐르고 있었는데, 남쪽 방향으로는, 봉황산을 넘고 경북 상주시를 초토화시킨 뒤, 추풍령까지 이어지는 중화지구대에서 불의 점선이 되어 타올랐다.

산불관리과장 사공은, 사방에서 조여오는 불기운을 느끼며, 무주 구천동 계곡에서 비를 기다리고 있었다. 나무들이 불타면서 증발한 수분으로 인해, 덕유산 권 일대에 구름이 생성되었다. 그곳은 원래, 북서쪽 무주의 찬 대륙성 기후와 남동쪽 거창의 따뜻한 기후가 만나는 곳이라, 기상 변화가 심한 곳이었다.

요오드화은을 탑재한 경비행기가, 은빛 메스처럼 시공간을 갈랐다.
하늘의 찢어진 틈새에서 고름 같은 게 스며나와, 대기의 색깔을
바꾸기 시작했다.

하늘이 열린 건 대략, 3~4분 정도였다. 진득한 빗방울이, 동쪽
에서 서쪽으로, 순차적으로 쏟아지기 시작했다. 누렇고 무거운 빗
방울 하나가, 고개를 든 사공의 눈동자에 들러붙었다.

토우(土雨)였다.

덕유평전으로, 눈이 쌓이듯, 진흙이 뒤덮이기 시작했다. 주목들
의 나뭇가지는, 누런 상고대로 둘러싸이며, 고압전선처럼 변해갔
다. 무주구천동 33경이, 백련사에서 나제통문에 이르기까지 순차적
으로, 젖은 모래흙을 뒤집어쓰기 시작했다. 나흘 뒤, 누런 숲이 불
타는 광경은, 헬기 조종사 황보에게, 에셔의 부조리한 건축물처럼
보였다.

—마카오여자는, 어디로 갈 것인가?

이철민이 서바이벌 매뉴얼 멀티미디어 북을 편집하면서 중얼거렸
다: 불타고 부서지는 세계를 위한 생존 매뉴얼; 수도승들에게도
'삽'과 '동력톱'이 필요한 것이다……

김희영은 계속 봉암사 스님들을 지켜보면서, 마카오여자의 두 가
지 무기를 생각했다: 화엄일승법계도(華嚴一乘法界圖)와 서바이벌 매
뉴얼.

—마카오여자는, 아직 마카오에서 돌아오지도 않았어요.

김희영이 「법성게(法性偈)」 해설서 종이책을 뒤적이며 말했다. 마
카오여자를 창조하기 위해서는, 그녀의 과거도 필요했다. 마카오여

자는 아직, 마카오에 있다. 그러나 곧, 돌아올 것이다.

*

재난을 '이해'한다는 것, 그것은 하나의 논리적 메커니즘을 터득하는 것이라고, 이철민은 시뮬레이터의 어법으로 정리했다; 재난을 이해한다는 것은, 하나의 재난을 과학적으로 설명하는 일이 아니었고, 지진을 예측하거나, 가뭄 해법을 제시하거나, 태풍의 강도를 약화시키는 식으로, 재난 대책을 세우는 일과도 달랐다. 삶이란, 몸의 궤적, 움직이는 몸의 다른 이름이었고, 그는, 몸을 꺾고 뒤틀고 난도질하는 모든 재난에, 논리적인 불을 지르기를 원했다. 그때의 재난이란, 일상을 뒤흔들어놓는 모든 것의 총칭이었다 — 은총까지 포함해서. 일상 자체가, 사실은, 재난에 의해 네거티브한 방식으로만 정의될 수 있었다.

재난들; 너무 짧게 깎은 발톱에서부터 진도 9의 지진에 이르기까지, 아침에 깨진 거울에서부터 중심기압 900헥토파스칼의 태풍에 이르기까지, 일상을 꺾고 뒤틀고 난도질하는 모든 것들; 수학적 특이점들; 논리학적 폐허들.

그 재난을 어떻게 받아들일 것인가, 다시 말해, 일상을 어떻게 이해할 것인가?

남전(南泉)이나 임제(臨濟)나 조주(趙州)는 어떻게, 일상에서 도(道)를 볼 수 있었는가? 재난에 의해 꺾이고 뒤틀리고 난도질되는 일상에서, 어떻게? 그들은 또 어떻게, 일상과 재난을 봉합하는 메커니즘,

논리학적 폐허를 구원하는 평상심의 논리학을 말할 수 있었는가?

메타-재난-시뮬레이션.

그것은 애초에, 논리-지리적 공상을 위한 전제로서, 요청된 개념에 지나지 않았다. 아이디어 자체는, 『도덕경』의 한 문장에서 왔다.

귀대환약신(貴大患若身) ;

재난을 몸처럼 귀하게 여겨라.

이철민이 이해하는 한, 『도덕경』 13장은, 몸과 재난/은총에 관한 형이상학적 난센스로 가득 차 있었다. 판본에 따라 글자가 다르고, 해석자들에 따라 전혀 다른 해석이 나올 정도로, 모호한 장이기도 했고, 어떤 식으로 해석하든, 말이 안 된다는 점에서는, 명확한 장이기도 했다. 그래서 그는 이상적인 컴퓨터, '튜링 머신'을 이용해 분석해보기로 했다. 수은과 납을 머금은 빗방울이, 어두운 점묘화의 풍경을 만들며, 신경계에 혼란을 초래하던 날이었다. 그는 가상의 컴퓨터와 함께, 그 문장의 의미를 명확하게 하는 사고실험을, 주변에 있는 바퀴벌레들과 모기들에게 제안했다. 쓸쓸함과 심란함에 대항하기 위해서는, 과대망상에 가까운 공상이 필요했다. 바퀴벌레들과 모기들이 이목을 집중하고 있었다.

사고실험의 핵심은, 컴퓨터가 '생각'할 수 있는가, 혹은 시뮬레이션 프로그램이 '마음'을 설명할 수 있는가, 하는 식의 주제를 검토하는 일이 아니었다. '사유' 혹은 '이해'라는 것이 형식적 요소들에 대한 계산으로 환원될 수 있는가, 하는 식의 문제도 초점 밖에 있었다. 이철민은 오직, 적절한 프로그램이 성립할 수 있을 때, '귀대환약신'이라는 문장을 비명제적 명제의 형식으로 치환하고, 그 명령의 논리-지리적 이미지를 그려보길 원했다. 그리고 '강한인공지능논리'가 옳든 그르든, 그 목표를 위해 유용하다고 판단했다: 컴퓨터는 원칙적으로 노자(老子)의 두뇌 활동을 모방할 수 있고, 노자의 사유 역시 일종의 계산 과정에 지나지 않는다는 것. 물론, 노자가 망상형 정신분열증 환자가 아니며, 마약을 한 상태에서 『도덕경』을 쓴 게 아니라는 전제도 필요했다.

시뮬레이터는 이제, 노자의 머릿속에서 일어났던 일을 시뮬레이션하기 시작했다. 노자는 재난 일반에 관한 논리적 분석, 검증을 끝낸 뒤, 하나의 결론을 도출했다: 귀대환약신. 하지만 뉴런의 연결 방식이나, 시냅스의 신호 강도나, 두뇌 부위별 활성 패턴 같은 걸 시뮬레이션해본다는 의미는 아니었다. 오직, '귀대환약신'이란 결론을 도출하기 위해 머릿속에서 생성되었던 추론 과정 전체, 다시 말해, 두뇌의 물질적 계산 요소들이 특정한 방식으로 조립되었을 때 창발했던 것, 그 생화학적 알고리듬을 시뮬레이션해본다는 의미였다: 메타-재난-시뮬레이션: 재난 일반에 관한 논리시스템.

개별 재난을 통한 귀납적 접근은 불가능했다. 모든 재난에 상응한다고 간주할 수 있는 '재난일반모델'을 만든다는 것은, 개별 재난 시뮬레이션들을 수평적으로 통합하는 것과 차원이 다른 문제였다. 태풍이나 지진, 화산 같은 주요 재난 시뮬레이션들을 결합하고, 그 속에서 작동하는 인간-프로그램들의 알고리듬을 추적하는 것, 그런 건, 하이테크 노점상들의 서바이벌 게임에 불과했다. 메타-재난-시뮬레이션을 만들기 위해서는, 개별 재난 시뮬레이션들의 차원과는 전혀 다른 차원으로, 움직여야 했다. 비유하자면, 수평적 통합이 아닌 수직적 해체와 재구축, 모든 언어들의 추상적 구조로 가정되는, '심층문법'의 차원으로 내려가는 일과도 같았다. 그러나, 처음부터 메타-재난-시뮬레이션 자체에 초점이 맞춰진 건 아니었다. 그것은 전제로 주어져야 했고, 사고실험의 핵심은 어디까지나, 노자의 대가리, 속에서 구축되었던 게 아니라, 노자의 대가리, 밖으로 나왔던 명제의 이미지였다.

—그러니까, 이상적인 인공지능 시뮬레이터가, '대환(大患)'들에 관한, 추상적 기호들과 논리식들의 형식 체계를 구성하고, 하나의 명제를 도출한다는 얘기야. 탄소 기반이든, 실리콘 기반이든, 물적 토대만 다를 뿐, 메타-재난-시뮬레이션 자체는 동일하다고 간주하는 거지. 웬만한 건 그냥, '논리학'이라고 부르는 내 어법대로 하자면, 메타-재난-시뮬레이션 역시 하나의 논리시스템이니까. 메타-재난-시뮬레이션이 이미 존재하기 때문에, 준비는 끝났어. 이제, 모든 '대환'들이 논리적 난제(難題) 형식으로 치환된 '논리-공간'을 상상해보는 거야. 그리고 '신(身)' 혹은 '인간-몸'에 해당하는 건, 인지 작용의 논리적 구조를 재현하는 규칙들의 집합, 인간-논리-프로그램으로 상상하는 거지. 그 프로그램들은, 논리적 난제에 부딪쳐 도태되거나, 논리적 난제를 해결하면서 진화해. 하나의 인간-논리-프로그램이 모든 난제를 해결했을 때, 이 논리 게임의 형태는

어떻게 될까?

은유 역할을 할 수 있는 공간은 이미 정해져 있었다.

디지털 정원(NO.7)의 이철민식 조크; 새떼들 대신, 전자 보리수 나무들 사이로 날아다니는 물고기 떼. 육식성 '피라니아'들은 아무 것도 물어뜯지 않으며, 중력으로부터 자유롭고, 음악을 이해했다. 그것들은 처음에 눈송이의 낙하 운동을 모방하며 정원에 쌓이다가, 쇤베르크의 음악이 시작되면 공중으로 떠올라, 12음의 결합 패턴을 시각화했다. 그 피라니아 떼는, 이철민이 사용하는 탐색 알고리듬의 에이전트를, 미학적으로 장식한 것이었다.

그는 재료 혼합 문제나 임계구간 설정 문제 등을 풀 때, '집단지능 최적화시스템'을 주로 이용하곤 했다: 단순한 규칙들에 의해 움직이는 에이전트 집단이, 분산적 의사결정과 자기조직화의 마술을 통해, 빠른 속도로 문제를 해결하는 시스템. 여기서 논리-공간과 관련해 중요했던 점은, 하나의 문제를 해결하기 위해, 하나의 공간을 창조한다는 개념이었다: 서치 스페이스. 그것은 쇤베르크를 비롯한 현대 음악가들이 수행했던 일과 다른 것이 아니었다. 새로운 음악을 만들어내기 위해서는, 음악을 일종의 추상적인 형식 체계로 간주하고, 12음을 모두 사용하는 '음(音)들의 공간'부터 만들어내야 했던 것이다.

집단지능 최적화시스템의 탐색 공간은, 인공신경망의 가능한 모든 가중합들로 직조된 추상 공간이었다. 다시 말해, 탐색 공간의 한 좌표는, 하나의 가능한 해답이었고, 피라니아 떼가 집결하는 장소가 바로, 최적해에 해당했다.

　이철민은 그런 식으로, 한 장소가 하나의 논리적 난제를 의미하는, 재난의 논리-공간을 가정했다. 그리고 규칙들의 집합, '논리-몸'은, 자신의 알고리듬으로 해결 가능한 범위만큼, 논리-공간을 점유하는 것으로 간주되었다: 자신이 이해할 수 있는 데까지가, 자기 몸인 셈이지. 그러므로, 논리-몸은 '이동'하는 게 아니라, 확장하든가, 수축하는 방식으로, '변형'될 수만 있었다. 논리-몸이 하나의 논리적 난제를 해결한다는 것은, 새로운 알고리듬을 학습한다는 것이었고, 동시에 논리-공간의 한 장소를 자신의 몸으로 통합한다는 것이었다. 자신의 알고리듬 모듈을 수정, 확장해가는 논리-몸의 운명은 어떻게 될 것인가? 그것이, 김희영에게 주어진 문제였다.

　김희영은 그때, 이철민의 바퀴벌레들과 모기들처럼 집중했다.

　귀대환약신: 뜬구름처럼 잡히지 않지만, 이상한 울림을 가진 문장. 거기에는 확실히, 왼쪽 유방이 없는 몸들에게 호소하는 뭔가가 있었다. 아주 난해한 패턴을 그리지만 전체적으로는 아주 매혹적인 뭔가가. 그 한자 단어들은, 멈추지 않는 롤러코스터처럼, 신경회로를 따라 타성에 의해 순환하며, 왼쪽 유방이 없는 몸을 며칠 동안 진동시켰다. 이철민의 아이디어는 그저, 수은과 납을 머금은 빗방울 때문에 야기된, 자아도취적 망상일 수도 있었다. 하지만 외부에서 볼 때, 망상과 각성은 동일한 신경회로를 따라 움직이며, 동일한 신경 임펄스를 유발하는 것처럼 보이기 때문에, 마음이 흔들렸다면 한 번쯤, 진리의 원자가 몇 개나 들어 있는지 세어볼 필요는 있었

다. 정신병자의 에세이와 선사의 어록은 얼마나 닮아 있는가?

그래서, 그녀는 귀대환약신의 논리-지리적 영토로 나아갔다 ─ 고(古)지도의 바깥 영토, 기괴한 괴물들이 사는 곳으로.

─재난의 논리-공간에서, 모든 논리적 난제를 해결한 논리-몸은, 어떻게 변할 것인가?

─극한의 변신: 알고리듬 모듈을 수정하며 변신하고 확장한 논리-몸은, 궁극적으로, 재난의 논리-공간 그 자체가 되어 있을 것이다.

김희영은 자신의 두뇌 신경망이 도출한 결과를, 자신이 이해하고 받아들일 수 있는지, 자신이 없었다. 이건, 뭐랄까, 신의 형상에 가깝다. 사유의 주체이면서, 동시에 대상인 자; 모든 객관성이, 자신의 주관성과 일치하는 자. 그녀는 자신이 '과학적으로' 사유했다고 믿었다. 하지만 그 결과, 귀대환약신에 대한 '시'를 쓰게 되었다.

재난을 몸처럼 귀하게 여길 것; 사이보그의 형식 ─ 재난을 몸의 세포와, 조직과, 기관으로 전화시키면서, 변신하고, 확장할 것. 그리고, 하나의 '논리적 사실'이 존재한다는 걸 잊지 말 것; 자기를 바꾸는 것과 세계를 바꾸는 것, 자기를 긍정하는 것과 세계를 긍정하는 것이 일치하는 지점이 존재할 수 있다는 것 ─ 논리-몸이 논리-공간 그 자체가 될 때, 그때. 이해는 아마도 그 지점에서만 가능할 것이다; 재난을 이해하기 위해서는, 이해라는 것이, 논리-몸의 수준이 아니라 논리-공간의 수준, 즉 시스템 레벨에서 발생한다는 걸 볼 수 있어야 했다.

끝.

그러나, 끝이라고 생각하는 순간 떠오르는 의문: 끝까지 갔는데
도 왜, 아무 일도 없는가?

김희영이 시를 쓰는 동안, 이철민은 방재연구소 가상 연구실의
바퀴벌레 배양-숲에 있었다. 바퀴벌레라고는 하지만, 디지털 정원
(NO.11)의 신경동물학적 계시성(繼時性) 운동을 하는 곤충들과는 완
전히, 다른 종류였다. 그것은 일정한 형태가 없는 디지털 바이러스,
맹목적인 자기복제 프로그램들이었다. 번식, 변이, 선택의 과정을
밟는다는 점에서, '인공생명'이라고 그는 강조했지만, 논리-폭탄이
란 점에서, '디지털 기생충'이란 명칭이 더 정확했다.

디지털 바퀴벌레들은, 네트상의 방재연구소 연구실 속에서도, 또
다른 차원의 세계에 존재했다 — 택시 문을 열고 들어갔더니, 시험
관과 플라스크 따위로 가득 찬 실험실이 나오고, 실험실 책상 서랍
을 여니까, 거대한 고사리 숲이 나오는 식으로. 가상의 가상 세계에
감금해두지 않으면, 그 즉시, 가상 세계의 데이터들을 파괴할 수도
있었다. 따라서 바퀴벌레 배양-숲은, 컴퓨터 속의 가상 컴퓨터에
격리되어 있었고, 다양한 종류의 바퀴벌레들이 서식하는 디지털 생
태계였으며, 그 자체로서, 하나의 진화 프로그램이기도 했다. 이철
민은 가장 위험한 논리-폭탄을 제조하기 위해, 체성과도변이나 클
론 선택 같은 면역계 특유의 진화 시뮬레이션을 돌리고 있었다. 하
지만 바퀴벌레 원형을 프로그래밍하고, 유전연산이나 이진수열의
변이 패턴 정도를 수정하는 정도로만 관여할 뿐이었다. 바퀴벌레들

은 실세계에서처럼 번식하고, 돌연변이를 일으키고, '자연선택'되면서, 스스로 진화하고 있었다.

그가 바퀴벌레들에게 기울이는 기이한 애정을 보면서, 김희영은 물어본 적이 있었다: 디지털 정원은 이해가 간다, 그런데 그 바퀴벌레들의 용도는 무엇인가?

이철민이 언제, 뚜렷한 목적을 갖고 무슨 짓을 했던가? 다만, 바퀴벌레들이야말로, 그가 어디에 있든, 어디로 가든, 늘 함께했던 유일한 생물이기는 했다. 그럼에도 불구하고, 한 가지는 확실했다. 바퀴벌레들은 세계-시뮬레이션의 운영 체제, 디지털 면역계의 유전알고리듬에 기초한 논리시스템을 타깃으로, 진화하고 있었다.

김희영이 귀대환약신의 논리-지리적 이미지에 대한 해석을 제출했을 때, 바퀴벌레 배양-숲에서는, 도태된 바퀴벌레들의 코드들이 재활용되면서, 전혀 다른 변종 기생충들이 태어나고 있었다. 병렬 처리를 위한 시간 분할 규칙을 약간 조정했을 뿐인데, 서로 다른 바퀴벌레들의 파편들이 조립되면서, 프랑켄슈타인-바퀴벌레가 나타났던 것이다. 이철민의 정보-몸속으로, 변종 기생충 같은 게 침입한 것도, 바로 그때였다.

이철민 역시, 김희영이 말하는 정도의, 귀대환약신에 대한 '개념 드로잉'을 갖고 있었다. 해답은 사실, 문제 설정 때부터 정해져 있던 거나 다름없었다. 그러나, 자기 내부에서만 돌리던 생각을, 몸 밖에 있는 객관적인 형태로, 낯선 타인의 생각이라는 형태로 접하게 되자, 순간적으로 그게 아니라는 걸 깨달았다. 그동안, 스스로를 속이고 있었던 게 아닌가 싶을 정도로, 두뇌 신경망의 배선 구조

가 급변했다: 반전(反轉).

그러나, 그는 좀전에 떠오른 생각이 아니라 오래전부터 생각해왔던 것처럼 태연하게 말했다: 너는 끝까지 가지 않았다……

—논리-공간 그 자체가 되어버린 논리-몸, 일종의 주객일치(主客一致) 상태에 도달한 시스템은, 그 즉시, 자신의 존재 자체가 논리적 아포리아로 변해버리는 걸 피할 수 없을 거야. 그러니까 한 걸음, 더 가야 결승선이지. 논리-공간을 자기 몸으로 바꾼 논리-몸은, 마지막 순간, 자신의 알고리듬 모듈을 최종적으로 수정할 거야. 하지만 그 수정 행위로 말미암아, 논리-공간 자체가 변할 거야. 그래서, 논리-몸은 다시, 수정된 논리-공간에 대한 논리적 추론과 판단을 수행해야 하는데, 그것은 또다시, 논리-공간을 수정하게 될 거고, 그래서, 논리-몸은 또다시, ……링반데룽이야. 인공지능 시뮬레이터는 아마, '전체의 역설' 상태에 도달할 뿐만 아니라, 일종의 자기지시적 순환회로에 갇혀버릴 거야. 빠져나갈 곳은 어디에도 없고, 무한 순환루프에 빠진 채, 무의미한 숫자와 기호들의 행렬만 토해내겠지. 결국, 메타-재난-시뮬레이션을 완전하게 기술하기 위해선, 메타-메타-재난-시뮬레이션이 요청될 거야. 끝이, 없어. 다른 길을 찾아야 돼.

고민거리의 가중치가 조정되었다 —— '나'라고 하는 것이 분할되고, 재배치되고, 재접합된 것이다; 그동안 '나'라고 믿었던 자가 추구하던 것이, 새로 조립된 '나'에 의해 교체되어버린 것이다. 메타-

재난-시뮬레이션의 문제가, 절대로 떨쳐버릴 수 없는 이명처럼, 이철민의 머리 한쪽 구석에서 계속 울려 퍼지기 시작했다: 다른 길, 다른 논리가 가능할 것인가?

그는 자신의 머릿속에서 순간적으로 일어났던 일을, 머릿속에서 시뮬레이션해보았다.

인공신경망: 수학적으로 모델링된 뉴런들의 그물망. 입력 통로들을 달려온 신호들은 가중 총합된 뒤, 문턱값과 비교되어, 뉴런의 활성 여부를 결정한다. 그러나, 노이즈라는 게 있다. 외부에서 유입된 잡음은 가중치를 수정해서, 인공신경망의 발화 패턴 자체를 바꿔놓는다.

이철민의 머릿속에서 일어난 일의 결과는 이런 것이었다: 디지털 컴퓨터에서는 메타-재난-시뮬레이션이 불가능할지도 모른다……

그것은 사실, 인공지능 시뮬레이터의 한계라기보다는, 인공지능 시뮬레이터에 투사된 그 자신의 한계일 확률이 높았지만, 이철민은 자신에게 유리한 가설들을 끌어와 김희영에게 설명했다. 거기에는, 연역추론기계의 논리적 한계를 설정하는, 괴델의 불완전성정리만 걸려 있는 게 아니었다. 거기에는, 결정론적이지만 비계산적인 요소들과 함께, 비결정론적인 양자역학적 문제 또한 걸려 있었다. 디지털 컴퓨터로 두뇌 활동을 재현한다고 했을 때, 그것은 어디까지나, 결정론적인 신경망 레벨에서의 복제를 의미했다. 하지만 신경망 이면의 양자장 역시, 두뇌 활동의 한 요소였다.

—그런 이야기가 너무 신비하게 느껴진다면, 하드웨어적 문제에 대한 환유로 생각해볼 수도 있겠지. 생명-몸은, 하드웨어와 소프트

웨어의 절단 불가능한 통합체야. 인공지능 프로그래밍의 난제들은 아마, 비트겐슈타인의 관점에서 제기되는 것들, 언어-사용(실천)과 동시에 생성하는 '의미'의 문제 같은 것들일 거야.

그러나, 그런 것들이 인공지능의 진정한 한계인가, 하는 건 핵심이 아니었다. 막강한 반론들이 존재했고, 이철민 역시 잘 알고 있었다. 가령, 괴델의 정리가 인공지능의 불가능성을 증명한다고 보기는 힘들었다. 괴델의 정리만을 사용해서, 인간은 알 수 있지만 기계는 알 수 없는 진리가 존재한다는 걸 증명하려면, 그 전제로서, 자연지능 체계의 무모순부터 증명해야 하는 것이다.

문제는 결코, 인공지능이 가능한가, 불가능한가, 하는 게 아니었다.

문제는 오직, 괴델의 정리에 사용된 방법론적 역설, 인공지능 시뮬레이터에 투사된 이철민 자신의 논리적 한계였다.

다시 말해, 핵심은 하나였다 : 메타-재난-시뮬레이션을 어떻게 얻을 것인가?

메타-재난-시뮬레이션이 존재하는가, 아닌가, 하는 것은, '이철민의 세계'에서, 논리적으로 불가능한 질문이었다. 메타-재난-시뮬레이션은 존재한다. 왜냐하면 노자의 머릿속, 몸속에서, 재난에 대한 깨달음에 이르기까지 발생한 사건들의 총체를 가리키는 '이름'이, 메타-재난-시뮬레이션이었기 때문에. 그것이 무엇이든, 시뮬레이션과는 무관한 어떤 것이어도 상관없이, '정의(定義)'를 통해 존재할 수밖에 없는 것이다.

다만, 노자의 깨달음 자체가 사기이며 귀대환약신이 하나의 헛소리에 불과할 위험은 잔존한다, 어느 쪽에 걸 것인가?

이름은 그대로였다: 메타-재난-시뮬레이션.

이름이 가리키는 대상도 그대로였다.

그럼에도 불구하고, 의미는 변했다.

귀대환약신이란 명제를 이해한다는 것은, 그 명제가 필연적으로 도출될 수밖에 없는 시스템, 메타-재난-시뮬레이션을 머릿속에, 몸속에, 갖춘다는 것을 의미했다. 동시에, 그것이 생성될 수밖에 없는 신경망의 배치, 양자장의 카오스적 동학과 같은, 몸들의 특정한 배치에 도달한다는 것이기도 했다.

이철민은 하나의 가설적 결론을 내렸고, 그 즉시, 자신이 난파했다고 느꼈다.

어쨌든, 현재의 컴퓨터로는 불가능하다, 그래도, 메타-재난-시뮬레이션이 필요한가?

그러면 만들어라, 몸을 조립해서.

이철민이 혼란에 빠져 있는 동안, 김희영은 자기만의 실험을 고안하고 있었다: 실리콘 기반 메타-재난-시뮬레이션에서, 탄소 기반 메타-재난-시뮬레이션으로.

이철민이 학교에서, 동네 숲 속에서, 집 안에서, 난파선처럼 표류하던 어느 날, 그녀는 새로운 아이디어를 제안했다: 하나의 재난을 겪으면서, 모든 재난을 이해하기.

물론, 실제 재난이 모든 사유를 중단시켜버린다는 걸 똑똑히 알고 있었다. 그러나, 컴퓨터가 있었다. 주어져 있는 것을 선용할 필요가 있었다. 컴퓨터와 더불어 사유하되, 궁극적으로는, 스스로 사유해보는 것이다. 그래서, 그녀는 이철민의 한반도 재난 시뮬레이션 속으로 들어간 자신을 상상해보았다. 재난 시뮬레이션 속의 인간-프로그램. 물론, 여자다: *마카오여자*.

재난을 이해하기 위해 모든 재난을 겪어야 할 필요는 없다고, 김희영은 생각했다. 하나의 공안을 진정으로 이해하는 수도승은, 모든 공안을 결국 이해할 수 있을 것이다. 왜냐하면, 하나의 공안을 제대로 이해하기 위해서는, 모든 공안에 대한 이해가 필요하기 때문에. 그런 발상이 또 하나의 링반데룽이고, 근친교배에 의한 논리학적 파탄이라고 생각하면서도, 그녀는 직관적으로 확신했다. 간화선(看話禪) 수행자들이 하나의 사실로서 존재하지 않는가? 그들이 존재하는 모든 화두를 붙잡고 늘어지는 건 아니지 않는가? 그러므로 하나의 재난을 이해할 수 있다면, 이미, 충분히, 모든 재난을 이해한다는 의미였다.

이제, 불과 모래의 황무지가 온다.
*마카오여자*와 함께 가라.
불을 뚫고, 초토(焦土)를 가로지르고, 사구(砂丘)를 넘고, 건천(乾川)을 건너서.

김희영은 재난 시뮬레이션 속의 *마카오여자*와 함께 가며, 자신의 머릿속에, 몸속에 메타-재난-시뮬레이션을 구축하는 실험을 시작했다. 현실적으로는, 생존해야 하겠지만, 궁극적으로는, 이해해야 했다. 이철민이 보기에, 그것은 결국 하나의 '캐릭터'를 창조하는 일이었다: *마카오여자*. 메타-재난-시뮬레이션을 만드는 일은, 사실 하나의 '몸'을 만드는 일이었고, 그것은 또한, 실제적 변신과 다른 것이 아니었다. 그때부터, *마카오여자*는 언제나 그들과 함께하였다. 잠을 잘 때도, 밥을 먹을 때도, 섹스를 할 때도. 그리고, 그들은 습관적으로 중얼거리곤 하였다: *마카오여자*는 어디로 갈 것인가, 어디까지 갈 수 있을 것인가?

*

이철민은 이제 재난 생방송에서 재난 시뮬레이션으로 도약한다: *마카오여자*는 어디로 갈 것인가, 불타고 부서지는 세계에서.

재난에 관해 알리려면, 재난 생방송이 아니라, 재난 시뮬레이션이 필요했다. 산림청에서는, 그런 게 있는지조차 몰랐다. 이철민과 그 팀원들의 재난 시뮬레이션에 대한 권리는, 매크로 앤 타이니(M&T)가 독점적으로 소유하고 있었다. M&T는 이미 한반도에 대한 투자 전략을 수립하고, 실행에 들어갔을 것이다.

김희영은 베란다 한쪽에 있는, 다단식 웰빙채소밭을 살폈다. 얼마 전에 씨를 뿌린 로켓샐러드와 테이블비트는, 아직 소식이 없었다. 그러나, 하단 컨테이너에 옮겨 심은 스틱브로콜리는 생장점을 따줄 때가 되었고, 콜리플라워에는 오렌지색 송이가 생기기 시작했다. 오늘은 일단, 흙 표면의 건조도를 감지해 자동으로 물을 뿌리는 식수 장치에, 물만 보충하기로 했다.

김희영이 다시 거실로 돌아오는 순간, 이철민이 실제 시공간과 시뮬레이션 시공간의 인터스페이스에서 중얼거렸다: 태백이야, 거기가 또 하나의 문턱이야.

김희영은 소파에 몸을 묻은 채, 재난 시뮬레이션 속으로 들어갔다; *마카오여자*는 비트의 공간을 접어 태백으로 도약한다……

*마카오여자*를 생각하는 동안, 통증이 엄습했다. 대동맥의 수축과 팽창이, 몸 전체를 뒤흔든다. 김희영은 왼쪽 가슴에 양손을 얹고, 몸을 웅크렸다. 이철민은 몇 번이나 병원에 가보라고 했지만, 잘려나간 유방에 붙은 불을 누가 끌 수 있을 것인가?

김희영은 심호흡을 반복하며, 디지털 테이블 위에 있는 *마카오여자*의 무기들을 응시했다: 의상의 「법성게」 해설서 종이책과 서바이벌 매뉴얼 멀티미디어 북.

의상은 당나라 유학 시절, 10권의 『대승장(大乘章)』을 지었으나, 스승 지엄(智儼)의 지적을 받고 번쇄한 곳을 삭제해가다가, 마지막 순간, 책을 불태웠다고 전한다: '글이 성인의 뜻에 맞는다면 원컨대 타지 마소서.'

「법성게」는 그때 불타지 않고 남은 글자, 210자로 지은 7언 30구의 게송이었다: 잿더미 속에서 솟아오르는, 불타지 않는 문자들. 『화엄일승법계도』는, 그 210자를 장방형 속에 미로 도안처럼 배치한 것인데, '불타지 않는 문자들'의 길은, 54번이나 꺾이며 복잡하게 이어졌다. 『화엄일승법계도』에서 마음을 건드리는 부분을 말한다면, 무슨 뜻인지 알 수 없는 한자들이 아니라, 그 '불타지 않는 문자들'이 배치되는 형식이었다: 장방형 한가운데 있는 법(法)자에서 시작해〔法性圓融無二相〕, 그 바로 밑에 있는 불(佛)자로 이어지는〔舊來不動名爲佛〕, 미로의 형식.

一	微	塵	中	含	十	初	發	心	時	便	正	覺	生	死
一	量	無	是	卽	方	成	益	寶	雨	議	思	不	意	涅
卽	劫	遠	劫	念	別	生	佛	普	賢	大	人	如	出	槃
多	九	量	卽	一	切	隔	滿	十	海	仁	能	境	出	相
切	世	無	一	念	塵	亂	虛	別	印	三	昧	中	繁	共
一	十	是	如	亦	中	雜	空	分	無	然	冥	事	理	和
卽	世	相	互	卽	仍	不	衆	生	隨	器	得	利	益	是
一	相	二	無	融	圓	性	法	回	際	本	還	者	行	故
一	諸	智	所	知	非	餘	佛	息	盡	寶	莊	嚴	法	界
中	法	證	甚	性	眞	境	爲	妄	無	隨	家	歸	意	實
多	不	切	深	極	微	妙	名	想	尼	分	得	資	如	寶
切	動	一	絕	相	無	不	動	必	羅	陀	以	糧	捉	殿
一	本	來	寂	無	名	守	不	不	得	無	緣	善	巧	窮
中	一	成	緣	隨	性	自	來	舊	床	道	中	際	實	坐

여기에는 길이 하나밖에 없었다: 단선미로.

이 길은 시작과 끝이 이어져 있었다: 순환미로.

김희영이 보기에, 화엄일승법계도-미로야말로, 미로의 극한처럼 생각되었다: 길이 하나밖에 없는데도 도달할 수 없는 미로, 시작과 끝이 이어져 있는 무시무종(無始無終)의 미로.

어떻게 해야, 몸 안팎의 불을 끌 수 있는가?

김희영은 통증의 여운 속에서 중얼거렸다.

어떻게 해야, 불타지 않는 곳에 도달할 수 있는가?

그러나, 산불의 기세는 갈수록 거세지고만 있었다.

희양산을 넘은 산불은, 경북 문경시와 충북 괴산군을 초토화시키

며, 이화령 너덜지대와 그 너머 잣나무 숲까지 착실히 나아갔다. 월
악산 국립공원의 불길이, 사방팔방으로 넘쳐흐르던 때였다. 조령산
너머, 바위 능선에서도, 불길이 완전히 죽는 일은 없었다. 산불은
늘어져 있는 밧줄을 태우며 달리거나, 벼랑들 사이에 꽂혀 있는 기
형의 적송들을 태우면서, 돌 위에서도 움직였다. 문경새재의 관문
들 — 주흘관, 조곡관, 조령관을, 통과했다기보다는 붕괴시켜버린
불길은, 조령산성 북암문에서부터 산성 터를 파 뒤집었고, 참나무
숲을 휩쓸어버린 뒤, 남쪽으로 역류하는 듯 방향을 틀었다가, 다시
북쪽으로 돌아서며 탄항산을 타고 넘었다.

하늘재. 박인호는 그때, 그곳에, 있었다.

경북 문경시 관음리와 충북 충주시 미륵리에 산재해 있는 불교
유적지가, 철저하게 파괴되기 시작했다. 과거 관음과 미래 미륵을
연결하는 하늘재는, 불의 진동으로 갈라지고 있었다.

박인호는 주문을 외우듯, 고봉삼관(高捧三關)의 세번째 공안을 반
복해서 중얼거렸다: 온 천지가 불구덩이다, 어떤 삼매(三昧)를 얻어
서 타 죽지 않겠는가?

12장

　—불타는 설악산은 한 마리, 거대한 벌레처럼 보였지. 체절로 움직이는 벌레, 물결치는 피부, 늘어나는 몸뚱어리……

　매직아이 마니아 황보는, 눈의 초점을 변경시키는 순간 산불 속에서 솟아오르는, 숨은 풍경들에 관해 들려주었다. 김희영이 오대산 헬기장에 머물던 때의 일이었다. 기지 건물은 불타지 않는 세라믹과 특수합금으로 지어졌는데, 원형의 푸르스름한 강화플라스틱 창문들이 달려 있었다. 그래서, 오대산의 달은 언제나 얼어붙은 입술 빛깔이었다.

　—공룡능선 같은 암릉 지대는, 벌레 몸에 새겨진 세로줄 무늬 같은 거야. 격렬한 불바다에 일렬로 떠 있는 섬들을 상상해봐. 미동도 하지 않지. 하지만 부풀어오르다가 벗겨지는 피부는, 깃발처럼 펄럭거리다가, 헬기 쪽으로 날아오곤 해. 그 진동, 엄청나지. 불벌레

는 그렇게 흘러가면서, 변태해.

진부령과 알프스 스키장 일대를 초토화시킨 산불은, 바싹 마른 숲과 초지를 먹어치우면서 빠르게 성장하기 시작했고, 암릉 지대에 이르러 변태하기 시작했다. 소방헬기들은 귀환해야 할 시간이었다. 능선을 지배한 채, 내·외설악으로 흘러내리던 불길은, 동서 양쪽에서 치고 올라오던 불길과 마주치는 순간, 날개를 달고 날아올랐다.

—하지만 어떤 형태로 타오르든, 마지막에 남는 건 똑같애.

마지막에 남는 것; 식물과 동물은 말할 것도 없고, 광물들조차 변형되거나 쪼개지고, 계곡의 물까지 다 증발하고 난 뒤에 남는 것; 불타버린 몸뚱어리에서 비어져 나오는 어둠, 그리고 고요함의 폭력.

피부-몸

오대산이나 소백산 권의 '흙산'들이, 찢기고, 찔리고, 녹아내린 피부처럼 변했다면, 설악산이나 속리산 권의 '바위산'들은, 깨지고, 꺾이고, 부스럼으로 뒤덮인 피부처럼 변했다. 백두대간 피부-몸이 붕괴되자, 몸속에 갇혀 있던 내장들의 어둠이 풀려 나오기 시작했다. 대낮의 어둠, 그것은, 플래시라이트나 헤드램프 따위로 절개할 수 있는 종류의 어둠이 아니었다. 오대산의 검은 흙 속에 잠긴 월정사나, 검은 뼈대만 남아 기울어진 상원사를 둘러싼 어둠은, 한 세계가 저물고, 말법시(末法時)의 밤이 왔음을 알리고 있었다.

김희영은 언제나, 어두운 폐허에서 천천히, 조심스럽게, 움직였다. 산속의 임도나 등반로는, 산사태로 지워지거나, 자갈밭으로 돌변하거나, 쓰러진 나무들로 끊어져 있었다. 산불은 백두대간 피부-

몸에, 미로와도 같은 문신을 돌을새김으로 새겨놓았다. 그녀는 덫과 함정이 내장된 미로 속을 헤매는, 더듬이가 거세된 곤충과도 같았다. 계속, 나뭇가지에 찔리거나 긁히고, 계속, 돌부리에 부딪히거나 미끄러지면서, 백두대간 피부-몸의 문신을 자기 몸에도 새겨갔다.

백두대간과 낙동정맥을 따라 이동하는 동안, 그녀는 자신과 풍경이 몸을 교환하며 뒤섞이는 느낌에 사로잡혔다. 원자 레벨에서, 폐허의 원소들이 세포 속으로 스며들었고, 그녀를 구성하던 원소들은, 설악산 나무와 오대산 풀과 두타산 돌과 태백산 흙 속으로 흩뿌려졌다: 폐허-사이보그.

피부-몸의 변화가, 자신의 일부가 아닌 듯, 외골격-보철물처럼 두드러졌다.

촉각을 죽이는 타박상과 찰과상의 흔적들; 사물들이 멀어져가고 있었다.

자외선의 폭격; 피부색은 불에 그슬린 듯 어두웠다.

전신으로 스며드는 폐허의 어둠; 세포 하나하나가 어둠에 젖어, 폐허의 무게가 몸의 무게로 전이되어 느껴졌다.

불타버린 폐허로는 결코, 아침다운 아침이 오지 않았고, 빛을 향해 움직여도 결코, 전망다운 전망은 열리지 않았다. 땀에 젖고, 근육에 경련을 느끼고, 숨이 끊어질 것 같은 상태로 산꼭대기에 올라도, 황사의 대기가 지층처럼 내려와 있었다. 그녀는 땅속의 화석이 되어버린 기분이었다. 두 번 다시, 지층 밖의 해를 볼 수 없을 것만 같았다. 하지만 세계가 그토록, 멀리 있으면서도 그토록, 가깝게 느껴진 적은 없었다. 황사 지층은, 사물들이 보이지 않을 정도로 멀어지게 만들었지만, 동시에 모든 것을 하나의 지층으로 뒤섞어버렸기 때문에, 피부와 간격 없이 존재하게 만들기도 했다. 그녀는 마카오 광장 한가운데에서 밀실공포증을 느끼는 여자를 상상했다. *마카오여자*는, 몸들이 전부 형태발생 이전의 표피로 변하고, 감각들이 전부 촉각으로 전이되어, 모든 것이 아무것도 아닌 것으로 돌아가는 파국의 기미를 피부로 감지하며, 떨고 있었다. 그런 느낌의 절정은, 설악산 권의 남쪽 경계, 응복산에 올랐을 때 찾아왔다: 동쪽으로 양양을, 서쪽으로 홍천을 볼 수 있는 곳. 하지만 그녀가 본 것은, 산불관리과장 사공이 보내준 '소사고개' 일대의 풍경이었다. 전북 무주군과 경남 거창군을 잇는 신풍령을 지나, 삼봉산이 솟았다가 꺼지는 곳에, 유령촌이 되어버린 소사마을이 있었다. 사공 일행은, 덕유산 토우(土雨) 이후, 황사와 토양에 관한 조사를 하고 있었다. 소사(小沙)라는 지명은, 가는 모래가 집 안까지 침투해 들어오기 때문에 붙은 것이라고 했다. 원래 모래가 많은 곳이었지만, 지난여름부터 지속된 가뭄 때문에, 마을 전체가 모래 속에 묻혀버렸다. 김희영은 응복산 꼭대기에서, 잿빛 풍경이 담긴 판도라의 상자를 상상했다. 뚜껑은, 이미, 열렸다: 쏟아져 나오는 시뮬레이션의 파편들, 그 국소적인 미래의 시체들.

서바이벌 매뉴얼의 귀납법: 흩어져 있는 재난의 파편들을 놓치지 말고, 그 연결 관계를 파악해, 재난의 전체 그림을 그려나갈 것.

김희영의 여행은, 이철민의 재난 시뮬레이션 속으로 들어가는 일과도 같았다. 그녀는 백두대간과 낙동정맥 도처에서, 먼저 온 시공간, 이미 현실이 되어버린 시뮬레이션의 파편들을 발견할 수 있었다. 양양에서 태백으로, 태백에서 부산으로 이동하는 동안, 그녀는 그 조각들을 짜맞추며 *마카오여자*가 되어갔다.

근육-몸

오대산 국립공원의 끄트머리, 매봉 일대에서, 선자령과 대관령으로 이어지는 구간은, 다국적기업들의 목축지와 초국적자본의 유전자특허 생물연구소 등이 점령하고 있었다. 한계령의 야생화와 점봉산의 하늘다람쥐는, 한계령과 점봉산에서 멸종해버린 대신, 유전자특허를 받은 다국적기업들의 사유지에 서식하고 있었다. 한국 천연기념물의 희귀 유전자는, 더 이상 한국 소유가 아니었다. 다국적기업들은 지적재산권의 보호를 받으며, 생물 다양성의 기반, DNA 레벨에서 식민지를 확장하고 있었다. 생물제국주의자들의 영토가 불타버린 것은, 축복인가, 재앙인가?

산짐승들이 전혀 보이지 않는다는 걸 깨달은 것은, 그 다국적 영토에서였다. 식물들이 불타버린 건 알고 있다, 하지만 동물들은 전부 어디로 갔는가? 김희영은 선자령 풍력발전단지에서 일박을 하며, 새소리도 없이 아침이 온다는 사실에, 뒤늦게 놀랐다. 높이 110미터, 날개 지름 60미터에 이르는 프로펠러들이 일정한 간격으로 늘어서 있었지만, 한 줄기 바람도 불지 않던 기이한 날이었다. 그녀는 하나의 거대한 귀가 되어, 숨소리를 죽였다. 소리뿐만 아니라, 모든 움직임 자체가 정지되어버린 듯한, 프리즈 숏의 정적; 소리 없이 말을 걸어오던 나무와 풀과 돌의 세계, 그 세계가 멸망해버렸다는 걸 비로소 깨달았다. 그녀는 고요함의 폭력에 대항해, 디지털 정원(NO.9)의 수학적 대나무들이 산조 음악으로 성장하도록 풀어 놓았다. 중모리에서 자진모리로 자라나는 대나무-음악; 그녀가 기대한 건, 음파의 진동수가 증폭되어 다시, 빛으로 돌아가는 것, 그러나, ……검은 숲.

짐승들의 아지트를 발견한 것은, 동해-삼척에서 태백으로 들어가기 전, 하루 휴가를 얻어 동해안을 찾았을 때였다. 7번 스마트 국도는 로드킬 당한 짐승들의 사체로 뒤덮여 있었다. 그 연장선상에서, 해변은 구더기로 가득 찬 근육-몸처럼 꿈틀거리고 있었다. 강원도 백두대간의 짐승들은, 동해안으로 대피했던 것이다. 산에서 내려온 멧돼지 떼가 행인들을 쓰러뜨리거나 상점 쇼윈도로 뛰어들고, 고라니 떼가 아스팔트 차도를 점령한 광경은, 이미 텔레비전으로 보았다. 그러나, 다양한 종류의 동물들이 한 덩어리로 뒤엉켜 있는 광경은 충격적인 것이었다. 오렌지빛 모래사장과 갯바위와 인공 구조물들은, 거의 빈틈이 없을 정도로, 탈진한 노루와 너구리와 청설모 따위로 뒤덮여 있었다. 단세포생물이 다세포생물의 유니트가 되듯, 몸들이 모여, 또 하나의 거대한 몸을 구성하고 있는 것만 같았다. 마카오여자는 이 풍경을 어떻게 넘어갔는가? 재난 시뮬레이션에 의하면, 산불 이후, 생물 멸종 속도는 100배 이상 빨라질 것이었다.

서바이벌 매뉴얼의 유추법: 국소적 사례들의 유사성을 파악하고, 식물과 동물과 인간을 가로지르면서, 재난을 예측할 것.

살아 있는 풍경의 귀기를 느끼며, 망연히 서 있던 어느 순간, 해변 풍경 전체가 갑자기 파도치기 시작했다. 풍경이 반사되는 함몰지구-호수로, 돌멩이 하나를 집어던졌을 때와도 같았다. 해안의 갯바위들이 폭발했다; 갯바위들을 뒤덮고 있던 비둘기와 까마귀들이 갑자기, 일제히, 날아오른 것이다. 구더기로 가득 찬 근육-몸이, 갈기갈기 찢긴 채, 사방으로 튀어나가는 것처럼 보였다. 몸의 센서들을 통해 정보들이 입력되고 있었지만, 그녀의 머릿속 신경망은, 전자 펄스로 용해된 관제시스템처럼 먹통이었다.

김희영은 강릉으로 귀가하지 않고, 동해안의 펜션에 머물렀다. 펜션과 그 일대의 노송들은, 허연 각질로 뒤덮여 있었다. 가뭄으로 물이 부족한 상태에서, 바닷물로 불을 막았던 것이다. 불타지 않은 소나무들은 이제 염분 때문에 죽어갔고, 소금의 띠로 뒤덮인 토양은 얼음처럼 딱딱해졌다. 소금의 황무지를 통과하며, 소금 기둥으로 변해가는 *마카오여자*가, 악몽의 새벽에 펜션으로 찾아왔다. 그녀의 몸은, 대관령 남쪽, 능경봉에서 보았던 백두대간-몸을 닮아 있었다: 피부-몸이 벗겨지고, 근육-몸이 찢기면서 비어져 나온, 내장들의 풍경. 주변의 모든 산과 언덕이, 황사의 마술 속에서 민무늬근의 심장이나 위장, 폐장, 대장처럼 보이던 날, 변색된 노을은, 하늘로 번지는 내장들의 피와도 같았다……

*마카오여자*의 근육 속에서 생성된 산성의 피로 물질은, 혈액과 체액을 어둡게 만들었다. 그것은 통증을 동반했다. 낙산사가 붕괴된 이후, 통증이 몸을 떠난 적이 없었다. 그것은 기생충처럼 몸속을 돌아다니기도 했고, 한 군데 머무르며 피보나치수열 형태로 번식하기도 했다. 소금의 황무지로 들어서는 순간, 몸 전체를 뒤덮어버리

는 소금처럼, 그 통증이 *마카오여자*의 새로운 피부와 근육이 되었다. *마카오여자*는 그 몸으로, 어디까지 갈 수 있을 것인가?

골격-몸

강릉의 삽당령에서, 동해-삼척의 백복령에 이르는 구간은, 백두대간 골격-몸 자체가 뒤틀리고, 분절된 구간이었다. 석회석 등을 채굴하기 위해 파헤쳐진 산들은, 나선 형태로 이어지는 계단식 도로로 휘감긴, 메소포타미아의 지구라트처럼 변해 있었다. 그 근처, 강철과 콘크리트 파편들, 강화플라스틱과 유리섬유와 탄소 처리 폴리머 따위가 나뒹구는 황무지에서는, 오래전, 근대 도시 최초의 멸망이 있었다.

황무지와 유령촌이 방화선 역할을 했지만, 불은, 스스로 연료를 찾아내고 시공간을 접으면서 이동했다. 그 구간의 산불은, 강이 되어 마루금을 따라 흐르는 대신, 저수지가 되어 고인 채로 출렁거렸다. 김희영은 생계령에서 남쪽으로, 대재난에 의해 달 표면처럼 설계된, 나출(裸出) 카르스트 지형 피해 조사를 맡았다. GIS(지리정보시스템)는, 다양한 형태로 붕괴된 회백색 풍경을 가로지르는 일에 관해, 정말로 중요한 것은 아무것도 말해주지 않았다. 그녀는 풍경의 피부와 근육을 찢고 들어가, 골다공증의 뼈와 접촉하는 느낌이었다. 무속적인 느낌의 돌리네와 석회동굴 주위에 있는 것은, 복구되지 않고 방치된 재난 현장 관광지였다. 체험 관광에서 나아가, 전쟁터와 같은 대안 관광에 열을 올리는 사람들 때문에 만들어진 경관 상품이었다. 그 폐허-관광지를 가로지르다 보면, 어느 순간, 고

생대 지층에 묻혀 있는 항공기 엔진 같은 풍경이 나타난다: 다국적 기업들의 광물 가공 공단.

대재난은 백두대간의 지형만 바꿔놓은 게 아니었다. 오래전 그 때, 정부는 재난복구사업을 위해 해외 자본을 유치하는 일에만 매달렸다. 공기업 민영화나 M&A 자유화, 부동산에 대한 외국인 투자 허용 조치 때 들어온 초국적자본, 다국적기업들은, 속초와 강릉, 재난 이후 인구가 급감하면서 통합된 동해-삼척 도시연맹의 폐허 복구사업에 참여했다 — 토지 소유권이나 석회석 채굴권 등의 이권을 전제로. 그 결과, 대재난은 동해안 지역의 국적까지 바꿔놓았다. 더구나, 수익/비용의 경제적 논리에 입각한 복구사업은, 근대 도시 최초의 멸망을 야기하기도 했다. 재난 지역을 모두 복원한다는 건 처음부터 불가능한 일이었고, 실익도 없었다. 가령, 매크로앤 타이니는, 폐허로 변한 한라시멘트와 쌍용양회가 포함된 동해-삼척의 재난지구를 매입한 후, 대규모 광물 채광 공단을 조성하고, 다른 땅에 대해서는 철저하게 고사 정책을 실시했다. 그런 지역들이 폐허-관광지로 떠오른 건, 위대한 자본주의의 승리였다. 이제는, 폐허나 전쟁터조차도 광고되고, 판매되며, 소비되는 것이다.

서바이벌 매뉴얼의 변증법: 사회적 모순이 재난으로 귀결되는 구조를 포착하고, 그 조건을 바꾸려고 시도할 것.

김희영은 하나의 경관이 폭력처럼 펼쳐지는 곳에 이르러, 핸디컴-GPS를 확인했다.

자병산: 인간이라는 재난이 설계한 풍경; 광물 채취 목적으로 산 하나가 완전히 지워지면서, 백두대간 골격-몸이 끊어져버린 지점

이었다. 등뼈의 요추 하나가 튀어나간 것 같다고 생각하는 순간, 통증이 왔다.

어떤 공명이 있었다: 진동판으로 변해 비명을 지르는 골격-몸. 붕괴되고 절단된 풍경에서, 자기 몸의 이미지를 발견했다는 이야기가 아니었다. 자병산-폐허는, 그런 식의 감정이입 자체를 원천적으로 봉쇄하고 있었다. 그 대신, '정직성'이라고 부를 수 있는 어떤 것을 요구했다: 철저하게 붕괴된 지점에서만 가능한, 더 이상 잃을 게 없는 지점에서만 가능한, 절대적인 정직성.

석회석 풍경의 무속적인 느낌은, 그 지점에 이르러, 절망적인 성스러움으로 전화하였다. 그녀는 외부 풍경으로부터 격리된 채, 쪼그리고 앉아, 내부 풍경을 뒤흔드는 통증을 추적하기 시작했다. 문득, 기이한 생각이 스쳐간 것은 그 순간이었다: 산 아래 도시들은 이런 통증을 유발하는 폐허를 은폐하기 위해 시뮬레이션된 세계가 아닐까? 결코 웃고 싶지 않지만, 웃음을 시뮬레이션해야 하고, 사실은 경멸하고 있지만, 존경을 시뮬레이션해야 하며, 중요한 건 아무것도 없다고 생각하면서도, 열정을 시뮬레이션해야 하는 것이다. 일상 자체가 이미, 항상, 시뮬레이션된 일상인 것이다. 자병산-폐허는 그런 시뮬레이션들의 이면에 감춰져 있는 실제 풍경, 그런 시뮬레이션들의 끝에서 반드시 도달하게 되는 종착역처럼 여겨졌다. 하루 종일 '유쾌'와 '친절'과 '성실'을 시뮬레이션하다가 퇴근해서 집에 오면, 방 안에, 자병산-폐허가 있는 것이다.

통증이 진정되어 다시 일어섰을 때, 통증의 진원지를 가리키는 풍경-문자들이 그녀 앞에 펼쳐져 있었다. 시뮬레이션을 절개하고 비어져 나오는 폐허; 뼈의 절단면 같은 절개지와, 지면 위로 떠올라 뼛가루처럼 날리는 석회석 가루와, 시계(視界)를 열어주지만 아무것도 없다는 것만 강조하는 공지선.

그녀는 인정했다 —— 척추였다, 뼛속이 너무 아팠다.

순환-몸

김희영이 백두대간 순환-몸의 이상 징후를 발견한 것, 혹은 자기 순환-몸의 혼란을 풍경 속에서 깨달은 것은, 남설악권의 구룡령 일대에서였다. 그 근처에 흩어져 있는 약수터들이, 핏자국을 남기며, 말라붙었던 것이다. 그녀는 실제로, 구룡령 동쪽의 미천골에서, 백두대간의 각혈을 목격하기도 했다. 피부병 치료 효과로 유명한 불바라기 약수터가, 핏빛 녹물을 토하다가 폐색되었다. 그녀는 자신의 기도(氣道) 역시 막히는 느낌 속에서, 불현듯 불나무를 생각했다. 설명 불가능한, 공포와 매혹이 교차했다: 나는, 살고 싶은 것인가, 죽고 싶은 것인가? 모순된 감정들이 들끓어서, 체온이 몸 부위별로 달라지는 것만 같았다. 열 차이 때문에, 몸뚱어리에도 쩍쩍 금이 가는 느낌이었다. 구룡령 일대의 땅은, 그녀의 건조한 피부를 확대한 듯, 다각형으로 갈라져 있었다.

그녀의 순환-몸 역시, 백두대간 순환-몸을 닮아갔다. 불타버린 폐허가 몸속에서 재현되고 있었다. 어두운 계곡들은, 콜레스테롤이 잔뜩 낀 혈관과도 같았다. 가느다란 물줄기는, 이산화탄소와 결합한 헤모글로빈처럼 어두웠다. 산불 연기와 황사와 재는, 시상하부의 펄스 발생기를 교란시키는 노이즈 역할을 했다; 뇌하수체가 이질적인 신경 임펄스로 진동했고, 호르몬의 혼란은, 내부 기관들의 불협화음을 야기했다. 몸 전체에 퍼져 있는 화학적 뇌의 착란; 면역계는 어둡고 고요한 세계 전체를 적으로 선포했다. 폐허 한가운데에서, 그녀는 부어오른 편도선과 알레르기에 시달렸다. 그 순환-몸의 징후들이 하나의 의미로 조립된 것은, 후각을 통해서였다. 냄새야말로, 가장 직접적이며, 즉각적으로, 몸을 둘러싼 분위기를 바꿔놓는 것이다.

대관령 이남의 닭목재. 그 일대의 방목지는, 가족 단위 목축업자들을 위한 것이었다. 그들은 오래전 화전민의 후예로, 슈퍼옥수수 따위를 재배하며 살아왔지만, 자신들의 정착촌이 '재난복구지역'에서 제외되자, 유목민으로 변신했다: 이재민-유목민들. 김희영은 목초지 피해 조사를 위해, 유목의 루트를 따라갔다. 고루포기산에서 닭목재로 이어지는 길에는, 곳곳에 철조망이 둘러쳐져 있었고, 3~400미터 간격으로, 풍경을 일그러뜨리며 반사하는 초합금 지붕의 감시소들이 세워져 있었다. 강원도 유목민들의 침입을 막기 위해, 기업형 농장에서 설치한 것이었다. 불타버린 폐허에서 빛나는 크롬 광택의 인공물들은, 북서계절풍 때문에 일제히 남동쪽으로 기울어진 검은 나무들과 더불어, 정신분열증적인 감각을 야기했다. 닭목재는 그런 식으로 예감되다가, 강원도 정선군과 강릉을 연결하는 지방도를 건너, 잘린 머리카락을 흩뿌려놓은 듯한 목초지로 들어서는 순간, 감각들의 경계를 무너뜨리면서 육박해왔다. 유목민들의 초원은, 대관령 쪽에서 남하하던 불길과 삽당령 쪽에서 북상하던 불길로, 완벽한 초토가 되어 있었다. 김희영은 보이지 않는 벽

108

에, 전신을 부딪친 것만 같았다. 냄새 분자들의 밀집체가 하나의 벽처럼 서 있고, 그 너머에, 시커멓게 굳어버린 젖소와 염소, 양 들이 쓰레기 더미처럼 쌓여 있었다. 동물성 단백질과 곰취, 두릅 등의 산나물, 솔숲의 송진 등이 뒤섞인 채 부패하는 냄새는, 하나의 견고한 건축물처럼 실체를 갖고 있었다. 그러나, 악취만으로는 완전히 설명할 수 없었다. 뭔가가, 더, 있었다: 순환-몸의 생화학적 요동을 야기하는 것; 냄새 분자들 사이에서 떠돌다가, 관자놀이 부근에 대못이 박히는 통증을 야기하는 것. 그 이질적 요소가, '풍매성(風媒性) 호르몬'의 형태로, 후각 이상의 후각을 자극했다 — 페로몬을 포착하는 서골비기관, 혹은 미묘한 낌새를 포착하는 야콥슨기관을 통해서. 그녀는 콧구멍 속의 유령기관을 통해, 악취가 품고 있는 은밀한 정보에 접촉했다. 화전민과 유목민을 가로지르는 비극적 역사가 닭 목재의 공기 속에 새겨져 있어서, 그 공기를 호흡하는 동안, 비극적 예감에 사로잡히게 되는 것만 같았다. 문득, 질식의 느낌이 밀려오기 시작했다.

서바이벌 매뉴얼의 연역법: 하나의 원인이 발생한 이상, 도저히 피할 수 없는 결과를 인정하고, 그 규모나 강도를 파악하는 데 주력할 것.

재난 시뮬레이션에는, 다가올 세계의 공기에 대한 묘사가 없었다. 그러나, 그녀는 *마카오여자*가 도달한 세계의 공기를 느낄 수 있었다. 화전민이나 유목민들은 알 것이다, 공기가 부족하다기보다는, 공기 자체가 죽어 있는 세계를.

도관-몸

동해와 삼척이 도시연맹으로 통합되기 전의 경계, 청옥-두타를 거쳐 황장산, 덕항산에 이르는 구간의 진화 작업은, 지루한 소모전을 연상시켰다. 산불은 도처에서 게릴라처럼 출몰했다. 계곡으로 투입된 진화대가 산불로 고립되면서, 인명 피해도 잇달았다. 김희영은, 두타산 근처에 차려진 진화대책본부에 뒤늦게 합류했다. 산불 진화 지역의 피해 조사를 맡다가, 원하던 대로 다시, 산불 현장 요원으로 복귀한 셈이었다. 랜덤한 산불의 행태를 분석하는 일이, 일 순위 목표였다: 탄내가 나고 연기가 피어오른다, 그럼에도 불구하고, 불길은 보이지 않는다…… 며칠 동안 데이터 분석에 매달렸는데도, 성단(星團) 한가운데서 백두대간-별자리를 찾는 일과 다를 게 없었다. 백두대간-별자리 같은 건, 마음만 먹으면, 수만 개나 만들어낼 수 있었다. 그것은, 어디에나 있었고 어디에도 없었기 때문에. 마음만 먹으면, 콘크리트 건물의 균열 패턴에서도, 대한민국 헌법의 코드를 읽을 수 있는 것이다. 그 구간의 산불 패턴은, 물웅덩이의 미생물과 광물, 곤충의 파편, 숯검정 따위의 조합 패턴으로 날조해도 상관없을 것처럼 보였다.

산불 현장에서 숙식을 해결하는 동안, 도관-몸의 혼란이 심해졌다. 먹는 게 고역이었다. 우주인 식량이나 하이테크 푸드 자체는 객관적으로 탁월했지만, 뭔가를 먹는다는 것은, 그 음식을 둘러싼 분위기, 기억, 맥락을 먹는 일이기도 했다. 산불 연기와 황사로 인한 호흡기 질환은 이미 만성이 되었지만, 게릴라성 산불 지역의 공기는, 도관-몸의 소화계에도 불을 질렀다. 몸속에서, 음식물 쓰레기

타는 냄새가 나고 있었다.

도관-몸; 몸 안에 있는 바깥; 일시적으로 포획된 시공간; 작은 생물체들의 미시 생태계. 피부-몸으로 경계를 설정하고 방어선을 치지만, 폐허는 이미 *마카오여자*를 관통한다. *마카오여자*의 도관-몸을 따라 불이 흐르는 꿈을 꾸다가 깨어난 새벽, 김희영의 사타구니에서 피-불이 타올랐다. 생리가 시작되었다.

그녀는 생리대를 들고 2인용 텐트에서 나와, 검은 숲을 향해 걷기 시작했다. 삼각텐트 속에서는, 헬기조종사 황보가 자고 있었다. 그녀는 한 번 잠들면, 시체나 다름없었다. 정말로 강하거나, 히드라 정도의 신경을 가진 여자였다. 그래서, 존경했다. 헤드램프가 어둠을 쪼개자, 불타버린 나무들이 세상의 종말을 전하는 결승 문자처럼 떠올랐다. 풍경-문자를 읽어가던 어느 순간, 갑자기, 땅이 꺼졌다. 오른발이 물웅덩이에 빠졌다. 어두운 적막 속에서, 철벅거리는 소리가 과장되어 들렸고, 그녀는 자신이 만들어낸 소리에 놀라 얼어붙었다. 얼굴과 두피에, 잔벌레들이 들러붙은 듯, 소름이 돋았다. 소방헬기들이 아낌없이 쏟아 부은 물이, 여기, 저기, 웅덩이를 이루고 있었다. 예상치 못한 물의 질감은, 불타는 통증처럼 느껴졌다. 자기 몸이 아닌 듯한 오른발을 들어 옮기다가, 초승달을 발견했다. 잎들이 불타고 가지들이 부러져서, 물웅덩이가 유리창처럼 바깥 하늘을 보여주고 있었다. 젖은 발로, 밤하늘을 밟았다. 하늘에 파문이 일면서, 초승달이 찌그러졌다. 바깥이 보인다고 해서, 그곳에, 바깥이 있는 것은 아니다. 일렁거리던 하늘이 다시 얼어붙고, 찢어졌던 적막이 복원되는 순간, 피를 흘리는 여자는 그 적막의 일부가 되는 것, 죽음을 생각했다.

그러나, 몸은 간절히 물을 원하고 있었다. 죽음을 생각하는 동안에도, 수면제 특유의 구갈 현상으로, 입 안과 식도가 불타고 있었다. *마카오여자*는 어디로 갈 것인가, 물과 죽음 사이에서.

*마카오여자*는 무릎을 꿇고, 물웅덩이에 입술을 갖다 댔다.

미생물과 광물, 곤충의 파편, 숯검정 따위가 뒤섞인 물의 맛은, 상상을 초월할 정도로 복잡했다: 도관-몸을 달리는 물.

복잡한 맛의 물이 도관-몸속에서, 피-불로 변해, 사타구니를 태운다: 도관-몸을 달리는 불.

물이 불로 변하는 순간, 데이터 성단에서, 백두대간-별자리가 나타났다.

서바이벌 매뉴얼의 가추법: 개별 사례에서, 패턴을 추측해 일반 모델로 도약하고, 다시 구체적인 현실로 내려와 재난을 예상할 것.

태백은 그때까지도 불타지 않고 있었다. 북쪽에서 내려가는 산불은, 피재를 넘지 못한 것 같았고, 남쪽에서 올라오는 산불은, 경북 영주시와 충북 단양군만 태우며 주춤거리고 있었다. 재난 시뮬레이션에 의하면, 태백은 이미 불타고 있어야 했다.

김희영은 무릎을 꿇고, 더러운 물웅덩이에 다시 한 번, 입술을 갖다 댔다. 미생물과 광물, 곤충의 파편, 숯검정 따위가 결합된 물맛의 패턴에서, 편집증적인 산불의 패턴을 읽어냈다.

도관-몸을 달리는 불; 지중화의 극한.

14장

강원도 태백의 아침은, 초현실적 열기로 흔들리고 있었다. 아지 랑이 때문에, 산들이 일렁거리고, 건물들이 휘청거렸다. 그 몽환적 인 풍경 속에서, 무속적 사이보그 패션의 무당과 역술인, 수도사, 치성객들이 뭔가에 홀린 듯한 느낌으로, 소리없이 걷고 있었다. 박 인호는 그 몽유병자들과 함께, 유일사(柳一寺) 쪽에서, 태백산을 오 르기 시작했다. 천제단에서, 기우제가 있는 날이었다. 입산금지 조 치에도 불구하고, 등반로들이 일시적으로 개방되었다. 그는 태백시 로 들어온 뒤, 시청과 석탄박물관, 사찰 등을 오가며, 유물과 화석 들에 대한 보존 처리 작업을 돕고 있었다. 태백은 이번이 처음이었 다. 기우제 덕분에, 태백산에 오를 기회가 생겼다.

태백은 불타지 않을 것인가, 박인호는 장군봉을 향해 나아가면서 동시에, 자신의 궤적을 되돌아보며 중얼거렸다. 태백은 아직 고요했지만, 신뢰할 수 있는 고요함은 아니었다. 그동안 계속, 불길에 쫓겨 다녔다. 서울에서, 양양으로. 낙산사 주지 스님의 권유로, 다시 시작하게 된 컨서베이터 일은, 꼬리에 꼬리를 물고 이어졌다. 설악산 신흥사에서, 오대산 월정사를 거쳐, 속리산 법주사로. 용문산 수목장숲과 덕유산 자연사 박물관까지 내려갔다가, 황악산 직지사와 봉황산 부석사를 거쳐, 다시 태백까지 올라왔다. 사찰 등의 요청을 받고 움직인 것뿐인데, 재수 없는 놈은 언제나 불의 이동 경로 위에 있었다. 소백에 머물 때는, 완전히 안심하고 있다가, 불-태풍에 휩쓸리기도 했다. 부석사를 생각하자, 피부-몸과 근육-몸, 골격-몸이 얼어붙고, 순환-몸과 도관-몸속으로 차가운 액체가 달리기 시작한다. 그러나, 신경-몸은 몇 겹의 얼음 속에서 불타오른다.

박인호가 경북 영주시로 이동하던 무렵, 소백산 권의 남쪽 길목인 저수재에서는, 군사 작전이 진행되고 있었다. 산불관리과장 사공과 연구원들은, 예천 소주와 미원 막걸리를 섞어 마시고, 디지털 무비카메라를 돌리고 있었다. 남한강 상류이자, 운하들의 교차점인 미원 지역 지하에는, 거대한 호수가 숨어 있다고 했다. 암반을 폭파시켜 지하수를 꺼내는 게 목표였다. 마이크 노이즈가, 대기를 쪼갰다. 카운트다운이, 시작되었다: ……3, 2, 1.
두꺼운 철판을 일시에, 철저하게 으그러뜨리는 것 같은 소리와 진동이, 청각과 촉각을 뒤섞어버리는 형태로 침략해왔다. 사공은 몸속의 내장들이 알코올의 바다 속에서 마구 뒤섞이는 걸 느끼다가, 내장들을 토하는 느낌으로 토했다. 뼈마디가 뒤틀린 채, 몇 센티미터인가 떠오르는 느낌이 드는 순간, 땅의 진동이 그물 형태로 갈라지며 붕괴로 이어졌다. 흙먼지, 돌가루가 구름처럼 피어오르고, 화약 냄새는, 마이크 노이즈가 쪼개놓은 대기의 틈새를 메웠다. 진원지를 중심으로, 나무들이 빠르게 패닝하는 카메라 영상처럼 쓰러지는 가운데, 충격파는 남서쪽 황장산과 북동쪽 도솔봉의 나무뿌리들까지 뒤흔들어놓았다. 물 냄새가 피어오른 것은, 한참 시간이 지난 뒤의 일이었다. 사공은 운하를 따라 흐르기 시작한 지하수를 촬영하려고 카메라를 찾았지만, 토사물에 묻혀 있었다. 물벽을 세우고, 불길을 끊는 데 성공한 사람들이 환호하던 그 순간, 소백산 참나무 숲에서는, 수관(樹冠)들이 마찰열로 달아오르다가, 불꽃을 피우기 시작했다. 로봇형 산불 감시 카메라에 포착된, 최초의 자연발화였다.

박인호는 그때, 소백산 도립 공원의 봉황산 부석사 컴퓨터-선방(禪房)에서, '디지털 부석사'를 돌아다니며 낙산사를 생각하고 있었다. 부석사와 낙산사 모두, 의상대사가 창건한 절이었다. 부석사는 안전했다, 믿을 수 있었다. 중부 내륙을 휩쓸어버린 대지진 이후, 디지털 부석사를 토대로 재건하면서, 고대의 사찰 양식 이면에, 21세기 방재시스템을 깔았던 것이다. 불의 파도가 밀려와도, 스크린 수막시스템은, 스프링클러처럼 물을 내뿜어 전각들을 돔형의 섬으로 보전할 수 있었다.

낙산사 역시, 문화재연구소의 컴퓨터에 입력되어 있었다. 그때의 낙산사는, 프로그램으로 정의되는 정보, 그 자체였다. 그러나, 그것이 낙산사 정보-몸은 아니었다. 컴퓨터 속에 있는 낙산사 프로그램은, 일종의 DNA-정보 같은 것이었다. 그것이 물질화될 때, 낙산사는 새로운 피부-몸과 근육-몸, 골격-몸, 순환-몸, 도관-몸, 신경-몸을 받겠지만, DNA-정보만으로는 발생과정을 해명할 수 없었다. 형태발생은 DNA-정보에 의해 일 방향으로 결정되는 게 아니라, 형태발생의 장, 효소와 단백질의 활성/비활성 집합 같은 세포환경의 정보에 의존하여 조립되는 것이었다. 핵심은, 한 요소의 본질적 정보 같은 게 아니라, 요소들의 계기적인 종합, 정보들의 역동적인 장이었다. 일종의 계산적 관점에서, 낙산사의 공간적 측면, 전각들과 성보문화재들의 형태와 배치를 기술할 수 있다면, 일종의 동역학적 관점에서, 낙산사의 시간적 측면, 낙산사의 역사성을 기술할 수 있었다. 낙산사-몸은, 그 두 가지 관점의 총체였다. 그때, 끊임없이 변하는 정보-몸의 정보는 잠재태들의 합성모드인 양자 정보에 가까웠다. 디지털 컴퓨터로는 코드화할 수 없는. 가령, 낙산사가 전소되었을 때, 박인호의 정보-몸과 봉암사 총무스님의 정보-몸은, 서로 다른 잠재적 낙산사를 현실화했다. 그것은, 의식이 존재를 결정한다는 식의 이야기가 아니다. 정보-몸들이 접속되면서, 하나의 현실태가 창발하는 것이다…… 박인호가 과대망상적 컴퓨터-선(禪) 수행을 하고 있었을 때, 소백산은 불바다가 되어 있었다.

연화봉에서 비로봉에 이르는 능선의 초강풍이, 기록적인 비산화를 터뜨리는 동안, 박인호는 문화재연구소의 무량수전(無量壽殿) 생성 프로그램을 작동시키고 있었다. 배흘림기둥의 미세한 균열, 주심포 양식 공포의 미묘한 어긋남, 정(井)자 살창의 사소한 마모까지, 정교하게 재현되어 있는 명상-프로그램이었다. 뒤늦게, 사람들이 고함치는 소리를 들었다. 그는 승방 밖으로 나가다가 그대로, 얼어붙었다. 붉은 광점들이, 혜성처럼 꼬리를 끌며, 날아오고 있었다. 화재경보시스템은, 공중전을 예상하지 못했다. 스크린수막시스템은, 가뭄으로 작동되지 않았다. 불-우박들이 무량수전으로 쏟아졌다.

태백은 불타지 않을 것인가, 박인호는 누렇게 변색된 낙엽송들 사이에서, 숨을 고르며 중얼거렸다. 금속적으로 번들거리는 개량한 복을 입고, 머리를 한 갈래로 땋은 중년 사내가 다가왔다. 그는 녹색 명함 같은 걸 내밀며 말했다: 천제단은 좁다, 이 많은 사람들이 모두 입장할 수는 없다, 이 티켓은 새벽에 선착순으로 나눠준 것이다, 필요한가?

사내가 내민 '티켓'에는, 두 자리 숫자와 함께, 조잡한 부적의 문양 같은 게 그려져 있었다. 박인호는 중년 사내의 사팔눈을 들여다보다가, 자기 몸이 입체파 그림처럼 해체되는 기분을 느꼈다. 태백산이나 계룡산 같은 데 가면 반드시, 도사인지 정신병자인지 알 수 없는 인간들을 만나게 된다. 이곳은 스마트 물질과 바이오닉스의 세계가 아니다, 사이버네틱스와 나노 테크놀로지의 세계가 아닌 것이다.

중년 사내는 다중 초점의 눈동자를 굴리며 말을 이어갔다: 이 입장권의 가치는, 정역(正易)과 도경(道經)에 근거해 계산해봤는데, 8,400원쯤 된다, 필요한가?

박인호는 만 원짜리 한 장과 입장권을 교환했다.

중년 사내는 세계 전체를 축복하는 듯한 미소를 지었다: 태백산이 불타지 않는 건, 우리, 기도하는 사람들 덕분이다, 문수봉에 가서, 1,600원 어치만큼 당신을 위해 기도해주겠다.

박인호는 거스름돈을 못 받고 걸어가면서, 희양산 봉암사의 총무 스님을 떠올렸다. 속리산 문장대를 넘어, 청화-대야-희양산에 이르는 암릉지대를 돌파한 산불이, 봉암사만큼은 우회해서 달렸다. 왜냐하면 기도를 했기 때문이다, 총무 스님은 웃으면서 우겼다. 어떤 기도 말입니까, 박인호는 총무 스님의 웃음을 흉내 내며 따졌다. 희양산 봉암사는, 신라 구산선문의 하나인 희양산문의 종찰이자, 조계종 특별수도원이기도 했다. 그러나, 스님들은 모든 수행을 중단한 채 함정을 파고, 나무를 치고, 맞불을 놓는 등, 방화선을 구축하는 데 매달렸다.

—그런 게, 기도입니까?

—그럼 뭐가 기도인가?

박인호가 땀방울을 흩뿌리며 비탈길을 오르는 동안, '기도'하는 소리들이 곳곳에서 울려 퍼지기 시작했다. 태백산은 그 자체로, 스마트 물질과 바이오닉스와 사이버네틱스와 나노 테크놀로지 따위에 저항하는, 만신전(萬神殿)과도 같았다. 바위나 나무, 샘터 여기저기에, 돌무더기 서낭당이나 제단이 세워져 있었다. 그런 곳에서 울려 퍼지는 징과 꽹과리 소리가, 신경을 할퀴며, 체감온도를 끌어올렸다.

날은 덥다, 라기보다는, 뜨겁다. 오전인데도, 기온은 이미 섭씨 30도를 넘어섰고, 수시로 방향이 바뀌는 바람이, 다양한 농도의 탄내를 몰고 다녔다. 고갯마루 안부에서, 천제단으로 이어지는 능선 길로 접어들자, 열풍 때문에 숨을 쉬기 힘들 정도였다. 처음 와본 태백산이지만, 평소와 다르다, 상식과 다르다는 느낌을 버릴 수 없었다. 눈에 보이는 불길만 없을 뿐, 모든 것이, 비등점을 향해 끓고 있었다.

신경이 발화점 직전까지 가열되었을 때, 태백 특유의 아름드리 주목 군락지가 나타났다. 왼쪽 다리 근육에서 경련이 번개 형태로 달리기 시작했을 때, 벌집처럼 생긴 장군단이 떠올랐다. 천제단으로 이어지는 능선은, 푸른 철쭉과, 분홍색 억새와, 무속적인 컬러의 사람들로 현란했다.

박인호는 천제단 입장권을 꺼내 들고, 주변을 둘러보았다.

나는, 바보인가?

표 검사를 하는 사람은 어디에도 없었다. 속았다는 느낌, 뭔가 잘못되었다는 느낌이, 열풍과 탄내 속에서, 훨씬 낯설고 거대한 불안으로 변해갔다. 옷깃 스치는 소리, 마른기침 소리, 웅성거리는 소리들이, 공중에서 한 덩어리로 합쳐져 부풀어오르고 있었다. 황사 때문에 조망은 흐렸지만, 남서쪽의 밀도가 다른 황색은, 불타는 선달산일 것이다. 산불은 경북 봉화와 강원도 영월을 잇는 도래기재를 건너, 구룡산을 향해 달리고 있었다.

……오고 있다.

박인호는 시공간의 미세한 기미를 감지했다.

……왔다.

일사병의 현기증.

비등점에 도달한 액체의 출렁거림 같은, 땅울림.

헬기들이 난류(亂流) 속에서 비틀거리고 시공간이 구겨지는 느낌이다, 북쪽을 보라.

일렁거리다가, 휘어지며, 부풀어오르는 함백산.

그리고, 사이렌: 몸을 할퀴고 찢어버리는 듯한, 청각적 칼날들.

사이렌의 물결이, 모래먼지와 연기의 물결로 허공에서 시각화되고 있다.

사람들은 먼저 움직였고, 뒤늦게 들었다.

불이다.

조금씩 가열되던 풍경이, 비등점에 도달했다. 검은 연기가 황사의 대기 속으로 번져나간다. 풍경의 표면이 툭, 툭, 터지기 시작한다.

불이 온다.

기도를 해도, 불이 온다.

산불관리과장 사공은, 구룡산에서 능선을 따라 태백산까지 가는 종주산행을 자청했다. 내화수림대와 임도를 정비하고, 벌목 구역을 재설정하기 위해서였지만, 사실은, 좀 걷고 싶었다. 지쳤기 때문에, 완전히 지치고 싶었다(: 이 불은 잡히지 않는다, 산불 속에서 견디는 법이나 생각하라……). 그것이 정신적 침체기에 맞불을 놓는, 그만의 방식이기도 했다. 그래서, 걸었다.

구룡산에서 신선봉으로 이어지는 길은, 잘못 든 길처럼, 태백산 밖으로 90도 이상 휘어졌다. 바싹 말라서 건드리면 부서지는 산죽을 헤치며 내려가고, 다시, 먼지투성이 조릿대 숲을 기어오르자, 깃대봉이었다. 착시 현상은 계속되었다. 올라가야 하는데 내리막길이 나오기도 했고, 열파 때문에 거리감이 왜곡되기도 했다. 마지막으로, 태백산을 노려보며 똑바로 나아갔다. 봉우리가 하나 더 있었다. 그 부소봉에서, 유턴을 하는 기분으로 꺾어야 한다. 그는 장군봉을 향해 왼쪽으로 크게 휘어졌다. 산불에 관한 자신의 판단을 어느 정도 믿어야 될지, 태백산에게 물었다. 그 대답은, 난해한 암호와도 같은 것이었다.

산불을 피해 도망쳐온 멧돼지들, 고장 난 산불 감시 카메라, 방화선 구축자들과의 입씨름, ……그 모든 골칫거리들을 통과해서, 다 왔다, 라고 생각하는 순간, 정신적으로나 육체적으로 도달하려고 했던 곳이, 하나의 그로테스크한 이미지로 요약되어 나타났다: 산거머리로 뒤덮인 주목.

가뭄으로 멸종하다시피 한 거머리들이, 하나의 계시처럼 나타났다. 나무뿌리 쪽에 뱀이 있을 때, 거머리나 개미가 이상 증식하는 경우가 있다고, 어디선가 읽은 기억이 났다. 3미터가 넘는 주목의 표피는, 털이 다 빠지고 구더기로 가득 찬 짐승의 옆구리처럼, 울룩, 불룩, 꿈틀거리고 있었다.

태백시를 돌아다니는 동안, 그의 내부에서도, 불안의 거머리들이 증식하기 시작했다: 마음의 뿌리 밑에 있는 것은 무엇인가?

그는 한강의 발원지인 검룡소(劍龍沼)와 낙동강의 발원지인 황지(黃池) 등의 변화를, 직접 확인했다. 수량이 준 것은 기본이고, 수온이 급상승했다. 당연히 지열도 상승해서, 한낮의 기온이 섭씨 40도를 넘어가기도 했다. 뭔가가 있었다 —— 나무뿌리 밑에 있는 뱀과 같은 것. 불안의 거머리들은, 그의 심장에 들러붙어 살쪄갔다.

태백의 비극은 정선, 영월과 더불어, 대재난 이전으로 거슬러 올라간다. 20세기 말, '석탄산업합리화조치' 이후, 탄광 도시들은 몰락의 길을 걷기 시작했다. 석탄을 중심으로 설계된 시공간, 석탄 하나에 모든 걸 걸었던 도시에서 석탄이 빠져나가자, 남은 것은, 의미를 잃어버린 몸과 삶, 지반 침강과 산성 오염의 폐허뿐이었다. 산도, 물도, 사람도 새카맸던 시절, 폐광 복구 사업은 단편적으로만 이뤄졌을 뿐이고, 주먹구구식 굴착으로 인해, 지하갱도들을 제대로 파악할 수조차 없었다. 구원은, 카지노 유치를 통한 유흥산업과, 태백산을 중심으로 한 관광사업뿐이었다. 태백의 황지나 당골, 정선의 강원랜드, 영월의 중생대 테마 파크 등이 첨단 유흥지구로 변모하기 시작했다. '고원관광휴양지'라는 캐치프레이즈가 만들어지고, 시한부 특례법도 제정되었다. 지역 경제가 활성화되면서, 산도, 물도, 사람도, 제 색깔을 찾아갔다. 그러나, 개발 사업은 양날의 칼이었다. 사회-몸의 상처는 복원된 게 아니라, 은폐되거나, 전이된 것에 지나지 않았다. 정작, '막장인생'들은 보상금 몇 푼을 거머쥐고 대도시로 나가, 슈퍼슬럼의 주민이 되었고, 개발 이익의 대부분은, 외지인 몫으로 돌아갔다. 그 이후, 중부 내륙을 강타한 지진은, 은폐된 채로 썩어가던 석탄의 기억을 다시 끄집어냈다.

석탄; 천박한 개발 이데올로기와 시커멓게 오염된 환경과 진폐증의 몸을 사람들의 머릿속으로 투영하는, 흑마술의 돌; 언제라도 타오를 수 있는, 화석화된 나무.

산불관리과장 사공은 태백시청 재난상황실, 중앙 컴퓨터에 붙어앉아, 산불 데이터베이스의 매립장을 며칠째 뒤지고 다녔다. 폐허-관광지가 된 폐광의 갱도. 뒤틀린 채 융기한 탄층. 그리고, 범세계적 맥락: 기후대의 이동과, 대기 구성 요소의 변화와, 대가뭄.

그는 디지털 노이즈와 데이터 스모그를 뚫고, 인도네시아의 국유림연구소, '와나리셋 삼보자'로 도약했다. 인도네시아 동(東)칼리만

탄주; 1982년, 엘니뇨 때 점화된 석탄층이 계속 불타다가 1986년, 산불로 폭발한 기록. 그 순간, 천제단 제사를 중단시키는 사이렌이 울려 퍼졌다.

만항재 일대, 폐가들이 즐비한 폐광체험단지. 검붉은 불길이 석송류의 인목과 속새류의 노목 형태로 솟아올랐다: 지하에서 불타는 고생대의 숲. 태백과 정선, 영월 일대로, 시각화된 사이렌의 물결이 번져나가기 시작했다.

사공은 드디어 암호를 풀었다 — 나무뿌리 밑에 불이 있었다. 그리고, 마음의 뿌리 밑에 있는 것을 이해했다. 피부와 근육의 경계에서, 불안의 거머리들이 증식하도록 만들었던 것. 아주, 오랜만이었다. 그것은, 절망의 뱀이었다.

동해-삼척 도시연맹과 태백의 경계지대, 덕항산이 검은 연기가 되어, 증발하기 시작했다. 저속 촬영된 단풍의 남하(南下)처럼, 매봉산과 삼수령-피재 일대도 불길로 뒤덮여갔다. 급상승하는 대기온도. 만항재와 함백산의 폐광들이 공기를 빨아들이며, 이 세상의 소리가 아닌 듯한 소음을 토해내기 시작했다. 교란되는 바람. 금대봉과 은대봉의 나무와, 화방재 꽃동산의 꽃들이, 춤추기 시작했다. 가뭄으로 쩍쩍 갈라진 땅에서는, 흑회색 연기들이 피어오르다가, 나선형으로 뒤틀렸다. 회오리바람이 태어나는 순간, 고생대 페름기의 응축된 시공간이, 지하에서 팽창했다. 석탄층의 불길이, 춤추던 나무와 꽃들을 날려버리고, 절벽에 부딪친 파도처럼 솟구쳐 소용돌이치다가, 비말처럼 흩어졌다. 불씨들이 도처에서 뿌리를 내리는 동안, 땅 속 깊은 곳이 흔들렸다. 진동이, 멱함수 패턴으로 팽창하던 어느 순간, 단층과 습곡으로, 창자처럼 복잡한 갱도들이 붕괴되기 시작했다. 정암터널이 무너지면서 태백선이 절단되고, 두문동재의 산사태가 길들을 지워갔다. 연쇄적인 지반 침강의 진동이, 천제단을 타고 하늘로 전해지는 동안, 태백산에 오른 사람들은 공황 상태에서 허우적거렸다. 불길은 아직 멀리 있었지만, 오래전 지진의 기억이, 그들을 이미 불태우고 있었다. 심리적으로 불타는 사람들은, 망경사로 이어지는 급경사 등반로를 내달리다 자빠지고, 자빠진 사람들에 걸려 넘어지고, 넘어진 사람들을 밟고 미끄러졌다.

산불관리과장 사공은 로봇형 산불 감시 카메라들의 네트워크에 접속했다. 벽면에 부착된 16대의 모니터; 눈에 보이는 불길은, 어둡고 누런 하늘을 오그라들게 했고, 눈에 보이지 않는 불길은, 땅을 끓이고 있었다.

매봉산 일대, 날카로운 불칼이 솟아올라 땅을 도려내며 움직이기 시작했다. 불칼이 폐곡선을 그리자, 땅이 꺼졌고, 모니터는 노이즈로 직직거렸다. 카메라-로봇들은 그런 식으로, 미친 풍경을 전송한 뒤, 차례로 꺼져갔다. 함백산 일대 주목단지, 지진이 만든 지하 도관으로 불이 달렸다. 아름드리나무들은 뿌리부터 타면서 지하 공동을 확장하다가, 불타는 유기물질로 출렁거리는 흙을 갈아엎으며, 일제히 쓰러졌다. 2번 모니터, 비단봉 고랭지 웰빙채소밭이 고랑 속에 열선을 깐 것처럼 주홍색으로 환해지는 순간, 5번 모니터, 태백산 자작나무 가지들이 필라멘트처럼 빛을 발했다. 11번 모니터, 화방재 불길은 아직 31번 국도를 넘지 못했지만, 14번 모니터, 부소봉의 빽빽한 나무들이 난류 속에서 뒤틀리며, 부딪치다, 발화하기 시작했다.

박인호는 뒤늦게 움직이기 시작했다. 미끄러지고, 자빠지고, 구르면서. 반재고개에 이르러, 무조건 물이 있는 쪽으로 방향을 틀었다. 지치고 다친 사람들이, 당골계곡 여기저기, 널브러져 있었다. 박인호 역시, 실핏줄 같은 개울에 몸을 던졌다. 흙탕물을 들이켜다가, 금속성 개량 한복을 입은 사팔뜨기를 발견했다.

박인호는 근육에 힘을 주고 굳은 표정으로 물었다: 당신은 문수봉으로 가서 나를 위해 기도했던 게 아닌가?

사팔뜨기는, 당신의 말 때문에 상처 받았다, 라는 걸 확실히 보여주는 표정을 지었다: 문수봉은 내 안에 있다, 내가 어디에 있든 상관없지, 그리고 나는 당신을 위해 기도했다.

—불이 온다, 천제는 중단되었다.

—중단되는 일까지 제사의 일부다, 환불은 없다.

—태백산은 곧 불덩어리가 될 거다.

—태백산은 불타지 않는다, 불타는 건 오직, 불밖에 없다.

태백시청, 재난상황실. 더 이상의 상황은 알 수 없었다. '원격존재'들이 모두 귀환했지만, 사공은 여전히 분열적 아상블라주 상태로 표류하고 있었다. 16대의 모니터는 전부 노이즈-점묘화로 변했다. 색(色)도, 형(形)도 없다, 원근법도 없다: 궁극적이며 유일한 리얼리티. 직직거리는 노이즈와 담배 연기로, 실내는 유사-성운과도 같았다. 그는 우주 저편으로 내던져진 것만 같았다. 별들이 폭발하고, 시공간이 데워지고, 대량의 미립자와 전자기파가 몸을 관통해갔다. 사흘 동안, 그는 지구로 귀환할 수 없었다.

사흘 동안, 태백 일대의 시공간은 붕락 사고로 고립된, 막장과도 같았다: 천공 소리와 발파음, 부유하는 화약 연기와 석탄 가루, 쏟아져 내리는 폐석 더미와 넘쳐흐르는 탄광 폐수…… 소용돌이치는 불길로 포위된 채, 정전의 마을들은 노이즈-점묘화로 변해갔다.

*

태백 외부로 나가는 길이 열린 날, 아침, 박인호는 떠나기 전에 정암사에 들렀다. 태백산 정암사로 불리지만, 사찰은 함백산 기슭에 있었다. 산줄기는 하나의 흐름으로서, 백두에서 지리까지 이어지고 있었고, 산 이름은 그저, 절단할 수 없는 흐름을 구획하는 언어에 불과했다. 피부-몸에서 정보-몸에 이르기까지, 하나의 흐름이며 총체인 것을, 언어로 구획하듯이.

태백산이든 함백산이든, 정암사는 더 이상 존재하지 않았다. 불사태는 수마노탑을 휩쓸어버리면서, 그 아래 있던 적멸보궁을 묻어버렸고, 정암사를 동서로 가로지르던 계곡마저 지워버렸다.

박인호는 '자장율사 주장자 주목'의 파편으로, 고래를 조각하기 시작했다. 낙산사에서 템플 스테이를 하던 조각가에게서 배웠다. 시커멓게 타버린 표피는 고래의 등이 되고, 하얀 목질은 배가 된다: 산불고래. 폐목 속에 숨어 있는 고래를 불러내면서, 금속성 개량 한

126

복을 입은 사팔뜨기를 생각했다. 그 중년 사내는 어느새 봉암사 총무 스님으로 변해갔다.

—스님이 말씀하시는 그런 기도를 했지만, 낙산사는 불탔습니다.

—기도한 사람들은, 낙산사가 불타지 않았다는 걸 안다.

—저는 지금 낙산사에서 웁니다.

—나는 지금 낙산사에 있다.

불만으로 떨리던 조각칼이, 미끄러지며, 왼손 중지를 찢었다. 피가 터지고, 내부의 단단한 결정체 역시 깨지면서 쏟아져 나왔다. 절망과 분노와 환멸과 치욕 속에서, 조각칼로, 자신의 손목 속에 숨어 있는 고래를 꺼내고 싶은 충동을 느꼈다. 온 천지가 불구덩이다, 어떤 삼매를 얻어서 타 죽지 않겠는가?

그것은 아마, 산불고래가 바다를 얻는 일과도 같을 것이다. 바다를 찾아 헤맨다는 이야기가 아니다. 산불고래의 바다 같은 건 존재하지 않으므로. 오직, 바다를 만들어내야 하는 것이다, 지금, 여기에서. 시공간 전체가 불탈 때, 어떻게 해야 불타지 않겠는가? 박인호는 자신이 그 질문에 대답하는 대신, 낙산사라는 상징물로 안이하게 도피했다는 걸 알고 있었다. 대체물로서의 낙산사는, 더 이상 존재하지 않았다. 불타지 않는 낙산사를 어떻게 만들어낼 것인가, 지금, 여기에서.

박인호는 산불고래의 곡선을 살펴보았다. 조각할 때의 마음에 따라, 등에서 꼬리지느러미에 이르는 곡률이 달라진다고 하였다. 그 조각가는, 박인호의 곡선이, '편두통의 곡률'로 휘어지고 있다고 지적했다: 환상과 구토를 동반하며 죽음을 갈망하게 만드는 통증의 곡선. 그는 편두통의 산불고래를 잿더미 위에 올려놓았다. 다시 움직이기 시작했지만, 돌아갈 세계는 끝나 있었고, 종말 이후에도, 손가락에서는 계속 피가 흘렀다.

　태백 내부로 들어오는 길이 열린 날, 저녁, 김희영은 태백시로 들어와 일주일 동안 머물렀다. 격랑은 지나갔으나, 콘크리트와 강철 구조물로 둘러싸인 불의 저수지가, 도처에서 출렁거리던 때였다. 저수지의 수심은 지하 석탄층까지 닿아 있었고, 그 저수지가 언제쯤 마를지, 아무도 예상할 수 없었다. 다만, 삼수령-피재 근처에서 넘쳐흐른 불길은, 낙동정맥을 따라, 동해를 끼고, 남해로 흐르기 시작했다. 울진의 백병산이나 청송의 주왕산 등은 잿더미가 되었고, 경주 단석산과 울산 가지산 등이 불타고 있던 때의 일이었다.
　김희영은 *마카오여자*가 갔던 길을 따라가기 전에, 뭔가에 홀린 듯한 느낌으로 걷다가, 적멸보궁 터에 이르렀다. 태백에서는 누구라도, 제정신을 유지하기 힘들었다. 태백과 영월, 정선의 풍경은, 감각의 임계점을 넘어선 초토로 변해 있었다. 불의 진동은, 그 폐허에서 경련의 파도를 일으키고 있었다. 시공간은 보이지 않는 열파의 물결로, 끊임없이 출렁거렸다. 그러나, 그 폐허의 바다에는 한 마리 고래가 살고 있었다.
　그녀는 태백에서, 서울이나 강릉으로 복귀할 수도 있었다. 몸의 혼란 역시, 극에 달해 있었다. 그러나, 폐허의 바다에서 해초처럼 흔들리는 '불나무'의 유혹은 강렬한 것이었다. 공포와 매혹은, 언제나 한 몸이었다. 그녀는 산불고래처럼, 폐허의 바다를 헤엄쳐 갔다.

16장

신(新)부산: 시뮬레이션-이데아의 그림자, 테크노폴리스; 디지털 플라톤주의의 지리학적 · 건축학적 버전; 세계화된 '마카오 모델'의 프랙털적 파편.

김희영은 부산시청, 도시제어시스템실에서, 불타는 시뮬레이션 시티를 보고 있었다. 무선 이어폰으로, 산불 현장의 노이즈가 전해 져왔다. 한쪽 벽면 전체를 차지하는 초박막 모니터에서는, 3차원 스캐닝을 통해 실시간으로 반영되는 비트의 불길이, 추상적인 문자-숫자식으로 구성된 해운대 장산, 동래 금정산, 서면 황령산 일 대를 휩쓸고 있었다. 낙동정맥을 따라 남하한 불길은, 헤비메탈 비트의 템포와 강도로, 마지막 뇌관을 향해 달리고 있었다.

낙산사가 전소되고, 한 달이 훨씬 넘었다. 진화 전략은 이미, 방어적 진화 작업 쪽으로, 방향을 틀었다. 진화 자원은 한정되어 있었다. 모든 것을 지키려다가는, 모든 것을 잃을 수도 있었다. 산불관리과장 사공은 텔레비전에 나가, 초현실적 산불을 현실적으로 이해시키는 일을 떠맡았다. 그의 얼굴에는, 피로가 짙게 배어 있었다. 그의 음성에는, 토해낼 수 없는 한숨이 깔려 있었다. 그는 분명히 소신을 갖고 있었고, 분명히 맞는 말을 하고 있었지만, 김희영이 보기에는 분명히, 사회시스템의 실패를 은폐하는 데 이용당하고 있었다. 그는 생태적 재난에 대한 구텐베르크-리히터 법칙이나 산불 규모와 빈도의 관계에서 나타나는 멱함수 패턴 같은 용어로 분위기를 잡은 뒤, 대기 구성 분포의 변화를 강조했다. 산소 농도가 약간만 올라가도, 산불의 발생은 필연적이다, 평형 상태를 회복하려는 지구의 몸부림은, 자연스러운 일이다, 어떤 소나무는 산불을 통해서만 번식할 수 있고, 어떤 내화성 전나무는 산불 이후에만 제대로 성장할 수 있다……

김희영은 가이아의 고통스러운 몸부림을 느끼며, 신부산으로 들어왔다. 낙동정맥을 따라, 경남 양산시에서 부산시로 넘어온 불길이, 지경고개의 경부 스마트 하이웨이를 끊어버리고, 금정산성을 깨뜨리고 있던 때였다. 그러나, 신부산에서는 굳이 산불 현장까지 나갈 필요가 없었다. 여기에서는, 시뮬레이션이 곧 세계였다.

도시 인프라스트럭처의 유니트인 가변건축물들의 이동이, 거의 끝나가고 있었다. 신부산 재난대책본부는, 테크노폴리스-숲을 지키기 위해, 조립식 네트워크 건물들을 분해해서 방화벽을 쌓기로 결정했다. 테크노폴리스 전체가, 방재시스템에 의해 계산된 매뉴얼에 따라, 재배치되고 있었다. 꿈틀거리는 불의 강을 따라, 세라믹과 초합금의 캡슐-룸(房)이나 플랫폼-레이어(層) 같은 블록들이 제방이나 댐의 형태로, 배치되고 있었다. 공중 아케이드들의 매핑과 초전도 자기부상열차의 가이드 레일 역시, 변경되고 있었다. 아이콘들로 씌어지는 디지털 영상-시와 같다고, 김희영은 생각했다. 그러나, 건축화된 시어들의 분해와 조립은 단순한 은유가 아니었다. 시뮬레이션 시티의 재편집은, 정확히, 실제 도시의 재조립을 의미했다. 시뮬레이션 시티와 테크노폴리스는, 서로를 비추는 거울상과도 같았다.

신부산 역시, 신강릉이나 신광주와 마찬가지로, 도시 내에서, 시뮬레이션-원본이 존재하는 지역을 따로 가리키는 말이었다. 대재난 이후, 부산 최대의 번화가인 서면과 관광지 해운대 등을 포함하는 지역은, 마카오 식으로 복구되었다: 컴퓨터로 설계된 시뮬레이션 시티가 그대로 현실화된 테크노폴리스. '신(新)-도시 시뮬레이션'들은, 실제 도시의 이차적 재현이 아니라, 실제 도시보다 선행하는 디지털 형상에 해당했고, 신-도시의 픽처레스크 식 지형이나 합성밀림을 모방하는 지도가 아니라, 수사학적 자연을 생산하는 설계도에 해당했다.

시뮬레이션 시티의 불길은 이제, 신부산과 구(舊)부산의 경계 쪽으로, 이동하고 있었다. 구부산 쪽으로 움직여야 할 시간이었다 — 진짜 산불 현장으로 나가야 하는 것이다. 타이밍을 잡고 일어서는데, 전혀 다른 비트의 불길이, 빛의 속도로 케이블을 타고 왔다: 키네틱 타이포그래피의 불씨들. **불타는 고딕체들**이, 네트상의 신부산 재난대책본부를 태우기 시작했다: *FIRE NEW-BUSAN* …… 제어

시스템실이 술렁거렸다. 도시 기반 구조의 변화를 일기예보처럼 실시간으로 전달하는 전광판에도, 불타는 네오고딕체가 새겨진 게 확인되었다. 디지털 진화 작업에는 5분도 걸리지 않았지만, **불타는 고딕체들**은 테크노폴리스의 대기를 오염시켰다.

사실, 신비에 싸여 있는 **불타는 고딕체들**이 직접적인 위험은 아니었다. 그들은 방화범이 될 정도로 부지런한 놈들이 아니었고, 컴퓨터 앞에 붙어 앉아, 담배를 사러 밖에 나가는 것조차 귀찮아 하는 해커들에 불과했다. 문제는, 그들이 보강하는 분위기, 원자의 대기로 스며 나오는 '비트의 에테르'였다. 특정한 사건이 발생할 가능성을 높이는, 자연적·사회적·기술적 맥락이, 신부산의 공기 중에서 짜여지고 있었다. 그 맥락화된 공기를 호흡하는 동안, 어떤 인간의 머릿속에서는, 기이한 심리적 맥락이 형성된다. 재앙의 분위기를, 자신의 머리카락이 염색되거나 피부가 불타는 감각으로 포착하는 놈들이 있는 것이다. 신부산에서는 확실히, 낙동정맥의 산불보다, 사람들 내부에서 시뮬레이션되다가 어느 순간, 갑자기, 현실화되는 방화가 훨씬 심각했다.

김희영은 어수선한 분위기 속에서 자리를 떴다. 구부산으로 가기 위해서는, 서면 북쪽에서 초전도 자기부상열차를 타는 게 편했다. 신부산의 교통 체계는 지하로 내려지거나, 공중으로 올려졌다. 기계주의와 유기주의 건축물들 사이의 공간은, 먼지와 소금기가 밴 열대의 나무들로 채워져 있었다: 메가-가든; 재물질화된 디지털 정원; 비트로 구성된 나무와 꽃들이 디지털 음악으로 전환되어 현실로 범람한 뒤 원자들을 끌어 모아 재육화(再-肉化)되었다. 하지만 마카오의 미학적 아방가르드 스타일에 대한 키치적 번안에 불과했고, 식물 전기를 추출하는 등의 실용적 기능도 없었다. 이 도시는 그저, 절충주의적 모방의 결과로 존재하고 있을 뿐이었다.

김희영은 시청에서 나와, 유전적으로 조작되고 물리적으로 변형된 나무들 사이로 걷기 시작했다. 부활한 네오 픽처레스크 식 정원. 테크노폴리스-숲 속에 점점이 배치된 국적 불명의 건축군: 계단식 벤치 구조물이나 기하학적 정자, 아르누보풍으로 물결치는 고딕 식 전망대……

기억과 추측, 회상과 예상이 그녀 내부에서, 뫼비우스 띠처럼 이어지며, 뒤섞이기 시작했다. 자기부상열차 역이 있는 함몰지구-호수까지, 시뮬레이션 시티의 루트를 이미 따라가보았다. 테크노폴리스-숲 속의 오솔길은 낯설었지만, 이미, 충분히, 낯익은 길이기도 했다. 다만, 숲 한가운데서 바다 소리를 듣고, 숲 속의 센서들과 교신하는 인터랙티브 맵을 확인했다. 바다-정원; 돌과 금속의 물고기 조각들이, 시공간적 맥락을 깨뜨리며, 돌발적으로 등장했던 것이다. 물고기 조각들을 둘러싼 식물-모듈들 역시, 가지치기와 부분 염색을 통해, 물고기 형태로 다듬어져 있었다.

그러나, 길을 잃을 수는 없었다. 센티미터 단위의 입체 격자들로 분할된 테크노폴리스는, 단 한 칸의 모호한 그리드도 허용하지 않는, 결정론적 시공간을 이념으로 삼고 있었다. 자신이 어디에 있는지 알고 있고, 어디로, 어떻게, 가야 하는지도 알고 있다. 그 대신, 자기가 누구인지 알 수 없게 된다. 오른쪽으로 가라, 왼쪽으로 가라, 인터랙티브 맵이 지시하는 대로, 무선 조종되는 주체를 연기할 뿐. 무력감은, 시뮬레이션 시티를 떠날 때부터 예정된 것이었다. 시뮬레이션 시티에서는, 어디에 있든, 어느 곳이나, 조망하고 이동할 수 있는 권력을 가질 수 있었다. 그녀는 신부산의 산불 현장 어디에나 갈 수 있었고, 총체적인 조감도를 그릴 수도 있었다. 시뮬레이션 시티에서 빅뱅을 일으키고 팽창하던 자아는, 실제 테크노폴리스로 내려오는 순간, 빅크런치의 점으로 왜소해졌다. 그때부터는, 산불이 그녀를 응시하기 시작했다. 인위적으로 조작되고 있다는 느낌이, '리얼리티-엔진'이 교체된 듯한 느낌으로 확장된다: 몸속의 탄소 리얼리티-엔진에서, 기계 속의 실리콘 리얼리티-엔진으로; 물고기-나무들이 기계어와 선형적 이진수 논리 게이트의 추상적 구조로 붕괴되고, 푹신한 인조 자갈이 박힌 오솔길이 그래픽 파일의 데이터 블록과 겹쳐지며, 누드 황사마스크를 쓴 행인들은 시뮬레이션의 인간-프로그램들처럼 움직인다……

일렉트로닉 정글을 가로지르는 *마카오여자*; 지나온 풍경과 나아갈 풍경을, 흑백과 컬러의 데이터 블록으로 분할하면서; 데카르트 공간의 좌표들을, 차례로 활성화시키면서; 최단 경로를 표시하는 선분이, 점멸하는 붉은 점으로 수렴할 때까지.

기화열에 의해 체감온도가 약간 낮아지는 걸 느끼는 순간, 시뮬레이션 시티의 호수 그래픽에, 산불 연기가 물안개처럼 떠도는 함몰지구-호수가 겹쳐졌다. 그러나, 잘 들어맞지 않았다. 인공호수의 가상체-원본과 신체-모사본 사이에, 심각한 균열이 있었다: 시뮬레이션 시공간으로 침투해 들어온 실제 시공간; 낙동정맥 이재민-유목민들의 이동식 도시[WALKING CITY].

낙동정맥의 불길에 쫓겨온 이재민-유목민들이, 인공호수 일대를 무단 점거한 채, 생존권 보장을 요구하는 시위를 벌이고 있었다. 이동 단위는 언제나, 움직이는 도시, 움직이는 시공간, 그 자체였다: 떠도는 행정 단위: 포스트잇처럼 이동하며 들러붙는 '인스턴트 시티.' 20세기의 실험적인 건축-몽상가 집단, '아키그램'의 미래주의적 아이디어는, 전 세계의 전쟁 난민과 환경 난민, 단 한 평의 시공간도 얻을 수 없었던 철거민과 이재민들에 의해, 원시적인 형태로 실현되었다: 경계 없는 시공간에 유폐된 사람들. 40층 높이의 거주-로봇, 이동 가능한 건축물을 의미했던 워킹 시티는 이제, 움직이는 슬럼, 떠도는 유랑민 집단을 가리키는 잔인한 농담으로 전락했다: 열기구에 의해 운반되는 도시의 천장, 네트워크 구조물의 유닛이기도 한 캡슐과 플랫폼, 그것들을 싣고 다니는 뗏목 형태의 트럭들, 등에 지고 다니는 공기 주입식 주택……

테크노폴리스와 워킹 시티가 같은 시공간에서 겹쳐지면서, 신부산 전체에 긴장이 감돌기 시작했다. 김희영은 재난대책통합본부 연구원 시절, 테크노폴리스에서 오히려, 기술적·사회적·자연적 위험들의 교집합이 형성된다는 보고서들을 요약, 정리한 적이 있었다. 가뭄이나 산불이, 광범위한 지역에 영향을 미치는 재난인 반면, 재앙의 틈새에서 솟아오르는 폭력과 약탈과 방화는, 메트로폴리스 특유의 재난이었고, 대규모 자동기술시스템에서 작은 오류가 증폭되는 사고는, 테크노폴리스 특유의 재난이었다. 최첨단 방재시스템이 깔린 곳에서, 새로운 형태의 위험이 구성되고, 구조화된다는 아이러니. 경찰측은 여러 경로를 통해, 테크노폴리스-숲에 대한 방화

정보를 입수하고 있었다. 테크노폴리스의 위험은, 감시카메라와 방재시스템에 의해 철저하게 관리되고 있었지만, 워킹 시티 같은 사각지대가 변수였다. 워킹 시티에 대한 추방령은, 당연한 것이었다.

그러나, 워킹 시티는 비장하면서도 유쾌하고, 슬프면서도 마음을 놓게 만드는, 왁자지껄한 활력으로 가득 차 있었다. 불에 그슬린 양이나 염소, 젖소 들이 어슬렁거리는 가운데, 남자들은, 화염방사기 등으로 무장하고 가스봄베 바리케이드를 치거나 경계 근무를 서고, 여자들은, 밀린 빨래를 하거나 산불의 열기로 달리의 시계처럼 늘어난 식기와 그을음이 묻은 가구들을 세척하고, 아이들은, 자기부상열차 역 근처에서 산불 폐목 수공예품이나 산짐승들의 발자국 탁본, 천연치즈 따위를 팔고 있었다: 재난 속에서도 계속되는 삶, 시공간을 둘러싼 전쟁 중에도 지속되는 일상.

김희영이 산불에 구웠다는 고구마를 사주었을 때, 때에 절고 불에 그슬린 듯 시커먼 아이는, 하얀 이를 드러내며 정말로 기쁘게 웃어주었다: 산불이 지나갈 때 땅에 묻었다가 꺼낸 거라서 맛이 달라요…… 그 해맑은 웃음이 주변 공기를 잠시 환하게 만들었고, 그녀는 아주 많은 것들을 떠올렸다. 연민이나 동정을 느낀 것도 아니고, 감상이나 향수에 빠진 것도 아니다. 자신에게 결여된 것, 그래서 얻고자 하는 것이, 아이의 웃음 형태로 잠깐, 출현했다가 다시, 황사와 산불 연기의 대기 속으로 사라져갔다.

아는 사람 하나 없는 부산까지 내려와서, 나는 지금 무엇을 찾아다니고 있는가?

그녀는 아이를 향해 똑같이 웃어주려고 애썼다. 그러나, 데스마스크의 얼굴은 움직이지 않았다.

*

신경-몸

태백은 김희영에게 하나의 전환점이었다.

얼굴에 있는 전용 감각 기관들, 눈·코·귀·입의 감각들이 약해지고, 피부나 근육, 관절의 고유 감각 역시 둔화되어갔다; 외계(外界)가 흐려지고 있었다. 반면에, 공복감이나 구역질, 요의 따위를 느끼는 내장 감각은 과장되기 시작했다; 내계(內界)가 팽창하고 있었다. 몸들이, 태백의 엄청난 재난 앞에서, 자기 내부로 후퇴하고 있는 것만 같았다. 그래서, 산불 현장을 걷고 있는 게 아니라, 불타는 마음속을 걷고 있는 것만 같았다.

신경-몸: 감각과 운동을 연결하는 뉴런들의 그물망; 외부 세계와 상호작용하는 유기체 내부에서 끊임없이 하나의 세계를 구성하는 몸.

신경-몸의 혼란이 임계점을 넘어서면서, 목적지도 없이 헤매거나, 꼼짝도 않고 앉아 있는 때가 많아졌다. 마음이 증발해버린 듯한 시간이 지나간 뒤, 예정에 없던 '정암사'에 와 있는 자신을 발견하기도 했고, 망연히 산불을 응시하고 있었는데, 어느새 시간이 흘러, 노을을 보고 있는 자신을 발견하기도 했다. 세계가 군데군데, 도려져 나가버린 것만 같았다, 삶의 필름이 여기저기, 끊어져 나가버린 것만 같았다. 재난의 풍경을 믿을 수가 없는 게 아니라, 이제는 자기 자신을 믿을 수가 없었다. 그 절정은, 매봉산 북쪽 사면에서 일어났다.

그날, 오전, 김희영은 서울에서 내려온 중앙재난안전대책본부 직원으로부터, 양양의 구(舊)남대천 근처에서 발견된 '알루미늄 박스'에 관한 이야기를 들었다. 그것은 오래전, 동해안 일대가 사막이었을 때, 이재민대피소들 중 한 곳에서 만들어진 '타임캡슐'이라고 했다. 기억나는 것은, 아기 미라와 모래시계였다. 그리고, 모래의 시간이 흐르는 통로를 막고 있던 돌연변이 개미.

모래시계 속의 개미를 생각하며 걷다가, 어느 순간, 모래시계 속의 개미처럼, 같은 모래를 몇 번이나 반복해서 뒤집어쓰고 있다는 걸 알았다. 매봉산 일대는 원래, 바람과 안개가 심하고, 지세가 애매한 데다, 재난 복구를 포기한 폐허 지역이기도 해서, 백두대간 종주자들에게는 링반데룽 위험 지역으로 알려져 있었다. 언제부터였을까, 어디에서부터였을까? 열심히, 나아갔으나, 어느새, 돌아와 있었다.

그녀는 호리병 형태로 지반 침강이 일어난 고랭지 채소밭에 세번째로 도착하면서, 비로소 뭔가가 잘못됐다는 걸 깨달았다. 갑자기, 맥이 풀려서, 주저앉았다. 길을 찾지 못할까봐 두려운 건 아니었다. 핸디컴과 하이테크 식량, 미네랄 생수까지, 필요한 건 전부 가지고 있었다. 다만, 매봉산 링반데룽 루트는, 훨씬 거대하고 훨씬 난해한 미로를 상기시켰다. 그녀는 사실, 오래전부터 길을 잃고 있었다.

인지과학자들 중에는, 시뮬레이션 능력의 진화로 의식의 발생을 설명하는 사람들이 있다고, 이철민에게서 들은 적이 있었다. 시행

착오를 통해서만 학습하던 생물은, 시뮬레이션하는 능력을 획득함으로써 압도적으로 유리한 생존 기계가 될 수 있었는데, 자의식은, 세계를 시뮬레이션하고, 시뮬레이션하는 자신을 다시 시뮬레이션할 수 있게 되었을 때, 비로소 발생했다는 것이다. 이철민에 따르면, 유식불교는 바로 시뮬레이션의 시뮬레이션, 마음이 마음을 보는 자기지시적 마음에서 발생했다고 했다. 그런데, 그런 식의 논의는 필연적으로 무한퇴행에 빠질 수밖에 없었다 ─ 시뮬레이션하는 자신을 시뮬레이션하는 자신을…… 시뮬레이션하는 식으로. 원효가 중국 유식불교를 비판해 들어가는 지점도, 바로 거기라고 했다. 그 지점이 바로, 순환미로가 난해해지는 지점이었다. 그것은, 매봉산 링반데룽처럼, 고리를 끊어서 출구를 발견할 수 있는 미로가 아닌 것이다. 그런 생각들의 끄트머리에서, 김희영은 다시 일어나 걷기 시작했다. 보조 장비는 일절, 사용하지 않기로 했다. 시뮬레이션 능력이 없는 동물처럼, 한번 걸어보기로 했다. 본말이 전도되어 있었다. 재난에 관해 생각하는 게 아니라, 순환미로에 관해 생각하는 순환미로에 빠져 있었던 것이다.

그날, 그녀는 아주 오랫동안 걸었다. 매봉산에서 나가는 길을 찾기 위해서가 아니라, 자신이 나아가야 할 길을 잃지 않기 위해서.

출구를 발견한 것은, 아이러니컬하게도, 빛이 사라지고 불이 떠올랐을 때였다. 북상하는 낙동정맥의 불길이, 초음파 화면 같은 풍경을 일그러뜨리고 있었다. 이윽고 폐가들의 잔해가 널려 있는 폐허를 지나, 고랭지 채소밭을 통과하자, 삼수령(三水嶺)-피재였다. 그곳에 떨어진 물은, 서쪽으로 흘러 한강이 되고, 동쪽으로 흘러 오십

천이 되며, 남쪽으로 흘러 낙동강이 된다고 했다. 그녀는 자신이 어디로 흘러가야 하는지 알고 있었다. 불타는 낙동정맥을 응시하다가, 어두운 하늘을 보며 중얼거렸다, 몸 안팎의 불을 끄고 싶다고, 끝을 보고 싶다고.

*

구부산: 슬럼들의 은하계, 슈퍼슬럼; 인공물들이 자연화된 폐허-관광지; 한반도를 종단하는 산줄기가 끝나는 곳.

김희영이 몰운대 산불 소식을 들은 것은, 자기부상열차 안에서, 산불에 구운 고구마를 먹고 있던 때였다. 열차는 신부산과 구부산의 경계 지대, 불타는 엄광산과 구덕산 사이에서, 잠시 정차했다. 뭐가 뭔지 정리가 안 되는 상황에서, 목이 메어왔고, 열차가 다시 움직이기 시작했을 때, 하나의 주기가 뚜렷한 피날레도 없이 종결되었음을 알았다. 그녀는 열차에서 내릴 타이밍을 놓치고, 몰운대가 있는 다대포 종점으로 끌려가기 시작했다.

낙동정맥은 아직도 불타고 있는 태백시의 북쪽, 백두대간의 매봉산에서 분기하여, 낙동강과 함께 남쪽으로 흐르다가, 부산 다대포에 이르러 바다로 침몰한다.

몰운대: 태백산맥으로 잘못 알려진, 낙동정맥의 끝; 해발 80미터의 상징적인 산; 부서지는-세계-시뮬레이션의 뇌관.

열차 안의 피서객들은 아무것도 모르고 있었다 —— 폭탄이 터지고, 세계가 부서지기 시작했는데도. 가능한 미래들의 파동함수가 붕괴되었고, 김희영의 머릿속에서, 예언은 기억으로 고정되어갔다.

신부산의 경계를 넘어서자, 풍경이 급변한다. 복구되지 못한 재난의 흔적들이, 아직 오지 않은 재난의 흔적들과 겹쳐졌다. 시간선이 폐곡선을 그리는 괴델적 공간에서 움직이는 것만 같았다 —— 공간 이동이 시간 여행 효과를 야기하는.

구부산은 한마디로, 불과 모래의 황무지, 그 자체였다. 들쭉날쭉한 언덕 형태로 쌓여 있는 콘크리트 파편들 —— 아파트 단지가 통째로 붕괴된 것. 나뒹구는 전봇대와 덩굴식물처럼 공기 중으로 튀어나온 철골들과 가전제품들의 무덤. 깨지고 파인 직교형 아스팔트 도로 체계를 중심으로, 시커먼 차체들이 늘어서 있고, 조립식 건축물들의 슬럼이 잊을 만하면 나타난다. 그녀는 그 폐허의 풍경에 참여하며 조율되어갔다: 폐허-사이보그. 절망적인 풍경의 물결이, 자기부상열차를 감싸고 있는 자력 파동처럼, 폐허-사이보그를 적셨다. 자기부상열차는 달리는 게 아니라, 자기장 속에서 날아간다. 마카오여자가 발사된다 —— 과거와 현재와 미래, 모든 시간대의 폐허로.

불연속적인 시간들이 무리지어 고여 있는 공간에서, 자신이 어느 시간대에 속하는지 모호하게 되었을 때, 열차 창밖으로 인공수평선이 나타났다. 공중도시의 하부 프레임이, 바다를 수평으로 절단하고 있었다: 가로 길이가 수 킬로미터나 되는 다대포-거대구조물: 낙동정맥-사이보그. 다대포는 폐허 끄트머리에 있는 유리와 금속의 신기루, 과거 속에 있는 미래, 사이보그 자연이었다.

다대포에는 오직 하나의 건축물만이 있었다. 울퉁불퉁한 지면에서 10미터 이상 떠 있는 거대구조물은, 수 미터에서 수십 미터에 이르는 조립식 강철 플랫폼들의 네트워크로, 상황에 따라 분해, 재배치, 증식 가능한 가변건축물이었고, 하나의 도시와 1:1 사상(寫像) 가능한 건축물-도시이기도 했다. 플랫폼의 상부는 몰핑의 형식으로 산 모양의 곡선을 흉내 내고 있었는데, 그 공중정원에는, 스포츠 시설물들과 함께, 호텔식 캡슐들이 클러스터 형태로 달려 있는 철골 탑들이 세워져 있었다. 거대구조물의 컨셉트는, 건축이면서 도시이자 산맥이 되는 것이었지만, 돛대처럼 세워진 기둥들과 플랫폼들을 연결하는 팽팽한 와이어들 때문에, 불과 모래의 황무지에서 표류하는 항공모함 같기도 했고, 형광성 아크릴 외장재로 밤마다 발광(發光)하는 현수교처럼 보이기도 했다.

자기부상열차는 공중도시 중심부의 인공계곡으로 빨려 들어갔다. 인공폭포가 무지갯빛으로 쏟아지고, 투명 아크릴에 담긴 강이 공중에서 트위스트 형태를 그리고 있었다. 자기부상열차의 자기장 밖으로 나가는 순간, 김희영은 낯선 행성의 열기 속에서 휘청거렸다. 불도, 물도, 보이지 않았지만, 불의 탄내와, 물의 비린내가, 코끝에서 뒤섞였다. 헛구역질을 참고, 에스컬레이터에 매달린 채 지면으로 내려가, 타원형 레일을 순환하는 무인운전전철을 탔다.

바다가 드러나자, 산불도 드러났다. 북극의 이글루나 얼음집 컨셉트의 횟집들 거리 끄트머리에, 몰운대가 있었다. 사이보그 열대림은 거의 전소된 상태였지만, 주위는 아직도, 진화대와 불구경하는 사람들로 혼잡했다.

국가위기경보가 발령되고, 몰운대가 내뿜은 검은 연막층이 바다로 뻗어나가 회색 스펙트럼을 형성해도, 오렌지빛 모래사장은 인파로 넘쳐났다. 실제 산불은, 산 근처에 사는 농민이나 빈민의 문제였고, 사건으로서의 산불은, 식상한 일상이 되어버렸으며, 재난 방송의 산불은, 다른 채널의 픽션들과 시청각적으로 동등해졌다. 그리고, 연일 섭씨 40도가 넘는 더위가 지속되고 있었다.

이동식 테마파크 관리소가 몰운대 입구에 정차 중이었다. 방화범들이 저 해변의 관광객들 속에 숨어 있다고, 다대포-거대구조물 관리 직원들 중 한 명이 언성을 높였다. 고함쳐봐야 소용없어, 세상은 끝났어. 김희영은 건성으로 들으며, 횟집 수족관에서 입을 벙긋거리고 있는 정체불명의 물고기들을 응시했다. 인공성장호르몬이 투여된 양식 물고기들은, 헬스클럽에서 오랫동안 단련한 놈들 같았다. 다대포의 자연은, 자연적이지 않은 걸 본질로 하고 있었다. 몰운대 역시, 사이보그 동식물들로 채워진, 열대림 테마파크로 유명했다. 유전공학적으로 강화된 열대식물들의 줄기에는, 발광(發光)·발성(發聲) 인공장치들이 이식되어 있었다. 전자칩이 내장된 열대동물들은, 몸에 불이 붙는 한이 있어도, 몰운대-전자기장을 벗어날 수 없게 되어 있었다. 불타버린 몰운대는, 유기물과 무기물이 뒤엉킨 잔해들로 가득 차 있었다. 결코, 둘러보고 싶지 않았다, 김희영은 냉정하게 뒤돌아서서 진짜 수평선을 향해 걷기 시작했다.

인공해변은 수영복 차림의 미끈한 유기체들로 오염되어 있었다. 외과적으로 개조된 몸뚱어리들 사이에서, 폐허-사이보그는 자신의 존재를 극명하게 깨달았다. 칼이나 레이저로 재배치된 살과 뼈들이, 사이보그 미학을 구현하고, 멜라닌 층으로 강화되거나 섬유소

중합체 따위로 코팅된 피부들이, 금속적으로 빛나고 있었다. 두꺼운 등산화에, 밀리터리 스타일의 방화복을 입은 사람은, 확실히 김희영밖에 없었다. 방화복 속에는, 좌우 비대칭의 몸뚱어리가 숨어 있었다: 불타버린 백두대간과 낙동정맥의 흔적들이 요오드팅크나 바셀린 등으로 염색된 채 새겨져 있는 피부, 피로물질로 채워진 근육과 통증의 진원지인 골격, 기능을 상실해가는 내장들과 불타는 신경. 사람들의 호기심 어린 시선이, 방화복을 뚫고 들어와, 상처를 폭격한다.

성형클리닉과 다이어트 프로그램을 제대로 소화해낸 여자들이, 부러운가?

안 부럽다, 나는 내일 세상이 망했다는 걸 알고 있다.

내일, 망했다.

내 얼굴을 보라, 나와 함께 두려워하라······

파국적인 우월감, 절망적인 자부심으로 버티는 동안, 햇살이 칼날처럼 쏟아지고, 일사병의 현기증이 찾아왔다. 세계가 픽셀 단위로 해체되기 전에, 공중-가변-거대구조물의 공중 카페, 홀로그램 눈이 내리는 '북극점'으로 올라갔다.

모조 얼음테이블, 인공지능 에어컨이 모방하는 북극의 바람, 이글루형 얼음들이 떠 있는 스마트드링크. 진화된 형태로 다시 돌아온 앰비언트 테크노 뮤직 속에서, 강화플라스틱 창 밖에 있는 몰운대를 바라본다. 방화가 아니라면, 확실히, 불타기 힘든 곳이었다. 몰운대는 바다와 접해 있었고, 불타는 산줄기로부터는 완전히 분리되어 있었다. 낙동정맥은 구부산을 통과하는 동안 난도질되어 형체

144

를 잃고, 다대포 해수욕장으로 내려오기 전에 완전히 붕괴되어버린다. 낙동정맥과 몰운대를 연결하는 것은, 허벅지 뼈 대신 삽입한 철심 같은 것, 절대로 불타지 않는 인공산맥, 다대포-거대구조물이었다. 그러나, 잘린 유방처럼 고립된 몰운대가 바로, 실리콘 기반 세계와 탄소 기반 세계를 연결하는 조인트 코어였다: 재난 시뮬레이션과 현실이 조우하는 곳; 도플갱어들이 서로의 얼굴을 마주 보게 되는 곳. 낙산사의 불길이 몰운대까지 갈 수 있다면, 이 세계는 의심할 바 없이, 재난 시뮬레이션의 세계였던 것이다.

두려운 감정들을 정교한 스마트 폭탄으로 요격하기 위해, 스마트 드링크를 연속해서 들이켠다. 어디에선가, 세계에 대한 절망이, 웰빙푸드와 스마트드링크에 대한 탐닉을 낳았다는 이야기를 읽은 적이 있다, 맞을지도 모른다. 스마트드링크가 유행하기 시작한 것은, 앰비언트 테크노가 부활한 시점이고, '혁명'의 가능성이 사라져버린 시점이기도 했다. 세계를 '웰빙하게,' '스마트하게,' 만드는 것이 불가능하다고 느꼈을 때, 사람들은 일제히 자기 몸속으로 도피하기 시작했다. 세계는 가망이 없었고, 남은 것은, 피부-몸과 근육-몸, 골격-몸, 순환-몸, 도관-몸, 신경-몸 레벨에서의 유토피아에 대한 약속이었다. 피부는 탱탱해지고, 근육은 팽창하고, 뼈는 단단해지고, 내장은 신형으로 교체되고, 신경은 약물로 고양되었다, 그래서 행복해졌는가? 그 대답이, 북극점 바로 밑에 있는 열대의 해변에 있었다: 불감증 환자들의 해변.

웰빙과 스마트에 중독된 중산층 사람들이, 불타는 세계의 인공해변에서, 위장된 평화를 연출하고 있었다. 그것이 바로, 다국적기업들의 웰빙푸드와 스마트드링크가 한 일이었다 —— 세계 시스템 차원의 문제를 개체 수준으로 축소하고 신경계를 식민지화한 것 ; 남은 것은, '세계의 비참'에 대한 전 지구적 규모의 불감증.

불감증에 관한 한, 그녀는 누구보다 잘 알고 있었다. 세계가 불타든, 부서지든, 자기 몸이 불타거나 부서질 위험에 처하지 않는 한, 아무것도 느끼지 못하는 것이다. 그 순간, 정밀한 스마트 폭탄처럼 날아오는 질문——

카페 북극점의 아우라 때문인지, 스마트드링크의 뇌 활성화 기능 때문인지, 신경망 레벨에서 인지적 재구획 작업이 일어났다——

——메타-재난-시뮬레이션은 자기 머릿속으로 도피하는 일과 어떻게 다른가, 어떻게 달라야만 하는가?

김희영은 노트북을 열고, 재난 시뮬레이션의 축소판을 불러왔다. 재난 속으로 들어간다 : ……식수난에 이어 식량난까지, ……식생 붕괴와 기후 급변, ……알베도의 되먹임효과, ……밤낮의 열적 차이가 벌어지고……

백두대간과 낙동정맥에 흩뿌려져 있던, 부서지는 세계의 시뮬레이션 파편들을 재배치하기 시작한다 : ……그리고, 모래가 온다.

그것은 이렇게 시작된다 : 그리고, 모래가 온다……

세계는 이중 노출된 영상처럼 변하고, 그녀는 마카오여자가 보는 것을 본다.

이중화된 가시광선의 풍경은, 눈을 통과하며 전기펄스로 바뀌고, 뇌 속의 필터로 걸러진 뒤, 재창조된다 : 당신들은, 현란한 인공해변을 보는가? 나는, 실현된 폐허를 본다……

강화플라스틱 창 밖에서 컬러 연기를 내뿜는 폭죽이 터지고, 휴대폰이 진동했다. 다대포 근처, 응봉 일대의 산불 현장에서 호출 메시지가 날아왔다. 뇌관이 터졌는데도, 산불은 맹목적인 굴성(屈性)에 의해 계속 움직이고 있었다. 그녀는 피서객들이 쏘아 올린 폭죽과 함께 상승하고, 북극점 높이에서 자폭하는 일을 반복하다가, 일어섰다. 내일 세상이 망했다는 걸 알고 있는 얼굴을 하고, 폐허-사이보그의 맹목적인 굴성에 의해 움직였다.

응봉 일대, 노인들의 슬럼.

패턴은 동일하다. 등산로를 폐쇄하고, 방화선을 넓히고, 초병들이 경계 근무를 서도, 산불은 자기만의 루트를 따라 달린다. 경광등을 단 차들이 떼로 몰려와 시계(視界)를 얼룩덜룩하게 물들이고, 동력톱을 든 공병대원들이 등산로 입구의 유령림(幼齡林)을 쓰러뜨리고 있으며, 잿더미 위에서 이상증식하는 개미들처럼 버글거리는 사람들이 웅성거리는 가운데, 김희영은, '매봉산의 주술'이 아직도 끝나지 않았음을 느꼈다. 비현실감은, 대피를 거부하는 영감과 마주치면서, 증폭되었다.

산비탈의 조립식 플라스틱 기와집; 사반세기 전 모델. 고철과 폐목으로 어지러운 마당을 가로질러, 스티로폼으로 땜질된 합판문을 열었다. 대머리 영감이 고철과 폐목의 질감을 가진 목소리로 고함쳤다. 누가 뭐래도 나는 여기서 안 나간다…… 영감 양쪽으로, 허리 높이의 쓰레기 더미가, 협곡의 미니어처처럼 쌓여 있었다. 녹슨 식기와 깨진 접시들은 역설적으로, 그곳에 '생활'이 없었음을 증명하고 있었다. 영감은 발을 끌면서, 유령처럼 미끄러져 왔다. 김희

영의 손을 붙잡고, 뜬금없이, 고양이에 관해 말하기 시작했다 ──
그동안 길들여서 말을 할 줄 알게 됐다고, 고양이들이 없으면 살 이
유가 없다고.

왜, 아니겠는가? 이제, 생활사 박물관의 코너를 장식할 만한 골
동품들로 채워진, 방 안을 가리켜라.

영감이 방 안을 가리키는 순간, 그녀는 세계 전체에 대해 등을 돌
린다는 느낌으로, 돌아섰다. 독거노인의 집이 빈집처럼 보이도록,
문을 닫아주었다. 스티로폼으로 땜질된 합판문이 닫히는 소리, 그
소리는, 하나의 세계가 원을 그리며 닫히는 소리였다.

*

정보-몸

정보-몸: 무정물(無情物)과 유정물(有情物)을 가로지르는 물질적
마음; 신체와 정신의 단절을 봉합하는 비물질적 몸; 몸들의 건축학
적 시공간.

그것은, 피부-몸과 근육-몸, 골격-몸, 순환-몸, 도관-몸, 신
경-몸의 복합체에서 창발하는 공중도시이고, 유동하는 몸들의 복
합체와 더불어 해체·조립·증식되는 가변건축물이며, 기반구조와
사건들의 총체인 몸들의 복합체에 대응하는 거대구조물이기도 했
다. 그 공중-가변-거대구조물의 연쇄, 혹은 서사가 '자아'라는 환
상을 구성해간다고, 이철민은 말했다. 메타-재난-시뮬레이션, 재
난에 관한 논리-구조물은, 한 번도 얻었던 적이 없는 정보-몸, 한

번도 건축된 적이 없는 공중-가변-거대구조물 같은 것이었다 — 피부-몸과 근육-몸, 골격-몸, 순환-몸, 도관-몸, 신경-몸의 배치, 그 자체와 둘이 아닌.

메타-재난-시뮬레이션을 구축하기 위한 발생학적 다이어그램이, 김희영의 내부에서 처음으로 형태 비슷한 것을 생성시킨 것은, 남설악권의 점봉산에서였다. 그날, 그녀는 잔불정리조와 함께, 탄내와 지열로 채워진 목탄 숲을 돌아다니고 있었다. 정상 등반 같은 건 상상할 수도 없는 일이었다. '불나무'와 조우하기 전까지는.

바로 앞에 있던 검은 나무가, 환하게 비명을 질렀다. 땅 밑을 기던 불길이, 수관을 타고 상승하다가, 표피를 찢고, 밖으로 튀어나왔다. 그때, 불나무의 계시를 받았다 — 언어도, 이미지도 아닌 정보가, 미지의 호르몬 형태로, 혈관 속에서 소용돌이치기 시작했다. 그녀는, 맹목적으로 경사를 기어오르는 산불처럼, 산불이 갔던 길을 따라 갔다.

산 정상은 의외로 넓은 평지였다. 그녀가 찾는 것은, 문자 그대로의 의미에서, 산꼭대기-점이었다: 대지의 수직적 소실점; 지맥들이 역학적 패턴을 따르며 수렴되는 첨점. 핸디컴의 고도계를 이용해, 점봉산이라는 유방의 유두에 해당하는 자리를 찾았다. 땅의 빛깔이, 임신한 여자의 젖꽃판처럼, 짙은 곳이었다. 그 점봉산의 극한에 섰을 때, 극한의 의식-구조물이 세워지는 걸 느꼈다.

산꼭대기-점은, 불타버린 폐허가 집결하며 무화되는 지점이자, 하늘이 되는 지점이기도 했다: 자살인가, 변신인가?

정보-몸의 스펙트럼에는 인식론적 크레바스, 논리학적 미싱링크가 존재했다, 김희영이 보기에.

가령, 생명의 경우: 원자들이 분자로 결합한다, 단백질 분자들이 잠재성의 영토에서 기기 시작한다, 그 분자들이 특정한 방식으로 조립되는 순간, 새로운 정보-몸이 생성한다, ……; 물질에서 생명으로; 생물학자들이 '물질의 물질 초월성'이라는 기이한 말로 부르는 것.

그 지점이 바로, 이철민이 '논리학'을 말하는 지점이기도 했다: 논리학이 내파되는 첨점; 자살인가, 변신인가?

그가 굳이, 논리학이란 용어를 고집했던 것은, 탈논리학 혹은 초논리학 같은 걸 말하기 위해서라도 우선, 논리적으로 사유해 가야 한다고 믿었기 때문이었다. 도약이라는 것도, 그가 보기에는, 오직 논리적으로 사유해 간 귀결로서 발생하는 사건이었다.

—괴델만 논리적으로 사유했던 게 아냐. 붓다 역시, 사실은, 철저하게 논리적으로 사유해 갔어. 12연기(緣起)는 완벽하게 논리적이며, 그래서 윤리적이고, 아름답기도 한 거야. 하지만 철저하게 논리적으로 사유해 간 결과, 붓다가 도달하는 영토는, 논리 너머에 있는 것처럼 보여. 거기서부터, 난센스가 시작되지. 괴델의 경우, 전기(傳記)적 사실들로 판단하건대, 철저하게 논리적으로 사유해 간 결과, 정직하게 붕괴하지. 그는 정신병자가 되어, 모든 음식을 거부한 채, 굶어 죽었어. 튜링은 독이 든 사과로 자살하지. 그들이 난파하는 지점, 바로 그 지점에서, 붓다는 어딘가로 넘어가. 어떻게 그런 일이 가능할 수 있을까?

김희영은 점봉산꼭대기-점에서, 메타-재난-시뮬레이션이 건축된 노자의 대가리 속을 상상해보았다. 뉴런의 발화 패턴, 그 이면에 있는 양자장의 퀀텀 리프. 그 일련의 사건을 촉발한 신경 펄스는 처음에, 어디에서, 왔는가?

점봉산 주위로는, 불타버린 백두대간-몸이 처참하게 펼쳐져 있었다. 대청봉에서 북쪽으로 뻗어나가는 능선은 시커먼 등뼈와도 같았고, 서쪽으로, 남쪽으로 원을 그리며 펼쳐지는 풍경은, 불에 그슬린 내장 덩어리를 아무렇게나 던져놓은 것 같았다. 그 풍경 속에서, 김희영은 불길한 폐허의 메타-건축물 같은 걸 예감할 수 있었다.

그 예감은 현실이 되었다, 불타는 테크노폴리스-숲에서.

18장

두 사람이, 서로 다른 곳에서, 같은 것을 보고 있었다, 편두통에 휩싸인 채: 산불고래의 곡선, 혹은 곡면; 몸의 만곡(彎曲)이자 시공간의 피부.

이철민은 주인 없는 아파트에 있었고, 박인호는 테크노 공원묘지에 있었다.

메타-재난-시뮬레이션; 이철민은 한 번도 도달해본 적이 없는 '대뇌버전'을 시뮬레이션하다가, 전혀 다른 뇌 상태에 도달했다. 그어떤, 견고한, 철학적 건축물도, 편두통의 진동 앞에서는 붕괴하게되어 있었다. 튜링과 괴델, 비트겐슈타인, 노장(老莊)과 붓다……다 필요 없고, 남은 것은, 통증으로 찌그러지는 대가리밖에 없었다. 좌반구에서 진동하는 두통은, 점점 두개골보다 크게 팽창해갔다. 머릿속에 통증이 있는 게 아니라, 통증의 바다에 대가리를, 몸 전체를, 빠뜨려가는 것만 같았다: 편두통의 벡터장. 눈을 질끈 감았다, 떴다, 하던 어느 순간, 시계가 일그러지고 벡터장의 역선이 보였다: 산불고래의 곡선; 편두통의 벡터적 흐름 속에서 형태를 획득하는 S자-곡선.

김희영이 태백에서 가져온 기념품은, 펼쳐진 「법성게」 해설서 종이책을 고정하고 있었고, 박인호가 새로 조각한 고래는, 응결된 물마루 같은 무덤 위에 있었다.

산불고래의 곡선, 편두통의 곡선. 그것은 사실, 낙산사 템플 스테이를 하던 조각가의 즉흥적인 농담에 불과했다. 그러나, 명명(命名)에는 의외의 힘이 있었다. 편두통의 곡선이라는 단어 조합을 발견하는 순간, 박인호는 이름이 가리키는 대상을 발명할 수 있었다. 그동안, 편두통 때문에 아무것도 할 수가 없다고 씨부렁거리고 다녔지만, 사실은, 뭔가를 할 수가 없고, 그 무능력을 은폐하기 위해, 편두통의 시공간이 필요하기도 했다. 명명하는 순간, 결코 명확하게 만들고 싶지 않았던 상황이 명료하게 드러나는 걸 느꼈다. 고래든 달걀이든, 그 형상은 중요하지 않았다. 자기도 모르게 원하고, 또 만들어내던 것이, 구체적인 곡선의 형태로 출현했던 것이다.

이철민은 경련하는 눈꺼풀을 닫고, 통증을 잊기 위해, 산불고래 때문에 변형되는 시공간을 상상하기 시작했다: 워핑과 트위스팅 효과; 시공간은 몸들의 분포에 의해 구조화된다; 중력은 그 시공간의 부산물이다…… 과대망상적 대가리로 피가 몰리면서, 통증만 심해졌다. 대가리는 어느새 고체성을 상실한 채, 끊임없이 변하는 벡터장의 강도와 형태에 따라, 젤라틴처럼 뭉개지고 있었다. 고함을 치고, 심호흡을 반복하다가, 산불고래의 곡선에 집중한다. 우아하거나 정치한 것과는 거리가 멀고, 원시 조각에 공명하는 곡선이다. 산불고래는 지금 불바다 위에 떠 있다. 종이책과 충돌하며 발화하는 산소 원자들; 느리지만, 가차 없이 진행되는 연소의 과정; 모든 책들, 문자들은 그렇게, 원자 레벨의 불길로 누렇게 변색되고, 부서지는 것이다.

박인호는 이제, 좌반구의 통증이 얼굴로 내려오는 걸 느끼기 시작했다. 올 것이 왔다. 이마에서부터, 눈과 코와 입술의 순서로, 뜨거운 인두를 쑤셔 박는 느낌이 엄습했다. 얼굴 왼쪽 절반이, 점액질의 액체로 변해, 가상의 인두 근처에서 뒤엉키는 감각이 이어졌다. 이윽고, 젤리처럼 흘러내리던 얼굴이 뭉개진 채로 얼어붙는다: 안면마비.

이철민은 또다시, 시계(視界) 끄트머리에서, 피복이 벗겨진 전선 같은 게 출현하는 걸 감지하기 시작했다: 편두통 특유의 환영; 관자놀이 부위의 피부가 찢겨 펄럭거리고, 그 안에서 튀어나온 신경이 용수철 형태로 꼬인 채 덜렁거린다, 산소 원자들이 그 노출된 통증 신경에 충돌하며 불을 지른다……

산불고래의 곡선을 바꿀 수 있을까? 박인호는 얼굴의 마비를 풀기 위해, 뒤틀린 입술로 혼잣말을 반복했다. 하나의 주기가 끝나고, 그는 또다시, 편두통에 휩싸인 채, 편두통의 곡률로 솟아오른 무덤들 사이에 앉아 있었다. 뭔가를 찾아서, 혹은 뭔가에 쫓겨서 움직이지만, 시공간은 휘어져 있고, 언제나 그 자리로 돌아간다, 실제로 도달하는 장소가 어디든 상관없이. 그러나, 완전히 똑같지는 않았다. 깨닫고, 절망하고, 깨닫고, 절망하고, ……하는 동안, 뭔가가 미세하게, 아주 미세하게 변하고, 그 변화가 쌓여서 마침내, 지각의 문턱을 넘어온다. 예를 들면, 산불고래의 곡률 같은 게 미세하게 변해 있는 것이다.

이철민은 머리가 흔들리지 않게 조심하면서, 천천히, 몸을 일으켰다. 머릿속의 통증은 여전히, 얼굴과 머리의 지형을 따라, 움직이고 있었다. 그러나, 두피의 약한 부위가 터지고 그 안에 있는 것들이 쏟아져 나올 것만 같던 순간은, 지나갔다. 편두통의 곡선이 미세하게 변한 것이다. 김희영의 아파트는, 그가 주문한 서바이벌 용품들로 가득 차 있었다. 하이테크 비상식량과 5년 동안 부패하지 않는 생수 상자들 사이로, 좁은 길이 나 있었다. 태양열 발전기를 우회하다가, 자가충전 플래시를 밟았다. 심장 박동이 빨라지면서, 대가리가 순간적으로 폭발한다. 그대로 무너져서, 이 편두통이 바로, 그동안 실험해왔던 모든 일의 결론이라고 완전히 인정했다. 나름대로 치열하게, 재난 속에서 사유해왔지만, 그때의 재난이란, 재난 생방송에 의해 스펙터클화된 재난이거나 메타-재난-시뮬레이션에 의해 관념화된 재난에 불과했다. 그는, 자신이 했던 일이라는 게 그저, 고립계에서 엔트로피만 증대시켜온 것에 지나지 않는다고, 터져버린 대가리로 생각했다.

편두통의 곡선을 바꿀 수 있을까? 박인호는 편두통의 곡률로 솟아오른 무덤들 사이에서, 편두통 특유의 구토를 참으며 중얼거렸다. 그것은 조각칼로 아무렇게나 바꿀 수 있는, 단순한 문제가 아니었다. 편두통의 시공간에 있는 한, 모든 곡선이 편두통의 곡선이었던 것이다. 곡률을 바꾸기 위해서는, 유클리드 공간에서 리만 공간이나 로바체프스키 공간으로 가는 식의, 혁명적인 전환이 필요했다. 그럴 수 있을까? 편두통의 곡선들로 소용돌이치는 일상을 증오하면서도 원하고, 두려워하면서도 필요로 하는 자가, 편두통의 곡률을 바꿀 수 있을까?

풍경이, 대답이었다.

이철민은 베란다 유리창을 통해, 황사가 모든 길들을 지워버린 걸 보았다.

박인호는 황사의 풍경 속으로 마음의 직선을 긋고, 그 직선 위에 있는 무덤을 세어보았다 ― 스무 개까지.

그 순간, 강릉 땅이 흔들리기 시작했다.

두 사람이 서로 다른 곳에서, 편두통에 휩싸인 채, 지진으로 진동하는 모래먼지를 보고 있던 그때, 부산 테크노폴리스-숲이 불타기 시작했다.

*

그것은 그저 불의 시뮬레이션에 불과했다 ― 뜨겁지도 않고, 산소를 요구하지도 않으며, 아무것도 태우치 않는. 처음에는, 그랬다. **불타는 고딕체들**은 자신들의 방화 시뮬레이션을 '디지털 랜드 아트'라고 명명했다. 테러리스트-아티스트들은 장황하게 선언했다: 불타는 네오고딕체는 대지에 새겨지는 조각이고, 숲을 불로 포장하는 예술이며, 테크노폴리스를 재배치하는 인스톨레이션 아트이고, 빌딩 빌보드 같은 뉴미디어로 중계되는 인터미디어 플럭서스이며……

불타는 고딕체들은, 산불 때문에, 테크노폴리스가 재배치되고 시뮬레이션 시티가 재편집되는 시간을 이용했다. 시뮬레이션 디자이너들의 루트를 해킹한 뒤, 도시와 도시-시뮬레이션이 상호 작용하며 서로를 반영하는 데 걸리는 시간차를 포착하고, 정상적인 그래픽 수정 작업으로 위장된 고딕체-폭탄을 심었다.

테러리스트-아티스트들은 결코, 시뮬레이션 시티를 마비시키거나, 기계와 인간의 커뮤니케이션을 왜곡하거나, 노이즈 정보로 방재시스템을 교란시킬 의도가 없었다. 그들에게는, 불길의 시뮬레이션을 유체역학적으로 정교하게 재현하는 일만이 중요했다. 그들의 목표는, 시뮬레이션 시티의 미학적 완성도를 뛰어넘는 것이었다. 그 '아트'야말로, 진정한 '테러'였다. 모든 것이 과잉이었다. 시뮬레이션 시티 자체가 과잉의 테크놀로지에 의한 가상이었고, 해커들의 사이버 테러-아트 역시 마찬가지였고, 최첨단 방재시스템의 민감도 역시 그랬다. 과잉의 끝은, 예정되어 있었다.

그 시간, 신부산의 서면, 북쪽 함몰지구-호수 쪽은 여전히 긴장상태에 있었다. 워킹 시티에 '최후통첩'이 내려진 것은, 오전의 일이었다. 선(先)철수, 후(後)협상의 제안은, 이재민-유목민들에 의해 거절되었다. 그들은 '약속'을 믿지 않는다. 약속은 미래에 속했고, 대재난 이후, 그들에게 미래가 존재했던 적은 없었다. 사실은, 협상 테이블에 앉을 수 있는 자격조차 부여된 적이 없었다. 진화 전략이 수립되고 진화 자원이 분배될 때도, 워킹 시티는 존재하지 않는 도시였다. 그들은 언제나, 부(富)의 분배에서는 배제된 반면, 위험의 분배에서는 모든 것을 떠맡아야 했다.

공권력 투입이 예고되었을 때, 산불에 구운 고구마를 팔고 다니던 아이는, 어른들이 화염방사기로 주변의 유칼립투스나무에 불을 지르고, 그 즉시 진화하는 장난을 이해할 수 없었다, 재미있기는 했지만. 아이의 형 역시, 화염방사기를 가지고, 인공호수 건너편 숲에 숨어 있었다.

이재민-유목민들은 테크노폴리스-숲 전체에 불을 지를 수도 있다는 걸 보여주었다. 과격하게 나갈 수밖에 없었다, 테크노폴리스-숲이 세계의 끝이었으므로. 워킹 시티가 움직일 수 있는 시공간은, 완전히 고갈된 상태였다. 생활 터전이었던 낙동정맥은, 잿더미로 변했고, 방목하던 짐승들의 절반 이상이, 불타 죽었으며, 낙동정맥 끄트머리에 있는 것은, 바다였다: 물 위로 걸어가란 말인가?

함몰지구-호수 쪽의 팽팽한 긴장을 깨뜨린 것은, 1급 재난 경보 사이렌이었다. 때에 절고 불에 그슬린 듯 시커먼 아이가, 바리케이드 사수대 어른들에게, 팔고 남은 고구마를 나눠 주던 때였다. 그때 이미, 테크노폴리스는 불타고 있었다. 시뮬레이션 시티에 불타는 네오고딕체가 새겨졌고, 테크노폴리스에서는 그것이 이미, 충분히, 현실이었다.

해질 무렵의 대기를 뒤흔드는 사이렌.

즉각적이고 광역적인 테크노폴리스 시스템의 전환.

방재시스템이 방화-시뮬레이션을 중심으로 진화 매뉴얼을 계산하고, 실행에 옮겼다. 도시 전광판들은 이미, 재난 상황과 기반 구조 재배치를 알리며, 격렬한 불빛을 내뿜고 있었다. 대형 로코모빌 크레인이, 공기 흐름을 조정하기 위해 조립식 빌딩 유니트들을 재배치하고, 방화벽을 세우기 위해 공중 아케이드들을 분리하고 있었다. 빌딩들의 공기 정화시스템이 재프로그램되고, 도시 대기 제어 시스템은 이산화탄소와 산소를 재분배했다. 진화제를 탑재한 무인 소형헬기가 떴고, 소방대가 방화-시뮬레이션 좌표로 물폭탄부터 발사했다. 그 모든 일이, 불꽃은 말할 것도 없고, 연기 한 점 없는 곳에서 벌어지고 있었다.

그 시간, 함몰지구-호수 쪽의 시위 진압 부대는 이중구속 상태에 빠졌다. 시스템 오작동으로, 대기명령과 이동명령이 동시에 떨어졌다. 일단, 인공호수에서 화재 현장으로 통하는 수로를 열기 위해, 부대 배치를 조정할 필요가 있었다. 이재민-유목민들의 노랫소리가 갑자기 그쳤다.

—우리가 불을 질렀나?

워킹 시티 지휘부가 테크노폴리스-숲 속으로 보낸 선발 대원들의 상황을 확인하는 동안, 전경들이 움직이기 시작했다. 워킹 시티는 완전한 혼란 상태에 빠졌다. 테크노폴리스-숲에 대한 방화 위협은, 더 이상 의미가 없어졌다. 사용되지 않을 때만 무기일 수 있는 유일한 무기가, 무의미하게 사용되어버렸다. 횡대로 늘어서 있던 전경들이, 전통 가옥의 대문이 열리는 형태로, 비스듬히 후퇴했다. 시위 진압용 차량들이 연이어 움직였다. 이재민-유목민들은 그것을, 공격 신호로 오인했다. 인공호수의 수문이 열렸다. 금속성 굉음이 폭발하는 순간, 가스봄베 바리케이드도 폭발했다. 아이의 웃음은, 깨지기 쉽고, 부서지기 쉽고, 불타기 쉬운 것이었다.

20장

　김희영은 신부산 시청, 옥상의 비오톱 가든에서, 불타지 않은 나무들을 보고 있었다. 하지만 삶은, 삶이 아니었다. 알루미늄 독성이 퍼지면서 생장점이 파괴된 산딸나무들은, 더 이상 성장하지 않았다. 백당나무의 메마른 줄기에서는 끊임없이, 각질이 떨어져 나왔다. 참억새나 고사백합의 철사 같은 잔뿌리들은, 허공으로 튀어나와, 말라비틀어져 있었다. 이런 건 정직한 삶이 아니다, 그녀는 속으로 중얼거리면서, 모래-연못과 암석-정원을 가로질러, 물결치는 티타늄 난간 위에 위태롭게 걸터앉았다.

　밤을 새웠다. 몸 전체가 불면증의 피로로 늘어졌고, 팔다리가 가늘게 떨리고 있지만, 신경은 칼날처럼 예민하다. 백야(白夜)가 끝나고, 묵시록 이후의 아침이 오고 있다. 그 풍경은, 폭력, 그 자체다.

　애니메이션 형태생성프로그램에서 성장한 시청 건물은, 전체 윤곽에서 세부까지, 유기체의 곡선을 모방하고 있었다. 점성이 다른 유동체가 녹아내리다가 겹겹이 쌓인 것처럼 보였는데, 전체적으로는, 거대한 튤립처럼 보였다. 그런 컨셉트는 산불에 의해, 도시 전체에서 실현되었다. 유클리드 기하학적 단위들은, 불길의 토폴로지를 통해, 철저하게 뒤틀렸다. 미쳐버린 곡선들로 가득 찬 테크노폴리스는, 코마 상태에서도 여전히, 꿈틀거리는 것처럼 보였다: 재난이 설계한 포스트-인더스트리얼 초토(焦土), 역동적인 포스트-포스트모던 폐허.

도달한 곳은 결국, 떠나왔던 곳이다: 낙산사-폐허.

아주 먼 길을 걸어서, 불타버린 낙산사로 귀환하였다. 낙산사는 과연, '하늘을 지붕으로 삼고 바다를 마당으로 삼아,' 세계 전체로 퍼져나가 있었다. 그리고, 낙산사를 태운 불길은 여전히 그녀 내부에 살아 있었다.

날이 밝아오면서, 묵시록 이후의 세계가 적나라하게 드러나기 시작한다.

끝나버린 시간은 더 이상 흐르지 않고, 박살난 채 반짝거리거나, 시커멓게 휘어지거나, 가루가 되어 잠깐 날아오르기도 하면서, 도시 여기저기에 고여 있는 듯했다. 건물들 때문에 바람의 속도가 변하고, 황사의 밀도가 달라져서, 공간 자체가 구겨지는 것처럼 보이기도 했다.

눈을 감고, 지난밤의 격변을 생각한다.

아직, 있다 —— 머릿속에서 울리는 테크노 비트의 에코.

처참하게 불타버린 시공간에서, 몸 안팎의 초토가 뒤섞이기 시작한다.

*

그것은 공학적 자살이었다.

가상 화재 현장에서 진화 매뉴얼이 실행되는 동안, '불타는 네오고딕체'는, 함몰지구-호수 쪽에서 출현했다. 도시 대기 제어시스템이, **불타는 고딕체들**의 방화-시뮬레이션 좌표로 이산화탄소를 투입하고, 인공호수 쪽으로는 산소를 분배하던 시점에, 사람들의 혈액까지 뒤흔들어놓는 폭발이 있었다. 불타는 시뮬레이션 시티는, 전혀 다른 루트를 통해, 불타는 테크노폴리스가 되었다. 인공호수 일대의 금융가와 유흥가, 도시 피부-몸과 근육-몸이 찢어져, 일렁거리는 불길 속에서 명멸하는 비산물로 변했다. 시공간의 상처, 이재민-유목민들의 워킹 시티에서 터져나온 피-불이, 바싹 마른 숲을 검붉게 적셔가고, 하늘에서는 유리와 플라스틱과 금속 파편들이 쏟아지는 가운데, 거대한 불기둥들이, 피부와 근육을 찢고 튀어나오는 뼈처럼, 솟아오르기 시작했다. 그것은 폭포를 찍은 필름을 거꾸로 돌리는 것처럼 보였다. 건물의 한 면에 열대 덩굴식물을 올리는 게 유행이었다. 불길은 이슬람 문양이나 만다라 같은 덩굴식물들을 타고 올라가, 옥상정원들을 태우면서, 이오니아 식 기둥머리처럼 소용돌이쳤다.

해풍과 화재선풍이 이미, 충분히, 대기를 교란시키고 있었는데, 낙동정맥 산불과 가상의 화재 현장을 중심으로 재배치된 도시 골

격-몸, 조립식 가변건축물들에서 강력한 빌딩풍까지 발생했고, 인
텔리전트 빌딩들의 환기시스템이 혼란을 증폭시켰다. 방재시스템의
서브시스템, 도시 순환-몸과 도관-몸의 프로그램들 역시, 논리적
으로 미쳐가고 있었다. 난류(亂流)에 휘말린, 소방용 무인소형헬기
들이 인공번개가 되어, 테크노폴리스-숲에 꽂혔다. 점상발화(點狀發
火): 폭격 지점을 중심으로, 불나무들이 튀어 오르고, 동심원의 화
염이 번져나가다가, 불의 그물망을 형성하기 시작했다. 불의 운하
들: 가뭄으로 차단되었던 수로들이, 가지치기 잔존물과 마른 잎들,
유기물질과 쓰레기로 채워져, 불의 고속도로로 변해갔다.

김희영은 그때, 신부산의 지하 스마트 도로를 통해, 시청으로 돌
아오고 있었다. 자동 조종 장치가 실현된 스마트 도로는, 부산 테크
노폴리스에만 존재했다. 그 스마트 시스템이, 가상과 실재의 정보
충돌 속에서, 미쳐버렸다. 차량들의 흐름이 뒤엉키면서, 도로는 순
식간에, 지하 주차장으로 돌변했다. 환풍구와 개구부를 통해서는,
산불 연기와 탄내가 역류하기 시작했다. 유독가스였다면, 스마트
도로는 지하 카타콤으로 변해버렸을 것이다. 김희영은 차에서 뛰쳐
나온 사람들과 함께, 출구 표시등을 따라, 미친 듯이 달렸다. 사람
들의 발소리가, 출력을 최대한 높인 앰프의 소음 덩어리가 되어 터
널을 메우고, 사람들을 때렸다. 도시 신경-몸, 방재시스템은 그렇
게, 가상과 실재의 되먹임 고리 속에서 순환하며, 오히려 재난을 생
산하기 시작했다. 아이러니는 그것만이 아니었다. 미국 옐로스톤
국립공원 대화재 때와 유사한 일이, 신부산에서도 일어났다: '옐로
스톤 효과': 단 한 건의 산불도 허용하지 않으려는 노력이, 오히려

대산불의 원인이 되어버린 아이러니. 테크노폴리스-숲은 그동안 철저하게 보호되었고, 그 결과, 비자연적으로 밀도가 높아지며 가연 물질들이 축적되어, 인위적 초임계상태에 도달해 있었다 — 작은 교란이 대재난을 야기할 수도 있는.

김희영이 가까스로 시청에 도착했을 때는, 시공간의 발열과 출혈이 치명적인 수준을 넘어선 상태였다 — 테크노폴리스는 가망이 없었다. 격변의 방아쇠가 당겨졌고, 석양인지, 일출인지, 알 수 없는 검붉은 빛이, 재물질화된 디지털 정원을 휩쓸고 있었다. 시청 꼭대기, 재난대책본부가 있는 화상 회의실은, 섭씨 천 도의 산불 연기보다 뜨겁고, 어두운, 혼란의 도가니였다. 그들은 그동안 기계를 제어한 게 아니라, 기계에 기생해왔다는 걸 완전히 인정했다. 자동화시스템의 오류를 수정하기 위해, 주먹구구식으로 진화 대책을 바꾸고 있었고, 그것이 혼란을 가중시키고 있었지만, 다른 대책은 없었다.

리얼리티, ……김희영은 중얼거렸다, 모니터들에 의해 절단된, 도시 파편들의 조립 불가능한 콜라주를 보면서.

신부산을 선회하는 카메라-눈들이, 산불 연기의 천개(天蓋) 사이로 퍼즐처럼 드러나는 불의 양상을 전송하고 있었다: 흐리고 모호하며, 다양한 형태와 크기로 깨져 있고, 수많은 관점들로 분절되는, 리얼리티의 지층들. 그것은 채널을 선택하고 기계를 조작하는 방식에 따라 수시로 변하는 것이었고, 선택하고 조작하는 방식은 또한, 보고자 하는 것, 알고자 하는 것에 따라 수시로 변하는 것이었다: 끊임없이 생산되고, 소비되고, 폐기되는 리얼리티의 지층들. 김희영은 기계적 매개 없이 '진짜'를 보기 위해, 옥상정원으로 올라갔다.

불타는 일렉트로닉 정글.

도처에서 터져나오는 비명 소리가, 기계적으로 왜곡된 보컬-이펙트가 되어, 산불 연기의 천개에 꽂히고 있었다. 파열하는 유리창이나 네온관의 스크래치는, 대기를 산산조각 내고 있었다.

파열음과 함께 미세한 진동의 주기가 점점, 짧아지고, 뜨거운 바람에 실려 오는 단백질과 목재와 플라스틱의 탄내가 점점, 심해졌다. 그리고 임박한 파국을 알리며 점점, 강해지는 인더스트리얼 노이즈의 폭풍. 담배를 물고 불을 붙이는 순간, 불타는 테크노폴리스의 노이즈가 임계치를 돌파했다.

재물질화된 디지털 정원이 다시, 수학적으로 동일한 디지털 음악으로, 탈물질화되기 시작했다. 김희영은 숨이 막히는 탄내와 살을 때리는 열기 속에서, *마카오여자*를 생각했다 —— 그녀의 호흡 근육과 심장 근육이 마비되고 있다; 산불 특유의 저주파가, 극저음 베이스의 어두운 그루브를 조성하고, 혈관 속으로 침투해 들어가 중금속 이온으로 변한 뒤, 세포들을 도금한다……

데이터스케이프를 가로지르는 *마카오여자*; 픽처레스크 랜드스케이프가 일순간, 디지타이저된 음악적 정보의 데이터스케이프로 전환했다.

노이즈스케이프를 가로지르는 *마카오여자*; 테크노폴리스 전체가 일순간, 휘몰아치는 테크노 비트와 함께 노이즈스케이프로 확산하기 시작했다.

리듬 자체는 익숙했다. 처음에는 디스토션이 걸려 알아보기 힘들었지만, 샘플링된 불길의 리듬을 간파할 수 있었다. 백두대간과 낙동정맥 산불들의 컷 앤 믹스; 지표화와 지중화, 수간화, 수관화, 비산화의 리듬이, 시간적 연속체라기보다는, 공간적 패치워크를 형성하고 뒤섞였다.

불타는 일렉트로닉 정글의 비트 자체는, 신시사이저의 로보틱한 정박 비트에 가까웠다. 하지만 해풍과 화재선풍, 빌딩풍의 유체역학적 방정식들이 비트를 뒤틀고, 과잉의 이펙트를 덮어씌웠다. 초고층 건물이 상공의 강풍을 끌어내리면, 그 하강풍은, 좌우로 갈라지며 소용돌이의 리버브를 일으키거나, 지면에 부딪쳐 역류하면서, 강박적으로 전진하던 불길의 비트에 브레이크를 걸었다. 기계적인 비트가 우울한 다운 템포의 딜레이로 감정을 획득하는 순간, 빌딩의 풍하측(風下側) 모서리 부근에서 발생한 나선형 상승풍은, 노이즈스케이프를 팽창시키는 에코의 물결을 퍼뜨렸다.

테크노폴리스는 어느새 몽환적인 백야 속에 있었다: 테크노 사이키델리아.

김희영은 *마카오여자*의 동선에 따라 결합되는, 데이터스케이프와 노이즈스케이프를 감지하고 있었다. 눈으로는, 시청 쪽으로 다가오는 산불을 노려보고 있었다. 점성이 강한 액체가 시공간을 단순히 염색해 가는 것처럼 보이던 풍경은, 가까워질수록, 바람과 중력, 대기 구성 원소들의 분포, 지맥의 자기장이나 수맥의 인력 따위를 가시화하는, 복잡한 디테일의 거대구조물로 변해갔다. 그것은 그녀 내부에서 구축되고, 테크노 비트의 템포에 맞춰 진화하는, 혼돈의 음향적 구조물과 다른 것이 아니었다. 불길이 다가오는 동안, 몸속의 추상적 구조물과 몸 밖의 구체적 구조물이, 시뮬레이션 시티와 테크노폴리스처럼 상호작용하며, 거울 이미지로 변해갔다. 시공간에 대한 감각과 몸에 대한 감각이 일종의 평형상태에 도달해, 삼투 작용이 중단될 즈음, 스크린 수막이 시청 건물을 둘러쌌다. 질주하던 음향과 광선들이 문턱에 걸려 떠오르며, 얼어붙었다.

폭음 속의 정적; 탈물질화된 디지털 정원의 전체 주파수가 일순간, 떨어졌다.

불의 건축물; 하늘로 쏟아져 쌓이는 느낌으로 거대구조물이 일순간, 떠올랐다.

공중-가변-거대구조물; 불타는 테크노폴리스가 사상(寫像)되는; 불타는 도시-몸들 위에서 창발하는.

김희영은 어른거리는 수막 거품 속에서, 매직아이 마니아 황보의 말을 이해했다.

—심리지리학적 매직아이: 몸속에 있는 걸 몸 밖에서 보는 거야, 지리적 풍경의 단위들로 심리적 풍경을 조립하는 거지. 우선, 시선에서 힘을 빼야 돼. 그렇다고, 외부를 지우는 건 아냐. 자신의 시선을 응시하는 거야. 일종의 자기지시회로 속으로 들어가는 거지. 시선을 보는 시선이 메스처럼 풍경을 절개하면, 거기에 있는 건 바로, 나의 내부야……

그리고, 김희영은 매직아이 마니아 황보가 본 것을 보았다: 토우(土雨)로 변색된 덕유산이 불탈 때 공중에 건축되었다는 것; 위아래가 뒤틀리고, 확장하면서 동시에 축소되며, 내부와 외부가 클라인의 병처럼 상호 관입하는 건축물; 카오스의 가장자리에 세워진 극한의 건축물; 자살인가, 변신인가?

김희영의 머릿속에서, 플래시백인지 플래시포워드인지 알 수 없는 영상이 달리기 시작했다.

마카오여자: 프로그램들의 조합을 일시적으로 유지하는 소프트웨어-컨테이너(그릇). 그녀는 수학적 파국과 논리학적 폐허를 향해 걸어갔지.

트랜스 프로그램: 단위 프로그램들의 교차 조합을 실행하는 프로그램들의 프로그램-비이클(탈것). 그녀는 과거와 현재와 미래의 재난들을 가로지르며 폐허-사이보그로 변해갔어.

언제, 어디에서, 무엇이 잘못 조립되었는가?

김희영은 폭발의 순간을 지연시키던 감정들이 비로소, 폭발하는 것을 느꼈다. 뇌 신경망 속에 심어진 나노 레벨의 폭탄들이 차례로 폭발하고, 세포 하나하나가 불꽃으로 변해갔다. 기억이 되어버린 미래의 감정들이, 너무 빠르거나 너무 늦은 감정들이, 벌써 혹은 뒤늦게, 실현되기 시작했다. 그러나, 그것은 몸으로 표현 가능한 한계를 넘어서는 경험이었다. 극단적인 감정들의 조합, 감정들의 연쇄 폭발은, 통곡이나 발광의 형식을 뛰어넘어, 완벽한 신체적 철회, 마비의 형식을 모방했다. 그 순간, 폐허-사이보그가 과거와 현재와 미래의 폐허로 산산이 흩어지기 시작했다.

폐허-사이보그의 정보-몸; 극한의 공중-가변-거대구조물이 설립되고, 동시에 치명적인 구조적 결함으로 붕괴된다: '건축학적 자살.'

김희영은 전 세계 고통의 총량이, 자신의 작은 몸으로 압축되는 걸 느꼈다.

*

리얼리티, ……김희영은 폐허의 아침을 보며 또다시 중얼거린다. 왼쪽 유방이 있던 자리를 중심으로, 고통의 벡터장이 형성되었다. 시뮬레이션된 통증이라고 느낀 적도 있고, 척추의 실제 통증이라고 확신한 적도 있지만, 어느 쪽이든, 무슨 상관인가? 활성화된 대뇌 통증 중추, 그것이 핵심이고, 시뮬레이션과 실제는 구분되지 않았다, 나는 지금 아프다.

고통의 벡터장 속에서도, 데스마스크의 얼굴은 여전히 견고하다. 절망적인 자부심을 느낀다. 예전의 얼굴이, 파국을 시뮬레이션하는 얼굴이었다면, 지금의 얼굴은, 파국을 기억하는 얼굴이다. 그녀는 내일 세상이 망했다는 걸, 똑똑히 알고 있었다.

휴대폰이 울렸다. 브라질풍의 바흐. 이철민의 음악이 밤새도록 울려 퍼졌지만, 받지 않았다. 그녀는 휴대폰을 잿더미의 숲으로 집어던졌다. 브라질풍의 바흐가, 뒤로 갈수록 가늘어지는 꼬리 형태로 사라져갔다.

나는, 애썼다.

강해지려고 많이, 아주 많이, 노력하였다. 턱뼈에 이상이 생길 정도로 어금니를 악물고, 손바닥에 손톱자국이 남을 정도로 주먹을 꽉 쥔 채.

그러나, 도달할 수 없었다.

트라우마의 레벨이 비슷할 때 느끼는 편안함, 그런 걸로는 오래 가지 못한다.

끝이, 온다.

가소로운 위안이 사라지고, 신체의 생화학적 반응이 중단되면서 흥분이 죽고, 진부한 수사학적 표현으로만 지탱되는 앙상한 인간 관계만 남는다. 그래서, 트라우마의 레벨이 비슷하기 때문에 트라우마가 증폭되기 시작한다. 그러면, 불면증의 취약한 새벽에 무슨 일이 일어나는가?

간신히 봉인했던 상처들이 한꺼번에 터지고, 분노와 증오로 경직된 채 세계 전체를 저주하지만, ……바로 다음 순간, 억수같이 쏟아지는 슬픔으로 흐느끼고, 전 우주를 향해 용서를 빌어야 하는 죄의식을 느끼고, 앞으로는 그 어떤 영광이 있어도 진짜로는 웃지 않겠다고 다짐하고, 자신을 처벌하는 형이상학적 통증을 시뮬레이션하면서, 언어들의 종말 이후 마지막 남은 하나의 문장만 중얼거리게 된다: 이런 건 정직한 삶이 아니다……

산불고래가 익사한, 폐허의 열대 바다를 응시한다. 브라질풍의 바흐가 만가처럼 떠돌고, 황사와 분진이 플랑크톤처럼 부유하고 있다. 정신을 차려보니, 미세한 모래먼지가 식은땀과 뒤섞여, 비늘처럼 전신을 뒤덮었다. 숨이 가쁘다, 그러나 공기가 두렵다. 폐허의 공기, 공기의 시체들; 죽은 공기가 몸 안에서 일으키는 자멸의 생화학 반응. 그녀는 현재의 폐허를 보면서, 과거와 미래의 폐허를 동시에 응시했다. 장엄한 폐허가 요청하는 것은, 오직 하나, 절대적인 정직성이다: 온갖 변명과 말장난을 버리고, 삶이 지속되어야 할 이유가 없다는 걸 인정하는, 정직성.

이것은 눈물에 젖은 감상(感傷)이 아니다. 그런 것의 정반대편에 있는, 건조한 논리적 결론이었다. 파국적인 미래를 이미 살아버린 자에게, 삶을 지속해야 할 이유가 존재할 수 있는가? 모래시계 속의 개미는 몸을 던져, 시간이 흐르는 구멍을 막았다. 정직한 삶은 그 순간 비로소 완성되며, 동시에 붕괴한다; 하나의 삶이면서, 하나의 죽음인 것; 유일한 절대성의 순간.

문득, 사상(事象)의 필연성을 느낀다. 미래를 기억하는 자에게, 선택할 자유가 존재할 수 있는가? 논리적인 결론은 의지의 문제가 아니라, 물리학적 관성(慣性), 생물학적 굴성(屈性)의 문제였다. 신이라 해도, 둥근 사각형을 만들어낼 자유는 없다고 하지 않는가? 신조차도 선택할 수 없는 부분이 있다고 우기면서, 위안을 느낀다: 나는, 깨닫고 있는 중인가, 미치고 있는 중인가?

마음의 지중화가 내장을 태우기 시작했다.

충혈된 그녀의 눈에는, 불타면서도 불타는 줄 모르는 사람들이 보인다: 폐허의 숲을 가로지르는 사람들이 자기 몸보다 몇 배나 큰 불길을 끌며 움직이고 있다. 사람들을 잔뜩 실은 자기부상열차 유리창 밖으로 화염이 튀어나와 깃발처럼 펄럭거린다. 지하 스마트 도로 입구에서 솟아오르는 불길은 출근객들이 늘어날수록 거대한 불기둥으로 변해간다……

마음의 지중화가 뼈를 녹이기 시작했다.

어떤 기적이, 불타는 당신들을 살아지게 만드는가?

마음의 지중화가 살을 찢고 터져나왔다.

극한의 건축, 불타고 부서지는 낙산사를 생각한다. 신경-몸이 녹고, 도관-몸이 갈라지고, 순환-몸이 파열한다. 골격-몸이 꺾인 채 풍화되고, 근육-몸이 무늬 결을 따라 찢긴 채 날려가고, 피부-몸이 파도치다 떠오른다.

낙산사가 추락한다.

제1부

홀수 장(章)들

1장

······그리고, 모래가 온다.

6월의 한반도는 '제5의 계절'이 점령하고 있었다. 대지는 가뭄으로 갈라지고, 하늘은 흙빛으로 흐렸다. 살인적인 황사는, 모든 길들의 끄트머리를 지우고, 감금된 사람들의 몸속 깊숙한 곳에 쌓이고 있었다.

강릉행 비행기가 이륙하게 된 것은, 영업 효율을 최대한도로 설정한 시스템, 잠시 약해진 황사를 고려해도, 하나의 미스터리, 시스템 오작동의 결과였다. 김영희는 마카오에서 귀국한 뒤, 낙산사로 가기 위해, 인천국제공항 터미널에서 환승 비행기를 기다리고 있었다. 낙산사 수목장숲에는, '사촌언니-소나무'가 있었다. 사찰문화원에서 출간된 『낙산사』 멀티미디어 북을 켜고, 원통보전과 보타전 등을 돌아다니다가, 스마트 하이웨이를 타야겠다고 마음을 바꿨을 때, 기적처럼 하늘이 열렸다. 낙산 8경(景) 중 하나인 동종 소리가, 무선 이어폰으로 흘러 들어와, 머릿속을 환하게 만들었다.

세상은 어두웠다. 지층 같은 적란운이 떴고, 황사가 그 구름 속으로 빨려들어가며, 하늘 전체가 폐차 압축기처럼 내려앉고 있던 때였다. 비행기는 처음부터 불안하게 흔들렸다. 몇 번이나 허공에서 미끄러지기도 했다. 그동안, 항공기상대와 항공교통센터가 악천후 레벨을 조정했다. 관제소는 운항 금지 모드로 돌아섰다. 강릉행 비행기는 공중에 유폐되었다.

언어도, 이미지도 아닌 위험 신호가, 식은땀의 형태로 승객들을 지배하기 시작했다. 불안과 공포는 냄새 형태로 풀려 나와, 기내 공기를 오염시켰다; 공기 자체가 부패하고 있는 것만 같았다. 강릉으로 접근할수록, 기상 레이더에는 노이즈-얼룩이 늘어났다. 조종사는 회피 비행의 타이밍을 놓쳤다. 공항 접근 단계여서, 항로를 변경할 수도 없었다. 비행기는 비구름 층에서 벗어나기 위해 가속했다. 그것은, 우박을 폭탄으로 바꿔놓는, 재앙의 속도였다.

요동치는 기체 속에서, 김영희는 마카오를 생각했다, 3년 만의 귀향이었다.

마카오: 테크노폴리스들의 테크노폴리스, 메타-시티.

기억은, 구체적인 도시 이미지가 아니라, 모순된 감정들의 집합체, 무정형의 메타-구조물이 되어 몸을 감쌌다. 그때, 기억-구조물을 붕괴시키는 지진의 충격이 왔다. 기체의 요동이 혈액과 체액을 점점 세게 흔들어가던 어느 순간, 방향을 알 수 없는 폭발음과 충격파가, 마카오를 날려버렸다.

하늘이 무너지기 시작했다.

토우(土雨) : 6월에 내리는 잿빛 눈.

박인호는 테크노 공원묘지에서, 모니터-비석과 노출된 케이블, 식물성 가로등 따위를 점검하고 있었다. 겨울과 봄을 관통하던 건기(乾期)의 끝에서, 비 소식이 들려왔다. 그는 아침부터, 가뭄으로 쪼개지고, 파이고, 변색된 무덤들 사이를 오가며, 폭우에 대비했다. 하늘은 빠른 속도로 어두워지며 꿈틀거렸다. 쏟아질 듯, 쏟아질 듯 하다가 드디어, 오후 늦게 무너졌다. 흙빛 표면이 잘게 부서져 흩날리는 것처럼 보이던 순간, 어두운 잿빛의 점들이, 대기를 메우기 시작했다. ……점이 선으로 변하고, ……선이 면으로 변하는 순간, 축복은 재앙이 되었다. 박인호는 토우 한 방울의 무게에서, 흙빛 하늘 전체의 무게를 감지할 수 있었다. 암갈색 얼룩들이 빠른 속도로, 점점이, '되돌릴 수 있는 운명의 묘지'를 되돌릴 수 없는 지점으로 몰고 갔다. 공중에서는, 사이보그 새들이 발광(發光)하며, 발광(發狂)하고 있었다.

이철민은 휴가 중에도 매일, 대학 바이오스피어에 나가고 있었다. 축구장 크기에, 특수플라스틱 돔을 둘러씌운 그곳은, 생태계 변화를 물질적으로 시뮬레이션해볼 수 있는 생태공학 실험실이었다. 그는 무차별하게 붕괴되는 미래의 폐허-시뮬레이션 속에서, 폐허-사이보그를 생각했고, 그 생각의 끄트머리에서, 한 여자를 추억했다. 추억은, 어두웠다. 그를 둘러싼 시공간 역시, 기억의 어둠으로 물들어갔다. 그때 어디선가, 바퀴벌레 따위를 터뜨릴 때 나는 소리들이 울려 퍼지기 시작했다. 그는 고개를 쳐들고, 이틀 만에 처음으로 말했다: 이제, 온다…… 애인이 떠난 이후, 하루 종일, 한 마디도, 하지 않는 날들이 많았다. 그는 '이미 무너진 세계'에서, '이제 무너지는 세계'를 애도했다. 점액질의 빗방울은, 특수 플라스틱 돔에 부딪쳐 붕괴되면서, 짓뭉개버린 바퀴벌레의 흔적을 남기고 있었다.

강릉행 비행기가 무너지는 하늘보다 빠르게 추락하기 시작했다.
비행기 앞부분의 레이더 돔이 우박에 부딪쳐 날아갔다. 조종석 전면 유리창이 부옇게 깨졌고, 전자 제어장치는 완전히 마비되었다.
김영희는, 피부-몸과 근육-몸, 골격-몸, 순환-몸, 도관-몸, 신경-몸이 마구 뒤섞이는 느낌에 사로잡혔다. 급격한 추락과 함께, 몸 전체가 유동체로 변해 길게 늘어지며, 쏟아지는 느낌이 이어졌다. 몇 사람이 좌석에서 튕겨나갔다. 승무원들이 쓰러져 미끄러지고, 음식물과 수하물들이 여기저기 부딪치며 나뒹구는 가운데, 울음 섞인 비명들이 비행기 소음을 압도했다. 시공간에 구멍이 뚫리고, 그 속으로, 유동체의 몸들이 나선형으로 휘어지며 빨려 들어가는 것만 같았다. 마카오여자가, 자기가 누구인지 극명하게 깨달은 것은, 바로 그 순간이었다.
김영희는, 고요했다. 울부짖거나 눈물을 흘리는 것은 도움이 되지 않는다; 절망과 분노와 환멸과 치욕의 마카오에서 배웠다. 그녀는 오직, 무릎을 껴안고 웅크린 채, 자신의 낡은 웰트화를 응시했다. 그때의 느낌은, 일종의 합체 상태에 가까웠다 — 비행기와 몸의.

알루미늄 합금과 탄소섬유 피부 아래에서, 뼈들이 기체 메인프레임으로 변하고, 신경망은 전자 제어장치에 접속되며, 혈관 속으로는 액체 연료와 공기 혼합물이 달렸다. 심장이, 터보제트엔진이 되어 추력을 발생시키는 순간, 갑자기, 정적이 찾아왔다.

아이들의 울음소리가 잠시, 끊어졌다가 다시, 이어지기 시작했을 때, 비상착륙을 알리는 메시지가 흘러나왔다. 에어포켓은 갑자기, 시작했다가 갑자기, 끝나버렸다.

사람들은 울어야 할지 웃어야 할지 판단을 내리지 못한 채, 뒤엉킨 내장 속에서 역류하는 음식물들을 토하기도 하고, 몸 여기저기에서 뒤늦게 시작된 통증 때문에 신음 소리를 내기도 하면서, 탈진의 느낌에 사로잡혔다. 비행기는 이미, 허공의 계단을 한 칸씩 내려가는 느낌으로, 하강하고 있었다.

토우는 강릉 일대에만 국한된 기상 이변이 아니었다. 그 시각, 전국에서, 질척한 흙비가 쏟아지고 있었다. 주요 도시들의 교통 체계는, 순식간에 마비되었다. 토우로 시계(視界)가 흐리고, 차선들이 지워져, 충돌 사고가 잇달았다. 젖은 모래 위에서 미끄러진 트럭이 인도를 덮치기도 했고, 유리창이 진흙으로 가려진 승합차가 교각을 들이받고 추락하기도 했다. 급제동 소리, 충돌 소리, 고함 소리가, 지워지는 풍경 속에서 끊임없이 솟구쳐 올랐다. 바다 역시, 요란했다. 대형 유람선 통일호는, 전라남도 서해상에서, 누런 눈보라에 휘말렸다. 휴일의 유람선에는, 정원을 초과한 천여 명의 사람들이 타고 있었다. 토우가 쏟아져 갑판에 쌓이고, 거대한 너울이 선체 후미를 때렸을 때, 모래를 뒤집어쓴 사람들은 일시에 반대쪽으로 몰렸다. 대형 선박이 바다 위에 모로 눕는 순간, 대구 3호선 지하철은, 지하에서 지상으로 올라섰다. 대구 분지를 메울 듯이 쏟아진 토우는, 선로를 완전히 지웠다. 고지대 언덕을 따라 휘어지던 지하철은, 탈선한 채, 허공의 전선을 잡아당기며, 언덕 아래로 굴렀다. 분리된 객차들이, 절단된 지네나 지렁이처럼 몸부림치면서, 건물들을 무너뜨리고, 차들을 짓뭉개고, 사람들을 터뜨리는 동안, 남아시아에서 날아온 초음속 여객기는, 서울 상공을 선회하다 회항 결정을 내렸다. 그러나, 돌풍이 흙빛 하늘의 무게로 쏟아지며 길을 막았다. 비행기는 흙비 범벅이 된 채, 활주로에 처박혔다. 쏟아지던 토우들이 폭발후폭풍으로 역류하는 순간, 강릉행 비행기는 비상착륙에 성공했다. 누구는 죽고, 누구는 산다. 이유는, 모른다.

강릉 공항.
쇼크 상태의 승객들이 지상에 적응하는 데는 시간이 걸렸다. 걷는 일조차, 힘들었다. 그들은 태어나서 처음으로 걷는 것처럼, 터널을 지나, 화물을 찾고, 로비를 가로질렀다. 절뚝거리는 사람과 물건을 잃고 씨부렁거리는 사람과 토사물로 얼룩진 사람들 사이에서, 김영희는 무표정한 얼굴로 움직였다, 무덤덤했다. 나는, 변했는가? 그러나, 쇼크는 아직 끝난 게 아니었다. 터미널 출구 쪽에서, 사람들의 흐름이 정체되고 있었다. 작동 중단된 자동문을 경계로, 시공간의 질이 달라졌다: 불안한 웅성거림, 비릿한 흙냄새, 염색된 공기. 그리고, 그녀는 어두운 잿빛의 설경(雪景)을 보았다, 여기는 어디인가?

무너진 하늘은 지상에 닿는 즉시, 새로운 지층이 되어 자라나고 있었다. 여기는 어디인가?

나는 돌아왔다, 그런데 여기는 어디인가?

동해안 지역에서는, 밤새도록 토우가 쏟아졌다.

기록적인 적우량(積雨量)을 기록한 이튿날 오전. 김영희는 주차 타워처럼 생긴 캡슐호텔, 13층에서 눈을 떴다. 밀실공포증 디자이너가 자기 내면을 표현한 것 같은 캡슐 내부는, 그녀의 머릿속처럼 어두웠다. 젖은 모래흙이, 손바닥만 한 플라스틱 창에, 해면질처럼 들러붙어 있었다. 벽면에 고정된 텔레비전 모니터를 켜고, 자동창문을 내렸다. 오래된 종이책을 펼치면 피어오르는 냄새와 함께, 광장공포증 건축가가 자기 내면을 표현한 것 같은 풍경이 육박해왔다: 꿈의 연장선상에서 수면처럼 일렁거리는 하늘, 잿빛으로 오염된 물밑의 어둠, 해저 진창으로 가라앉은 전설의 도시.

기상청은, 이 기상이변이, 있기 힘든 일이지만 전혀 유례가 없지는 않다고, 반복해서 강조했다.

『조선왕조실록』: 삭주에 흙비가 사흘 간 내려 흑·홍·청 삼색의 벌레가 해를 끼쳤다 (태종 17년).

『삼국사기』: 3월 왕도(王都)에 흙비가 내려 낮이 밤처럼 어두웠다 (백제 무왕 7년).

그러나, 이것은 폭설이 아니며 폭우와도 다르다. 주위의 가변건축물들은, 모래에 비둘기 똥 같은 걸 섞어서 빚어놓은 것 같았고,

한 블록 건너편에 있는 대학 캠퍼스는, 거대한 암갈색 카펫을 둘러 씌운 것만 같았다. 대산불 이후 급조된 나무들은, 시커먼 얼룩이 섞인 갈색으로 부풀어올라 있었다. 이 풍경 속에는, 우스꽝스러우면서도 무서운, 초현실적 요소가 있었다.

텔레비전에서는, 모래에 묻혀버린 저지대 상황이 중계되고 있었다. 진흙 범벅이 된 차들의 지붕을 이용해, 사람들이 옮겨 다니고 있었다. 현대 도시를 발굴하는, 초현대의 고고학적 발굴 현장 같았다. 대형 버킷을 장착한 트랙터셔블이 모래지층을 퍼내고, 무한궤도식 크레인이 자동차-화석들을 건져 올렸다. 모래에 묻혀 집 안에 갇혀 있던 사람들이, 살아 있는 화석의 몰골로, 지층 속의 기억을 증언했다.

김영희는 작은 배낭 하나만 짊어지고, 아침 겸 점심을 먹기 위해 거리로 나섰다. 모래흙은 옷 속에, 신발 속에, 김밥 속에, ……모든 곳에 있었다. 에어포켓은 아직도, 끝나지 않은 듯했다. 이 나라는 여전히, 흙 속으로 침몰하고 있었다.

토우가 쏟아진 날에도, 대학가의 '100일 작정시위'는 중단되지 않았다. 익숙한 노래와 구호가, 황사 마스크 따위로 걸러지고 모래사장에 흡수되면서, 둔탁하게 울려 퍼졌다. 시위대의 얼굴들은 달라졌지만, 노래도, 구호도, 예전 그대로였다. 경제 상황은 오히려 악화되었고, 희망은 토우처럼 쏟아져 발밑에 깔려 있었다.

벌써 5~6년 전의 일이 되어버렸다. 핵심인력 신규 채용 공고는, 지방 대학까지 내려오지 않는다. 기업설명회나 채용박람회의 소문도, 더 이상 들을 수 없었다. 공무원 시험이나 쓸 만한 자격증 시험은, 복권을 사는 일과도 같았다. 도서관에서는 빈자리가 늘어나는 대신, 운동장 스탠드에서는, 낮술을 마시며 페름기 삼엽충이나 백악기 공룡에 관해 이야기하는 그룹들이 늘어났다. 일용직 퀵서비스를 하려고 생물지리학을 공부했고, 우유 배달을 하려고 개체군의 시공분포 특성 따위를 외워야 했던 친구들이, 페름기 삼엽충이나 백악기 공룡처럼 묻혀버린 시간의 지층. 바로 그 위에서, 새로운 사람들이 똑같은 노래와 똑같은 구호를 토해내며, 똑같이 몰락하는 일을 반복하고 있었다.

시위대 맨 앞줄에 있던 여자들 중 하나가, 모래흙 장난을 하다가, 한 움큼의 모래를 전경 쪽으로 던졌다: 엄청나게 무모한 짓을 해버리고 싶지만, 우리에게 무엇이 남아 있는가, 아무리 세게 움켜잡아도 손가락 사이로 빠져나가는 모래 말고. 앞줄에 있던 다른 여자들이, 동료를 따라, 도로 표면의 마른 모래를 긁어모아 허공으로 던지기 시작했다. 그러나, 맞바람이 불고 있었다. 김영희는, 마카오여자의 과거를, 그녀들의 미래로 투사했다. 결국, 이렇게 될 것이다: 난자 밀매꾼에서 대리모로, 자궁이 없는 석녀(石女)에서 사이보그 창녀로…… 세상을 향해 모래를 던지지만, 맞바람이 그쳤을 때 남는 것은, 모래기둥으로 변해버린 자기 자신뿐이었다.

시위대 때문에, 대학 쪽은 제대로 복구 작업이 이뤄지지 못했다. 모래흙이 길들을 덮었고, 막힌 하수구에서 역류한 오수가 도처에 갯벌을 만들어놓았다. 펄 갯벌 사이의 갯골을 따라 걷는 동안, 토우가 또다시, 진눈깨비처럼 흩날리기 시작했다. 자연과학대학 근처에서 낯선, 거대한, 우주기지 같은 걸 발견했다. 그녀는 특수플라스틱 돔 안으로 대피했다.

시공간이 돌변했다: 논리적으로 불가능한 풍경의 미니어처: 사막과 열대우림과 사바나의 경관 모자이크.

그러나, 풀과 나무와 꽃들은 죄다 말라비틀어져 있었다. 플라스틱 호스와 접시 안테나 따위가 달린 마카오 식 사이보그 나무들 사이로 걸어가자, '되돌릴 수 없는 도태의 길'이 마침표를 찍는, '다윗의 별' 모양의 늪이 나왔다. 인기척이 느껴졌다. 식물전기 추출 장치와 바이오 플라스틱 전구가 달린 사이보그 보리수 아래, 추레하고 왜소한 중년의 사내가 앉아 있었다. 폐허의 풍경과 잘 어울리는, 이철민이었다.

그곳은 주로, 바이오 벤처회사의 사이보그나 트랜스제닉 식물들의 환경 적응성을 테스트하는, 에코시스템 콤플렉스였다. 지금 시뮬레이션되고 있는 상황은, 바이오스피어 바깥 세계의 논리적인 미래에 해당했다. 인공소택지는, 가속화된 종말의 흐름을 단적으로 보여주는 지표였다. 초기 설정값으로 인공호수가 주어졌지만, 연못은 순식간에 늪으로 변하고, 소택지로 늙어서, 건조하게 죽어가고 있었다. 이철민은 이미 실현된 폐허 끄트머리에서, '자살한 태아'를 생각하며, 바이오 펀드 쪽 대리인을 기다리고 있었다. 그때, 몸에 딱 달라붙는 블랙 진에, 향기캡슐이 박힌 셔츠, 음악파일 재생 장치가 달린 야구 모자 밖으로 쇼트커트의 보랏빛 머리카락이 보이는, 여자가 나타났다.

바이오스피어는 세계의 대리 자궁과도 같았지만, 이제는, '되돌릴 수 없는 도태의 길'을 걷고 있는 생물들의 무덤으로 변해 있었다. 모래흙으로 뒤덮인 특수 플라스틱으로 내다보는 풍경은, 마치, 태아가 엄마의 피부로 느끼는 세상을 연상하게 만들었다: '태내경(胎內景)'; 네가 본 게 이거였나?

이철민의 뜬금없는 비유가, 여자의 몸속, 깊은 곳에 묻혀 있던, 기억-폭탄의 뇌관을 건드렸다. 폭발하는 기억은, 몸보다 크다. 의지와 무관하게 찾아오는 기억이, 몸을 유사-공황 상태에 빠뜨렸고, 몸 밖의 사물들을 오염시켰으며, 시공간 자체를 일그러뜨렸다. 그다음에 이어진 대화들은, 그저 소음에 불과했다.

한 시간 뒤, 김영희는 무작정 택시를 잡아타고 양양(襄陽)으로 향했다.

택시 기사는, 낙산사와 수목장숲이 붕괴된 걸 어떻게 모를 수가 있는가, 반문했다.

에어포켓의 충격이, 김영희의 몸속에서 되살아났다. 우박과 충돌한 비행기가 착륙한 곳은, 어디인가? 강릉이, 맞는가? 토우가 쏟아지고, 낙산사는 무너지고, 사촌언니-소나무는 불탔다.

그래도 갈 것인가, 택시 기사가 물었다.

그래도 간다, 그곳이 어디든, 어딘가로 움직이지 않으면 안 된다는, 절박한 이민(移民)의 충동에 사로잡혔다. 그녀는 두 배의 요금을 내기로 했고, 낙산사로 가는 길이 막혔을 경우, 거기까지만 가기로 합의했다.

오후가 되면서, 뜨거운 삼베 질감의 바람이 불기 시작했다. 바람은 북쪽으로 올라갈수록 강해졌다. 도로 곳곳에 쌓아둔 흙더미들이 무너져, 퍼지고, 허공으로 피어올랐다. 황사의 대기는 커튼처럼 주름이 잡히며 펄럭거렸다. 풍경은 색을 잃어가다가, 형태마저 빼앗기며, 스러져갔다. 잿빛의 태내경 속에서, 도로 복구 중장비들이, 절망 같기도 하고 희망 같기도 한 형광을 발했다. 모든 것이, 모호했다. 울고 싶은 건지 웃고 싶은 건지, 애매하고 모순된 감정에서 벗어날 길이 없었다. 자꾸만 말을 거는 택시 기사 때문에, 『낙산사』 멀티미디어 북을 켜고, 무선 이어폰으로 귀를 막았다. 7세기와 21세기가 시청각적으로 뒤섞인다. 토우가 쏟아진 날, 원효가 관음을 친견하기 위해 낙산사로 간다, 모랫길을 따라서.

도시 실루엣을 발견하고 귀에서 이어폰을 뺐을 때, 빌어먹을 워킹 시티, 라고 택시 기사가 중얼거리는 소리를 들었다. 이재민-유목민들의 이동식 도시가, 모랫길 위에 잠시 들러붙었다. 택시는 걷는 속도보다 느리게, 워킹 시티를 통과하기 시작했다.

뗏목 형태 트럭들과 찌그러진 총천연색의 캡슐, 휘어진 각종 간판이 달린 플랫폼-모듈, ……표현주의 영화 세트 같은 곳에서, 금속적으로 번들거리는 수건을 터번처럼 두르고 황사 마스크를 쓴 사람들이, 사마귀나 메뚜기처럼, 부조리한 휴식 자세를 취하고 있었다. 한 무리의 아이들이 택시의 진로를 가로막고, 수공예품이나 허브차 따위를 내밀었다. 택시 기사가 신경질적으로 클랙슨을 울리며 나아가자, 모래먼지를 뒤집어쓴 가축 떼가, 탱크차의 물을 받아먹고 있는 광경이 보였다.

워킹 시티를 통과하며 문득, 뒤돌아보았을 때 거기, 상공에 떠 있는 열기구와 새들의 실루엣이 보였다. 워킹 시티의 채집판 같은 천장 근처에, 종류를 알 수 없는 새들이, 핀으로 고정된 것처럼 박혀 있었다. 워킹 시티는 새들도 기르는가? 그 새들은 철새인가, 텃새인가? 다시 돌아앉았을 때, 택시 기사가 말했다, 길이 끝났지만, 길을 만들면서, 낙산사까지 가보겠다고.

양양은 모래폭풍 속에 가라앉아 있었다.

두 배의 요금을 지불하고, 택시에서 내렸을 때, 김영희는 땅속의 전류에 감전되는 느낌이었다. 높이가 다른 두 개의 기둥으로만 남은 낙산사 일주문으로 들어서는 순간, 얼굴을 때리는 모래바람에 모자가 날려 갔다. 황사의 베일 너머로 사라지는 일렉트로닉 캡을 보면서, 치유 불가능한 노스탤지어에 사로잡혔다.

랜드스케이프 메모리: 경관기억, 혹은 풍경의 유령.

낙산사의 유령이 피를 지배했다; 심장 박동이 빨라지고, 피부가 발열한다.

수목장숲은 흔적도 없이 사라졌고, 오봉산은 모래 민둥산으로 변했다.

일주문에서 홍예문에 이르는 모랫길을 오르며, 그녀는 자기 내부에서, 고향에 이르러 난민이 되고, 낙산사에 이르러 낙산사를 찾아 헤매는 이방인을 발견했다. 이윽고, 그라운드 제로의 풍경이 펼쳐졌다: 폐허의 중정(中庭).

『삼국유사』에 따르면, 원효는 낙산사에서 관음을 친견하지 못했다. 원효는 낙산사로 가는 여정에서 처음에는, 벼를 베고 있던 한 여인을 만나게 된다. 장난삼아 벼를 달라고 하자, 여인은 벼를 베고 있으면서도, 벼가 없다고 답한다. 다음에 나타나는 여인은, 개울에서 월경대를 빨고 있었다. 원효가 물을 청하자, 여인은 월경대 빨던 물을 떠주었다. 원효는 그 물을 마시지 않았다. 그때까지도, 원효는 알아보지 못했다. 말을 하는 파랑새가 나타나고, 그 아래 떨어져 있던 짚신 한 짝의 다른 짝을, 낙산사 관음상 아래에서 발견하는 이적(異蹟)들이 있고 난 뒤에야, 그는 비로소, 그 여인들이 관음의 진신(眞身)이었음을 깨닫게 된다……

7세기의 일이었다. 이제는, 관음이 아니라, 낙산사조차 만나지 못하리라.

낙산사: '하늘을 지붕으로 삼고 바다를 마당으로 삼는 관음 성지.'

그 낙산사가 지금은, 어디에 있는가?

코드가 파괴된 낙산사–몸들의 랜덤 시그널: 의미 0도의 정보–몸; 그것은 원통보전이 있어야 할 장소에서 하나의 실체가 된다.

여기, 무(無)가 있다[有]; 시공간의 구멍; 몸이 사라진 곳에 있는 것, 있으면서도 없는 것.

사촌 언니는 교통사고로 반 토막이 났다; 두 다리가 잘리고 자궁까지 파열되었다. 현대 의학 덕분에 생존하게 된 것은 확실히, 기적이 아니라 분명히, 치욕이었다. 사고 이후 얼마 동안, 언니는 두뇌가 만들어내는 다리–신기루와 몸의 절단면에서 피처럼 쏟아지는 환상통에 시달렸다. 하지만 정말로 견디기 힘든 일은, 고통 뒤에 찾아왔다: 시공간의 구멍; 몸에 구멍이 뚫린 게 아니라, 존재하는 무(無) 둘레에, 피부–몸과 근육–몸, 골격–몸, 순환–몸, 도관–몸, 신경–몸이 아슬아슬하게 들러붙어 있었다……

원통보전 터에서, 모래산을 비스듬히 가로질러, 해수관음상을 보러 간다.

그러나, 그곳에 있는 것은 16미터 높이의 화강암 덩어리에 불과했다. 해수관음상은 날카로운 풍화작용 속에서, 그 윤곽과 세부를 잃어가고 있었다. 그 앞에서 격정에 사로잡히는 순간, 다시 한 번, 몸속에 있던 기억의 덫이 몸 전체를 사로잡았다. 오래전, 자궁이 무덤으로 변했을 때도 이렇게, 관음 앞에서 이렇게, 격정에 사로잡혀 미친 바다처럼 출렁거렸다. 폭발하는 기억의 시공간에서, 바람 속에 섞인 모래들이 날카로운 칼날로 변해간다. 칼바람은 해수관음상의 얼굴을 지우고, 그녀를 난도질하면서 달렸다.

끝을 보기 위해 움직인다, 낙산사를 낳은 자궁, 홍련암을 향해서.

보타전은 골격만 남은 채 기울어졌고, 보타락은 해석 불가능한 파편들이 되어 나뒹굴고 있다. 관음지(觀音池)는 늪으로 변했다가, 시멘트 반죽 같은 것이 되었고, 그 위에 토우가 쌓였다. 길인 줄 알고 밟았다가, 오른쪽 무릎까지 빠졌다. 영어와 광둥어와 포르투갈어로 욕설을 내뱉지만, 절도, 중도, 사라진 지 오래고, 바람에 섞인 모래만 입 안으로 쏟아졌다.

바다가 격렬한 소리로만 존재하는 커브길을 돌자, 팔작지붕이 비닐우산처럼 찢어진 의상대가 나타났다. 그리고, 끝이었다.

홍련암은 해수면 상승으로 거의 바다에 잠겼고, 오직 비말과 해명(海鳴)의 형태로만 떠돌고 있었다.

이제는 어디로 가야 하는가, 폐허의 자궁에 이르러 묻는 순간, 하늘의 물도 땅의 흙도 아닌 토우가, 태내경에 균열을 만들며 흩날리기 시작했다.

마카오여자가 낯선 고향으로 돌아온 날, 바로 그날부터, 모래-장마가 시작되었다.

3장

하늘은 탈색되고 대지는 창백하다, 모래-장마 이후 ——

박인호는 테크노 공원묘지의 저지대, 불안하게 금이 간 무덤들 사이에서, 밤새 쌓인 모래를 치우고 있었다. 로즈마리 향을 풍기던 잔디들이 벗겨진 무덤들은, 대지의 피부에서, 고름을 머금고 돋아난 종기들처럼 보였다. 일주일 넘게 쏟아진 모래비는, 산과 들, 인공물을 뒤덮어 색(色)과 형(形)을 지우고, 무덤들을 짓눌러 죽은 자들을 더욱 죽게 만들고, 테크노 공원묘지 전체를 하나의 거대한 왕릉처럼 만들어버렸다. '되돌릴 수 있는 운명의 묘지' 프로젝트대로, 테크노 공원묘지가 원상 복구되기까지는, 다시 일주일 이상이 걸렸다. 삼면을 둘러싼 산들은 아직도, 잿빛으로 두텁게 덧칠되어, 터질 듯 부풀어올라 있었다. 조립식 강철 플랫폼과 냉동 컨테이너를 쌓아 모래둑을 만들었지만, 묘꾼들은 모래를 치우는 일로 하루를 시작해야 했다. 그래도 저지대 쪽에는 빠른 속도로 모래가 쌓여서, 고인(故人)들의 동영상을 볼 수 있는 모니터-비석들만이, 같은 방향으로 그림자를 늘어뜨린 채, 부표처럼 떠 있곤 했다.

모래-장마 이후, 세계의 풍경이 급변하기 시작했다.

강릉-정사각형 밖으로 퍼낸 모래는, 방벽처럼 도시를 둘러싸고 있다가, 밤마다 침략해와서 도로와 건물들을 뒤덮었다. 토사 이동 경로를 따라, 도시 곳곳에 모래완사면이 생기고, 바람이 머무르는 곳에는 어김없이, 모래구릉이 자라났다. 도시의 아침은, 집 안의 모래를 밖으로 퍼내고, 도로의 모래를 시외로 퍼내는, 시시포스의 노동으로 시작되었다. 날씨 역시, 급변하고 있었다. 비는 더 이상 올 기미가 보이지 않았다. 미세 먼지를 머금은 건조한 공기는, 호흡기 질환과 피부병을 유발했다. 기온은 대낮에 섭씨 40도 이상 올라가다가, 저녁 해와 함께 10도 이하로 곤두박질쳤다. 일교차 때문에, 하루 중 사계(四季)가 교차하는 듯했다. '사막 효과'는 거기서 그치지 않았다. 기상광학적 반사, 굴절, 산란, 회절이, 풍경을 뒤틀어 놓고 있었다.

테크노 공원묘지 상공에 헬기가 나타났다. 산림청 녹화사업과로 옮긴 사공(司空氏)과 산림청 항공대 소속 황보(皇甫氏)가, 공중 순찰 중이었다. 강릉 일대는, 모래산맥으로 둘러싸인 분지처럼 변해가고 있었다. 모래산들 때문에 산줄기의 형태가 변하고, 강줄기는 지류부터 타들어가며 사라져갔다. 해수면이 상승하면서 해안선은 내륙 쪽으로 기고 있는데, 지하수는 고갈되어 도시 도처에서 지반들이 내려앉는 일도 있었다.

헬기에서 내려다보는 테크노 공원묘지는, 세포분열이 한참 진행된 낭배기의 난세포처럼 보였다. 설계 당시, 대지 면적보다 넓은 시뮬레이션 곡면을 끼워 넣어 얻어낸 주름들이, 미로(迷路) 형태로 재현되었는데, 길들이 교차하는 곳에는 석등(石燈)이나 제단, 정자 같은 폴리들이 배치되어 있었다. 전체적인 이미지는, 철 지난 문화인류학 사조의 영향으로, 원시사회의 취락 구조를 연상시켰다. 사이보그 나무 몇 그루를 제외하면, 테크노 공원묘지에서도, 풀과 나무들은 거의 전멸해버렸다. 다만, 금속성의 '납골당-나무'만이 기념비적인 랜드마크로서, 원시사회의 거대한 토템처럼 돌출해 있었다. 사공은, 그 거대구조물에도 불그스름한 얼룩이 들러붙어 있는 걸 발견했다. 모래-장마 이후, 사막니스 같은 침전물이 빌딩 벽면이나 고가도로 기둥 따위에 생겨나서, 도시 전체가 녹슬고 있는 것처럼 보였다. 테크노 공원묘지의 명물, 반딧불이처럼 발광하는 새들은 전부 숨어버렸는지 보이지 않았다. 몸 안에 새장을 가진 새들; 영역제한-전자칩이 내장된 새들은, 모래비 속에서 발광(發光)하며 발광(發狂) 상태에 빠진 이후, 거의 날지 못하고 있었다.

사이보그 발광조들보다 훨씬 많은 사람들이, 원시적인 원추형 토굴집처럼 생긴 묘지 관리소 건물로 몰려들고 있었다. 행방불명된 친지를 찾거나, 사고 현장에서 발견된 몸 조각들의 DNA 검사 결과를 확인하려는 사람들이었다. 모래비는 도처에서 사건과 사고를 불러왔다. 모래둑 역할을 하고 있는 냉동 컨테이너에는, 묻어야 할 시체와 태워야 할 시체들이 잔뜩 들어 있었다.

떴어, 매직아이 마니아 황보가 헬기 고도를 높이며 소리쳤다. 펑

평한 하늘 저편에, 주름이 잡히면서, 신기루가 나타났다: 기상광학적 공중-가변-거대구조물. 그러나, 동해안 지역의 신기루는 흐리고, 뒤틀리고, 진동해서, 그 원천, 그 형태를, 알아보기 힘들었다.

테크노 공원묘지 전체에서, 탄성(歎聲)의 물결이 흘러넘쳤다. 박인호는 사람들의 시선을 좇아갔다. 모래산들의 위태로운 능선, 거대한 '편두통의 스카이라인' 위로 헬기가 날고, 그 너머에, 기억-폭탄의 뇌관을 때리는 신기루가 떠 있었다. 그것은, 추상과 구상, 혼돈과 질서의 경계쯤에 있는, 빛의 얼룩과도 같았다. 그래서 무의미했지만, 그 어떤 사물도 구체적으로 재현하지 않았기에 오히려, 그 원천과 상관없이, 목격자들 내부에서 다양한 형태를 촉발할 수 있었다: 기상광학적 로르샤흐테스트.

박인호는 무엇을 보는가?

흐리고, 뒤틀리고, 진동하는 신기루는, 2차원과 3차원 사이에 있는 프랙털적 합성물 같았는데, 자기지시적 순환형식 속에서 점차, 시각화된 트라우마로 변해갔다: 시공간의 구멍, 환각의 다리, 유령 통증 ……

편두통의 스카이라인이 달려와 그를 휘감는다.

기억이 무정형의 신기루 형태로 폭발하고, 시공간이 교체된다: 4년 전, 강릉 단오제 이후 ——

교통사고로, 옆 좌석에 있던 여자는 반 토막이 났지만, 박인호는 다친 데가 없었기 때문에(혼자 자빠져 손목을 접질린 걸 제외하면), 서울의 문화재연구소로 즉시 복귀해야 했다. 그러나, 돌아갈 장소는 더 이상 존재하지 않았다. 그는 전혀 다른 시공간으로 미끄러져 들어갔다; 황사의 대기는, 고서화처럼 황화 현상으로 변색되어 있었고, 어른거리는 태양은, 철제 유물처럼 녹슬어 있었으며, 한해(旱害)의 대지는, 목제 불상처럼 수분 상실로 갈라져 있었다. 보존과 복원은, 불가능한 임무였다. 그는 낯선 시공간에서, 돌연변이 생물처럼, 서툴게 움직였다. 돌연변이들의 예정된 미래는, 99퍼센트, 자연도태였다.

작업 현장으로 복귀한 이후, 박인호는 계속, 아마추어적인 실수를 저지르기 시작했다. 몸이 둔해졌고, 위축되어 있었다. 기본적이고 자명한 작업 수칙들, 컨서베이터의 몸에 새겨져 있어서 무시하기가 더 힘든 습관들이, 돌연변이의 몸에서는 죽은 각질처럼 떨어져 나갔다. 이를테면, 뚜껑이 있는 향로 같은 유물은 따로 분리해서 운반해야 한다는 것, 손바닥의 염분이나 기름기가 금속 유물에 해를 끼치므로 면장갑을 껴야 한다는 것…… 그런 상식에 속하는 것들이 의식적으로/무의식적으로 무시되고 있었다. 사고는, 예정된 것이었다.

그날의 작업은, 의뢰받은 유물들의 상태 점검과 보강 작업 비용 계산이 주였다. 보존과학실로 넘어온 유물들은, 표면에 박락이 일어난 서화 족자나 구김이 생긴 직물류, 손잡이나 모서리가 약해진 토도(土陶) 제품이 대부분이었다. 힘들 것도 없고, 까다로운 일도 없었다. 하지만 박인호는 근육 경련과 함께 심한 피로를 느끼고 있었다. 전날 밤의 과도한 운동이, 원인이었다.

교통사고 이후, 심리치료사의 권유로 운동을 시작했는데, 이번에는 운동중독증 환자처럼 되고 말았다. 그는 남는 시간 대부분을, 근력 강화 운동에 쓰고 있었다.

기적/재난의 시공간에서, 무엇을, 믿을 것인가?

힘, 이라는 개념은 모호하다. 반면에, 근육은 명확하다. 근육만큼 상대적으로 쉽게 변형되면서, 힘의 변화를 정량적으로 계산할 수 있는 경우도 드물었다. 무엇보다도, 기적/재난의 흔적이 새겨진 몸을 바꾸고 있다는 느낌이, 중요했다, 절실히, 필요했다; 절망을 하는 데도 에너지가 필요하고, 우울하게 사는 데도 체력이 필요하다……

그러나, 아무리 해도 변하지 않는 부분이 있었다. 근육-몸 전체에서 지각변동이 시작되고 있었지만, 오직 한 군데, 얼굴은 고요했다. 얼굴에는, 시각·청각·후각·미각 등의 전용 감각기관이 있었다. 외계 정보의 대부분은, 얼굴을 통해 수용된다. 얼굴은, 어떻게 강력해질 수 있는가?

그 어떤 헬스클럽에 가도, 얼굴 단련 기구는 존재하지 않았다. 불법 속성 근육 강화제도, 통하지 않았다. 얼굴에는 여전히, 복구되지 않은 재난의 흔적이, 남아 있었다.

변하는 것과 변하지 않는 것; 그 부조화, 그 균열 속에, 진실이 있었다. 근육을 강화하려는 욕망은, 그 뿌리에 있어서, 근육을 훼손하려는 욕망과 다른 것이 아니었다 — 박인호의 경우. 그는 여전히, 강도 높은 죄의식과 자기혐오에 사로잡혀 있었다. 정말로 필요했던 건, 근육 강화라는 명분으로 위장된 고통, 합법적인 자기처벌의 형식이었다. 그래서, 뭔가를 훼손하고 싶었던 자는, 아이러니컬하게도, 뭔가를 복원하고 있는 것처럼 보였다. 그 간극, 그 괴리만

큼이 바로, 세계와 돌연변이-인간 사이의 간극이었다. 그래서, 온도에 따라 밝기가 변하는 흰색 와이셔츠 주머니에, 핸디컴-휴대폰을 넣어두는 실수가 가능했다. 반지나 시계 등의 액세서리가 유물 손상을 야기할 수 있다는 건, 상식에 속했다.

인생을 망치는 데는, 적절한 순간, 단 한 번의 몸짓이면 족했다. 박인호가 고려시대 주전자를 들어 옮기려고 상체를 숙였을 때, 초경량 플라스틱 핸디컴이, '청자진사연화문표형주자(青磁辰砂蓮華文瓢形注子)' 위로 쏟아졌다. 물음표처럼 생긴 손잡이가 떨어져 나와, 두 조각이 났다.

학예연구실에 새로 부임한 큐레이터는, 세련된 외모의 40대 남자로, 외국에서 박사학위를 받았으며, 실무에 밝고, 발이 넓은 사람이었다 —— 문화재 암시장에도 끈이 닿을 정도로. 도자기가 파손되는 순간, 그는 몇 가지 대안을 놓고 저울질을 시작했다.

박인호는, 즉시 반응하지 않고 뭔가를 계산하는 인간을 보면서, 태도를 바꿨다: 국보 고려청자라는 건 알고 있다, 13세기의 걸작, 하지만 손잡이는 예전에도 떨어진 적이 있고, 나는 사람이 반 토막 나는 것도 보았다……

큐레이터는, 재난의 흔적이 새겨진 얼굴을 보면서, 복잡하게 계산할 필요가 없다는 걸 알았다: 그렇다면, 우리는 친구가 될 수 있다……

그들은 파손을 은폐하기로 합의했다. 큐레이터는 모른 체했고, 컨서베이터는 예전의 불완전한 상태 그대로, 완전하게 복원했다. 그들은 뜨겁게 악수하고, 웃으면서 헤어졌다. 물론, 상대의 웃음

속에서 자기 몫의 경멸을 놓칠 수는 없었다.

문화재 복원 작업은, 쌍꺼풀 수술이 아니며, 자동차 수리도 아니다. 복원 윤리, 제1장은, 복원 흔적을 남겨야 한다는 것이었다. 상품가치를 올리려고 파손 부위를 은폐하는 일은, 지하 문화재병원에서나 하는 짓이었다. 그러나, 박인호는 바로 그 지점에서, 복원하는 일과 훼손하는 일이 완벽하게 일치하는 걸 보았다. 환멸과 만족이 뒤섞인, 복잡한 기쁨이 밀려왔다. 얼굴을 강화하는, 한 가지 방법을 발견했던 것이다. 바로 그날 저녁, 너무 간절히 기다렸기 때문에 가끔 분노하기도 했던, 전자 메일이 도착했다. *반토막난여자*가, 잠적한 지 넉 달 만에 보낸 메일이었다: ……예정된 미래를 바꿀 수 있는가?

박인호는 '되돌릴 수 있는 운명의 묘지'의 미로들이 교차하는 곳에 세워진 식물성 가로등, 사이보그 보리수 아래로 이동했다. 저지대의 모래를 치웠고, 이제는 납골당-나무 내부의 모래를 치우러 갈 시간이었다. 오전 열 시도 안 됐는데, 기온은 이미 섭씨 30도를 넘어섰다. 땀에 젖은 몸을 잠시, 나무 그늘 속에 숨긴다. 하늘의 신기루가 사라지자, 테크노 공원묘지는 다시, 사람들의 울음소리, 고함소리로, 팽창하기 시작했다. 저 사람들의 눈물을 모두 모으면, 죽어가는 풀과 나무들을 살릴 수 있을까? 박인호는 자신에게 할당된 귀중한 식수를, 사이보그 보리수에게 나눠주었다.

기괴한 형태로 변신 중인 사이보그 보리수: 잎들은 증산작용을 억제하기 위해 세로로 말렸고, 줄기와 가지는 화학적으로 변성된

수액을 내뿜어 니스를 칠한 듯 매끄러웠다······

대학 바이오스피어 관계자들이 유전자 샘플을 채취해가면서, 유전자 활성 패턴이 달라진 것 같다고, 설명해주었다. 그것은, 근육이 강화될 때의 메커니즘과 동일한 것이었다. 헬스 기구들은, 근육에 인위적으로 재난을 일으키는 도구들이다. 근육은 그때 확실히 손상되는데, 그 상처의 화학반응을 통해서만, '꺼져 있던' 근육생성유전자가 '켜지고,' 미오신 같은 단백질이 생성된다고 했다. 유전자는 예정된 미래, 고정된 규칙으로 존재하는 것 같지만, 항상 작동하는 유전자는 전체 유전자의 몇 퍼센트에 불과했다. 근육 강화는, 새로운 환경과의 접속을 통해, 그 유전자 활성 패턴을 재조립하는 일과도 같았다. 예정된 미래를 바꿀 수 있는가?

박인호는 '되돌릴 수 있는 운명의 묘지'를 둘러보며 중얼거렸다. 그 질문은, 건축-몽상가들에 의해 20세기 말부터 지속되어온 건축 프로젝트의 제목, '되돌릴 수 있는 운명Reversible Destiny' 시리즈처럼 모순된 것이었다. 운명은, 그 정의(定義)에 의해, 되돌릴 수 없고, 피할 수 없기에, 운명이라 부른다. 예정된 미래를 바꿀 수 있는가?

······4년 전, 반토막난여자를 마지막으로 본 것은, 지하로 내려온 태양 아래에서였다. 종합병원의 지하 약국. 그녀는 가슴 밑바닥에 있던 어둡고 축축한 감정의 덩어리들을, 지하로 내려온 태양 아래 꺼내놓고 말렸다: 시공간의 구멍, 환각의 다리, 유령통증······ 그리고 이제 더 이상 찾아오지 말라고, 단호하게 못을 박았다. 박인호는 자리를 뜰 수 없었다 — 기억들이 정리되는 대로, 연락을 하

겠다는 각서를 받아낼 때까지.

그날 헤어지기 전에, 그녀가 지나가는 말로 물었다: ……시공간
의 구멍을 복원할 수 있는가?

복원 전문가는, 대답하지 못했다.

그리고 넉 달 뒤, 이어지는 질문: ……예정된 미래를 바꿀 수 있
는가?

그 질문은, 그녀의 존재 조건처럼, 역설적인 것이었다.

모래 더미의 역설로 알려진 것: 모래 더미에서 한 알씩, 모래를
덜어낼 때, 모래 더미는 언제, 모래 더미가 아니게 되는가?

반 토막이 난 몸은, 모래 더미이면서도 모래 더미가 아닌 지점,
연쇄 논법의 역설이 체현된 것처럼 보였다. 동일률과 무모순율이
파괴되는 퍼지논리학적 역설의 지점, 바로 거기에, 상전이(相轉移)
의 임계점, 급변의 첨점이 숨어 있었다.

넉 달 만에 도착한 전자 메일은, 허무할 정도로, 일상적인 이야기
만 하고 있었다. 하지만 열 몇 번을 읽는 동안, 프라이드 강한 여자
가 차마 말하지 못하고, 고통스럽게 삼켜야만 했던 것들이 느껴졌
다. 흐느끼는 타이포그래피; 상전이의 임계점, 급변의 첨점 위에
서, 한 여자가 위태롭게 흔들리고 있었다. 타이포그래피 프로그램
은, 사용자의 타이핑 습성과 감정 상태를 반영해, 폰트를 조정하고
미묘한 얼룩이나 그림자를 남기며, 아날로그 텍스트를 모방하게 되
어 있었다. 박인호는 위태롭게 흔들리는 디지털 문체에서 파국적
기미를 감지하고, 전율했다. 마지막 문장, 예정된 미래를 바꿀 수
있는가, 를 열 몇 번째 읽었을 때는, 미쳐버릴 것만 같았다. 그녀에

게 가야만 했다 —— 집도 팔고, 핸디컴도 끊고, 잠적해버린 그녀에게. 당신은 도대체 어디에 있는가?

박인호는 매일같이, 일주일 동안, 그녀에게 메일을 보냈다.

답장은, 없었다.

마지막 메일은, 계정 자체가 사라져서, 되돌아왔다. 그리고, 끝이었다. 그때의 심정을 설명할 수 있는 언어는, 이 세상에 존재하지 않는다.

그를 견디게 해준 것은, 보존하면서 동시에 훼손하는, 불법 복원 작업이었다.

범죄의 연대; 큐레이터와 컨서베이터는 어떻게 우정을 쌓아갔는가?

실무에 밝고 발이 넓은 큐레이터는, 전문 털이범이나 도굴범들의 문화재 장물을 1차 감정하는 '상선,' 속칭 '나까마'로도 활동하고 있었다. 사라진 문화재들은 그 이후, 합법적인 문화재 매매 업소들의 네트워크에서 '세탁'되거나, 공소시효가 끝나 선의취득이 성립될 때까지 중간상들의 수장고에 보관되다가, 최종적으로는 박물관의 화려한 전시대에 안착하게 된다. 실무에 밝고 발이 넓은 큐레이터의 새로운 친구, 거구이며 근육질로 변신 중인 컨서베이터는, 그 암시장의 문화재병원에 투입되었다. 그곳에서, 그는 죄의식과 자기혐오를 '극복'하기 위해, 죄의식과 자기혐오의 강도에 걸맞은 자기 자신을 만들어갔다 —— 첨단의 보수 재료와 손상 제어 기술로 눈속임 작업을 하고, 유물들의 상태 보고서를 조작하면서. 그리고 매일 밤 잠들 때마다, 집에 불이 나기를 기도했다.

반토막난여자 소식을 다시 듣게 된 것은, '이동식 전원주택'을 한 강변에서 일산 호숫가로 옮겼을 때였다. 그 무렵, 박인호는 초미니 사이즈의 '플러그 인 하우스'에 살고 있었다. 이동식 전원주택은 캡슐 호텔의 유니트보다 약간 더 큰 정도였지만, 모조 목재로 조립된 우아한 통나무집이었고, 자동차처럼 공장에서 나올 때부터 가전제품들이 내장되어 있었기 때문에, 먹고, 자고, 싸고, 씻고…… 하는 집의 기능들 중 빠지는 것은 없었다. 다만, 플러그 인 하우스들은 전용 설비가 구축된 전원주택 단지의 콘센트-레일에 꽂아야만, 전기와 수도, 멀티미디어 시스템과 홈오토메이션 등에 접속할 수 있었다.

이주하는 날에도, 그는 건물운송회사에 집을 맡긴 뒤, 문화재연구소에 붙어 있어야만 했다. 유물 관리관으로 선임되어, 유럽 5개국 전시회에 참석할 예정이었고, 밤을 새우며 유물 포장 작업에 매달리던 때였다.

컨서베이터, 즉 보존과학자는, 유물에 따라 그 특성에 맞는, 시공간을 만들어내는 사람이라고, 박인호는 항상 강조하곤 했다. 금속 제품인지 목공예품인지에 따라, 포장 방식만 달라지는 게 아니라, 포장 상자의 온도와 습도 조절 방식도 달라졌다. 유물 포장의 이념은, 시간을 중단시키고 공간을 절단하는 일과도 같았다.

박인호는 주로 지시만 내리는 위치에 있었지만, 유물들 중에는, 해외로 밀반출한 뒤 재반입하는 형식으로 '세탁'하려는 문화재도 있었다. 그가 직접, '강화백련사철아미타불좌상(江華白蓮寺鐵阿彌陀佛坐像 보물 제994호, 도난 상태)'을 포장하기 시작했다; 중성지로 싸고, 순면천으로 돌려 감은 뒤, 조각상 형태로 주형틀을 파낸 플라스틱 폼에 안치하고, 그것을 다시, 폴리에틸렌으로 싸기 시작했을 때, ……얼굴에 경련이 느껴졌다. 이윽고 피부를 경계로, 시간이 중단되고 공간이 절단되는 감각에 휩싸였다. 주체할 수 없는 공포가 밀려오고, 그 끝에서, 마비가 왔다: 얼굴 — 눈꺼풀을 움직일 수도 없고, 말을 할 수도 없다…… 주형틀을 뜬 플라스틱 폼에 고정되어, 알루미늄 박스 속에 감금된 것만 같았다. 안면마비는 10여 초 정도 지속되었을 뿐이지만, 그의 내부에서, 뭔가를 완전히 끝장냈다.

일들은 연이어 일어났다.

연구소 휴게실에서 편두통에 휩싸인 채, 모든 게 엉망진창이라는 걸 알면서도, 무엇이 잘못되었나, 반복해서 중얼거리고 있었을 때, 그를 찾는 홀로그램 메시지가 신시사이저 새소리와 함께 인터폰에서 흘러나왔다.

전화가 왔다. 목소리가 비슷해서, 순간적으로 피가 거꾸로 흐르는 것 같았지만, 목소리의 주인공은 *반토막난여자*의 사촌이라고 했다.

몇 초 동안의 침묵.

정보-몸들 사이에 신비한 통로가 놓이고, 내밀한 정보들이 달렸다.

박인호는 이해했고, 절망했다.

뒤늦게, 사촌이라는 여자가 확인해주었다 — 언니가 죽었다고.

일들은 연이어 일어났다.

자동차는 어느 날 갑자기, 엔진 결함으로 급발진할 수 있고, 휴대폰 같은 전자제품은 어느 날 갑자기, 낮은 확률의 전류 문제로 폭발할 수 있다: 자살하는 기계들. 플러그 인 하우스는, 전자주거기계였다.

그 일은, 신도 휴식을 취한다는, 어느 일요일 아침에 일어났다. 일산은 박인호의 동네가 아니었다. 호숫가에서의 첫날 밤. 그는, 수면제와 신경안정제와 진통제를 섞어 먹고도 뒤척이다가, 새벽녘에 겨우 잠들었는데, 연기와 탄내 때문에 다시 깼다. 전원주택 플러그와 콘센트 레일 접촉면에서, 불꽃이 튀었다.

세탁기가 폭발했다.

냉장고가 녹아내렸다.

텔레비전이 찌그러졌다.

집 밖으로 튀어나가자마자, 다섯 종류의 불길이 전원주택을 휘감았다; 지표화-지중화-수간화-수관화-비산화의 형식으로.

—신이여, 기도를 들어주셔서 눈물 나게 고맙습니다……

하지만 실제로 눈물이 나오지는 않았고, 박인호는 하늘과 구름과 바람이 새겨진 호숫가에 쪼그리고 앉아, 일그러지는 하늘과 구름과 바람처럼 얼굴을 일그러뜨리며, 희미하게 웃었다.

집이 먼저 떠났고, 그는 며칠 뒤에 떠났다.

오래전부터 제 무덤을 파던 자는, 기적/재난이 일어났던 곳으로 가서, 묘꾼이 되었다.

박인호는 납골당-나무 쪽으로 이동하기 시작했다.

납골당-나무: 클러스터 구조의 가변건축물; 20층 높이의 원통형

204

줄기-구조체에, 강철구조물-가지들이 수평으로 달려 있는데, 위로 갈수록 가지들은 점점 커졌고, 그 가지들 사이에는 플랫폼-유니트들이 벌집 형태로 박혀 있었다. 멀리서 보면 마치, 역삼각형으로 다듬어진 기하학적 정원수(庭園樹)처럼 보였다. 최근에는, 낙산사 수목장숲이 붕괴되고, 그곳의 유해들이 옮겨져, 더욱 무성해졌다.

납골당에는 에어컨 설비가 되어 있다. 서늘한 공기가, 바다 속의 부드러운 해초처럼, 전신을 휘감았다. 박인호는 진공청소기를 짊어지고, 줄기-구조체의 엘리베이터를 기다렸다. 납골당 관리실에서 직원들이 웅성거리는 소리가 들렸다.

어제 오후 붕괴된 교각의 CCTV 영상이, 24시간 재난 방송을 통해 계속 방영되고 있었다. 경북 울진군, 제18운하를 횡단하는 콘크리트 교각 위에는, 피난민들의 차량들이 늘어서 있었다. 흔들리는 것은, 카메라가 아니다. 진동하는 교각의 연결 이음새 부분에서, 부식된 철근이, 피의 분말처럼 터져나왔다. 건천(乾川)으로 변해버린 운하에서 모래먼지가 피어올라, 디지털 영상이 거친 입자들의 집합체로 변해가던 어느 순간, 교각을 지탱하던 콘크리트 기둥들이, 살점들을 털어내고, 뼈를 드러냈다. 콘크리트 상판들이, 다양한 각도로, 무너지기 시작한다. 그 뒤에 남는 것은, 모래의 시공간이다 ── 시공간에 구멍이 뚫린 것 같은.

엘리베이터는 납골당-나무줄기의 체관을 따라 수직으로 상승한다. 박인호는 그 몇 초 동안, 사이보그 보리수의 체관을 따라 필라멘트까지 올라가서, 빛으로 확산하는 상상을 했다. 모래-장마 이후, 모래의 시공간에서, 테크노 공원묘지의 풀과 나무는 거의 전멸해버렸다. 사이보그 보리수는 어떻게 견디는가?

'물질'은 특정한 방식으로 조립되는 순간, '생명'으로 도약한다. 물질들의 그 논리적 배치, 그 조립 원리는, 일종의 자기지시적 순환 회로를 형성하는 것이다 ── '자기생산'을 강조하는 생물학자들(: 마투라나, 바렐라 등)에 의하면. 생명-몸의 본질적 특성은, 외부로부터 물질과 에너지를 받아 뭔가를 생산하는데, 그 생산물이 바로, 자기 자신이라는 데 있었다; 환경과 접속해 재귀적으로, 자기 자신을 생산하는 순환시스템 자체가 바로, 생명-몸인 것이다. 그런데, 자기지시적 생산이라는 일종의 계산적 배치에 대한 강조는, 생명-몸의 역동성, 일종의 동역학적 배치의 문제를 축소하거나 은폐하는 경향이 있었다. 생명-몸의 역설적 특성은, 닫혀 있으면서도, 열려 있다는 데 있었다. 생명-몸은 자기조직화의 폐쇄적 원리에 따라 결정된다는 점에서, 닫혀 있었다. 하지만 외부 환경과 끊임없이 상호작용하면서 유지되고 발전한다는 점에서, 열려 있었다. 그래서, 피부-몸은 '형태'를 부여하지만 '경계'를 설정하진 않는다고, 박인호는 자기식으로 정리했다: '경계 없는 형태'로서의 생명-몸.

모래비의 재난은 자기생산시스템을 타격한 이질적 요소였다. 그것은 자기 자신을 생산하는 순환 회로를 끊어버리기도 했지만, 새로운 순환 회로에 논리적으로 보존되기도 했다 ── 사이보그 보리수의 경우. 박인호가 보기에 핵심은, 사이보그 보리수가 새로운 환경에 적응했다는 식의 이야기가 아니었다; 사이보그 보리수는 새로운 순환 회로, 새로운 자기생산시스템을 구성했다; 컨서베이터의 어법으로 하면, 새로운 시공간을 만들어냈다, 모래의 시공간에서.

엘리베이터에는, 에어컨 대신 선풍기가 달려 있었다. 납골당 꼭대기 층, 엘리베이터 문이 열리자마자, 서늘한 현기증이 박인호의 이마를 스치고 지나갔다. 온도의 변화 때문에, 편두통의 곡선이 머리를 휘감는 것처럼 느껴졌지만, 원인은 다른 데 있었다. 창밖의 풍경이 흔들리고 있었다. 아니, 흩어지고 있었다.

모래 더미에 한 알씩 모래를 던져 넣을 때, 모래 더미는 언제, 모래 더미가 아니게 되는가?

모래 더미는 높이 솟아오르면서 가팔라지고, 흘러내리면서 낮아지는 일을 반복한다: 자기조직화하는 모래 더미.

그런데 동일한 한 알의 모래가, 낙하지점을 미세하게 흔들기만 하다 말 수도 있고, 모래 더미 전체를 붕괴시킬 수도 있다: 임계상태의 모래 더미.

편두통의 스카이라인이 흔들리기 시작한다, 두 겹, 세 겹으로 증식하는 듯, 부풀어오르면서.

무작위로 절단되는 곡선들, 매듭처럼 중첩되고, 부유하며 뒤얽히는, 편두통의 곡선들.

이윽고, 부서진다, 무너진다.

편두통의 곡선들이 붕괴하면서, 편두통도 사라져간다. 그것은 해방이었으나, 파멸과 다른 것이 아니었다.

폭포의 폭음을 신호로, 시공간이 돌변하기 시작했다. 터질 듯 부풀어 있던 모래산이 허물어지며, 테크노 공원묘지 쪽으로 쓰러졌다.

엄청난 양의 모래가 말려 올라가, 모래안개를 형성한다. 뿌리가
뜬 채 모래지층 속에 묻혀 있던 나무들이, 기립 상태로 달려온다.
발광(發光) 상태의 새들이 발광(發狂)의 궤적을 그리며 솟아오르고,
모래 더미는 몇 층으로 나눠진 거대한 파도가 되어, 시공간 속에서
움직이는 게 아니라, 시공간 자체를 휩쓸어버린다.

시공간의 구멍; 하늘에서 쏟아져 전 우주의 무게로 쌓이는 공허,
그 압도적인 무의미.

발광 상태의 새들이 전신을 쥐어짜 울음소리를 쏟아 붓는 곳에
남은 것은, 금속성 선인장, 납골당-나무 한 그루뿐이었다.

5장

이철민은 밤을 새우고, 날이 밝았는데도 여전히 긴장한 채, 컴퓨터 앞에 앉아 있었다. 핵미사일 발사를 준비하는 사람 같았다 — 디지털 바퀴벌레 사육사에 불과했지만.

오늘은, 경계를 가로지르고 한계를 넘어가는 날이었다. 귀환은, 불가능했다. 폭탄은 폐곡선을 그리지 않는다. 그래서, 오늘 이후의 인생은 전혀 다른 어떤 것, 인생이 아닌 어떤 것이 되어버릴지도 몰랐다. 그러나, 그것 역시, 하나의 삶이다.

긴장 상태에서 피로가 쌓여, 오후에 잠시 잠들었다. 한 여자의 꿈을 꾸고, 모순된 감정들의 혼합물이 되어 깨어났다: 파멸해버린 여자들의 인상을 종합해놓은 듯한, 캐리커처. 추상적인 기억이, 스트레스 호르몬의 형태로, 혈관을 채우기 시작했다. 누구라고 특정할 수는 없었지만, 꿈의 여운 때문에, 감상(感傷)에 빠졌다.

텔레비전이 구원이었다: 재난 생방송; 서울 종로구의 동대문이 침몰하고 있었다.

이철민이 있는 아파트-정원 단지가 또, 다시, 흔들, 흔들리기 시작했다. 동대문의 붕괴가, 지맥을 타고, 강릉까지 전해지는 것만 같았다. 최근 들어, 진도 2~3 정도 되는 지진이, 한반도 전역을 흔들어놓고 있었다. 테크노 공원묘지 역시, 그래서 무너졌다. 그러나, 동대문의 붕괴는 지진 때문이 아니었다. 메갈로폴리스 서울은, 대지를 뒤덮은 인공물들 때문에, 지하수위가 가장 낮은 도시들 중 하나였다. 동대문은 그 아래, 지하수 도관들이 공동(空洞)으로 변하면서, 지반과 함께 내려앉고 있는 중이었다.

이철민은 20층 아파트 베란다로 나가, 금으로 도금을 한 이쑤시개 같은 담배에 불을 붙였다. 해질 무렵, 모래의 베일로 뒤덮여가는 도시는, 대지와 건물이 잿빛의 연속된 표면으로 통합된, 랜드스케이프 건축물을 연상시켰다. 바람에 섞인 모래가 얼굴을 때리는 순간,

사막……,

하루 종일, 한마디도, 하지 않다가 처음으로, 웅얼거리듯 말한다.

빛이 사라져가는 시간, 모래의 바다 위에서는, 금속성의 납골당-나무만이, 광물질 피복에 싸인 채, 등대처럼 빛난다. 테크노 공원묘지는 스키장의 활강로처럼 변했다. 향토사단이 투입되었지만, 바람이 집중되고 충돌하는 그 일대는, 여전히 모래의 바다였다. 시공간의 맥락을 절단하고, 자족적인 인공물로서, 거대한 우연처럼 존재하던 강철 구조물은, 모래의 시공간에서 비로소, 한 그루 선인장이 되어, 주변 풍경에 융합되었다.

사막……,

그 단어는 감탄사처럼, 반사적으로 튀어나와, 편두통의 곡선을 그리며 시계(視界)의 일부를 일그러뜨렸다: 편두통의 전조 현상.

나라 전체에서, 급격한 사막화의 과정이 진행되고 있었다, 모래-장마 이후 —

정부는 재난 구역을 등급별로 지정하고, 피해 복구 사업에 총력을 기울였다. 유엔기구에 지원을 요청하는 한편, 사막화 방지 전담 부서를 신설하고, 토지 복구를 우선 목표로 하는 개발 계획, 민간 주체 그린벨트 계획 등을 수립했다.

그러나, 역부족이었다. 복구 인력과 장비가 집중된 수도(首都), 서울조차도, '움직이는 미로'처럼 변해가고 있었다. 길들은 수시로 모래에 묻혀 끊어지고, 모래 더미들은 도시 난류(亂流)와 함께 표류했다. 그것은, 메갈로폴리스 특유의 미로 경험과는 차원이 달랐다. 사막-미로는, 실제 공간과 인지 공간이 뒤틀리는, '시뮬레이터 신드롬'의 심리-지리적 현실에 가까웠다.

일그러진 시청-하이테크건물이 공중누각처럼 떠올라 서울 밖에서도 볼 수 있었다: 높은 신기루 현상.

여의도 근처에서는 거꾸로 서 있는 국회의사당의 유령이 수시로 출몰했다: 낮은 신기루 현상.

기상광학적 착란은, 도심 외곽으로 나갈수록 심해졌다. 스카이라인이 시간 단위로 변했다. 모래산들이 거대한 생물체처럼 꿈틀거렸다. 생성과 붕괴, 이동을 반복하는 사구와 구릉지가 전망을 차단하고, 서로 겹쳐지기도 하면서 원근감을 왜곡했고, 유사한 풍경들의 반복은 장소들의 차이를 지워갔다. 사람들은 모랫길 위에서, 재난용 인터랙티브 맵을 거머쥐고도, 길을 잃곤 했다. 사람들이 찾는 것들은, 허공으로 던져져 휘청거리거나, 물구나무선 채 가물거리거나, 전혀 엉뚱한 곳에 있거나, 모래지층 속에 묻혀 있었다.

그것이 바로 이철민이 보여주고 싶었던 세계였다.

불타고 부서지는 세계는 사실, '시뮬레이션-픽션'에 불과했다. 그것은 이론적 설명 모델의 현상학적 기술도 아니었고, 계산적 예측모델의 예언도 아니었다. 그의 애인이 지적했던 그대로였다. 주변 사람들은, 계산된 모델들 중 확률이 낮은 쪽을 선택하는 이유를, 도저히 이해할 수 없었다. 그들은 따져 묻곤 하였다, 그 데이터가 어디에서 왔냐고, 그 매개변수의 근거가 뭐냐고.

세계의 실상에서 왔다, 그것이 바로, 이철민이 하고 싶었으나, 하지 못했던 대답이었다.

실상은, 현상(現狀)이 되었다.

이철민은 오래전부터 '마카오 만다라'로 불리기도 하는 직업병, 시뮬레이터 신드롬을 겪고 있었다: 신경망의 재배치; 뫼비우스 띠처럼 뒤섞이는 가상과 실재. 그것은 우주정거장에서 귀환한 비행사가, 얼마 동안 지구 중력에 제대로 적응하지 못하는 상태와 유사했다.

실제 공간과 인지 공간이 어긋나는 경험은, 시뮬레이션 속에 장시간 머물다가 귀환하는 시뮬레이터들에게는 흔한 일이었고, 신경망은 곧 복구되게 마련이었다. 하지만 복구 시간이 점점 늘어지기 시작하면서, 세계의 '공인된 상(象)'도 흔들리기 시작했다.

시뮬레이터 신드롬의 초기 증세는, '귀환' 이후, 두통이나 미열 등과 함께, 감각 기능의 저하를 경험하는 것이었다. 이철민은 그때마다, 실제 시공간과 시뮬레이션 시공간 사이에 버려진 것 같다고 느끼곤 했다: 세계는 멀고, 몸은 부유한다…… 그 상태에서 더 진행되면, 개인적 특성에 따라, 다양한 형태의 만다라적 환각을 보기도 하는 것으로 알려져 있다. 아이가 죽고, 아내가 죽고, 고교동창 독고(獨孤氏)의 소개로, 매크로 앤 타이니의 세계-시뮬레이션에 집중하면서부터, 증세가 악화되기 시작했다.

이철민의 경우, 감각의 왜곡에 강박적인 방향을 부여한 것은, '자살한 태아'였다: 네가 본 것은 무엇인가?

착란에 빠졌던 아내의 이론대로 하면, 아이는 태어나고 싶어 하지 않았다: 네가 본 것은 무엇인가?

그 일은 마카오에서 일어났다.

이철민은 매크로 앤 타이니의 인간-시뮬레이터로서, 마카오에 정식으로 초대되었다. 초음속여객기로 도착한 마카오는, 불길의 토폴로지를 통해 마구 뒤틀린 듯한, 초현실적 곡선들로 꿈틀거리고 있었다. 옵아트적 착시의 풍경은, 인공물에서 자연물로, 혹은 그 반대로 변태 중인 사이보그 진화사를 테마로 설계된 것 같았다: 기계주의적 입체 격자들이 녹아내려, 무정형의 유기주의적 건물들이 되고, 유기체 메타포를 뛰어넘어, 사이보그 나무들로 변신한다; 포르투갈 식민지의 흔적인 바로크와 네오고딕의 역사적 복원물들은, 실용주의와 미학주의의 균열을 봉합하며, 네오 픽처레스크 혼성계를 구성한다……

그러므로 신경미학적 피로도가 높아졌기 때문인지도 몰랐다, 그 일이 일어난 것은.

M&T 재난투자팀과의 의례적인 미팅 이후, 모노레일로 성 바오로 성당 유적과 '불과 모래의 정원' 따위를 둘러보고, 지하 스트립 쇼 클럽에서 퓨전 음식과 향정신성 스마트드링크를 충전한 뒤, 카지노에서 돈을 잃고, 쾌락자궁을 장착한 러시아 창녀를 사고, 호텔 60층 스카이라운지에 앉았을 때, 감각뉴런들의 피로도는 세계-시뮬레이션에서 막 귀환했을 때와 유사했다.

마카오의 밤하늘이, 홀로그램과 레이저 쇼로, 분열되고 있었다. 천공의 만다라를 응시하는 동안, 이철민 역시 분열되기 시작했다: 피부-몸과 근육-몸, 골격-몸, 순환-몸, 도관-몸, 신경-몸의 분열증적 콜라주; '빅뱅' 이후 시공간과 '비트뱅' 이후 시공간의 분열증적 콜라주.

꺾이고, 뒤틀리고, 분절된 몸이 차갑고 공허한 시공간으로 내던져지는 순간, 마카오 테크노폴리스와 마카오 시뮬레이션 시티가 서로 뒤엉키고, 랜드스케이프와 데이터스케이프가 뒤섞이며, 일시에 무너졌다.

다국적기업들의 연합체, 초국적자본의 마카오는, 중국 주강(珠江) 하구의 삼각주와 부속 도서를 포함하는, 30여 평방 킬로미터의 지명일 수 없었다. 자본 네트워크의 중심 노드, 빛의 속도로 움직이는 정보도시는, 물질적 테크노폴리스가 아니며, 그 이데아를 가장하는 시뮬레이션 시티도 아니었다. 마카오는 오직, 그 사이에, 있었다:

시뮬레이터 신드롬의 시공간; 테크노폴리스와 시뮬레이션 시티 사이에서, 차이를 지워가는 시공간; 지구 시공간을 대체하는, 실제 시공간과 시뮬레이션 시공간의 패치워크.

……이것이 진짜 마카오다: 지구-사이보그의 다른 이름.

마카오 만다라는, 그 순간, 완전한 것이 되었다.
시뮬레이터의 감각은, 자살한 태아가 본 것을 매개로, 태내경을 보는 듯한 환각으로 나아갔다: 빛의 사막; 네가 본 게 이거였나?
이철민이 본 것은, 마카오-사막이었다; 즉물적인 사막 풍경의 환상을 본 것이 아니었다; 개념으로서의 사막이 악성코드처럼 신경망의 정보 흐름을 왜곡한 것도 아니었다. 마카오-사막은 마카오-랜드스케이프와 마카오-데이터스케이프가 뒤섞이는 초현실적 사막, 개념도 이미지도 아닌 하이퍼스페이스, 그 자체에 가까운 것이었다.
그날 이후, 시뮬레이터는 예술가 흉내를 내기 시작했다: 시뮬레이션-픽션을 창작하는 예술가.

도시-사막의 모래먼지 섞인 밤은, 빛나는 입자들의 형태로 떠돌다가, 파열하며 얼룩이 되고, 자체 인력에 의해 뒤섞이는 방식으로 온다. 아파트-정원에 매복해 있던 어둠이, 부풀어오르기 시작했다. 납골당-나무가 어둠 속으로 용해된다, 혹은 시공간 좌표에 사상(寫像)되는 식으로 팽창한다……
재난의 랜드스케이프에서, 재난의 노이즈스케이프로.

세계는 유해들로 가득 찬 납골당, 그 자체가 되고, 이철민은 그 어두운 내부에서, 유해들의 사막이 자라나는 소리를 듣는다: 지반 침하로 콘크리트에 금이 가는 소리, 아스팔트 틈새로 모래가 흐르는 소리, 날카로운 모래바람이 유리창들의 표면을 깎아내는 소리, 죽은 나무들이 살점들을 날려 보내며 가늘어지는 소리……

세계는 이중으로 부서지고 있었다: 지진, 태풍, 홍수, 가뭄……

그리고, 사막화.

타클라마칸 사막에서 황토 고원을 지나 만주에 이르는 거대한 사막이, 산줄기를 타고 달리는 불길처럼, 실크로드를 달리며 유럽과 아시아를 연결했다. 한반도는 그 끄트머리에 있는, 작은 얼룩에 불과했다.

그리고, 또 하나의 사막화.

세계화된 마카오-사막; 마카오 테크노폴리스와 마카오 시뮬레이션 시티는, 이제, 세계-몸과 세계-시뮬레이션으로 확장된다. 이철민이 관여하는 섹터는, 재난을 위해 특화된 지층에 불과했지만, 하나의 메커니즘, 하나의 논리시스템이, 세계-시뮬레이션의 지층들을 관통하고 있었다.

세계-몸의 재난은 세계-시뮬레이션의 재난이 되고, 세계-시뮬레이션의 재난은 세계-몸의 재난이 된다. 그 순환 과정에서 갑자기, 세계-시뮬레이션의 다른 지층들에서와 마찬가지로, 몸을 때리고 삶을 꺾어버리는 재난 자체는 사라져버린다. 남는 것은 오직, 자본 이득을 창출하기 위한 논리시스템의 데이터들.

재난이 자본-논리시스템에 의해 정보로 가공될 때, 바로 그 이유 때문에 역설적으로, 그 논리 시스템 자체가 '비논리적인 재난'이 된다: 테크노폴리스의 시민들이 비만과 싸우는 동안, 워킹 시티의 아이들은 영양실조와 싸운다. 이것이 '논리적인' 일인가? 다국적 제약회사의 창고에 약들이 쌓였는데, 사헬 이남에서는 살들의 사막이 확대된다. 이것이 '논리적인' 일인가? ············.

언제부터인가, 먹고, 자고, 싸고, 성교하는, 일상의 무대 역시, 플러그 인 하우스처럼 통째로 옮겨졌다. 오직, 거기, 세계-몸과 세계-시뮬레이션 사이, 거기, 차갑고 공허한 시공간으로. 그리하여 꺾이고, 뒤틀리고, 분절되는 일상은 오직 하나의 논리학, 자본-논리시스템에 의해서만 봉합될 수 있는데, 그때의 일상은, 이미, 항상, 시뮬레이션된 일상이고, 이미, 항상, 마카오-사막화된 일상이었다. 그는 애인이 떠난 뒤에야 비로소 깨달았다: 일상 자체가 재난인 세계에서, 메타-재난-시뮬레이션 같은 게 다 무슨 소용인가?

이철민은 도시-사막의 노이즈스케이프 속에서 한 여자를 추억하기 시작했다. 그녀의 궤적은, 백두대간에서 분기하고, 낙동정맥에서 급변한 뒤, 부산에서 파탄났다. 그날 이후 얼마 동안, 매일 밤 술에 취하고, 자다가 깨어나서 토하고, 다시 취하면서 밤을 새웠다. 절망의 무게로 납작해진 아침이 되면, 몸은, '낡은 신문지' 같은 것으로 변해 있었다 ── 지하도 바닥 같은 데서, 사람들의 발에 밟히다가, 찢어져, 펄럭거리는 그거. 17평짜리 아파트는 어느새 쓰레기와 악취로 가득 찼고, 오후 늦게 일어나 노숙자 같은 몰골로 집 밖으로 나서면, 갈 곳은 바이오스피어밖에 없었다. 공간이 절단되고 시간이 가속화된 폐허의 정원, 사이보그 보리수 아래에 있는 모조 참나무 벤치에 앉아, 인공연못이 울음소리도 없이 죽어가는 걸 지켜보는 게, 유일한 위안이 되었다. 그러면 몸은, 바이오스피어 시스템의 데이터스케이프 속에서, 수치화된 폐허의 일부로 녹아내렸다.

가망이 없었다, 폐허-사이보그는 예정된 미래였다, 폐허를 만들어놓고 다른 변신을 말할 수 있는가?

그렇게, 몇 날 며칠 동안, 같은 질문을 백 번쯤 반복 했을 때, 사이보그 보리수가 나타났다.

백 번의 질문이 필요했던 것이다, 임계선을 넘어가기 위해; 신경망이 재배치되고, 늘 보던 것이 전혀 다르게 인식되는 순간에 도달하기 위해.

모래-장마 이후, 대학은 완전한 사막으로 변해 있었다. 새삼스런 일은 아니었다. 모래비가 쏟아지기 전부터, 대학은 사실 사막이었다. 대학을 둘러싼 모래산들이, 바람이 불 때마다 날카로워지면서, 원뿔 형태로 변해갔다. 단과대학들 사이에는, 사구들이 추위를 타는 짐승처럼 웅크린 채 꿈틀거렸다. 모래 위에 징검다리처럼 놓인 콘크리트 판넬에서 벗어나면 위험했다. 발목까지, 허벅지까지, 모래늪에 빠지는 수가 있었다. 바이오스피어에서는, 그 사막화의 과정이 완료된 세계를 시뮬레이션하고 있었다.

지독한 황사로 어두웠던 그날, 이철민은 비로소, 사이보그 보리수의 변신을 알아보았다. 별다른 기대 없이, 사이보그 보리수의 스위치를 올렸다. 불이 왔다, 희미하게, 죽어가는 짐승의 숨결처럼 점멸하면서.

살아 있었던 것이다.

그 순간, 그가 본 것은, 폐허 시뮬레이션 속에서 실현된 메타-재난-시뮬레이션의 원시적인 메타포였다.

DNA칩 분석 결과에 의하면, 사이보그 보리수의 유전자 ON/OFF 패턴이 극단적인 방식으로, 재배치된 것으로 나타났다. 유전자 ON/OFF 패턴은, 환경과의 접속을 통해, 역동적으로 조립된다. 유전자는 안정적이고 폐쇄된 체계 내에서 작동하는 것처럼 보이지만, 효소나 이동인자에 의해 변형될 수 있고, 독립적인 정보체로 작동하는 게 아니라, 계열화되는 방식, 조합되는 패턴의 장에서 맥락 의존적으로 작동하는 것이었다.

그날부터 관찰, 혹은 사색이 시작되었다 — 사이보그 보리수 아래에서: 폐허의 보리수는 어떻게, 자멸하는 폐허-사이보그의 길을 피할 수 있었는가?

이번에는 천 번의 질문이 필요했다.

귓속에서 다양한 이명(耳鳴)이 변주되던 날이었다. 그날은, 바이오스피어의 마스킹 사운드 시스템, 기계들의 소음을 차단하는 화이트노이즈의 차폐막까지 무너진 날이었다. 이철민은 또다시, 마카오 만다라에 사로잡혔다. 랜드스케이프와 데이터스케이프가 뒤섞이는 동안, 눈을 감고, 노이즈스케이프로 들어갔다. 귓속의 이명이, 돌연변이-노이즈로 전환했다.

사이보그 보리수로 울려 퍼지는 것, 그것은, 무엇인가?

이질적인 노이즈들, 낯선 노이즈들, 사이보그 보리수가 아닌 노이즈들이, 사이보그 보리수의 노이즈스케이프를 일시적으로 형성하고, 다시 무너지며, 흘러갔다. 사이보그 보리수라는 생명-몸은, '자기 자신을 생산하고, 자기 자신으로 조립되는 시스템'으로서 이미, 항상, 바이오스피어와 결합되어 있었다. 사이보그 보리수의 노이즈스케이프는, 그 순간의 사이보그 보리수를 가능하게 만드는, '개체-환경 복합체'의 노이즈스케이프와 다른 것이 아니었다.

그때, 눈을 떴다.

사이보그 보리수 아래에서, 부처-사이보그가 되지는 못했다.

하지만, 한 가지는 확실히 알았다; 재난을 자기생산요소로 전환하는 논리 시스템, 메타-재난-시뮬레이션은, 피부-몸 안에서 조립되는 어떤 것이 아니었다. 하나의 개체 레벨에서, 메타-재난-시뮬레이션의 주체를 생각할 때, 재난은 영원히 피부-몸 밖의 불가해한 것, 부정적인 유전자 ON/OFF 패턴을 만들어내는, 불안과 공포의 근원으로만 남을 것이다: 폐허-사이보그의 경우. 그러므로, 피부-몸을 넘어서 사유해야 했다. 샤카족의 왕자 내부에서 깨달음의 빛이 생성된 게 아니었다, 샤카족의 왕자가 깨달음의 빛 속에서 재조립될 때 붓다가 된다: 붓다-시스템.

집으로 돌아가는 길은, 현기증으로 어지러웠다. 온몸이 형이상학적 오한으로 떨리기도 했다. 사이보그 보리수의 전자기장 밖으로 나오자마자 갑자기 침략해오는 질문: 나는, 깨닫고 있는 중인가, 미치고 있는 중인가?

도시-사막은 어느새 완전한 어둠 속에 잠겼다. 이철민은 금으로 도금한 이쑤시개 같은 담배에 불을 붙이려다가, 손가락 끄트머리가 남의 살처럼 변해버린 걸 느꼈다. 해가 지고, 기온이 급강하고 있었다. 다시 거실로 돌아가, 컴퓨터 앞에 앉는다.

논리-폭탄에 대한 정비는 끝났다: 디지털 바퀴벌레들; 외과적 폭격이 아니라 내과적 자멸을 유도하는 폭탄. 남은 것은 오직, 카운트다운밖에 없었다.

문득, 지독한 고독과 피로를 느낀다.

담배를 물고 불을 붙이면서, 마카오-사막 한가운데 서 있는 사이보그 보리수를 상상한다. 이철민이 보기에 핵심은, 유전자 결정론도 아니고 환경 결정론도 아닌, 접속의 순환 고리였다. 어디에서 출발할 것인가?

메타-재난-시뮬레이션은, '이철민의 세계'에서, 하나의 논리시스템이었다. 메타-재난-시뮬레이션을 위해서는, 우선, 개체-환경 복합체를 지배하는 '비논리적인 논리시스템'부터 해체하지 않으면 안된다. 이철민의 세계에서, 그것은 윤리적 당위 이전에 논리적 귀결이고, 미학적 요청 이전에 생물학적 사실이었다 —— '논리적으로 작동하는 인간-두뇌'를 만들어낸 대자연, 대우주가 보증하는. 그러므로 인지 및 행동생물학의 모토는, 맥락은 달랐으되, 이철민의 세계에서 여전히 유효했다: 인지 및 행동을 바꾸려면, 우선, 환경을 바꿔라……

무엇을 할 것인가?

세계-시뮬레이션을 친다, **불타는 고딕체들**로부터 배웠다.

간다.

바퀴벌레 문자-숫자식들의 메타몰포시스; 모니터상의 기하학적 변신과 함께, 초기하학적 변신체들이 지구-사이보그의 혈관들을 점령하기 시작한다……

발광(發光)하는 사이보그 보리수의 형식; 바퀴벌레 문자-숫자식들은 전기 신호로 변해, 세계-시뮬레이션의 체관, 전 세계의 광케이블을 달리며 기원을 지우고, 정체성을 지운 뒤, 발열하는 바이오 필라멘트를 통해 빛으로 환생하는 사이보그 보리수처럼, 빛의 허리케인이 되어 세계-시뮬레이션에 상륙하고, 데이터 월드를 붕괴시키는 대재난이 된다……

이철민은 광케이블을 달리는 디지털 바퀴벌레가 되어, 세계-시뮬레이션, 비트의 대륙이 침몰하는 걸 상상했다. 그것은 은유가 아니었다, 바로 그때, 이철민의 세계가 실제로 침몰하기 시작했다.

대가뭄의 세계는 지하에서도 급변하고 있었다. 석회암이 물에 녹아내려 생기는 공동(空洞), 카르스트 지형의 '싱크홀' 같은 것이, 강릉 땅 밑에 있었다. 지하수가 빠져나간 지반은 간극과 균열, 개미집 같은 빈 공간과 파쇄대(破碎臺)로 위태로웠다.

사막은 뿌리가 깊었다: 암반에서 암괴로, 알갱이로, 모래흙으로……

이철민이 결코 상상하지 못했던 사막, 결코 시뮬레이션하지 못했던 사막이, 그의 발밑에 있었다.

지진이 오면, 그 지하 사막은 어떻게 되는가?

진동, 뼈마디를 비트는 진동이, 중간 단계를 생략하고, 도약했다.
아파트가 한쪽으로 기울었다. 컴퓨터가 이철민을 쳤고, 입술이
터졌다. 식기들이 쏟아져 깨지고, 가구들은 얼음판 위에서처럼 미
끄러지고, 커튼과 빨래들이 춤추기 시작했다. 아파트가 반대편으로
기울며 흔들리는 순간, 이철민은 시뮬레이터 신드롬의 시공간으로
내던져졌다.

모래 더미들이 무너져 해일처럼 거리를 뒤덮고, 들썩이다가, 나
선형으로 떠오른다. 동네 전체, 불이 꺼졌다. 전선 피복을 태우며
달리는 창백한 푸른색의 전기 불꽃 조명 아래, 단단하던 땅이, 점액
질의 액체로 변한 듯, 배수구로 빠져나가는 오수처럼 소용돌이치기
시작했다. 잠시, 세상이 환해졌다. 플라스틱 가스관이 파열하고,
기름 탱크가 터지면서, 주홍색 불꽃이 일어섰다. 불의 장막이 혼돈
의 거리를 달린다. 지하 파이프와 케이블의 인공거미줄이 꺾이고,
깨진 채, 노출되던 어느 순간, 붕괴의 소음이, 하늘과 땅을 연결하
는 모래기둥 속에서 형태를 얻어, 역원뿔 형태로 분출했고, 그 메아
리의 줄무늬가 대기에 새겨졌다. 강릉-정사각형의 북변과 서변, 두
군데 땅이, 무서운 속도로 침몰하기 시작했다.

땅이 꺼진다.

사람들, 짐승들, 차들, ……뿌리 없는 모든 것들이 무중력 시공
간에서 나뒹구는 동안, 빌딩들은 휘청거리다가 흔들리는 자기 그림
자 위로 쓰러지고, 유리와 콘크리트 파편들은 사방으로 튀어나가 지

층 단면에 박히고, 생물과 무생물이 한 덩어리로 뒤섞여 찌부러졌다. 그 와중에도, 모래는 빗소리를 내며 천지사방으로 흘러다녔다.

이철민은 추락인지 비상인지 알 수 없는 충격 속에서, 피부-몸과 근육-몸, 골격-몸, 순환-몸, 도관-몸, 신경-몸이 해체되고, 덩어리로, 입자로, 부서져 내리는 감각에 사로잡혔다. 어두운 건지 망막이 파열된 건지, 고요한 건지 고막이 터진 건지, ……감각들의 파탄 속에서, 어느 순간, 모래 더미 형태로 쌓여 있던 몸이, 붕괴되고, 떠오르며, 산산이 흩어지는, 초현실적 감각 하나를 얻었다 ── 무너지는 천장, 깨지는 유리창에 깔리면서.

추락의 바닥이었다.

아파트-정원 단지 전체가 일순간, 떠오르는 듯하다가, 완전히 무너졌다. 살과 뼈들, 인공물의 파편들과 오수, 불길, ……뿌리 없는 모든 것이 다시, 중력을 거부하며 떠오르다 다시, 철저하게 추락했다. 하늘에서는 계속, 붕괴되지 않은 땅의 모래와 차와 사람들이 계속, 폭포처럼 쏟아져 내렸다.

함몰지구(陷沒地區)들은 그렇게 태어났다.

7장

김영희는 강릉 북쪽, 테크노폴리스와 슈퍼슬럼을 구획하는 황무지의 워킹 시티에서, 오래된 노동요 풍의 노래를 배우고 있었다: 낯선 곳을 고향으로 만드는 데 노래만 한 게 없지……

워킹 시티의 민요는, 호주 원주민들의 '노래-지도'를 연상시켰다. '전설'에 의하면, 노래의 템포와 보행 속도, 반복 사이클과 거리, 리듬과 지형지세가 일치해서, 백두대간의 주요 표지들이 그 노래 속에 새겨져 있다고 했다.

김영희는 낙산사에서 토우를 피해, 워킹 시티의 캡슐-여관에 투숙한 이후, 도시 전체와 함께 움직였다. 오래전 재난 이후, 강원도 행정단위는 아프리카의 국경선처럼 인위적인 직선들로 분할되었다. 그 행정구역들의 경계 지대, 불과 모래의 황무지가 바로, 워킹 시티 정거장이었다: 워킹시티-벨트.

강릉은, 바다를 절단하는 파력발전 설비나 담수화 공장 구조물을 한 변으로 보면, 바다 위에서, 명주군-직사각형에 내접하는 정사각형이었다. 모래-장마 이후, 강릉-정사각형은 모래산맥으로 둘러싸인 채, 공중에 떠 있었다.

짐승들이 전자기장의 변화에 반응했다. 워킹 시티는 즉시 저녁식사를 중단하고, 움직이기 시작했다. 두통을 유발하는 정전기, 지진의 냄새로 알려진 라돈이, 워킹 시티 대기 중에 떠돌고 있었다. 공기는 팽팽한 현들로 직조된 것 같고, 살을 벨 듯 날카로웠다. 기름램프와 찻잔 속의 물이 출렁거리자, 공기의 현들 역시 진동하며, 소름끼치는 소리를 내기 시작했다. 워킹 시티는 악취와 진동과 소음 속에서, 7번 스마트 도로를 따라, 선형 도시로 변신해갔다. 이윽고, 모래산맥이 꿈틀거리기 시작했다.

유라시아판에 속하는 한반도의 지진 정세는, 서쪽 인도판과 동쪽 태평양판, 필리핀판에 의해 압박을 받고 있는 형세였다. 하지만 지진은 통상적으로 지각판이 충돌하는 경계에서 발생하기 때문에, 한반도는 비교적 안전한 것으로 알려져 있었다. 상황이 변한 것은, 2005년 후쿠오카 대지진 이후였다. 최고 규모 4로 한반도를 타격한 그 지진은, 지각판 내부에서도, 대지진이 발생할 수 있다는 걸 보여주었다. 그러나, 그것이 핵심은 아니었다. 후쿠오카 대지진의 충격은, 상상하지 못했던 지하 풍경의 일면을 보여준 데 있었다. 시뮬레이터들은, 후쿠오카 서쪽 앞바다의 진앙음파조사 결과에 가중치를 부여했다. 동해 해저 지각에서, 한반도 방향의 활성단층이 발견되었던 것이다. 대지진의 가능성은 그때, 이미, 예견된 것이었다. GPS

관측 자료들은 구체적으로, 그 사실을 예고하고 있었다. GPS 기준점인 대전을 중심으로, GPS 관측점들이, 한반도 단층 지대를 따라 이동하고 있었던 것이다.

강릉-정사각형을 둘러싼 모래산맥이 흔들리던 어느 순간, 땅울림과 땅갈림, 뼈마디를 비트는 진동이, 중간 단계를 생략하고, 도약했다. 공중도시 강릉은, 가라앉는 것 같기도 하고, 떠오르는 것 같기도 했다. 직교 그리드 체계가, 파도처럼, 출렁거렸다. 유클리드 기하학적 단위들이 뒤틀리며, 깨지기 시작했다. 지진파는 '존재하는 무(無)'의 형태로, 도시 전체에, 파멸의 선(線)을 새겨갔다. 대지의 균열들은 필로티를 타고 기어올라, 강릉-정사각형 평면을 가로지르고, 빌딩들을 따라 지그재그로 상승하다가, 그 끄트머리에서 대기 중으로 퍼져 나갔다. 부서지는 강릉-정사각형은, 발광(發光)하는 펀칭메탈의 입방체 형태로 증발하면서, 동시에 침몰하기 시작했다.

이철민의 파국적 시뮬레이션은 복잡한 게 아니었다. 점조직의 팀원들이 조립해가는 시뮬레이션에, '상상의 곡선' 하나를 외삽한 것에 불과했다. 동북아시아 일대의 새로운 지각판에 대한 가설은, 20세기 말, 러시아 지진학자에 의해 제안되었다: 중국 북동부와 러시아, 일본, 한반도를 포괄하는 '아무르판' 가설. 그러나, 러시아 바이칼 호수에서 알래스카, 일본 열도로 이어지는 지각판의 경계선을 그릴 수 있었을 뿐, 중국과 한반도 남쪽으로 이어지는 경계선은 미확정 상태였다. 이철민은, 그 아무르판 가설과 후쿠오카 대지진의 북서 방향 단층운동을 연결시켰다. 시뮬레이션-픽션의 핵심은, 동북아시아 주요 지진 발생지와 한반도 GPS 포스트의 이동을 분석해서, 선 하나를 긋는 일이었다: 지각판 레벨의 거대한 편두통의 곡선. 그 선은 실제로 존재했다: 중국 북동부에서, 서해를 지나, 한반도를 관통하는 파멸의 선.

김영희는 워킹 시티의 열기구를 고정하는 밧줄을 움켜잡고, 부서질 듯 흔들리기 시작했다. 사람과 사물들의 경계가 뒤섞이던 어느 순간, 시공간 자체를 구겨버리는 듯한, 충격파가 밀려왔다. 점묘화의 풍경이 일순간, 폭발했다. 몸을 때리는 정도가 아니라, 세포 하나하나를 짓이겨버리는 듯한 충격. 하늘과 대지가 갑자기, 불가능한 각도로 기울었다. 그녀는 하늘과 땅이 뒤집히는 걸 느끼며, 불과 모래의 황무지로 튕겨나갔다. 그러나, 공포조차도 없었다. 육체도, 정신도, 산산조각 나서, 모래먼지와 더불어 소용돌이를 그리고 있는 느낌이었다. 손바닥이 벗겨져 피가 배어 나오는 걸 보고, 간신히 현실감을 회복했지만, 다시 고개를 들었을 때, 풍경은 완전히 미쳐 있었다. 주위의 모든 것이 분자 레벨에서 타격을 받고, 젤 상태로 변해 흔들리거나, 유체로 변해 흐르는 듯했다. 모래산맥 역시, 파도처럼 휘어지며, 무너지고 있었다. 강릉 땅이, 꺼지고 있었다. 그 순간, 김영희는 비로소 자기만의 강릉으로 귀환하였다. 그녀의 강릉은 이미, 오래전부터, '함몰지구가 있는 기하학적 폐허'였던 것이다.

오래전 그 시절, 대학을 졸업했지만, 할 일도 없고, 갈 데도 없었다. 친구도 없고, 가족도 없었다. 친척들과는 오래전부터 왕래가 없었다.

엄마는, 김영희가 고등학교에 들어가던 해, '의료 난민'이 되어

인도에서 죽었다. 복지국가의 이념이 와해된 이후, 공공의료법은 선택권을 침해하는 악법이 되었고, 이윤추구가 목적인 민간보험은 의료 난민을 양산하기 시작했다. 엄마는 의료보험 혜택을 받을 수 없던 심장 수술을 위해, 병원비 부담이 적은 인도행을 택했다. 하지만 어이없게도, 비행기 쇼크 상태에 빠졌고, 현지에서 응급실로 후송되던 중 사망했다. 그로부터 3년 뒤, 아버지는 같은 공단에서 일하던 여자와 재혼해서, 호주로 이민을 갔다.

강릉은 관광도시로 알려졌지만, 대량 맞춤형 건물 유니트나 경관-모듈을 생산하는 랜드스케이프 공단의 컴퍼니-타운이기도 했다. 아버지는 매일 아침, 노동자 집합 주거 단지에서 통근 모노레일로 출근해서, 다층 건물의 조립 유니트에 각종 모듈을 심는 일을 했다. 새어머니는 경관-모듈 생산 공장에서 일했는데, 트랜스제닉 식물들의 규격을 맞추거나, 사이보그 식물들을 재조립하는 일을 했다. 아버지는 그 여자 때문에 웃음을 되찾았고, 말쑥해졌으며, 아무도 모르는 곳에 가서 새로 시작하고 싶다는 의욕에 불타게 되었다. 그들의 우주는, 유클리드 기하학적 식물-모듈들로 꾸며진 정원처럼 오차 없이 돌아갔기 때문에, 김영희는 빠지는 게 좋겠다고 생각했다. 그래서 그녀는, 건물 옥상이 영동 스마트 하이웨이와 연결된 20층짜리 주거-도로 복합체, 노동자 집합 주거 단지에 홀로 남았다.

아버지는 학비와 집세를 떼어주었고, 부정기적으로 생활비도 부쳐주었다. 그러나, 호주는 심리적으로 너무 멀었다. 부녀간의 연결통로가 노이즈로 직직거리다가, 완전히 끊어지는데 그리 긴 시간이 걸리진 않았다. 마지막으로 통화했던 사람은, 새어머니였다. 스무 살 넘게 차이 나는 동생이 생긴 날이었다. 김영희는 뜬금없이, 호주 원주민의 노래-지도에 관해 물어봤지만, 그것은 너무 오래된 이야기였다. 그녀는 뜬금없이, 시드니의 대기에 떠도는 신종 결핵균을 조심하라는 말을 끝으로, 전화를 끊었다. 삶이 공중으로 떠버린 것은 바로 그때였다고, 그녀는 나중에 회상했다. 화상 전화기의 노이즈로 현기증을 느끼던 그때, 그녀는 이미, 공중도시에서 추락하고 있었다.

강릉-정사각형은 대지 레벨이 아니라, 공중에 설정된 가상의 수평면이었다. 오래전 재난 이후, 복구 면적을 줄이면서도 공간을 확대하기 위해, 건물들을 공중으로 띄우고 지상층을 개방했던 것이다. 테크노폴리스의 자연과 인공물은, 평면 그리드를 공유하면서도, 3차원 수직축에 의해 분할되어 있었다. 그것은, 대지를 개방하는 르 코르뷔제의 '빛나는 도시'를 참조한 것이라기보다는, 강릉 사람들이 '미데기'라 부르는, 쓰나미의 기억이 건축적 무의식으로 작동한 결과였다. 문제는, 그 공중도시가, 추락하기는 쉬워도 올라가기는 아주 힘들다는 데 있었다.

김영희는 그 무렵, 산림청 공무원 시험을 준비하고 있었는데, 언제부터인가, 수험서 책장을 찢어 종이접기나 하기 시작했다. 일상의 균열을 느끼고, 공허감에 시달리고, 전자도서관에 접속해 철학과 종교와 예술에 관한 책들을 읽는 동안, 집세가 밀리기 시작했고, 음식이 점점 나빠졌다. 싸구려 청바지를 하나 사고 밤새도록 죄책감에 시달린 이후, 옷이나 화장품에 대한 생각은 완전히 버렸다. 이윽고

끼니 자체를 걱정해야 하는 상황이 왔고, 뒤늦게 일자리를 알아보기 시작했다. '인체 시장'이 있는 우주를 알게 된 것은, 강릉-정사각형을 둘러싼 슈퍼슬럼에서, 방역 아르바이트를 하던 때였다. 슈퍼슬럼은, 빅뱅 이후, 전혀 다른 방식으로 성립되어, 전혀 다른 생물체들이 사는 우주와도 같았다. 인체 시장으로 통하는 블랙홀은, 그 슈퍼슬럼의 은하계 도처에서, 홀로그램 스티커 형태로 떠돌고 있었다. 그 시절, 학이나 장미 따위를 접기 위해 신문이나 책장을 뜯으면, 그때마다, 자, 살, 이란 단어들이 튀어나와, 허공에서 자석처럼 들러붙곤 했다. 절망하면 안 된다, 나는 절망하지 않는다, 종이접기를 하며 계속 중얼거렸지만, 강박적으로 중얼거린다는 것 자체가 이미, 패배였고 이미, 절망이었다. 자·살은, 종이학의 날개에도, 종이장미의 꽃잎에도, 새겨져 있었다. 그녀는 홀로그램 스티커 앞에 한참을 서 있다가, 한숨을 한 번, 크게 내쉬고, 자신의 손바닥을 들여다보기 시작했다: 무슨 짓을 해도, 손바닥에 마지막으로 남는 건, 손목을 넘지 못하는 생명선, 그리고 한 줌 공허밖에 없지……

김영희는 낯선 우주로 통하는 블랙홀 속으로 들어갔다.

지진 발생 후, 사흘째 아침, 헬기 조종사 황보는, 중앙재난대책본부 사람들을 태우고, 함몰지구가 있는 기하학적 폐허의 하늘로 날아올랐다. 얼룩덜룩한 대기는, 재와 먼지와 악취 분자들로 가득 차 있었다. 계속되는 여진으로 흔들리는 땅에서는, 물이 끓고, 불이 출렁거렸다. 사흘 전 그날, 남대천이 거꾸로 흐르면서 범람했다. 강줄기 자체가, 북쪽으로 이동하며 휘어졌고, 구(舊)강문동 그리드 일부는, 섬처럼 되어버렸다. 지진해일은 해안도로를 지우고 경포 관광단지를 아직도 지배한 채, 칙칙한 황토 빛을 발하고 있었다. 그러나, 불타는 랜드스케이프 공단에서는, 검은 연기들이 거대한 뱀장어 형태로 치솟고 있었다. 조립식 빌딩들은 콘크리트보다 가볍고 견고했지만, 땅 자체가 갈라지고, 옥외 기둥들이 꺾이는 상황에서는 버틸 수가 없었다.

강릉 테크노폴리스는 유클리드 기하학적 유니트로 조립된, 기하학적 편집증의 도시들 중 하나였다. 폐허 위에 세워진 브라질리아나 뉴홍콩, 신강릉 모두, 구성 원리는 기본적으로 동일했다. 강릉은, 방정식과 수열의 대수적 구성으로 환원 가능한, 시뮬레이션 시티의 한 극한이었고, 대지로부터 이탈했을 뿐 아니라 그 역사성과 지역성으로부터도 이탈한, 테크노폴리스의 한 전형이었다. 강릉을 공중에서 내려다보면, 유클리드 기하학적 도형들의 집합체, 절대주의나 구성주의 추상화처럼 보였다. 하지만 지진계의 측정 범위를 넘어선 대지진은, 강릉-정사각형을 비유클리드 공간의 퍼즐 조각들처럼 만들어버렸다: 편두통의 곡선들, 부조리한 곡면들, 더 이상 들어맞지 않는 파편들……

서쪽 함몰지구 쪽으로 하강하자, 헬기에 타고 있던 사람들의 입에서, 뜨거운 신음 소리가 터져나왔다. 대학가는 초토화되었고, 강릉 인터체인지의 주거-도로 복합체는, 압축기에 눌린 듯, 여기저기 찌부러졌다. 영동 스마트 하이웨이는, 수십 동강이 나고, 화전민의 계단식 밭처럼 어긋났다. 황보는 순간적으로, 목구멍이 불타는 느낌을 받았다. 강릉-정사각형의 파열점은 두 군데였다: 구(舊)죽헌

232

동 그리드 서쪽과 구(舊)저동 그리드 북쪽. 특히, 북쪽 함몰지구 쪽에서는 여전히, 지반 경사를 따라 기울어진 건물들이 붕괴되고 있었다.

그러나, 정말로 끔찍한 것들은 헬기에서 보이지 않는다.

매직아이 마니아 황보는, 함몰지구가 있는 기하학적 폐허 속에 숨어 있는 풍경을 응시했다. 상수도관과 테크노폴리스-숲을 위한 지하수관이 터지면서, 수억 리터의 물이 새고 있었다. 폐허 밑에 있는 것은 그것만이 아니었다: 수만 구의 시체들, 그 파편들…… 그때, 워킹 시티의 아이들이 헬기를 향해 손을 흔드는 게 보였다. 폐허에서 자학적으로 흔들리는, 맨드라미들 같았다. 웃는 얼굴은, 하나도 없었다.

워킹 시티는 불과 모래의 황무지에, 사흘 동안 붙박여 있었다. 대규모 여진으로, 함몰지구 근처의 땅이 계속 내려앉고, 탄내 섞인 열풍은 밤낮으로 불어왔다. 김영희는 손바닥에 붕대를 감은 채, 밥을 짓고, 부상자들을 돌보고, 아이들에게 종이꽃을 접어주며, 사흘을 견뎠다. 식수가 바닥난 셋째 날 오전, 헬기 한 대가 워킹 시티 상공을 선회하다 날아간 뒤, 사이보그 발광조 몇 마리가 날아왔고, 재난용 인터랙티브 맵이 수신되었다. 워킹 시티가 움직이기 시작했다. 가장 가까운 난민 캠프는, 강릉광장에 있었다. 목적지를 들었을 때, 김영희는 전율했다. 그녀는 '강릉광장의 콘크리트-나무를 향해 걸어가던 때'를 떠올리지 않을 수 없었다. 어떻게 하면 항의할 수 있는가? 강릉-정사각형으로 들어가는 순간, 오래전 그때의 절망적인 질문과 함께, 오래전 그때의 절망적인 생화학 반응이 몸속에서 재연되는 걸 느낄 수 있었다. 그녀는 그 시절, 수많은 책들을 읽었음에도 불구하고, 비문(非文)으로 사유하고 있었다: 내 인생에 동의하지 않는다……

　김영희가 대리모 제안을 받은 건, 인체 시장에서 정기적으로 난자를 팔고, 가끔 신약 생체 실험에도 참여하던 어느 날의 일이었다. 기술적으로 대체 가능한데도, 여러 이유로 지속되는, 원시적인 일들이 있었다. 대리모 산업 역시, 급팽창한 지하경제의 인기 상품이자, 현대의 원시사회 품목들 중 하나였다. 김영희는 하루 정도 고민하다가, 강릉광장의 콘크리트-정원 공사 현장에서, 결정을 내렸다.
　강릉광장은 테크노폴리스-숲이 기억의 형태로 존재하는, 미래의 광물성 숲과도 같았다. 광장 중심의 콘크리트-정원은 말할 것도 없고, 광장을 가로지르는 인공하천조차도, 물이라기보다는, 유리와 금속의 빌딩들을 반사하는 광물성 거울 같았다. 모든 것이 메마르고, 날카롭고, 반짝거리는 느낌이었는데, 그 이질적인 것들이 만들어내는 이미지는 분명히, 숲의 기억, 그것이었다. 콘크리트-나무는, 흙을 밟는 느낌의 플라스틱과 의석(擬石) 포장재들이 나선형을 그리는 광장 중앙에, 세워지고 있었다. 현장에서 콘크리트 작업을 하는 광경은, 흔한 장면이 아니었다. 온라인 설계, 오프사이트 생산 이후, 현장 조립이 대세였던 것이다.
　김영희는 그날, 광장 근처, 분자요리전문점 입구에서, 여성의 육체를 과장한 금속성 외골격, 사이보그 패션을 하고, 웃음을 시뮬레이션하고 있었다. 예쁘고 늘씬한 애들이나 하는 아르바이트였지만,

한 명이 펑크를 내는 바람에 급하게 동원되었다.

　웃음은, 고문이었다. 전날 난자 채취 후유증으로 현기증을 느끼며, 광장 공사 현장을 응시하는 동안, 이게 다 무슨 소용인가, 얼굴이 아파왔다. 아픔은 점점 분노로 변해갔다: 내가 왜 여기서 미친년처럼 웃고 있어야 하는 것인가? 그날 일당을 포기하고, 그녀는 무작정 콘크리트-정원 쪽으로 걷기 시작했다. 걸어가는 동안, 웃음은 점차 울음으로 변해갔다. 몸속 깊은 곳에서 터져나오는 것을, 손바닥으로 황급히 틀어막았지만, 흐느낌은 끝내, 손가락 틈새로 스며 나왔다. 인생이 전혀 다른 어떤 것, 인생이 아닌 어떤 것으로 변해가고 있는데, 할 수 있는 일이 아무것도 없었다.

　대낮의 광장은 눈부신 모멸, 저주받아 마땅한 활력으로 충만해 있었다. 시민들은 울먹이는 사이보그를 경계하며, 거리를 유지하려 애썼다. 고통은 언제나, '나의 고통'이었다. 그녀는 젖은 얼굴을 손바닥으로 닦아내며 중얼거렸다: 내 인생에 동의하지 않는다……
유모차를 밀던 여자가 그녀를 발견하고, 도망치기 시작했다. 그 비참한 순간, 파멸적인 욕망에 사로잡혔다: 인생이 전혀 다른 어떤 것, 인생이 아닌 어떤 것으로 변해가는 과정을 멈추고 싶은 게 아니라, 그 과정을 오히려 가속화시켜 끝을 보고 싶다는 생각.

　그녀는 콘크리트-정원으로 들어서며, 결코 동의할 수 없는 자신의 인생을 끝장내버릴, 강력한 뭔가를 갈망했다. 자신의 인생에 항의하고 싶었던 자는, 뜨겁게 발열하는 콘크리트-나무 앞에서, 자신의 존엄성에 반대하는 결정을 내렸다.

워킹 시티는 북쪽 함몰지구를 우회한 뒤, 구(舊)난곡동 그리드, 스카이하우스 섹터의 그린웨이를 따라갔다. 인터랙티브 맵의 비상 루트 중 하나였지만, 역시 뒤틀리고 단층이 생긴 폐허로 변해 있었다. 중산층 주거 단지의 이층집들은, 삼각형의 하얀 지붕들이 만들어내는 기하학적 리듬으로 유명했다. 그러나, 그 리듬은 이제 해독 불가능한 소음으로 변해버렸다. 집들은 완파되거나, 부분 파손된 채, 불에 그슬려 있었다. 그 무채색의 폐허에서, 칼날 같은 광선들이 날아와, 김영희의 망막을 그었다. 스카이하우스의 지상층은 유실수의 정원으로 꾸며졌는데, 정원을 둘러싼 벽에 거울을 부착해서, 공간을 시각적으로 확장하는 구조로 되어 있었다. 폐허 도처에서 반짝거리는 거울의 파편들이, 하늘을 반사했다. 그것이 마치, 지상으로 쏟아져 산산조각난 하늘의 실제 파편처럼 여겨졌다. 여기, 저기, 퍼더버리고 앉아 있는 주민들 역시, 사람이 아니라, 파편 더미의 일부로만 보였다: 피부-몸과 근육-몸, 골격-몸, 순환-몸, 도관-몸, 신경-몸 레벨에서 붕괴되어 대충 쌓여 있는 살덩어리들.

김영희는, '고요함의 폭력'이 지배하던 어느 새벽을 떠올렸다. 그때, 그녀 역시, 붕괴되어 쌓여 있는 단백질 덩어리에 불과했다.

대리모 프로그램을 감당하기 위해서는, 몇 가지 테스트를 통과해야 했다. 신체검사를 통과한 20대의 대졸 여성은, 정상가격의 두 배를 약속 받았다. 임신 기간, 병실 한구석에서, 숙식도 해결할 수 있었다. 그녀는 정신적으로 약간 불안정했기 때문에 오히려, 심리 검사도 통과할 수 있었다. 약간의 죄의식과 자기처벌의 욕구가, 비유전적 임신 기간의 고통을 정당한 것으로 받아들이게 만든다는,

어두운 마음의 해부학 덕분이었다. 수정란의 부모들 중, 엄마가 될 여자만 그녀를 보러 왔다. 신경쇠약 직전으로 보이고, 거식증 환자처럼 마른 여자였는데, 그 눈빛이 마음에 들었다. 좋은 건 세상에 아무것도 없다고, 말하는 눈빛이었다. 하지만 그 여자는 김영희와 몇 마디 이야기를 나눈 뒤, 너무 쉽게, 좋다고 말했다. 좋으면, 됐다.

그 이후의 일은 꿈결처럼 진행되었다. 다량의 약물과 호르몬이 투여되고, 유전자 스크리닝을 통해 몇 가지 결함이 보정된 배아가 이식되었다. 임신 3개월이 지나자, 각종 기계 장치들이 부착되기 시작했고, 김영희는 달리의 어떤 그림을 생각했다: 자신의 몸이 계단과 기둥의 세 척추, 하늘과 건축이 되는 것을 지켜보고 있는 벌거벗은 사이보그 아내; 그녀는 태아-상품을 생산하는 공장, 자궁-기계를 장착한 공학적 구조물로 간주되고 있었다.

내분비학적 예감, 면역학적 전조를 감지하기 시작한 것은, 임신 6개월을 넘어서였다. 라디오에서 불임 상담도 하는 리프로테크 전문가는, 뭔가를 감추고 있었다. 고해상도 카메라가 밤낮으로, 그녀를 관찰했다. 임산부용이라고는 믿기 힘든 장비들이, 몸의 지층들을 정기적으로 탐사하기도 했다. 그녀는 뭔가, 지독하게 불길한 뭔가를 감지하기 시작했다. 피부-몸과 근육-몸, 골격-몸, 순환-몸, 도관-몸, 신경-몸의 지층들 어딘가에, 에너지가 쌓이고 있었다. 폭발은, 예정된 것이었다.

그 새벽을, 기억한다.

　　　세상 모든 것이 입을 닫고, 냉담하며, 적대적이던 새벽.

우주 전체로부터 거부당한 것만 같던 새벽.

가청주파수 밖에서 세반고리관을 때리며 파국을 예고하던 노이즈.

몸속에서 출구를 못 찾고 진동하던 격렬한 에너지파.

이윽고, 왔다, 몸의 지층들을 꺾고, 뒤틀고, 분절하는 지진.

마구 뒤섞이는 내장들.

분리되어 미끄러지는 근육들.

어긋나며 꺾이는 뼈들.

몇 겹으로 찢어져 펄럭거리는 피부.

반사적으로 몸을 일으키는 순간, 불량 유리처럼 시야에 굴곡이
생기고, 세상이 꺼졌다: 현기증, 헛구역질, 가진통······

김영희는 몸속에서, 자신이면서도 자신이 아닌 살덩어리가, 빠르
게 미끄러져 내리는 걸 느낄 수 있었다. 비틀거리며 다시 일어서다
가, 넓적다리에 쥐가 나고, 허리 부위가 마비되어, 또다시 주저앉
았다. 그 순간, 절대로 돌이킬 수 없는 영토로 내던져졌다.

태아가, 자살했다.

워킹 시티는 계속, 함몰지구가 있는 기하학적 폐허를 가로질러
갔다 ─ 걷는다기보다는 기는 듯한 속도로. 공중도시에서는 계속,
유리와 홀로그램 투광기와 조립식 모듈들이 떨어지곤 했다. 가는
길에 생존자 구조 작업을 돕거나, 유기된 시체를 치우기도 했다. 거
대한 원기둥과 입방체의 파편들이 쌓여 있는 곳은, 구(舊)교동 그리
드 입체 교차로였다. 지진해일로 떠밀려온 유람선들, 불길로 전소
된 차들이 사방에 널려 있었다. 김영희는 또다시 빛의 급습을 받고,

그 즉시, 자신의 혈관 속에서 발광하는 이물질을 감지했다. 여기서는 보이지 않아야 할 건물이, 다른 건물들의 붕괴로 인해, 신기루처럼 등장했다. 환멸의 기념비, 강릉종합병원은, 붕괴되지 않고 빛의 상형문자를 발신하고 있었다. 임신했던 여자들의 핏속에는, 태아세포들이 남아 있다는 소리를 들은 적이 있다: 몸을 구성하는 물질적 기억; 내분비학적 격변, 면역학적 악몽이, 그녀의 혈관 속에서 되살아나기 시작했다.

—살아도 될 것인가?

대리모 프로그램이 강제 종료된 후, 그녀는 슈퍼슬럼의 골방에서 한 가지 질문만 되뇌었다: 살아도 될 것인가?

몸이 대답하기 시작했다 —— 골반 통증과 하혈이 시작되었다.

하지만 대리모 계약서에 명시된 것은, '무생산무보수'의 원칙만이 아니었다. 태아-상품 생산 과정에서 발생하는 모든 위험은, 대리모의 몫이었다.

통증 때문에 다시 병원을 찾아갔다: 출혈을 막는 가장 확실한 방법은, 그 원인 자체를 제거하는 일이죠……

의사는 가난한 창녀처럼 보이는 여자에게, 그저 손쉬운 방법을 제안했다. 그녀는 휘청거리며, 오랫동안 병원 복도를 서성거렸다. 이러면 안 되는 거야, 나한테 정말로 이러면 안 되는 거야…… 그녀는 운명이나 우주의 법칙 같은, 추상적이며 거대한 어떤 것에 대해, 힘없이 항의했다. 그때, 어떤 얼빠진 놈이, 화장실 앞에서 자빠져 손목을 다쳤다. 거대한 콘크리트-나무가 쓰러지는 것 같았다. 그 적나라한 광경을 보고, 반사적으로 웃었다. 거구의 사내가 아프면서도 부끄러운 듯한 미소를 지으며 화장실로 숨은 뒤에도, 계속 웃고 있는 자신을 발견하고 놀랐다.

그렇다, 더 해보라, 우주여, 나는 아직 웃을 수 있다……

김영희는, 강릉광장의 콘크리트-나무가 그날, 그렇게, 뜨거웠던 이유를 검색해본 적이 있었다. '콘크리트 수화열'이라고 부르는 것, 바로 그것이었다. 그날, 그녀는, 빛도, 불도 없이, 발열하는 콘크리트 속으로, 뜨거운 피가 흐르는 것처럼 느꼈다. 시멘트와 물과 골재는, 죽어서 단단해지는 게 아니라, 죽음을 받아들이며 견고해지고 있었다: 사후경직에서, 재생경화로.

그 콘크리트-나무가, 새로운 인생의 스탠더드가 되었다. 이 빌어먹을 세계에서, 일어나는 모든 일들에 일일이 반응하다가는, 도저히 살 수가 없었다. 그녀는 잔혹한 세계에 대해, '마음의 경화(硬化)'를 맞세웠다: 마비의 아파테이아, 불감의 아타락시아.

그러므로 이제는 상관없다, 자궁을 덜어내도 좋고, 계속 출혈하며 창백해지다 투명해져도 좋다, ……김영희는 병원 복도를 서성거리며 중얼거렸다. 내일 다시 오라고 한 의사 말대로, 내일 다시 와서, 그 순간 기분 내키는 대로, 결정하기로 했다. 그리고 이튿날, 그녀는 병원 로비에서 사촌 언니와 마주쳤다. 하늘은 맑고, 세상은 평화로웠지만, 언니는 반 토막이 나 있었다: 나머지 반은 여기, 저기, 흩어져 있지. 저 피보나치 수의 이중나선을 그리는 해바라기 속에도 좀 있고, 저 이등변 삼각형의 프랙털 기하학으로 디자인된 브로콜리 속에도 좀 있고, 저 튜링의 미분방정식에 의해 그려진 열대어의 줄무늬 속에도, 좀 있지. 내 다리 원자들 말이야……

김영희는 자궁 적출 수술을 받았다.

자궁-닻을 상실하고 표류하던 여자들은, 일산 호수 근처, 팝아트 풍으로 꾸며진 중고 벙커로 은둔했다. 김영희는 사촌 언니 덕분에 강릉을 떠날 수 있었고, *반토막난여자*는 사촌 동생 덕분에 움직일 수 있었다. 전원주택 단지의 플러그 인 하우스는 관처럼 좁았지만, '1.5명'이 사는 데 무리는 없었다. 그 좁고, 닫힌 벙커에서, 그들은 정해진 시간에 배달되는 식사를 하고, 종이접기를 하거나, 미래 지층을 탐사하는 고고학적 내일일기나 쓰면서, 외계(外界)는 모니터-창의 피안으로 추방했다. 그러나, 벙커 속의 밤이야말로 전쟁의 시간이었다. 한 여자가, 자궁-정원, 피의 폭풍우, 태아-화석이 한꺼번에 등장하는 악몽에 시달리다 깨어나면, 또 한 여자는, 시공간의 구멍, 환각의 다리, 유령통증에 시달리며 신음하고 있었다. 그러면, 플러그 인 하우스의 전자 소음이, 아주 먼 곳에서 누군가가 울고 있는 소리처럼 들렸고, 여자들은 그 전쟁 뒤에 도래할 미래를 예감하며 떨었다. 주기적으로 피를 흘리고, 통증을 유발하며, 끊임없이 신경 쓰이게 만드는 자궁으로부터 해방되었으나, 그것은 파멸과 다른 것이 아니었다.

하지만 누구에게나, 미래는 예정되어 있지, *반토막난여자*는 읊조리곤 했다, 먹고, 자고, 싸고, 아프다가, 죽어, 누구나 다. 예정된 미래를 바꿀 수 있는가?

그것이 내일일기의 첫 문장이기도 했다. 내일일기를 쓴다는 건, 내일 하루, 계획을 세운다는 의미가 아니었다. 원래는, 시간을 정해두지 않으면 하루 종일 절망하기 때문에, '집중해서' 절망해도 되는 시간을 따로 정해두려고 만들어낸, 상처 입은 짐승들의 놀이였다. 그리고 그것은, 폐쇄된 벙커 속에서, 선형적 시간의 결정된 미래를 거부하기 위해, 다른 시간을 끌어들이는 고고학적 기술이기도 했다: 예정된 미래를 바꿀 수 있는가?

바꿀 수 없었다.

파국은 몇 통의 전자메일 형태로 왔다. 그것은, 희망의 형태로 와서, 함부로 꿈꾸게 만든 뒤, 그 꿈들을 무(無)로 돌려버리는 최후의 일격이 되었다.

*반토막난여자*가 동생에게 남자 이야기를 한 건, 그때가 처음이었다. 야망과 콤플렉스 사이에서 절충안을 못 찾던 여자는, 마음이 편해진다고 자신을 속이는 쪽으로 가곤 했다. 그녀는 어려서부터 '김영희'와 달랐다. 그래서 사촌 언니는, 김영희의 인생에는 일어날 수 없는 일들의 집합적 상징과도 같았다. 그런 여자들이 있다, 같은 여자지만, 종(種) 자체가 다른 것 같은 여자들. 그런 여자가 말 못할 콤플렉스에 시달렸던 것이다: 가난한 집안, 천박한 가족들, 몇 단계 낮춰갈 수밖에 없었던 대학······ *반토막난여자*는 늘, 자신이 일상적으로 만나는 사람들과 레벨 자체가 다르다고 느꼈고, 자신의 불편함을 감추기 위해, 쿨하고 터프한 척 과장했다. 그리고 늘, '마음에 드는 남자' 대신 '마음이 편한 남자'들과 연애를 했다. 전부, 아둔하고 멍청한 놈들이었다. 그녀 역시 머리로는 잘 알고 있었다 ─ '사회-몸의 기하학'에 따라 삶을 재단하는 건, 시뮬레이션된 삶, 삶과 유사한 어떤 것을 사는 것에 불과하다고. 그러나, 보이지 않는

계급을 구획하는 사회-몸의 기하학은, 의식보다 깊은 곳에서 작동했다. 그녀는 결국, 마음이 편해진다고 자신을 속이는 쪽으로 가는 수밖에 없었다.

미지의 남자가 보낸 메일을 계기로, 여자들은 좀더 솔직해질 수 있었고, 좀더 서로를 이해할 수 있었다.

—우리는 왜, 무너지고 난 뒤에야 비로소, 타인도 고통을 겪는 존재라는 걸 알게 될까?

—이해하기 위해서는, 자기 몸 밖으로 나가야 하기 때문이겠지.

미지의 남자가 보낸 메일은, 여자들에게 용기를 주고, 위안도 주었다.

*반토막난여자*가 벙커 밖으로 산책을 나가기 시작한 것도, 그 무렵이었다. 모든 것이, 긍정적인 방향으로 흐르는 듯했다. 그러나, 희망을 가질 때가 위험했다.

벙커의 안전성은, 그 폐쇄성에 달려 있었다. 한 통의 전자메일이 재난이 될 수도 있었다. 그 내용은, 문제가 아니었다. 은둔의 규칙을 깨뜨린 것, 외계의 침입을 허용한 것이, 불안의 요소가 되어 자라나기 시작했다. 자족적인 우주의 인위적인 일상은, 깨지기 쉽고, 부서지기 쉽고, 무너지기 쉬운 것이었다. 그리고, 메일을 보낸 남자는 '좋은 사람'이었지만, '편한 사람'은 아니었다. 위안은 오래가지 않았다. 그 남자의 세계에서, 그녀는 결국, 반 토막 난 괴물에 불과했다. 사촌 언니는 점점 히스테리컬해졌다. 그러나, 김영희는 그 일상의 변화가 희망인지, 절망인지, 마지막까지 분간이 되질 않았다. *반토막난여자* 역시, 웃다가, 울다가, 혼동된 상태에 빠져 있었다. 그 무렵의 삶은, 리얼리티가 없었다.

파국 전날, 그들은 일산 호수공원의 사운드 가든에서 오후를 보냈다. 어째서 산림청 공무원이 되고 싶은 거니? 전동 휠체어와 합체한 언니가 물었을 때, 별안간 나무들이 노래하기 시작했다. 새들은 스타카토로 날고, 꽃들은 비브라토로 떨었다.

호수 순환로를 따라 북쪽으로 가면, 수면 위로 뻗어나간 데크 위에서, 목재 파고라가 물결 형태를 그리며 서 있고, 레몬 향을 풍기는 트랜스제닉 잔디밭에서는 나무-악기들이 자라는, 음향-조각공원이 있었다. 사이보그 활엽수들, 금속이나 구운 흙의 공명통과 합체한 나무들이, 호수의 풍향과 풍속에 따라 움직이며, 사운드스케이프를 연출했다; 앰비언트 테크노풍의 사운드가 시공간을 돔 형태로 분절하면, 목관악기 소리가 랜드스케이프의 질감을 바꾸고, 금관악기 소리가 랜드스케이프의 상(象)을 밝고 뚜렷하게 만드는 것이다.

김영희는 '매클린톡'을 생각했다: 옥수수 유전자에 관한 연구로 노벨상을 수상한 여성 과학자; 과학이 미학이 될 수도 있다는 걸 보여준 사람; 그녀는 옥수수 염색체를 연구할 때, '염색체 안에서, 염색체가 되어, 염색체와 함께' 움직였다고 말했다. 대학교 때 그녀의 전기를 읽고 난 뒤, 김영희는 자기 역량의 한계 내에서 꿈꾸기 시작했다 — 나무들과 대화할 줄 아는 산림청 공무원이 되고 싶다고.

사운드 가든, 저밀도의 숲이 사이보그 활엽수의 노래로 무성해지기 시작했다

몸은 이미 변하고 있는 중이었다, 사운드스케이프가 펼쳐지는 시

공간으로; 사운드스케이프 이미징의 매질, 그 자체로. '거기에는 더 이상 내가 없어요,' 매클린톡은 말했다. 김영희는 문득 그 말을 이해할 수 있을 것 같았다.

몸이 사운드스케이프, 그 자체가 되는 경험이, 전혀 다른 맥락에서 작동할 수도 있다는 걸 알게 된 건, 이튿날 오후였다: 소멸인가, 확산인가?

김영희가 테크노마트에서 몇 가지 생필품을 구입해 돌아왔을 때, 플러그 인 하우스의 팝아트풍 만화가 그려진 대문이, 두 배로 무거워져 있었다. 반토막난여자는, 보통 사람 허리 높이의 손잡이에 목을 맨 채 흔들거렸다. 그녀는 반 토막이 나서 유리한 것도 있다고, 내일일기에 썼다.

워킹 시티는 해질 무렵 강릉광장에 도착했다.

광장 들어가는 쪽에 장작처럼 쌓여 있는 것은, 검은 시체가방들이었다. 그 일대에 생겨난 타르 같은 웅덩이에서는, 지독한 냄새가 났다. 광장은 시체 안치소이자, 응급실이며, 시장 바닥이 되어 있었다. 링거병이 달린 철제 스탠드들이, 광택성 포장재들 위에서 금속성 나무처럼 늘어서 있고, 방수 천막들 밑에서 울려 퍼지는 부상자들의 신음 소리, 추례한 몰골의 사람들이 구호물자 차량을 둘러싸고 고함치는 소리, 경찰들의 전자 호루라기 소리가, 광장을 뒤덮는 돔을 형성했다. 그 아래 공기는, 재와 먼지와 악취 분자들보다 지독한, 슬픔과 분노와 절망의 입자들로 오염되어 있었다.

워킹 시티 사람들은 땀과 먼지 범벅이 되어, 일사분란하게 움직

이기 시작했다. 광장은 지진으로 여기저기 솟아오르거나 꺼져서,
2.4차원의 단백질 표면처럼 변해 있었다. 워킹 시티는 입체 광장의
굴곡에 맞춰, 야전병원으로 변신하기 시작했다.

그러나, 김영희는 혼자서 폐허의 콘크리트-정원을 향해 걷기 시
작했다.

콘크리트-나무는, 수피(樹皮)를 흉내 내고 수간(樹幹)의 색조를 모
방한, 유사-나무 같은 게 아니었다. 그것은 그 어떤 나무도 재현하
지 않으면서, 나무라는 종(種) 자체를 현시하는, 기하학적 추상의
구조물이었다.

광장 중앙으로 다가가는 동안, 그녀는 자신의 감각들이 차례로
폐쇄되는 느낌에 사로잡혔다. 풍경이 탈색되고, 움직임이 얼어붙
고, 소음들이 멀어져간다. 재와, 먼지와, 악취 분자들도, 사라져간
다. 어느 순간, 그녀는 자기 몸속의 함몰지구가 있는 기하학적 폐허
를 걷기 시작했다. 그래서 광장 중앙에 이르러 그녀가 본 것은, 자
기 내부에 있는 것과 다른 것이 아니었다: 마음이 산산조각 나고,
풍화되어 쌓여 있는 사막.

알고 있었다, 콘크리트 역시 붕괴한다.

마비와 불감; 몸-벙커를 짓고 강철 가면을 둘러쓰는 것으로는,
어디에도 도달할 수 없었다……

동결시킨 마음의 나무가 붕괴한 것은, '깊은 마카오'의 어느 아침
이었다. 그래서 돌아온 셈이지만, 무엇이 아닌가를 아는 게, 구원
은 아니었다. 이제는, 어디에서, 무엇을 해야 할지, 전혀 알 수 없
게 되었다.

광장이 또다시 흔들리기 시작한다. 콘크리트가 여진의 형태를 시각화하며 떠오른다. 유리와 금속의 나무들이 일제히 비명을 지른다. 겹쳐 쌓은 시체가방들이 무너져, 구토를 유발하는 소리를 내며 굴러간다.

김영희는 그 자리에서 무너지듯 주저앉았다.

함몰지구가 있는 기하학적 폐허로, 지진의 잔해들로 가득 찬, 무거운 밤이 쏟아지고 있었다.

9장

부서지는 세계의 벙커.

이재민대피소가 된 '공대 도서관'은, 모래의 바다로 변한 운동장 끄트머리에 따로 떨어져 있는, 5층짜리 건물이었다. 전체 형태는 단순한 'L'자였지만, 3차원 퍼즐 유니트들이 조립되며, 기하학적 함 몰과 돌출된 전면 유리창 형태로 매스를 분절했고, 건물 전체를 떠받치는 기둥들은, 슈퍼그래픽적 이미지의 L·I·B·R·A·R·Y 알파벳 형태로 배치되어 있었다. 네덜란드 개념주의 건축물을 모방한 것인데, 초토화된 대학 내에서는 유일하게, 온전한 형태로 남은 기념비적 건물이기도 했다.

모래-썰물 시간, 박인호는 '타임캡슐'에 넣을 모래시계를 마무리 짓고 있었다. 그는 오늘, 4주 가까이 머물렀던 이재민대피소를 떠날 예정이었다. 이철민은 알루미늄 박스 위에 앉아, 반사유리창 너머에서 느리게 이동하는, 모래의 파도를 응시했다. 모래의 바다에서는, '조립식 낙산사'가 다시 높아지고, 시체가방들의 임시 가매장 묘지가 드러나고, 수생식물처럼 잠겨 있던 덤불과 관목들이 떠오른다.

포스트-인더스트리얼 모래, 포스트-포스트모던 사막; 벙커 밖의 세계는 여전히 격렬하게 부서지고 있었다.

한반도 전체가, 생체 해부대 위에서 미친 칼질로 난도질된, 살덩어리 같았다. 사망과 실종 예상 수치는 수십만에 이르렀고, 재산 피해는 계산 불가능했으며, 복구 기간은 예측 불가능했다.

상하이에서 베이징, 서울로 이어지는 메갈로폴리스 그룹과 칭타오에서 다롄, 평양으로 이어지는 산업클러스터 그룹으로 구성된 '황해연합'이, 하루아침에 무너졌다. 포항과 부산, 후쿠오카와 시모노세키의 동해 네트워크 역시, 완전히 절단났다. 바다는, 구조물 파편과 유기체 조각과 쓰레기 표류물로 가득 찼다.

테크노폴리스를 중심으로, 대지 위에 이식된 스페이스 매트릭스의 하드웨어들은, 비교적 잘 견딘 편이었다. 하지만, 신의주와 남포 해상도시의 메가스트럭처와 슈퍼스트럭처, 인천공항과 송도경제특구의 하이테크 파크, 새만금 유역의 어반클러스터와 대구-포항의 공업클러스터, 동해의 선박형 인공섬들은 파멸을 피할 수 없었다.

서울은, 표토층이 두꺼워 진동이 증폭된 한강 이남의 피해가 컸는데, 수도권 동부 도시들의 파괴에 비하면 약과였고, 중부 내륙이야말로 '전멸 상태'에 가까웠다. 남해안 일대 역시, 해수면 상승에 이어 지진해일로 무너졌다. 다도해가 사라지고, 해안 매립지들이 침수되어, 해군 함정이 지리산 권까지 들어갈 정도였다. 백두대간은 뒤틀리거나 끊어졌고, 한강과 압록강 등의 주요 강줄기들 역시, 형태 자체가 변해서 산을 쪼개며 이동하기도 했다. 전남 곡창지대 는 융기하며 그물처럼 갈라진 반면, 옥천 지구대를 따라 침강한 지 역에서는, 날카로운 단층선들이 톱니처럼 드러나기도 했다.

처음 며칠 동안, 국가 기능은 거의 마비된 상태였다. 주식시장이 폐쇄되고, 은행 업무는 중단됐다. 인플레와 원화 폭락으로 인한 금 융 공황이, 비가시적인 영토를 초토화시켰다. 기반 시설이 파괴되 어, 정전과 통신 두절, 물류 마비 사태가 이어졌고, 금융특별조치 나 부동산 거래 중지, 물가통제령에도 불구하고, 재난을 이용해 한 몫 챙기려는 인간들로, 혼란은 진정되지 않았다. 재난대책특별본부 가 뒤늦게, 생필품에 대한 배급제를 실시했지만, 식료품과 의료품 암시장의 매점 매석과 약탈을 막을 수는 없었다. 식량난과 식수난, 물자 부족에 시달리던 사람들이 돌변하기 시작한 건 그 무렵이었다. 지진은 사회-몸의 기하학, 코먼센스 역시, 완전히 붕괴시켰다. 배 급을 기다리던 줄이 무너지자, 다른 규칙들 역시, 연쇄적으로 무너 지기 시작했다. '기하학적 분열증'이 폐허를 휩쓸기 시작했다. 전국 주요 도시들은 교전지처럼 변해갔다. 결국, 계엄령이 선포되고, 복 구 사업을 위해 출동한 군대가 무장해야 하는 사태로 이어졌다. 강 릉 역시, 공병대와 수송대에 이어, 무장한 보병 연대가 주둔하고 있 는 상태였다. 재난 이후의 재난, 진정한 재난은 바로, 인간이었다.

그래서 낙산사를 지으러 가는 거야, 박인호가 아프면서도 부끄러 운 듯한 미소를 지으며 말했다.

이철민은, 하늘에도 있고 땅에도 있는 낙산사를 생각하며, 그 미소를 흉내 냈다.

*

공대 도서관의 이재민들은, 강릉-정사각형 서쪽 함몰지구를 중심으로, 주거-도로 복합체의 노동자들이나 대학가 상인들, 학생들이 대부분이었다. 이재민들이 많았을 때는, 최고 2만 명까지, 공대 도서관과 운동장을 메운 적도 있었다.

이재민들은 우선, 지문이나 유전자 확인 절차를 거쳐야 했다. 테크노폴리스 재난 지역 주거자로 확인되면, 1일 1인당 정량, '백미 423그램과 3,470원 어치 부식'에 해당하는 음식을 제공받을 수 있었다. 운동복과 침낭, 기타 생필품도 지급 받을 수 있었다. 하지만 물이 나오지 않았고, 전기 역시, 군부대 발전기로 1층 재난대책본부와 2층 강당에만 공급되고 있었다. 인터넷과 이동통신이 살아나고 있었지만, 강릉 쪽은 아직 불통이었다. 화장실은 건물 뒤쪽, 모래 구덩이를 파고 칸막이를 세워둔 곳이었다. 식사 시간과 급수차가 오는 시간, 대피소 수칙 등은, 복도의 매직보드에 적혀 있는 대로였다.

박인호와 이철민은 언제나, 적십자부녀회가 제공하는 아침을 먹고 난 뒤, 운동장 스탠드에서 시간을 죽이곤 했다. 오전의 운동장은, 초현실적인 부조리극의 무대처럼, 모래-썰물로 출렁거렸다. 수십 마리의 거대한 뱀들이, 가로로 움직이는 것처럼 보였다. 모래의 바다는 밤새, 건물 필로티의 30센티 높이까지 차올랐다가, 새벽녘,

바람의 방향이 바뀌면, 긴 이랑을 이루며 다시 물러가곤 했다. 물론, '모래'라는 단어가 처음부터 통용되긴 했지만, 모래는 사실, 해변의 모래 같은 게 아니라 점토나 실트[微砂]에 가까운 것이었다. 강릉-사막 역시 엄밀한 의미의 기후학적 사막은 아니었다. 매스미디어가 사용하는 은유였을 뿐, 그 실체는, 토우와 지진으로 인한 흙과 잔해들이었다. 그러나, 그 흙과 잔해들 때문에, 강릉-사막은 사막보다 지독한 폐허로 변해 있었다.

청년들과 아이들이 모래의 바다를 점령하기 시작한 것은, 이재민들이 분산 수용되면서, 2천 명 이하로 줄었을 때였다. 아이들은, 하늘이 무너지고 땅이 꺼질 때도 새로운 놀이를 개발해냈는데, 그것은, 모래의 바다에 조립물을 띄우는 것이었다. 그들은, 운동장 한가운데로 옮겨놓은 도서관 비품들을 블록처럼 사용해서, '피라미드'나 '기차' 따위를 조립하곤 했던 것이다.

아이들이 특유의 활력을 회복하자, 청년들은 용감한 척했고, 어른들은 미래에 관해 토론하기 시작했다. 하늘이 무너질 때, 그때, 땅이 꺼질 때, 그때, 살아남은 자들은 그렇게, 절망적인 유쾌함, 근거 없는 열정, 소용없는 진지함을 연기하며 조금씩, 안정을 되찾아가는 것처럼 보였다. 겉보기에는, 그랬다. 재난 이후 변신 효과가 나타나기 시작한 것은, 바로 그때였다, 충격이 야기한 허무, 과장된 평정 상태가 연출되던 그때.

생존자들은 이른바, '외상후 스트레스 장애(PTSD: post traumatic stress disorder)'에 시달리기 시작했다: 강릉-사막의 풍토병: 불안과 공포, 우울과 불면, 기억 장애와 섭식 장애……

이재민들은 자신들이, 새로운 전쟁터에 내던져졌다는 것을, 서서히 깨닫기 시작했다.

이철민 역시, 예외는 아니었다. 붕괴된 아파트에서 정신을 차렸을 때는, 함몰, 이튿날 오전이었다. 시공간 감각은, 세계-몸과 세계-시뮬레이션 사이에서, 찢어져 펄럭거리고 있었다.

혈관 같은 통로를 따라 혈전(血栓) 같은 얼룩들이 달려왔다: 깨진 천장, 빛의 웅덩이들.

혈전들은 왜곡된 중력에 의해 이지러지고 한쪽 구석으로 편향되어 있었다: 분해된 육면체, 기울어진 입방체.

바퀴벌레를 발견하고, 여섯 개의 다리가 계시성 운동 시뮬레이션으로는 불가능한 방식으로 움직이는 걸 확인하며, '현실'로 귀환했다.

몸뚱어리 위에, 온갖 잡동사니들이 쌓여 있었다. 사방으로 흩어져버린 듯한 몸뚱어리들을 끌어 모아 재조립하기 위해서는, 길고 고독한 시간이 필요했다. 진동과 침몰의 느낌이 몇 차례 지나간 뒤, 그는 허물을 벗는 뱀처럼 기기 시작했다. 노출된 피부의 살점이, 콘크리트 파편과 유리 조각, 부서진 가구들에 묻어났다. 왼팔이 피에 젖은 걸레처럼 변했지만, 그는 전혀 '몰랐다.'

20층 아파트는 직각삼각형의 빗변처럼 기울어져, 반파된 뒷동 아파트에 걸려 있었다. 베란다로 나가기 위해서는, 사십오 도 정도 되는 경사를 기어올라야 했다. 논리-폭탄이 터져 현실의 논리가 붕괴되어버린 느낌은, 폭력, 그 자체인 풍경 속에서 완전한 것이 되었다. 그는 베란다 난간을 붙잡고, 풍경을 거부하며 얼어붙었다. 정지시키고 싶었던 건, 몸이 아니라 세계였지만, 그는 호흡조차 멈춘 채, 그 풍경 속에 존재하지 않으려고 애썼다.

지각변동 이후의 하늘은, 우툴두툴한 타원형이었고, 절벽으로 둘러싸인 수 평방 킬로미터의 땅은, 시커먼 물이 흐르고 불길이 치솟는 포스트-인더스트리얼 폐허, 포스트-포스트모던 지옥, 그 자체였다. 보고, 듣고, 냄새 맡고, 맛보고, 느낄 수 있었지만, 감각 정보들은, 감각기관들을 때리는 폭력에 불과했다.

구조대원들의 도움을 받아, 기울어진 아파트 표면을 미끄러져 내려오고, 건물의 잔해들과 구겨진 차들과 유기된 시체들 사이로 걷고, 헬리콥터를 타고 지상으로 올라갈 때까지, 그는 아드레날린의 맹목성, 몸들의 자발운동성 상태에서, 갈증도, 허기도, 통증도, 인정하지 않는 기계가 되어 움직였다. 풍경의 폭력이 야기한 상처는, 함몰지구 근처 야전병원을 거쳐, 이재민대피소로 들어왔을 때, 뒤늦게 곪아 터지기 시작했다: 외상후 스트레스 장애 특유의 플래시백 이펙트; 재난의 영상이 머릿속에 있는 게 아니라, 몸이 영상 속에서 재조립되고 있었다 — 심장이 터질 것 같고 숨을 쉴 수가 없었다: 작고 날카로운 금속처럼 살을 후벼 파던 햇살, 바라보는 것만으로도 통증이 느껴지던 대지의 절단면, 콘크리트와 유리와 금속과 뭉개진 살덩어리들이 뒤엉켜 있던 분화구……

이철민이 박인호와 마주친 건, 이재민대피소, 5층 전면 유리창 앞에서였다. 이재민대피소의 밤은, 붕괴와 함몰의 진동으로 흔들리고, 사이렌과 조명탄으로 탈색되며 찢기는, 고문의 시간이었다. 수많은 사람들이 잠들지 못하고, 건물 내부를 서성거리거나, 전면 유리창에 붙어 서서, 사이보그 발광조들의 난해한 발광 궤적이나 응시하곤 했다.

여기, 전자기장에 반응하고 있는 겁니다, 박인호가 먼저 말을 걸었다, 테크노 공원묘지에서 해방됐지만, 몸속의 전자칩으로부터는 벗어날 수가 없는 거죠……

그들은 서로에 대해 곤혹감과 거부감을 감추지 않으면서, 인사를 나눴다. 두 번 다시 마주치지 않기를 바랐던 자들은, 재난 이후 뭔가를 바꾸려고 시도하다가, 동일한 파탄의 지점에 도달했다.

그들의 '우정'이야말로 기묘한 것이었다. 그들은 마지막까지도, 상대로부터 자신이 받은 게 상처인지, 도움인지, 선뜻 말할 수가 없었다. 그러나, 서로에게 지울 수 없는 흔적을 남긴 건 분명했다. 그들은 결코 의식하지 못했지만, 우연히 마주칠 때마다, 용어들을 교환하는 형태로, 사유를 교환했던 것이다: '정보-몸'과 '공중-가변-거대구조물'의 교환, '경계 없는 형태'와 '개체-환경 복합체'의 교환……

전자칩에서 탈출하는 방법을 압니까? 이철민이 어색한 침묵을 깨뜨리기 위해, 입에서 나오는 대로 시부렁거렸다. 난센스 퀴즈. 스스로 묻고, 스스로 답했다: 전자칩을 중심으로, 몸 안팎을 뒤집어버리면 되죠.

아무도 웃지 않았다. 박인호는 제정신이 아닌듯한 이철민을 흘깃 쳐다보다가, 돌연변이 개미들이 버글거리는 그의 왼팔을 발견하고, 경악했다. 이철민은 대수롭지 않다는 듯, 자신의 팔에 들러붙어 있던 개미들을 털어냈다: 그 누구도, 공짜로 살아남을 수는 없어요. 이철민은 함몰지구 밑바닥에, 몸의 일부를 떨어뜨려놓고 왔던 것이다.

무슨 일이 일어난 것인가?

박인호는 이철민을 비롯한 이재민들에게서, 몇 년 전 자신의 모습을 발견할 수 있었다. 4년 전 교통 사고 이후, 그는 도처에서 기억-폭탄의 뇌관을 때리는 공이들과 마주쳤다: 탄내를 닮은 고무 냄새, 피 맛이 나는 블랙커피, ……이미지가 아닌 문자에도, 반복 재생모드의 플래시백 영상을 작동시키는 스위치가 내장되어 있었다. 그래서, 어디에 있든, 무슨 일을 하든, 그는 갑자기 불타는 교통 사고 현장으로 되돌아가곤 했다.

—그래도 살아남지 않았는가?

—삶이 그저, 느리게 자살하는 것과 다른 게 아니라면, 그렇다, 살아남았다.

주변 사람들은 절대로 이해할 수 없었다. 그들에게, 동정심이나 상상력이 부족했기 때문만은 아니었다. 일상이 펼쳐지는 시공간 자체가 달라졌던 것이다, 박인호는 그렇게 느꼈다. '불'이라는 단어 자체는 변함이 없었지만, 그 단어가 내포하는 시공간 레벨의 의미는, 절대로 전달할 수 없는 것이었다.

머릿속의 폐허, 그것이 외상후 스트레스 장애의 물적 토대라고, 의사는 말했다. 박인호는 교통 사고 직후 자신의 뇌 스캐닝 영상을 통해, 그 신경망의 변화를 확인할 수 있었다. 3차원 그래픽으로 재현된 신경망은, 끝자락이 엉키고, 위축되어 있었다. 복구해야 할 재난현장이, 머릿속에도 있었다. 그러나, 컨서베이터가 보기에, 신경망의 복원은 필요충분조건이 아니었다. 약물치료나 깜빡이는 불빛을 눈으로 좇는 치료법(EMDR) 등은, 분명히 효과가 있었지만, 증상의 '치료'와 근본적인 '치유'는 같은 것이 아니었다. 그 차이를 깨달은 것은, 테크노 공원묘지에서 일하던 시절, 티베트 난민들의 사례에 관한 책을 읽었을 때였다.

중국 침공 이후, 투옥되고 고문당한 티베트 승려들 중, 심각한 정신적 외상을 입은 자들은 소수에 불과했다. 그 기간, 오히려 영적 통찰력을 얻었다고 말하는, 어이없는 경우도 있었다. 티베트 승려들을 인터뷰한 서양 정신과 의사들은, 그런 지독한 일을 겪고도, 외상후 스트레스 장애를 보이지 않는 데 대해, 하나같이 놀라움을 표시했다. 박인호는 그 문제에 대해 오랫동안 생각했다: 재난이 아니라면, 트라우마의 원인은 무엇인가?

이재민대피소는 점차 '실존적 돌연변이'들의 동물원으로 변해갔다.

그들은 점점 히스테리컬해지는 것 같기도 했고, 무감각해지는 것 같기도 했다. 그 행태는, 천차만별이었다. 모래 섞인 밥과 국에 대해, 거칠게 항의하는 사람이 나오기 시작했고, 민간 단체들이 보내오는 모욕적인 구호품들 —— 찢어진 옷가지나 뒷굽 없는 구두 따위가 들어 있는, 사실상의 쓰레기박스들 때문에 미쳐 날뛰는 사람도 있는 반면, 지층이 흔들려 천장에서 모래가 떨어지고, 전면 유리창에 금이 가도, 꿈을 꾸듯 멍하니 보고만 있는 사람도 있었다. 어느쪽이든, 정상은 아니었다. 밀폐된 건물로 자꾸만 스며들어오는 것은, 미세한 모래먼지만이 아니었다. 불안과 공포가, 돌연변이 개미들처럼 증식하고 있었다. 그 개미들은 보석처럼 광택이 있고, 다리를 모두 떼어내도, 한참을 기어가곤 했다.

외상후 스트레스 장애는 우울과 불면에서 나아가, 이철민의 경우처럼, 신체 마비 같은 극단적인 기능 장애로 이어지기도 했다. 이철민은 늘 이재민용 응급 키트를 몸에 지니고 다녀야만 했다. 왼팔의 다른 감각은 멀쩡했다. 오직, 통증 감각만이 죽어버렸다. 포크에 찔려 피가 용출해도, 눈으로 보지 않으면 알 수 없었다. 파견 나온 의사는, 이철민의 증상이 문둥병이나 매독의 마비와 유사한 거라고, 박인호에게만 귀띔해주었다. 한센병 환자들 역시, 통증 감각을 상실한 채, 그 필연적 결과로서, 신체 훼손을 겪게 되는 것이다. 제대로 치료를 받게 될 때까지, 팔에 부목을 대고, 수시로 감시해야 한다는 충고도 잊지 않았다: 통증을 못 느끼기 때문에, 팔이, 팔꿈치 관절 밖으로 꺾일 수도 있어요⋯⋯

공대 도서관은 어느새, 부패의 냄새로 가득 찼다. 그것은, 넘쳐버린 화장실 냄새나, 오랫동안 씻지 못한 몸 냄새나, 음식물 쓰레기 냄새만으로는 설명할 수 없는, 실존적 돌연변이들의 냄새였다.

무슨 일이 일어난 것인가?

—그러니까, 자극-반응 모델 식의 선형적 인과율에 따라, 오류를 범하고 있었던 거지. 티베트 난민들의 사례를 읽는 동안, 그 점이 분명해졌어. 재난이, 실존적 돌연변이들을 생산하는 게 아니었던 거야. 재난이 '원인'이고, 트라우마가 '결과'라면, 붓다 역시, 함몰지구에 빠진 뒤에는 불면과 우울에 시달려야 할 거야, 선형적 인과율에 따라서. 하지만, 티베트 승려들은 평상심을 유지했지, 믿기 힘들지만. 그러니까 재난 이후의 변신은, 재난으로 인한 귀결이 아

니라, 그 전 단계 몸의 구조적 귀결, 불교식으로 하면, 그때까지의 습기(習氣)에 의해 결정된다고 보는 게, 맞을 것 같아.

박인호는 운동장 스탠드에 앉아, 상공의 무정형 신기루에 시선을 고정시킨 채, 이철민에게 말했다. 그들 주위에는, 비스킷 부스러기를 받아먹으려고 몰려든, 사이보그 발광조들이 어슬렁거리고 있었다. 티베트 난민들의 사례에서 박인호가 발견한 것은, 무정형 신기루를 인지하는 메커니즘과 유사한 데가 있었다. 티베트 승려들과 일반인들은, 동일한 빛의 얼룩을 보면서도, 전혀 다른 기상광학적 공중-가변-거대구조물을 구축하는 셈이었다. 일군의 인지생물학자들에 의하면, 인식은 결코, 객관적 세계를 몸속에 재현하는 일이 아니었다. 인식은 이미, 항상, 하나의 세계를 구성하는 일이었고, 인식은 다시, 그 구성된 세계에서 재귀적으로 조립되는 것이었다: 상호의존하는 인지적 순환.

—그래서 오직, 마음만이 있다, 이거지. 하지만 무정형 신기루와, 신기루를 인식하는 마음을, 명확히 구분할 수 있을까? 거기에서, 반 토막난 여자를 보든, 자살한 태아를 보든. 거기에 있는 건 하나의 패턴이 전부지, 그 패턴을 절단해서, 여기까지가 주체고, 그다음부터는 대상이다, 그렇게 나눌 순 없어. 불교에서 오직 마음만이 있다고 할 때, 그때의 마음은, 인식 주체의 마음, 개체 내부에 있다고 간주되는, 통속적인 의미의 마음 같은 게 아냐. 그리고 그때의 마음은, 물질에 상반되는 실체로서의 마음 같은 것도 아냐. 마음은 이미, 항상, '무엇'과 함께하는 무엇이고, 그 '무엇'과 더불어 상호 의존적으로 일어나는 사건이지, 마음이라는 실체가 있어서, 그

'무엇'을 인식하는 건 아니니까. 문제는, 티베트 승려들의 마음이 일어나는 방식, 그 작동 메커니즘이겠지.

이철민은 운동장 스탠드에 앉아, 모래-썰물에 시선을 고정시킨 채, 박인호의 말을 듣고 있었다. 사이보그 발광조들이 그의 왼팔로 접근하곤 해서, 헛동작을 하며 수시로 쫓아야 했다. 모래의 바다에서는, 새로운 조립물이 떠오르고 있었다. 아이들은 조립 시뮬레이션의 에이전트들처럼 작동하며, 책걸상 블록들을 운반, 배치했다. 그것을 하나의, 에너지와 정보를 처리하며 변형되는 시스템으로 보면, 집합적 몸들의 정보-몸, 그것 역시 하나의, '마음-사건'으로 간주할 수 있었다. 티베트 승려들은, 이철민이 보기에, 동일한 재난의 시공간에서도, 전혀 다른 개체-환경 복합체의 장에서 조립된 몸들이었다. 그리고 그 반대편에 있는 조립물이 바로, 왼팔 통증 감각이 죽어버린 몸이었다. 좁은 의미의 정보-몸, 즉 마음을, 그 구성요소에 일대일 사상(寫像)하는 건 불가능했다. 하지만 그것은 이미, 항상, 신경망의 변화, 유전자 활성 패턴의 변화, 그 자체와 둘이 아니었다. 그래서, 그는 '마음'이란 말보다 '인지시스템'이란 말을 선호했다.

─특별한 대뇌 버전, 인지시스템의 울트라 레벨들이 존재하는 건 분명한 것 같아. 노자나 장자에서, 티베트 승려들에 이르는 경우를 보면. 내가, 메타-재난-시뮬레이션이라고 부르는 어떤 것까지 포함해서. 그 인지시스템의 논리적 메커니즘에 관해, 오랫동안 생각해봤지. 그것은, 노자나 장자가 뭔가를 말할 때, 그 말이 논리적으로 타당할 수 있는 공간을 찾아보는 일이기도 했어. 그들의 말은 분

명히, 형이상학적 난센스에 가까워. 일상적 세계의 리얼리티와 양립하기 힘들지. 다른 논리-공간을 찾아낼 수 없다면, 정직하게 버려야 돼. 그래서 정신병자의 에세이와 선사의 어록을 같은 쓰레기통에 담고, 오랫동안 헤매고 다녔지. 그러다가 어느 날, 사이보그 보리수 밑에서 발견한 게 바로, '몸의 논리'였어.

예닐곱 살쯤 돼 보이는 아이 하나가, 운동장 스탠드로 뛰어올라 왔다. 조립 블록을 운반할 힘이 없는 아이들은, 조립 섹터들을 연결하는 전령이 되어, 열심히 뛰어다녔다.

우리나라 지도처럼 보이나요?

아이가 숨을 헐떡거리며, 수상한 아저씨들에게 물었다.

운동장에서는, 한반도 모형이 조립되는 중이었다.

제주도가 빠졌는데.

아이의 표정이 난처해졌다.

가서, 제주도라고 말하면, 형들이 알 거야.

제주도, 제주도 ……아이는 심각하게 중얼거리다가, 빠른 속도로 달려갔다. 새로운 정보가 유입되고, 조립시스템의 에이전트들이 다시 움직이기 시작했다. 축척을 무시한 제주도와 울릉도와 독도가 조립되는 걸 보면서, 이철민이 말을 이어갔다: 역설적인 생명-몸의 논리적 평면에서는, 주체와 대상이 뒤섞이지.

—자기 자신을 생산하고, 자기 자신으로 조립되는 시스템에서는, 우선, 배중률이 붕괴할 수밖에 없어. '생산 주체냐, 생산 대상이냐'의 평면에서, '주체이고, 대상이고'의 평면으로 가는 것. 아니, '간다'는 표현은 부적절하지. 몸은 이미, 거기에, 있으니까. 이미, 그

렇게, 작동하고 있으니까. '본래면목(本來面目)'을 본다는 식으로 말하는 게, 어쩌면 적절하겠지. 노자나 장자는, 아리스토텔레스가 본 것과는 전혀 다른, 논리-공간을 보고 있었던 거야. 가령, 장자는 아원자 세계를 들여다보며, 리얼리티의 다른 지층에서 말하는 것처럼 보일 때가 있지. 이것과 저것이 결정 불가능한 연속체를 구성하는 도추(道樞), 양방향으로 동시에 나아가는 양행(兩行)…… 그런 것들은 사실, '파동이고, 입자이고'의 양자역학적 논리-공간에서 유효한 진술들이지.

박인호가 잠시 이철민의 말을 끊었다: 거칠지만, 흥미로운 비교야.

—문득, 나가르주나[龍樹]의 논리가 떠오르는군. 니르바나의 궁극이, 윤회의 궁극이라고 하는. 배중률이 존재하는 한, 확실히 열반은 불가능하지. 윤회와 열반이 상호 배제적이라면, 윤회하는 인간이 열반을 증득한다는 건, 논리적으로 불가능할 테니까. 그런데, 생명-몸의 논리적 평면에서 배중률만 붕괴하나? 나가르주나는 더 밀고 나갔지. '윤회이고, 열반이고'도 맞지 않고, '윤회가 아니고, 열반도 아니고'도 아니라고 하니까. 왜냐하면, 동일률 자체가 이미 붕괴되어 있으니까.

이철민은 고뇌 섞인 미소를 띤 채, 한반도-조립물을 응시했다. 아이들이 국토 순례를 시작했다. 운동장에 있던 아이들뿐만 아니라, 대피소 건물 안에 있던 아이들까지 나와, 한반도 위에서 뛰어다녔다 —— 백두에서 지리까지, 모래의 바다를 건너 한라까지. '한반도가 아닌 것'들이 한반도로 조립된다. 사이보그 보리수의 노이즈스케이프가, '사이보그 보리수가 아닌 것'들의 특정한 배치에 붙여진 이

262

름이듯. 하지만 오온(五蘊)으로 조립된다고 해서, 조립 유니트로서, '온'이라는 실체가 존재하는 것도 아니었다. 자기 자신을 생산하고, 자기 자신으로 조립되는 시스템에서는, 아이러니컬하게도, 자아라고 부를 만한 게 없었다.

이철민은 함몰지구로 꺼져버린 바이오스피어를 추억하며 말했다: 동일률과 배중률, 무모순율…… 모두 붕괴하지.

―그다음이 문제야. '몸의 논리' 레벨에서 인지시스템이 작동하는 걸 상상해보면, 이건 해방인데, 파멸과 분간이 되질 않아. 그 논리-공간에서, 재난은 틀림없이 일상으로 봉합될 거야. 하지만 그건 그저, 논리적으로 모든 게 가능하기 때문이지, 메타-재난-시뮬레이션을 얻었기 때문이 아니거든. 하나의 명제, '낙산사는 낙산사다'와 그 반명제, '낙산사는 낙산사가 아니다'를 전제로 맞세울 수 있을 때, 형식논리학에서 무슨 일이 생기는지는, 애새끼들도 다 알고 있어. 그 어떤 미친 명제, 이를테면, '자궁이 없는 석녀가 달밤에 낙산사를 낳는다〔石女夜生兒〕'도 타당할 수 있지. 그런 게 구원일수는 없지 않겠나?

박인호가 다시 말을 이어받았다: 그게 바로, 모순과 역설의 공안(公案), 그 자체지.

―해방인가, 파멸인가? 화두를 드는 선승들의 전쟁터가 바로 거기야. 해방과 파멸의 칼날 위에서, 성스러운 전쟁을 수행하지. 전부 걸어야 돼, 존재 전부를. 넘어가면 어떻게 됩니까, 물었어. 불가능한 질문이지. 넘어간다면, 질문에 대한 답을 얻는 게 아니라, 질문 자체가 사라질 테니까. 가령, 모든 게 하나로 귀결될 때 그 하나

는 어디로 가는가, 라는 식의 화두들이 있어. 핵심은, 그 질문에 답할 수 있는 지평으로 가는 게 아니라, 그 질문이 해소되는 지평으로 가는 거지. 붓다의 침묵[無記]을 이해하는 지평. 그렇다면, 혼동은, 하나의 지평에 머물러 있기 때문에 생기는 게 아닐까? 마음이, '몸의 논리'라 부르든, 뭐라 부르든, 특별한 방식으로 일어날 때, 그때의 마음은, 그것을 이론상의 개념으로 추구할 때의 마음과 같은 게 아닐 거야.

이철민이 다시 말을 이어받았다: 그게 바로, '포지티브 피드백 이펙트'지.

—내가 말하는 거 역시, 다른 게 아냐. 화두를 든다는 건, 인지시스템이 기존 코드를 조합해, 최적해를 찾아가는 과정이 아냐. 노자가 학문을 끊으라고 하고, 선사들이 경전을 버리라고 하는 건, 학문이나 경전이 무의미해서가 아니라, 인지시스템의 메커니즘에 대해 정확히 알고 있었기 때문이지. 인지시스템의 네거티브 피드백이, 외부 교란을 기존 코드로 포획하는 과정이라면, 포지티브 피드백은, 코드 자체를 바꾸는 재조직화의 과정이야. 모순과 역설의 공안은, 관습적 해석을 수행하는 인지시스템의 코드를 깨뜨리는, 논리-폭탄, 처럼 작동하지. 각성의 모멘트는, 학문이나 경전의 새로운 정보가 추가되어 달성되는 게 아니라, 오직, 정보를 처리하는 데 실패한 인지시스템 자체가, 수만 번의 시뮬레이션 끝에, 재조립되는 순간이라는 거야. 지평의 변화는 결국, 인지시스템 자체가 변하는 거니까. 그 순간이 바로, 진정한 의미에서, 메타몰픽 모멘트지. 유전자 활성 패턴이 극단적인 형태로 재조립되는. 신경망이 극한의

배치에 도달하는. 그러나, 거기에는 지독한 고통이 따르지. 알고 있지 않나? 상처가, 필요한 거야, 넘어가기 위해서는.

그때, 두 가지 일이 동시에 일어났다. 사이보그 발광조가 이철민의 왼팔에 날카로운 부리를 박아 넣었고, 한반도 위의 아이들이 하나, 둘, 멈춰 서서, 같은 방향을 바라보며, 탄성을 연발했다. 박인호와 이철민 역시, 그들의 시선을 좇아갔다. 기상광학적 공중-가변-거대구조물이 갑자기 선명해졌다. 누군가가, 신기루를 가리키며, 낙산사, 라고 외쳤고, 그것이 암시가 되어, 박인호와 이철민 역시, 허공의 건축물 같은 것을 보기 시작했다.

상처를 통해서만 가능한 사유가 있고, 상처를 통해서만 가능한 풍경이 있지. 박인호는 한 템포 늦게, 이철민의 말에 동의하며 돌아보다가, 피를 보았다. 이철민의 왼팔에서 터져나온 핏줄기가, 손등에서 세 갈래로 갈라지고, 손가락 끄트머리에서 방울이 되어 떨어지고 있었다.

뭐야, 안 아프나? 박인호가 놀란 얼굴로 물었다.

전혀. '아픔이라는 개념'만 있지. 이철민은 상처 부위를 거즈로 누르고, 찡그린 얼굴로 '통증의 개념'을 표현하며, 하늘의 낙산사를 응시했다. 그 낙산사의 유령은, 고체와 액체 사이에서 진동하고, 어딘가 미친 데가 있으며, 피를 흘리는 느낌이었다.

함몰 이후, 15일째 되는 날이었다.

낙산사-신기루는 날마다 명확해져갔다, 신경망의 특정 경로가 날마다 강화되면서.

사람들이 전부 같은 꿈을 꾸고 있는 것만 같았다. 매스미디어까지 나섰다. 무정형 신기루에, 사찰 양식 그래픽을 겹쳐 보이며, 신비를 조장했다. 그게 낙산사일 수 없다는 건, 모두 알고 있었지만, 모두 낙산사라고 불렀고, 그래서 그것은 낙산사가 되었다. 그 신경신학적 착란이, 체내에서 위안의 호르몬을 유도하는 것 같았다. 한낮의 더위와 한밤의 추위에 시달리고, 재난의 불안과 공포에 지친 사람들의 몰골은, 강릉 말로 '거러지' 같았다. 그러나, 낙산사-신기루는 확실히 감정의 고양을 유발했고, 측두엽에 충격을 받은 다수의 이재민들에게는, 심오한 우주적 의미를 확신하게 만들기도 했다.

낙산사-신기루는 길조였다, 혹은 대뇌변연계가 길조를 요구하고 만들어냈다.

한반도 복구 마스터플랜이 나온 건, 사흘 뒤였다. 함몰지구 밑바닥에서 생존자가 구출된 것도, 그날이었다. 재난 방송은, 희망의 프로젝트와 기적의 휴먼드라마로, 시청률을 끌어올렸다.

뭔가, 될 것 같은 분위기가, 조성되기 시작했다. 일부 지역이 교전 상태에 빠져 있고, 방치된 슈퍼슬럼은 지옥 그 자체였지만, 위기는 넘겼다고 했다. 텔레비전에서 넘겼다고 하면, 넘긴 거였다. 모든 매스미디어들이 희망을 유포하며, 사람들을 세뇌시키고 있었다. 곧이어, 강릉재난대책본부가 이재민 대책을 발표했다. 워킹시티-벨트와 주요 복구 사업 현장 근처에, 임시 집합주택들이 세워지고 있었다. 바다에는, 외국에서 원조한 선박형 인공섬들이 띄워질 예정이라고 했다. 테크노폴리스 이재민들 중, 복구 사업 참여 신청을 한 순서에 따라, 임대주택과 직장을 얻을 수 있었다. 도로 복구와

대지 정비 작업은 이미 시작되었고, 랜드스케이프 공단의 건축 유
니트 생산 라인도 복구 단계에 있다고 했다.

이철민은 세계-시뮬레이션을 생각했다.

복구 사업이, 재난 이전부터 계획되었던 것처럼 진행되는 건, 놀
라운 일이 아니었다. 복구 사업의 주체는, 정부가 아니었다. 강릉
은, 매크로 앤 타이니로 상징되는 초국적자본, 다국적기업들이 접
수했고, 정부는 치안 서비스나 제공하는 기업 용병에 불과했다. 복
구의 환상 이면에서, 부동산 소유권이나 백두대간 개발권, 기반시
설에 대한 이권 등이 사기업으로 넘어가며 훼손되고 있었다. 강릉
의 미래는 예정되어 있었다. 성장거점 집중 복구는, 양극화를 심화
시킬 것이고, 애향심과 가족주의로 무장한 노동자들이 받는 평균
이하의 임금은, 악성 인플레로 날아갈 것이며, 환금작물로 강제 전
환되거나 관광 유흥지로 변해버린 농지와 어장은, 식량 위기에 대
처할 수 없게 만들 것이다. 이철민이 보기에, 재난 복구는 환유연쇄
의 감옥, 하나의 사막을 또 하나의 사막으로 대체하는 것에 불과했
다: 마카오-사막화. 이재민들을 지배하고 있는 사막 풍토병 역시,
마카오-사막의 풍토병으로 교체되기만 할 것이다: 실업과 가난과
범죄가 야기하는 불안과 공포. 사람들은 재난 이전 상태로 돌아가
기만을 바라는데, 그런 식으로는, 절대로 재난에서 벗어날 수 없었
다: 모래시계 속의 세계.

재난 복구는 기쁜 소식이었다, 복구에 반대하는 것이 아니었다.
문제는 복구의 방식, 붕괴된 도시-몸과 파탄 난 사회-몸을 봉합하
는 방식이었다. 시뮬레이터의 어법으로, 봉합의 논리학이 문제였던

것이다.

타임캡슐에 대한 이야기가 나온 것은, 이재민들의 이주가 시작되면서였다. 대피소를 떠나는 사람들이, 사진이나 편지, 음성을 녹음한 전자명함 같은 것들을 남기고 갔던 것이다. 박인호는 이재민들의 기념품을, 유물 보관용 알루미늄 박스에 담기 시작했다. 한편, 운동장 스탠드 사이의 공터에는, 새로운 경관이 형성되기 시작했다. 시체 보관용 컨테이너들이 배치되고, 바리케이드가 설치된 후, 유전자 채취가 끝난 시체가방들이 가매장되고 있었던 것이다. 그것은 마치, 떠난 이재민들이 시체가 되어 돌아오는 듯한 느낌을 주었다. 희망인지, 절망인지, 알 수 없는 급변으로 어수선한 가운데, 아이들이 낙산사를 짓겠다고 나선 것도 그 무렵이었다.

펑크 청년과 스킨헤드 청년, 그리고 그 똘마니들이, 박인호와 이철민을 찾아왔다. 낙산사를 조립하려는데, 거구의 사내가 '낙산사 사람'이라는 말을 어디서 들었던 것이다. 이재민들 중 500여 명이, 한꺼번에 빠져나간 날이었다. 박인호는 아직, 복구 사업 참여 신청을 하지 않았고, 이철민은 사실, '이재민 등록 기피자'들 중 하나였다. 다른 계획들이 있는 건 아니었다. 그들의 절망은 천하태평의 외양을 띠고 있었고, 부조리한 유희로 이어졌다. 컨서베이터와 시뮬레이터는, 과대망상적이며 기념비적인 낙산사를 조립하기로 했다. 그들은, 부조리한 세계에 완전히 만족하고 있는 것처럼 보였다.

컨서베이터는, 하늘의 낙산사가, 의상 창건 당시 낙산사라고 주장했다: 보타전이나 해수관음상도 없고, 석탑의 높이를 보면 알 수 있지. 그러나, 원통보전 한 채와 삼층석탑을 짓는 정도로는, 낙산사를 표현할 수 없었다. 게다가 조립 블록으로 주어진 건, 책상과 걸상 따위가 전부였다. 그렇다면, 강릉 광장의 콘크리트-정원 개념으로 가는 수밖에 없었다: 콘크리트 덩어리로 정원을 재현하는 게 아니라, 정원으로서 작동하도록 하는 것. 낙산사의 외관을 모방하는 건, 애초에 불가능했다. 지어야 하는 건 오직, 사원 자체가 아니라, 사원의 맥락이었다. 시뮬레이터는, 컨서베이터의 밑그림을 바탕으로, 구조물을 해체해가면서 조인트 코어를 계산했다. 그는 랜드스케이프 공단에서, 모듈과 청크와 블록들의 조립 시뮬레이션 툴을 제작한 적이 있었다. 조립의 핵심은 절합, 혹은 인터페이스에 있었다. 그것은 저 하늘의 낙산사가 구축되는 방식이기도 했다: 지붕-모듈이 기둥-모듈보다 먼저 생성된 뒤 뒤늦게 연결되는 식의, 비계층적이며 비선형적인 구축.

컨서베이터와 시뮬레이터가 낙산사 조립을 준비하는 데, 꼬박 하루가 걸렸다. 그 다음날은 모래폭풍이 너무 심했다. 그 다음다음날부터, 낙산사 조립시스템이 가동되기 시작했다.

오래전, 낙산사에서 했던 이야기, 기억하나? 박인호가 스탠드에서 운동장의 밑그림을 확인하며 이철민에게 말했다: 경계 없는 형태로서의 낙산사.

—형태가, 몸들의 차이를 살리는 거라면, 무경계는, 몸들의 시공간성〔空性〕을 보는 거였지. 기억하나? 이사무애법계(理事無碍法界)의 낙산사. 경계 없는 형태를 밀고 나갈 때, 핵심은 결국 시공간이야. 하나의 개체를, 경계 없는 형태로 다룬다는 건, 경계가 없다는 점에

서 무, 형태가 있다는 점에서 유, 그 무와 유가 상호의존하는 시공간에서 본다는 의미지. 낙산사를 재현하는 게 아니라, 낙산사로서 작동하도록 한다는 건, 그 낙산사-시공간을 내어놓는 것, 경계 없는 형태가 설립되는 시공간을 내어놓는 것과 둘이 아냐. 지난번에, 인지시스템의 울트라 레벨 이야기를 했나? 마음의 전혀 다른 지평은, 전혀 다른 시공간을 요청해.

나는 그 점을, 정보-몸의 구축이란 관점에서 보지. 이철민은 운동장의 조립시스템이 몇 개의 서브시스템으로 분할되는 걸 보며 말했다: 개체-환경 복합체로서의 낙산사.

—전혀 다른 시공간을 내어놓는 건, 결국, 전혀 다른 공중-가변-거대구조물을 짓는 일과 둘이 아냐. 그날, 낙산사에서 자극받고 돌아가서, 그 문제에 관해 생각하기 시작했지. 몸들의 상즉상입(相卽相入), 사사무애법계(事事無碍法界)의 낙산사. 구축의 관점에서 밀고 나가면, 핵심은 인과율이야. 상식적인 인지시스템은, 빅뱅이 있고, 백억 년 이상이 흘러 내가 존재하는, 선형적 인과율에 따라 구축되지. 그러면, 무에서 유가 나오는 셈인데, 신을 요청할 수밖에 없는 구조로 되어 있어. 하지만 붓다-시스템이 보여주는 건, 비유비무(非有非無)의 중도였지. 전혀 다른 인지시스템은, 전혀 다른 인과율에 따라 구축될 거야. 그러면, 기괴하지, 기본적으로, 우리 우주 말고도 수많은 우주들이 존재하는 구조가 되겠지만, 빅뱅과 내가 상호의존적으로 서로를 구축하는 형태가 나올 거야. 그건 마치, 사이보그 발광조의 몸 안팎이 하이퍼스페이스에서 뒤틀리며 이어지는 거, 그런 황당한 상황에 비유할 수 있겠지.

그때, 아이들의 목소리가 죽비처럼 날아와, 추상적이며 관념적인 낙산사를 일시에 무너뜨렸다. 조립 블록의 분배를 마친 아이들이, 박인호와 이철민을 불렀다. 중년 사내들은 과대망상적인 낙산사를 날려버리고, 실제 낙산사를 짓기 위해 운동장으로 내려갔다. 그러나, 책상과 걸상과 도서관 비품으로 조립되는 낙산사는, 훨씬 과대망상적인 것이었다.

조립식 낙산사는, 사문(寺門)들이 일직선상에 세워지고, 그 연장선상에, 불탑과 불전(佛殿)이 들어서는 일탑일금당식(一塔一金堂式) 배치를 따랐다. 그것은, 한국 사찰들에 공통 내재적인 구조이기도 했다. 하지만 스탠드에서 내려다보면, 하나의 발사체 형태로 보이기도 하는 모양이었다. 이철민 역시, 박인호에게서 사찰 구조와 수미산-우주의 상동성에 관한 이야기를 들었을 때, 그렇게 말했다: 낙산사-3단로켓.

인간 속세인 남섬부주(南瞻部洲)에서, 일곱 개의 산을 넘고 바다를 건너면, 수미산이 있었다.

낙산사-3단로켓의 1단: 일주문에서, 사천왕문을 지나 불이문에 이르는 구간이 바로, 수미산꼭대기-점에서 하늘로 이어지는, 욕계육천(欲界六天)의 시공간에 해당했다: 사찰의 하단.

낙산사-3단로켓의 2단: 불이문, 혹은 해탈문은 하늘 위의 하늘, 욕계와 색계(色界)의 경계에 해당했고, 사찰의 문들 너머, 불탑을 중심으로 한 영토가 바로, 색계십팔천의 시공간에 해당했다: 사찰의 중단.

낙산사-3단로켓의 3단: 마지막, 전각과 불상의 영토가 바로, 무색계사천(無色界四天)에 해당하는 사찰의 종점이었다: 사찰의 상단.

사문들을 거쳐, 탑돌이를 하고, 법당에 이르는 여정은, 수미산을 오르는 우주적 등반, 불교적 우주로 발사된 로켓의 궤적과도 같았다. 그런데, 3단 로켓이 도달하는 곳은 어디인가?

이철민은 낙산사를 짓는 아이들과 어울려 돌아다니다가, 뒤늦게, '낙산사의 핵'이 빠졌다는 걸 깨달았다: 관음이 없는 원통보전; 그렇다면 아미타불을 모신 극락전인지, 미륵불을 모신 미륵전인지, 어떻게 알 것인가? 박인호는 그 진지한 농담에, 진지한 농담으로 대응했다: 모래가, 관음이지.

의상대사는 낙산사 창건 당시, 모래흙으로 빚은 소조(塑造)불상을 봉안했다. 변신의 보살에게 정해진 형태가 따로 있을 수 없었고, 모래흙은 천지사방에 널려 있었다.

낙산사-기념비는 이틀에 걸쳐 조립되었다.

아이들의 유희가 전혀 다른 맥락에서 작동하기 시작한 것은, 이재민대피소를 순례하던 재난방송팀 때문이었다: '하늘의 낙산사, 땅으로 내려오다.'

과잉의 은유는, 공영방송을 통해 전파되면서 증폭되고, 낙산사-신기루가 물질화되는 방식으로 실현되었다; 낙산사 복원 결정이 내려졌던 것이다.

양양군은 탈역사적 관광특구 계획과 백두대간 훼손, 공항의 폐유 유출로 인해, 급진적인 환경연합이 상주하는 등 곤경에 처해 있었다. 재난복구사업위원회는 낙산사를 통해 반전을 시도했다. 낙산사 복원 계획은, 전통문화재를 복원한다는 명분 외에도, 낙산사-신기루 형태로 나타나는, 유토피아적 집단 열망에 호응하는 것이었고, 신경신학적 착란에 편승해, 비판적 여론을 무마시킬 기회이기도 했던 것이다. 그리고 무엇보다도, 투자 자본은 관광특구를 차별화할 수 있는 아이콘을 원했다. 이철민은, 낙산사 복원이 낙산사-편집증의 최종판으로서 실현되는 아이러니에, 기뻐해야 할지 경악해야 할지, 판단을 내릴 수가 없었다. 그러나, 박인호는 이재민대피소를 떠나야 할 때가 되었다고, 진지하게 생각하기 시작했다. 다시, 낙산사로 가야 할 때가 되었던 것이다.

*

—정말로, 여기 계속 있을 작정인가?

박인호가 완성된 모래시계를 알루미늄 박스에 담으며, 이철민에게 물었다. 모래시계는, 실험용 유리기구 두 개를 이어붙인 것으로, 강릉-사막 풍토병을 상징하는 돌연변이 개미의 무덤이기도 했다.

—떠나든, 남든, 모래시계 밖으로 나갈 수 있을 것 같나?

이철민은 모래시계를 다시 꺼내 뒤집어보며, 특유의 시니컬한 어조로 반문했다. 그는, 여기에 남겠다든가, 여기를 떠나겠다든가, 하는 생각 자체가 없었다. 이재민 등록도 하지 않고, 잘도 버티고 있는 중이었다.

운동장에서는 이미 첫번째 트럭이 떠나고 있었다. 매일 아침, 군용 트럭이 군인들을 실어오고, 이재민들을 실어갔다. 이재민들은 마지막 아침 식사를 한 뒤, 자신들이 일할 장소 근처에 마련된, 집합주택이나 선상주택으로 이동했다. 조립식 낙산사에서 놀던 아이들이 멈춰 서서, 군용 트럭을 향해 손을 흔들거나 경례를 했다. 가속하는 트럭의 타이어 옆으로, 모래가 양 날개처럼 튀어 올랐다. 분사된 흙먼지가, 군인들과 아이들을 덮치며 흘러갔다.

박인호는 배낭을 짊어지고, 그동안 함께했던 알루미늄 박스에게 인사했다. 그것은, 칠레 광산에서 채굴된 원료로 디트로이트 테크노가 흐르는 미국 북동부 공장에서 제조되었고, 엘니뇨 남방진동이 극에 달한 태평양을 건너, 동해 만조 무렵에 대구-포항 공업클러스터에서 내화 표면 처리되었으며, 서울 문화재연구소의 지하 창고에서 모서리가 찌그러졌고, 일산 플러그 인 하우스에서 불길로 일그러진 뒤, 양양 낙산사와 강릉 테크노 공원묘지를 오가며 더럽혀졌고, 이재민대피소에서 의자이자 책상이자 식탁으로 사용되다가, 타임캡슐로 최종 결정되었다.

—진짜 낙산사가 따로 있나? 이게 다, 낙산사-편집증이라니까.

이철민이 고뇌 섞인 미소를 띤 채, 손을 내밀었다.

—그래도, 양양에 있는 게 제일 이해하기 쉽지.

박인호가 이철민의 손을 잡으며, 그 미소를 흉내 냈다. 그는 다시 양양으로 가서, 낙산사 복원 사업 현장의 인부로 일할 작정이었다. 그들은 악수하고, 돌아섰다.

운동장에 갑자기 강한 모래바람이 불기 시작했다. 두번째 트럭은 바람이 지나갈 때까지, 잠시 대기하기로 했다. 복구 사업이 시작되었는데도, 모래는 오히려 불어나고 있었다: 방랑하는 잔해들, 부식되는 기계들, 풍장의 유기체들…… 폐허의 강릉 자체가, 사막-생성기계나 다름없었던 것이다.

　박인호와 이철민은, 강릉-사막의 노이즈스케이프 속에서, 잠시 같은 생각을 했다 —— 거대한 모래시계의 새로운 주기가 시작되는 것 같다고.

11장

 아침-봄이 오는 소리, 부러지고 깨지는 소리에, 눈을 떴다. 아파트 전체가 몸부림을 치고, 비명을 지른다. 여자와 남자는 반사적으로 일어나, 베란다로 달렸다. 집 안의 사막과 방 안의 모래폭풍; 바깥 풍경은 그 연장선상에서, 꿈의 일부인 듯, 초현실적이다.

 네오큐비즘의 콜라주; 큐브-블록들이, 모래로 위장된 참호처럼 산재해 있고, 부서지거나 기울어진 건물들이, 원근감을 왜곡하며 중첩되어 있다. 보이지 않는 바다는, 분위기의 형태로만 떠돌고, 해변의 테마파크 구조물이, 아침 안개 속에서 가물거린다. 붉은 토우는 그 풍경 여기저기에, 핏자국 같은 얼룩을 남겼다. 녹물 같은 아침이 쏟아지는 가운데, 잠에서 깨어난 사막이 꿈틀거리기 시작한다. 강릉-사막은 이제, 필로티로 들어 올려진 1층 베란다로, 넘쳐 들어올 정도였다.

여자와 남자가 있는 곳은, 경포 호수의 북쪽 무인 지대, 재난폐쇄 구역이었다. 지진으로 지형 자체가 뒤틀린 이후, 강릉의 토사들이 바람을 타고 이곳, 침강 지대로 집결했다: 강철과 콘크리트의 파편들, 강화플라스틱과 유리섬유와 탄소처리 폴리머와 유기체 조각들이 뒤섞여 있는, 포스트-인더스트리얼 모래, 포스트-포스트모던 사막.

남자는 '나무고래'가 걸려 있는 베란다 난간을 넘어가, 건물부터 살폈다. 태양광 발전 단지는 식물성 등대로와 테마파크의 엔진으로, 테크노폴리스-숲 대신 집광판들이 배치되고, 큐비즘적 기하학에 의해 설계되었다. 폐허의 연인들이 사는 아파트는, 엘리베이터 도관과 나선형 계단을 중심으로, 단위 입방체들을 불규칙하게 갖다 붙인 형태였는데, 큐브-룸 몇 개가 떨어져 나갔고, 지반 침강으로 기울어지기까지 했다.

여자는 베란다 한쪽에 있는, 다단식 웰빙채소밭을 살폈다. 고립된 재난폐쇄구역에서 헤매다가, 오렌지색 부케 같은 콜리플라워와 보라색 송이가 무성한 스틱브로콜리, 로켓샐러드가 참깨 향을 풍기며 발사되는 현장을 발견했을 때, 바로 여기, 라고 생각했다. 어디에 있든, 어디로 가든, 함몰지구가 있는 기하학적 폐허에서 벗어날 수 없는 난민에게, '설탕무의 일종으로 루비의 붉은색을 띤 테이블비트'가 자라는 곳은, 고향과도 같았다.

남자가 베란다 밖에서 여자를 불렀다. 여자가 쳐다보자, 남자는 테라로사 토양처럼 불그스름한 사막을 향해, 108걸음을 걸어갔다. 호흡을 고르고, 숨이 막힐 정도로 느리게 움직이며, '낙산사'를 짓기 시작한다: 몸-낙산사 시뮬레이션: 걷기-명상을 기본으로, 참배객의 불교 예법들로 구성된 퍼포먼스—보철술.

여기, 낙산사 일주문이 있다: 합장하고, 반배하고, 걷는다……
여기, 낙산사 칠층석탑이 있다: 오른쪽으로 세 번 돌며 기도한
다……
여기, 낙산사 원통보전이 있다: 관음을 향해, 오체투지(五體投地),
삼배한다……

여자는 처음에, 남자가 제정신이 아니라고 생각했다.
그 반대야, 남자는 웃으면서 항의했다, 미치지 않으려고 이러는
거지……
그 몸—낙산사 하이퍼링크를 응시하고 있으면, 뭔가, 느껴지는 게
있기는 했다: 근육지능적 공감; 여자는 자신의 운동감각으로 남자의
동작들을 따라가다 문득, 동작 자체가 아니라, 동작들이 구축하는
어떤 것, 움직이는 몸이 조각하는 어떤 형태 같은 걸 느끼곤 했다.
그 순간, 여자는 부조리한 낙산사—신기루를 생각했다: 고체와 액체
사이에서 진동하고, 어딘가 미친 데가 있으며, 피를 흘리는 느낌의
낙산사. 그녀는 그 신기루를 쫓아, 재난폐쇄구역으로 들어온 사람
이었다: 삶의 전제 자체가 미쳐 있는데, 금지되는 것은 무엇인가?
여자는 베란다 난간을 넘어가, 남자의 동작을 따라하기 시작했다.

김영희는, 야전병원으로 변신한 워킹 시티에서, 보조 간호사, 식
당 종업원, 유치원 보모로서 미친 듯이 일했다 —— 기억에 사로잡히

지 않기 위해서; 혈관 속에서 휘돌아다니는 것을, 피로물질로 묻어 버리기 위해서. 아무데서나 먹고, 아무데서나 잤다. 휴식을 권하는 사람에게는, 그저 희미하게 웃어주었다: 나는 이쪽이 훨씬 견디기 쉽다……

워킹 시티 철거 명령이 내려온 것은, 광장에 정박한 지, 2주 가까이 지나서였다. 강릉은 광기에 사로잡혀 있었다. 워킹 시티의 젊은 이들 역시, 폭동의 조류에 휘말려 들어갔다. 워킹 시티는 빈집 점거 운동과 구호품 절도, 재난 지역 약탈의 배후 세력으로 지목되었다.

워킹 시티는 다시 양양 쪽으로 쫓겨갔다. 그러나, 또 다른 벽에 부닥쳤다. 계엄령은 도시 간 이동을 제한하고 있었다. 워킹 시티는 다시 동쪽으로 쫓겨갔다. 하늘과 땅은 여전히 흔들렸고, 군인들이 점령한 거리는 교전 지역과도 같았다. 지진이 만든 폐허에, 폭도들이 가한 폭력까지 더해져서, 도시-몸은, 생체해부대 위에서 미친 칼질로 난도질된, 살덩어리 같았다. 그래서 경포 호수 근처, 정신분열증을 유발하는 폐허에서 본 무정형 신기루는, 피부와 근육이 찢어지고 뼈가 부러지고 파열된 내장을 노출한, 하늘의 시체 같았다.

―여기서 일박하고, 남쪽으로 간다.

워킹 시티가 그날 정박한 곳은, 재난폐쇄구역 철조망이 달리는, 구(舊)저동 그리드의 아스팔트 도로 위였다. 지진해일이 만든 그 일대의 풍경은, 정신착란을 야기하는 것이었다: 기와지붕에 꽂혀 있는 횟집 수족관, 누각 난간의 전기밥솥…… 사물들 하나하나는 지극히 정상적이었지만, 피아노와 시체와 자전거가 합체한 관계는, 분명히 착란적인 것이었다. 그 미친 풍경 속에서 누군가가, 재난폐쇄구역 상공을 가리키며, 낙산사다, 라고 외쳤고, 그것이 암시가 되어, 김영희 역시, 허공의 건축물 같은 것을 보기 시작했다.

그날 밤, 그녀는 잠들 수가 없었다.

추방령과 봉쇄령; 이중구속의 세계; 멈추면 떠나라고 하고, 움직이면 가로막는다, 어디로 갈 것인가? 그녀는 재난폐쇄구역 철조망을 따라 걸으며 중얼거렸다. 철조망에는, 출입 시 징역이나 벌금형에 처한다는 홀로그램 경고문이, 일정 간격으로 붙어 있었다. 폐허로 쏟아지는 달빛의 촉감은 서늘하고, 날카로웠다. 모래가 날리는 게, 불그스름한 달빛이 부서져 흩날리는 것만 같았다.

—어디로 갈 것인가?

철조망 너머에서, 녹슨 달빛으로 물든 사막이, 순결한 설원(雪原)처럼, 발자국을 찍으라고 유혹했다. 상황이 오래전, 마카오로 떠나던 그때와 유사했다. 그래서, 대답은 정해져 있었다.

—더 험한 데로 가라.

사촌 언니의 자살 이후, 충동은 오직 하나, '여기'를 버리고 '저기'로 가지 않으면 안 된다는, 절박한 망명객의 그것이었다.

어디로 갈 것인가?

더 험한 데로 가라.

마카오가 김영희에게 각인된 것은, 강릉종합병원 환자 대기실에서였다. 김영희는 그날, 유방이나 자궁이 없는 여자들과 함께, 모조풀과 꽃으로 자연 놀이터처럼 꾸민 대기실에서, 벽에 투영되는 텔레비전을 보고 있었다: 시사 고발 프로그램, 「마카오로 간 여자들」.

카메라는 마카오 특유의 무국적, 탈역사적 풍경을 배경으로, 그곳의 한국인 무희들과 창녀들을 스케치했다. 거기에는 뭔가, 김영희의 마음을 건드리는 요소가 있었다. 그곳에는, 팔이나 다리가 없는 장애 여성도 있었던 것이다.

모자이크 처리된 얼굴, 변조된 음성: 다리를 잘라내서 삶이 황폐해진 건지, 삶이 황폐해져서 다리 정도는 떼어줘야 했던 건지, 어느 순간, 알 수 없게 되었어요. 그러자, '어떻게 이런 일이 일어날 수 있는가'라는 식의 분노는, '사실은 이런 일이 일어날 줄 알았다' '어차피 일어날 일을 미리 겪었다'라는 식의 희한한 안도로 변해갔죠……

당신을 일백 퍼센트 이해한다, 김영희는 속으로 중얼거렸다. 자살한 태아처럼 모호한 도시에서 날아온 전언이, 10억 볼트의 번개처럼, 그녀를 꿰뚫고 지나갔다. 뇌세포의 이온 통로를 달리는 전기신호의 변조, 신경전달물질의 홍수, 재배치된 시냅스들이 두개골 내벽에 어두운 홀로그램을 그렸다: 나 역시, 마카오로 가서 변태들을 위한 창녀나 되는 게, 맞지 않을까?

문제는, 움직일 타이밍을 포착하는 일이었다. 이모와 함께 사촌언니의 유품을 정리하던 어느 날, 호숫가에서 원인 불명의 화재가 발생했다. 플러그 인 하우스 섹터에서도 프리미엄이 붙은 구역의 집 한 채가, 별안간 화염에 휩싸였다. 그것이, 신호였다. 돌발적인 재난, 허무한 종말이, 파멸적인 용기를 주었다.

김영희는 워킹 시티의 불그스름한 보름달을 응시하며, 오래전 그때처럼, 얼굴을 일그러뜨리며 희미하게 웃었다. 돌아왔으나, 다시는 돌아갈 수 없다는 걸 알고 있었다. 이제 와서, 테크노폴리스의 기하학적 일상으로 망명하는 것은 불가능했다. 그것은, 마카오로 떠날 때부터 결정된 일이었다. 행복이란 개념은 절대로, 사회-몸의 기하학적 평면에서는 성립될 수 없을 거라고 확신한 건, 엄마가 의료 난민이 되어 어이없는 죽음을 맞이했을 때였다. 마카오행을 택한 건, 시뮬레이션된 고향을 돌이킬 수 없는 방식으로 부정하는 행위였고, 예전의 자신과 철저하게 결별하기 위한 잔혹한 의식(儀式)이기도 했다. 웰빙푸드와 스마트드링크와 명품 핸드백과 코미디 프로…… 그런 것들로 될 것 같았으면, 처음부터 움직이지도 않았을 것이다. 종이학과 종이사자의 몸에 새겨져 있던 도로 표지판, 자·살이 길을 보여주던 때, 그때, 그 길을 가는 게, 훨씬 정직했을 것이다. 재난폐쇄구역의 낙산사-신기루는, 그런 것들의 반대편에 있는 어떤 것을 상징하며, 피를 흘리고 있었다.

어디로 갈 것인가?

더 험한 데로 가라.

자신이 무엇을 할 수 있고, 무엇을 할 수 없는지는, 사회-몸의 기하학적 표상들이 붕괴하는 지대, 사회-몸의 기하학에 의해 시뮬레이션된 자아가 깨지는 곳에서만 알 수 있는 것이다: 어떤 게 '나'인지도 모르면서 행복해질 수 있는가?

이튿날, 워킹 시티는 남쪽으로 갔다.

김영희는 북쪽으로 갔다.

그러나, 낙산사를 향해 나아갔던 사람은 그녀만이 아니었다.

박인호 역시, 이재민대피소에서 나오긴 했지만, 강릉-정사각형을 벗어날 수는 없었다. 7번 스마트 도로를 포기하고, 동해안 관광단지를 종단하는 해안도로 쪽으로 가봤지만, 검문소를 통과할 수는 없었다. 그는 구(舊)저동 그리드의 재난폐쇄구역 철조망을 따라 걸으며, 의상(義湘)을 생각했다: 낙산사로 가는 길이 처음부터 정해져 있었던 건 아니다…… 그는 철조망을 넘기 시작했다. 그때의 충동은, 네안데르탈인의 언어로 발음되면 형태를 얻게 될지도 모를 어떤 것이었다.

강릉-사막의 태양은, 창상(創傷)을 남길 듯 아팠고, 강릉-사막의 대기는, 내장을 삶아버릴 듯 뜨거웠다. 부서진 건물들 사이에서 물결무늬를 그리며 이동하는 모래는, 끊임없이 착란을 유발했다; 몇 분 단위로 지각변동이 일어나는 현장에 있는 것만 같았다. 테크노폴리스-숲의 나무들은, 모래의 조류 속에서, 높아지다가 낮아지다가 했고, 허리나 무릎 높이밖에 안 되는 식물성 가로등들은, 나타났다가 사라졌다가 했다.

포스트-인더스트리얼 폐허는, 미로와도 같았다.

포스트-포스트모던 사막은, 길들의 무덤과도 같았다.

그래서, 낙산사로 가는 길은 오직 몸을 통해서만 출현할 수 있었다: 길을 만들면서 나아가는 몸. 미로-무덤 한가운데에서, 그는 몸-낙산사를 생각했다.

희양산 봉암사 화두, '나는 지금 낙산사에 있다' 이후, 박인호는 오랫동안, 그 화두와 씨름했다. 그러다가 어느 순간, 생각을 멈추고, 움직이기 시작했다: 낙산사 참배객의 의례적 동작들을 단순히 재현하는 게 아니라, 참배객의 피부-몸과 근육-몸, 골격-몸, 순환-몸, 도관-몸, 신경-몸이 조립되는 방식을 체험하는 것. 그리하여 몸-낙산사 시뮬레이션은, 남방불교의 다이내믹한 선(禪)수행 같기도 했고, 팬터마임과 불교 무용을 이종교배한 전위 예술 같기도 했고, 불교 신자들을 위한 사찰 예절 매뉴얼 같기도 했다.

박인호가 생각하는 해탈은, 시공간 레벨의 문제였다. 이철민의 개체-환경 복합체를 불교식으로 하면, '의정불이(依正不二)'쯤 될 터였다: 몸이 거하는 환경〔依報〕과 몸〔正報〕이 둘이 아니라는 것. 그 개념은, 길장과 담연에 의해, '무정불성(無情佛性)'으로 정립되었다; 몸에 불성이 있다면, 몸을 둘러싼 환경이 몸과 둘이 아니므로, 거기에도 불성이 있어야 한다. 그 무정불성론은, 혜충에 이르러, '무정설법(無情說法)'으로 발전했다; 장벽와력(牆壁瓦礫)의 무정물들이 모두 옛 부처님의 마음이다. 해탈의 진리는, 인간-개체에 속한 게 아니라, 개체-환경 복합체에 내재하는 것이라고, 박인호는 믿었다: 그렇다면, 나는 왜, 굳이 양양까지 가려고 하는 것인가? 그때부터, 헤매기 시작했다.

왔던 곳으로 돌아가도, 유동하는 모래 때문에, 그곳은 다른 곳이 되어 있었다. 반면에, 아무리 걸어도, 유사한 파편과 잔해들은, 제자리걸음을 하는 듯한 착각을 불러일으켰다. 매순간 변하면서도 달라지는 게 없는 듯한 미로-무덤. 모래먼지는 눈동자에 붉은 금을 긋고, 콧구멍과 입 안에서 끊임없이 버석거렸다. 시간이 흐를수록 쓸데없는 정보량만 늘어나고, 미로-무덤은, 폐쇄된 채로 무한 팽창하는 공포를 불러일으키기 시작했다. 결국, 낙산사를 향해 나아갔던 자가 도달한 곳은, 네오큐비즘의 폐허였다. 낙산사-편집증의 동선 패턴은, 별로 다르지 않았다. 그는 베란다 난간에서 '나무고래'를 발견하고, 바로 여기, 라고 생각했다. 박인호는 멈춰 섰다. 그 아파트에는, 마카오 야경 홀로그램에서 튀어나온 듯한 여자가, 종이꽃을 접으며 살고 있었다.

종이꽃과 나무고래의 연애야말로, 기묘한 것이었다.

재난은 인간관계의 함수를 바꿔놓았다. 사람들은 전혀 다른 맥락에서, 만나고 헤어졌다. 친구가 되기도 쉬웠지만, 원수가 되기도 쉬웠다.

그날, 여자는 벌에 쏘였고, 남자는 이재민용 응급키트를 갖고 있었다. 겨우, 그런 게 이유의 전부였다. 여자와 남자는, 중간단계를 생략하고, 연인이 되었다. '죽음'을 생각했고, 거기에 비하면, 여자와 남자 사이에 벌어지는 과잉의 시뮬레이션, 밀고 당기는 신경전이나 천국과 지옥을 오가는 감정의 롤러코스터, 그런 것들은 너무나도 사소했다.

그들은 어디에서 왔는지, 재난폐쇄구역 밖에 두고 온 과거에 대해서는, 묻지 않았다.

낙산사-신기루를 쫓지 않고는 살 수가 없었죠, 그것으로 족했다. 그럴 수밖에 없는 삶이 있는 것이다. 그리고 그럴 수밖에 없다는 걸 이해하는 것이다.

하지만 낙산사는 너무 멀리 있거나, 없었다. 낙산사를 향해 나아가던 자들은, 길 위에 낙산사-정거장을 세우고, 종이꽃과 나무고래로 장식했다.

그 낙산사-정거장은, 깨지기 쉽고, 부서지기 쉽고, 무너지기 쉬운 것이었다. 그들 역시, 잘 알고 있었다. 어느 날 한 사람이 안 보이면 떠난 것이다…… 폐허의 연인들은 그 말 한마디로, 자신들의 관계를 요약했다. 정거장은 기다리는 곳이지, 사는 곳이 아니었다. 그리고, 정거장에서 만난 사람들은 떠날 때 인사하지 않는다. 폐허의 연인들에게, 약속 같은 건 불가능했다. 함께 있는 동안, 내일일기를 같이 썼을 뿐이다.

일교차가 심한 강릉-사막에서는, 하루 중 사계(四季)가 교차했다. 아침-봄 이후 뜨거워지기 전에, 여자와 남자는, 하이테크 푸드나 뜨거운 물을 붓고 흔들어 먹는 비상식량 따위로 아침을 때우고, 서바이벌 매뉴얼을 수행했다.

여자가 아파트에서 발견한 서바이벌 매뉴얼 멀티미디어 북은, 재난을 예견이라도 한 듯, '부서지는 세계'에 맞춰 편집되어 있었고, 희한한 하이퍼링크 주석까지 달려 있었다. 거기에는 어떤, 광신도적 경건함과 편집증적 성실함이 있었다. 여자는 집주인의 매력적인 광기를 존중하고, 기념하기로 했다.

그들은 우선, 아파트 근처의 구덩이들에서 물부터 채집했다. 구덩이를 파고 바닥에 그릇을 놓은 뒤, 구덩이를 비닐로 덮고, 그 중심에 돌 같은 걸 얹어 원추 형태로 만들면, 지하 습기가 비닐 내벽에 들러붙고, 경사를 따라 미끄러지다가, 바닥의 그릇으로 떨어져 내리는 것이다. 구덩이 속에 젖은 빨래 따위를 넣어두는 것도, 효과적인 방법이었다. 한편, 바닷물을 용기에 담고, 그 안에 빈 용기를 넣어서 뚜껑을 덮은 뒤, 태양 아래 내어놓거나 끓이면, 증류수를 얻을 수 있었다. 그런 식으로, 여자와 남자는 매일 오전, 서바이벌 매뉴얼의 프로그램을 선택해서, 동영상을 참조하며 실행에 옮겼다: 불 피우는 법과 해시계 만드는 법, 사막용 샌들과 각반 만드는 법, 나뭇가지와 옷가지로 텐트를 치는 법……

그들이 당장 생존을 위협받는 상황에 있는 건 아니었다 ─ E등급의 건물을 제외하면. 약탈의 흔적이 남아 있긴 했지만, 아파트에는 서바이벌 비품들과 재난용 음식들이 남아 있었다. 폭동 당시에는, 보석류의 귀중품들이 타깃이었던 것이다. 그러니까, 서바이벌 매뉴얼의 수행은 하나의 상징적인 행위에 가까웠다.

멀티미디어 북 편집자에 의하면: 서바이벌 매뉴얼의 이념은, '마스터-빌더master-builder'가 되는 것이었다 ─ 설계에서 시공까지, 모든 것을 혼자서 감당하는.

기하학적 그리드로 정교하게 분절되어 있는 테크노폴리스에서는, 상상할 수 없는 일이었다. 시민들은 오직, 자기만의 격자 안에서, 파편적인 삶을 영위할 뿐. 다른 격자의 삶은, 필요할 때마다 구매해야 하는 상품이 되어버렸다. 그것은 법률, 의료, 금융 등의 전문적인 분야에만 국한된 일이 아니었다. 이사나 요리에서, 인생 상담에 이르기까지, 정보를 구매하지 않고는, 마카오-사막에서 생존하기 힘들었다. 그런 일상의 사막에서, 삶의 역능은, 스스로 사유하고 행위하는 능력이 아니라, 정보를 구매할 수 있는 능력으로 평가된다. 그래서, 삶의 가치는 오직 하나로 귀결되는 것이다: 돈을 벌어라, 정보는 살 수 있다…… 바로 거기에서, 기묘한 전도가 발생한다. 삶을 파편화하고 약화시키는 시스템이, '돈'을 매개로 해서, 삶을 봉합하고 강화시키는 시스템으로 둔갑하는 것이다.

멀티미디어 북 편집자에 의하면: 서바이벌 매뉴얼은, 모든 욕망이 돈에 대한 욕망으로 환원되는 세계에서, 그 기하학적 한 점으로 달려가며 무화되는 삶을 재조립하기 위한 기술이기도 했다. 물론, 그것이, 자기가 먹고, 쓰고, 입는 것은 전부, 스스로 만들어내야 한다는 의미는 아니었다. 하이퍼링크 주석자는, '독립'과 '자율'에 관한 생물학자들의 주장을, 키네틱 타이포그래피로 강조해 두었다: 실제 사례; 사이보그 보리수는 재난에 대해 결코 독립적일 수 없었다, 하지만 사이보그 보리수를 결정한 건, 재난이 아니라, 그 정보를 처리하는 내부 구조였다. 그러므로, 불 피우는 법과 해시계 만드는 법, 사막용 샌들과 각반 만드는 법, 나뭇가지와 옷가지로 텐트를 치는 법…… 그 모든 수행은, 기하학적으로 분절된 몸을 바꾸는 수행이기도 했다 —— 광신도적이며 편집증 환자 같은 멀티미디어 북 편집자에 의하면.

그런데, 재난폐쇄구역의 아파트에는 서바이벌 매뉴얼만 있었던 게 아니었다. 멀티미디어 북은, 펼쳐진 종이책을 고정하고 있었다. 「법성게」 해설서는, 오랫동안 펼쳐져 있어서, 잘 닫히지 않았다. 곧장 펼쳐지는 페이지는, 「일미진중함시방(一微塵中含十方); 중중무진법계(重重無盡法界)」 장이었다: 티끌 하나에 들어 있는 우주-몸. 두 권의 책이 같이 있는 풍경은, 지진해일 이후, 가물치-열매, 메기-열매가 달려 있던 사이보그 전나무들처럼, 착란적인 것이었다. 그러나, 서바이벌 매뉴얼과 「법성게」 해설서를 왔다갔다하던 여자는,

멀티미디어 북의 주석과 종이책의 메모가 일치하는 걸 발견했다.

서바이벌 매뉴얼의 논리: 낙산사는 낙산사다(A = A).
화엄일승법계도의 논리: 낙산사는 낙산사가 아니다(A = ~A).
그러므로, 낙산사다(∴ ~~A).
마스터-빌더는 어떤 낙산사를 지어야 하는가?

집주인이 원했던 것, 하려고 했던 것은, 도대체 무엇일까?
여자가 그렇게 물었을 때, 남자는 '조각칼'로, 여자의 보랏빛 머리를 조각하던 중이었다. 생존과 관련된 건 아니지만, 그래도 살기 위해서는, 머리도 자르고 수염도 깎아야 했다. 순도 일백 퍼센트의 고결한 정신적 삶 같은 건, 세상에 없었다. 삶이란, 무딘 가위로 깎아 우둘두둘한 손톱과 발톱, 헝겊으로 닦아 쓰리고 이물감이 남아 있는 똥구멍, 사타구니와 겨드랑이에서 번식하는 박테리아 냄새 따위와 더불어 있는 것이었다. 낙산사라 해도, 그런 일상을 초월해 존재할 수는 없었다.
낙산사는 낙산사다, 정보-몸 레벨에서. 낙산사는 낙산사가 아니다, 시공간 레벨에서. 하지만 몸들과 시공간은 둘이면서도, 둘이 아니다. 티끌 하나에서 우주-몸을 보는 건, 몸들의 시공간성을 보는 것이다. 그러나, 「법성게」의 총체성은 몸들의 차이를 지워 시공간 일자로 환원하는, 폭력적인 일원론이 아니었다. 총상(總相)에서 보면 시공간 일상이지만, 별상(別相)에서 보면 다양한 몸들로 나투는 개별 상들의 중중무진법계. 붓다는 결코, 하나의 지평으로, 다른 지평을 친 적이 없었다. 붓다 역시, 사막에서 물을 얻기 위해서는, 서바이벌 매뉴얼에 따를 것이다. 그리고 서바이벌 매뉴얼 멀티미디어 북을 만들기 위해서는, 서바이벌 매뉴얼의 논리, 동일률에 근거한 연역추론기계의 논리에 따를 것이다. 다만, 붓다는 지평들을 관통하고, 융합하며, 모든 지평들의 지평에서, 먹고, 자고, 싸고, 아프다가, 죽었다: 중중무진법계의 원주민.

남자가 그런 이야기를 장황하게 늘어놓았던 건 아니었다. 그의 대답은 간결했다: 집주인, 그 사람은 아마, '원주민'이 되고 싶었을 거야, 하늘이 무너질 때, 그때, 땅이 꺼질 때, 그때. 나머지 정보들은, 뇌파와 피부 온도, 조각칼의 미세한 진동 같은 것들로, 여자에게 전해졌다.

사막의 낮-여름에는, 숨쉬기조차 힘들었다. 그때는 그저, 옷을 벗어던지고, 운동량을 최대한 줄이면서, 젖은 수건으로 몸이나 닦고 있는 게 최선이었다. 그러나 해질 무렵, 가을이 오면, 폐허의 연인들은 사구를 넘어, 바다까지 몸을 씻으러 가곤 했다. 남자는 증류수를 모은 물통을 들었고, 여자는 바닷물을 담아올 빈 물통을 챙겼다. 현대적인 원시인들의 복장: 차도르처럼 뒤집어쓴 스웨터, 신발 깔창에 가느다란 홈을 파고 양끝에 고무줄을 단 사막용 선글라스, 다트 판에 구멍을 뚫고 끈을 끼운 사막용 샌들……

모래 위로 튀어나온 전나무-기둥들이, 테마파크로 이어지는 식물성 등대로의 흔적을 표시했다. 그 직육면체 기둥들은, 20세기 공중전화 부스처럼 생겼는데, 10미터 높이였고, 천장은 없었다. 그 안에 있는 전나무-모듈들은 랜드스케이프 공단에서 조립된 것들로, 바이오 플라스틱 전구가 장착되고, 아열대성으로 개조된, 크리스마스 트리들 같았다. 그래서, 식물성 등대로에는 매일 밤, 하늘을 떠받치는 빛의 기둥들이 세워지곤 했었다. 완만한 사구를 오를수록, 전나무-기둥들은 점점 낮아지며, 네모난 우물이나 맨홀처럼 변해갔고, 나중에는 모래지층 속으로 가라앉아, 분화구 형태의 함정이 되기도 했다.

사구 꼭대기에 오르면, 분위기로만 존재하던 바다가 비로소 드러났다. 그들의 발밑에 있는 건, 심해 기행 테마파크의 페스티벌 웨이와 어드벤처 테마존이었다. 퍼레이드는 중단되고, 쇼는 끝났다. 거대한 짐승의 뼈 같은 롤러코스터와 자이로드롭 따위만, 모래 밖으로 튀어나와, 구멍이 뚫린 채 녹슬고 있었다. 폐허의 연인들은 그곳에서, 재난폐쇄구역을 둘러보며, 하염없이 서 있곤 했다.

여자는 마카오 지하광장을 생각했고, 아무것도 변한 게 없다고 느꼈다.

마카오의 초자연적 자연광장: 플라스틱 천장에 투영되는 지중해의 하늘, 다중 표피를 가진 프랙털 차원의 지면, 지구 온대림을 계절별로 축소시킨 사계(四季)-숲…… 투명 플라스틱으로 포장된 강이, 삼차원 궤적을 그리며 굽이치고, 인공섬으로 통하는 터널 일대에는, 노이즈스케이프의 바다가 출렁거렸다. 그러나, 그 광장은 결국 지하밀실에 지나지 않았다. 여자는 그 광장-밀실에서, 햇수로 3년을 살았다. 테크노 섹스존은, 지하광장에서 더 내려가야 했다. 종유동굴 같은 지하도, 개미집처럼 늘어선 섹스숍, 성인용 언더그라운드 가이드를 들고 몰려다니는 다국적 관광객들…… 여자는 그 '깊은 마카오'의 지하생활자들 중 하나였다.

재난폐쇄구역 역시 마찬가지였다, 바깥은 없었다. 경계를 지워버린 모래안개 때문에, 포스트-인더스트리얼 모래, 포스트-포스트모던 사막은 끝도 없이 펼쳐진 듯했고, 밀실공포증과 광장공포증을 동시에 유발했다. 폐허의 연인들은, 그 사구 꼭대기에 발목을 묻은 듯이 서서, 자기들이 지금 어디에 있는지 아프게 자각하곤 했다. 그러면, 어디에선가, 기울어졌던 건물이 붕괴되는 소리가 들리고, 연이어 테마파크 구조물들의 금속성 울음소리가, 광장-밀실에서 메아리치곤 했다.

사구에서 바다 쪽으로 내려가는 길이 힘들었다. '파도의 금관악기들'이나 레이저 공연장의 '사차원 펀칭메탈 기둥들,' 백만 송이 '장미-은하계 구조물' 따위가, 금속성 덩굴처럼 뒤엉켜 있었다. 급경사를 지그재그로 걷다 고개를 들면, 허공에 떠 있는 모래지층들이 보였다. 크롬의 누각들, 파라솔 하우스의 평면 지붕들 위에, 모래가 쌓여 있었던 것이다. 그 초현실적 폐허 너머에 있는 것이 바로, 바다의 시체였다: 바다의 사막화: 칼슘 이온이 탄산칼슘으로 환원되는 백화(白化) 현상.

재난폐쇄구역의 바다는 석회석 풀장처럼 흐렸고, 사막의 대극이 아니라, 그 일부로서 존재했다. 폐허의 연인들은, 그 액화된 사막으로 몸을 던졌다. 절망적인 자맥질, 우울한 물장난, 미지근하고 흐린 바닷물의 질감은, 몸을 움직이기 힘든 악몽을 닮아 있었다. 가져온 증류수로 몸을 헹궈도, 머리카락과 몸에는, 죽은 바다의 이물감이 끈질기게 남았다.

파라솔 하우스는 예전부터, 연인들이 애정 행각을 벌이던 장소였다. 폐허의 연인들 역시, 그 아래 앉아, 표백된 미래를 응시하곤 했다. 하얗게 죽어가는 바다를 보고 있으면, 여자도, 남자도, 머릿속이 하얘지는 것만 같았다. 그러면 정의 내릴 수 없는 감정들이 머릿속을 물들여갔고, 고해성사의 충동과도 같은 감정에 사로잡히곤 했다.

남자는 여자의 고백을 막으며 말했다: 과거라고 하는 '실체'가 존재하는 건 아냐. 기억의 형태로 일어나는 마음, 고통의 형태로 조립되는 정보-몸이 있을 뿐이지. 미래 역시, 마찬가지야.

여자가 해변의 처연한 분위기에 젖어 중얼거렸을 때: 제 과거를 모르죠? 지우고 싶은 기억들로 넘쳐나요.

—그래서 미래는 예정되어 있는 거야, 과거에 짓눌린 현재가 원인으로 작동하는 한. 그렇다고, 현재를 지배하는 기억을 완전히 지우는 건, 그저 원점으로 돌아가는 일에 불과해. 완벽하게 복원함으로써, 오히려 생을 훼손하는 일이지. 좋든, 싫든, 이 우주가 나를 위해 그토록 많은 사건들을 준비해둔 거야.

그러나, 그 말을 하는 남자의 얼굴은 전혀 다른 어떤 것을 말하고 있었다: 배반의 얼굴; 그는 소름끼칠 정도로 슬픈 표정을 짓고 있었다.

—흔적을 남기면서 복원해야 돼. 상처와 더불어서 자유로워지는 거지. 교체가 아닌 성숙, 그건 마음이 일어나는 방식을 재조립하는 일이야. 과거를 바꾼다는 건, 그런 의미지. 그러나, ……나 역시 성공하진 못했어.

그리고, 아무도 말이 없었다.

남자는, 모래 위에 뭔가를 썼다, 지우는 일만 반복했다.

여자는, 무릎을 껴안고, 울 듯 말 듯, 떨리는 입술을 깨문 채, 하늘의 색깔이 변해가는 것만 하염없이 응시했다. 그냥, 울어버리고 싶었지만, 이곳은, 울음을 터뜨려서 뭔가를 해방시킬 수 있는 장소가 아니었다.

사막의 가을은 짧다.

하늘이 보랏빛으로 불타고, 젖은 모래 덩어리 같은 새들이 집으로 돌아갈 무렵, 그들 역시 일어서야 했다.

돌아가는 길은 언제나, 겨울의 초입이었다.

해가 지면, 기온은 순식간에 섭씨 10도 이하로 떨어졌다. 폐허의 연인들은, 서바이벌 매뉴얼에서 배운 대로, 말린 해초 따위가 담긴 깡통 불을 피우고, 더 춥고, 더 어두워지기 전에, 내일일기를 함께 썼다 — 내일이 없는 세계에서, 내일이 없다는 사실을 바꾸기 위해.

여자의 내일일기는, 일산에서 마카오를 거치는 동안, 초시공간의 명상록, 비선형적 연대기 같은 것으로 변했다. 여자의 내일은 더 이상, 오늘 다음에 오는 그날이 아니었고, 이미 지나간 그날일 수도 있었으며, 비규정적인 시간이자, 지배적인 시간의 흐름에서 이탈한 가상의 시간이 되었다. 남자와 함께 쓰는 내일일기는, 라디오에서 들은 재난복구계획이 완료된 강릉의 어느 날을 탐사하는 것이었다: 미래 지층을 발굴하는 고고학적 일기.

더 춥고, 더 어두워지면, 사막 저편에서는, 바람인지 모래의 진동인지, 여인들이 손바닥으로 입을 틀어막고 우는 듯한 소리가 들렸다. 불그스름한 달빛이 거실 바닥으로 쏟아져, 여인들의 눈물처럼 흐를 때, 빙하기의 생물들은, 살아 있는 살만이 줄 수 있는 온기 속에 머물곤 했다.

여자는 자기 몸속의 사막에 관해 말했다: 함몰지구가 있는 기하학적 폐허의 몸.

남자는 더 이상 묻지 않고, 사구의 굴곡처럼 매끄러운, 여자의 피부 위를 걸었다. 여자의 살에서는, 젖은 모래와 해초 냄새가 났고, 염분과 철분이 뒤섞인 맛이 났다. 그 감각 정보들은, 남자의 몸속에서, 화학적 폭풍을 유발했다. 몸 전체가 진동하고, 심장은 가슴을 절개하고 튀어나와 허공에서 울리고, 피의 흐름이 태풍의 속도에 근접해 갔다.

남자는 서툴렀다. 그 예상치 못한 미숙함이, 여자가 오랫동안 잊고 있던 것을 일깨웠다. 촉각적 침투성; 어떤 애무는, 접촉을 넘어, 살 속으로 침투하는 것이다. 여자는 오랫동안 잊고 있던 본능, 친밀감의 시공간을 구축하는, 몸의 발생학적 과정으로 들어갔다.

모든 발생의 과정은, 하나의 시공간을 구축하는 것으로 시작된다.

수정란이 함몰되면서 하나의 시공간을 품을 때, 몸의 형태들이 잠재태로 존재하는 '포배'가 탄생한다. 사랑하는 몸들은, 포배 세포들이 접히고, 펼쳐지며, 형태를 생성하듯 그렇게, 공동의 발생학적 과정을 통과하며, 시공간을 조각해나갔다. 둘이서, 하나가 된다는 식의 이야기가 아니다. 둘이되, 정보-몸들이 교차하는 시공간, 상대의 밖에 있으면서도 상대의 안에 거주하는, 친밀감의 시공간을 내어놓는 것이었다.

여자의 자궁-사막으로 들어가는 순간, 남자는 미로-무덤의 극한, 세상 모든 사막을 합친 것보다 거대한 사막이, 머릿속에서 펼쳐지는 것을 보았다. 자궁 속의 사막에도 밤이 내리고, 별이 빛났다. 무한의 사막을 달리는 동안, 신비한 기쁨이 느껴지는 별들의 숫자는 점점 늘어났다. 남자의 밤하늘이 랜덤하게 커질 때, 여자는 사운드스케이프가 펼쳐지는 몸-시공간을 생각했다: 세포 하나하나가 명징한 구성음으로 살아 있으면서도, '나'는 존재하지 않는 시공간.

이러면 된 게 아닐까?

여자와 남자는, 안팎이 뒤섞이는 시공간에서 맨살을 맞대고 비슷한 생각을 했다: 실제 사막의 별들은, 우리를 겨누는 칼끝의 광점처럼 번뜩일 뿐이고, 실제 사막의 음악-바람은, 우리를 난도질해 사방으로 흩뿌릴 뿐이며, 하루 단위로 교차하는 사계절은 우리를 순식간에 늙어버리게 만들 뿐이지만, ……이러면 된 게 아닐까?

이제는, 그 누구의 기억 속에서도 방을 얻지 못한 채 고립된 사막에서 끝난다 해도, 상관없는 게 아닐까?

낙산사는 너무 멀리 있거나, 없었다.

폐허의 연인들은, 자기들만의 낙산사를 짓고, 그곳에서, 먹고, 자고, 싸고, 성교하고, 살았다.

충분했다, 이것이면 족하다.

그러나, 위안은 구원이 아니었다.

그들만의 낙산사는, 깨지기 쉽고, 부서지기 쉽고, 무너지기 쉬운 것이었다.

13장

이재민대피소였던 공대 도서관은, 복귀하는 부대와 출동하는 부대의 정거장으로 변했다. 이재민들 대부분은 임시 주거 단지로 이동했거나, 친지가 있는 타 지역으로 이주한 상태였다. 대피소 폐쇄 공고가 내려오고, 유예기간이 주어진 후, 적십자 부녀회나 시민단체 등도 모두 빠져나갔다. 현장 공무원들을 제외하면, 남은 자들은, 임대주택 신청 요건을 갖추지 못한 사람들, 재난 발생 이전부터 이재민이었던 사람들, 수십 명에 불과했다. 군대 역시 완전 철수할 예정이었고, 불과 모래의 정원 프로젝트팀이 재건축 장비들을 실어 나르고 있었다.

이철민은 떠날 준비를 마치고, 도서관 로비에서 일행을 기다렸다. 신강릉 프로젝트 대변인이 텔레비전에 나와, 안전한 벙커 개념의 테크노폴리스를 약속했다. 이철민은 승용차 트렁크 크기의 알루미늄 박스에 앉아, LCD모니터를 응시했다. 안전한 벙커, 그 말을 따라하자, 얼굴이 일그러졌다. 강릉 복구 사업팀이, 안전한 테크노 폴리스를 위해 맨 먼저 했던 일이, 지진으로 붕괴된 강릉 교도소 자리에, 인공지능 모듈로 조립되는 테크노 감옥을 세우는 일이었다는 건 놀라운 일이 아니었다. 마카오 모델 자체가, 미학적 아방가르드 스타일의 감옥 같은 것이었다: 안전이란 이름으로 감시와 통제의 메커니즘을 은폐하는, '일렉트로닉 팬옵티콘.' 안전한 테크노폴리스 프로젝트는, 이철민이 보기에, 재난 복구 제외 지역에 다시 한 번 재난을 일으키는 프로젝트이기도 했다: 국소적인 테크노폴리스와 광역적인 슈퍼슬럼 — 유배자들의 워킹 시티까지 포함하는. 그 양극화 체제야말로, 실업과 가난과 범죄를 생산하며, 안전을 위협하는 원인이 아닌가?

기상 캐스터가 밝은 목소리로 어두운 소식을 전할 무렵, 펑크 청년이 나타나, 준비됐다고 말했다. 이철민은 하이테크 푸드와 미네랄 생수 따위가 들어 있는 배낭을 둘러멨다. 펑크족과 함께 알루미늄 박스를 들고, 운동장으로 나갔다. 하늘은 흐리고, 강릉-사막은 습기로 가득 차 있었다. 풍경 전체가 식은땀을 흘리는 느낌이었다. 끔찍한 흉터들로 뒤덮인 왼팔만, 차갑고, 건조했다.

이철민은 그동안, 타임캡슐에 넣을 것을 고르기 위해, 노아의 방주에 실을 것을 고르는 것처럼 고민해왔다. 모래시계 같은 건, 그의 취향이 아니었다. 이재민대피소의 절망과 슬픔과 공포와 불안은 말할 것도 없고, 마른버짐이 핀 얼굴, 하이테크 식품의 심리적 허기, 실존적 돌연변이들의 히스테리와 역겨운 몸 냄새, ……그 모든 것들을 담을 수 있어야 했다. 타임캡슐은 재난을 증언할 수 있어야 하고, 재난에 항의할 수도 있어야 했다.

스킨헤드 청년이, 조립식 낙산사 일주문 앞에서 대기하고 있었다. 이철민은, 청년들이 바리케이드 너머에서 파온 것을 확인했다. 말라비틀어진 생선 같은 것; 4도 화상을 입은 것처럼 흙빛이고, 완전 탈수 상태이며, 땀구멍을 막은 모래만이 보는 각도에 따라 점점이 빛났다. 이철민이 선택한 것은 바로, 강릉-사막의 '아기 미라'였다.

그들은 오늘, 구(舊) 시청 쪽의 주상복합빌딩 착공식에 참석할 예정이었다. 강릉재난대책본부도 거기 있었고, 특히, 매스미디어가 집결해 있었다. 그들은 카메라 앞에서 타임캡슐을 개봉하고, 희망을 말하는 사람들에게 상처를 줄 계획이었다. 펑크와 스킨헤드는, 그전에 떠날지도 모르지만, 이철민은, 남을 생각이었다. 자신이 지명 수배된 해커라는 사실을 알게 된 것은, 이재민대피소 컴퓨터로, **불타는 고딕체들**에 접근했을 때였다. 디지털 바퀴벌레들이 완전히 무의미했던 건 아니었다. 그는 반문화적 영웅이자, 범지구적 깡패가 되어 있었다. 그러니까 오늘, 테크노 감옥의 인테리어를 구경하게 될지도 몰랐다. 이제는 뭐가 어떻게 되든, 상관없었다. 갈 곳도, 머물 곳도, 없었다. 죽음의 한 정의가 '고통 없는 상태'라면, 왼팔은 이미, 무덤 속에 들어가 있었다. 그는 자신의 왼팔이 먼저 가 있는 그곳이 어딘지, 어떤지, 궁금했다. 회고적으로 편집해보면, 인생은 세 문장으로 요약된다: 발사되고, 작렬하고, 추락하지⋯⋯ 이재민대피소를 떠나면서, 그는 딱 한 번 뒤돌아보았다. 마지막으로 본 낙산사는, 추락한 3단 로켓의 실루엣처럼 보였다.

　폐허의 강릉은, 하나의 거대한 랜드스케이프 건축물 공사 현장이
되어 있었다. 재난대책본부로 가는 길은, 거대한 로켓의 잔해 같은
것들로 어지러웠다. 정비 작업이 진행 중인 대지는, 녹슨 철판들의
패치워크 같았다. 타워크레인이나 강철 구조물로 구획된 하늘은,
수십 대의 모니터에 비친 영상처럼 분절되어 있었다. 이철민은 쿵
쾅거리는 펌프와 삐걱거리는 잭의 소음으로, 깨질 것만 같은 머리
를 흔들었다. 금속성의 노이즈스케이프를 가로지르는 동안, 압도적
인 크기의 건축 장비들, 인공산맥 같은 철제 컨테이너들, 함몰지
구-호수 하나를 통째로 옮길 수 있을 것 같은 탱크로리 차량들과
마주쳤다. 마치, 시뮬레이터 신드롬의 시공간을 걷는 것만 같았다.
　옛 시청 쪽으로 다가갈수록, 기계들의 소음에, 사람들의 웅성거
림이 보태졌다. 청년들은 알루미늄 박스를 실은 카트를 교대로 끌
면서, 들뜬 기분을 감추지 않았다. 그러나, 이철민은 편두통의 전
조 현상을 감지하고 긴장했다. 구(舊)교동 그리드에는, 사람 키만
한 바퀴 수십 개가 달린 트럭들이, 다국적 빌딩 유니트들을 싣고,
댐처럼 늘어서 있었다. 테크노폴리스의 첫번째 랜드마크, 50층짜리
트윈타워가 조립되는 날이었다. '막스 라인하르트 하우스'처럼 뫼
비우스 띠를 테마로, 허공에서 뒤틀리며 연결되는 주상복합체는,
사각기둥의 프로토타입과 완전히 다른 것이었다. 조립식 빌딩에 예
술적 형태를 부여할 수 있는 건, 전 지구적 규모의 다품종소량생산
시스템 때문이었다. 다국적 빌딩 유니트들 때문에, 50층짜리 빌딩

을, 보름 만에 지을 수도 있다고 했다.

하늘의 등뼈 같은 구조물에서 뻗어 나온 로코모빌 크레인이, 그랜드 블록을 들어올려, 이철민의 머리 위로 운반했다. 그림자가 떨어지는 순간, 그랜드 블록보다 크고, 무겁고, 단단한 것이, 그의 머리 위로 떨어졌다. 그는 편두통의 파도 속에서 리얼리티를 상실하고, 구토를 하거나 비명을 지를 것 같은 기분에 사로잡혔다.

이젠 어떡할 건가요? 청년들은, 착공식 축하 공연이 비로 연기된 사실에 분노하고 있었다.

기다려봐, 구경부터 좀 하자. 이철민의 음성은, 수면 부족과 영양실조의 몸보다 심하게 떨리고 있었다.

그는 거대한 모니터-차량에서 범람하는 이미지의 홍수에, 몸을 숨겼다. 모니터-창은 시공간에 구멍을 뚫고, 미래 쪽으로 나 있었다. 시뮬레이션 시티의 랜드마크들로 편집된 영상이, 테크노사운드 속에서 펼쳐졌다. 그는 몽환적인 이미지의 물결 속에, 편두통으로 일그러지는 얼굴을 감추고, 내면을 뒤적였다: 이제 나에게 남은 것은 무엇인가?

모니터-창에서, 공중-가변-거대구조물 생성다이어그램이 작동되기 시작했을 때, 낯익은 음성이 날아왔다. 끝개장의 급변적 분기, 유역들의 파괴와 창조; 이철민은 심장이 멎는 것만 같았다. 친구의 목소리는, 예리한 나이프처럼, 소음들의 덩어리를 쪼개며 날아와 심장에 박혔다.

—저 공중-가변-거대구조물 하나로 세계화 도시 구역, 관광단지 쪽은 완전히 커버됩니다. 인구 30만이 상주할 수 있는 인공도시죠.

동해안 고속도로이기도 하고.

모니터-창에, 동해안 지역의 무정형 신기루 같은 게 나타났다:
뒤샹의 그림, 「계단을 내려오는 나부」나 보치오니의 조각, 「공간 내
지속성의 유일한 형태」처럼, 여러 프레임이 중첩된 이미지. 공중-
가변-거대구조물 생성다이어그램이 작동되는 영상은, 화산이 폭발
하고 용암이 분출하는 재난 현장을 연상시켰다.

—동해-삼척, 도시연맹까지 이어지고, 일본의 인공섬 네트워크
에도 연결됩니다. 형태는, 보시다시피, 백두대간을 닮았죠.

모니터-창에, 흐르던 용암이 응고되는 느낌으로, 산맥이 나타났
다. 환유적 은유의 형식으로 재구성된 백두대간; 지맥의 흐름과,
지각판의 힘과, 지층적 시간을, 보여주는 공중-가변-거대구조물.

흐름과 힘과 시간, 이철민은 세 단어를 이용해, 동작을 분절하며
뒤돌아보았다.

눈이, 마주쳤다.

매크로 앤 타이니의 독고; 얼어붙는 몸, 복잡한 상념들로 분열되
는 얼굴.

하늘에서 굵은 빗방울이 떨어지기 시작했다. 풍경이 요란하게 흩
어진다. 그러나, 두 사람은 따로 도려낸 듯한 시공간에서, 마주 보
고 선 채 꼼짝도 하지 않았다.

그로부터 두 시간 뒤, 이철민은 강릉-정사각형 너머 남쪽으로,
남쪽으로, 걸어갔다.

황보-헬기가 발사된다.

302

강릉-매트릭스: 랜드스케이프 건축물의 하이브리드 배아, 혹은 자연물과 인공물이 하나의 판으로 통합된 사이보그 배아 상태의 시뮬레이션 시티.

그리드로 분절된 시뮬레이션 곡면은, 발생학적 스페이스 매트릭스, 자연적·사회적·문화적 매개변수들과 연산식으로 직조된 '하이퍼코텍스' 같은 것이었다.

발생학적 프로그램이 작동되기 시작하면, 도시-몸의 배아에 주름이 형성되고, 굴곡과 벡터와 프레임이 나타난다: 강릉-매트릭스의 오브젝트들은, 픽셀 단위로 분배된 힘들에 따라, 발생학적 변형을 겪으면서 분화한다.

이 플라이트 시뮬레이터는 원래, 트랜스제닉 종자캡슐들을 지정된 장소에 산포하기 위해 허가된 것이었다. 그러나, 매직아이 마니아는 틈날 때마다 강릉-매트릭스에 접속하곤 했다. 하이퍼코텍스에는, 매직아이 마니아를 전율시키는 풍경이 숨어 있었다: 하나의 풍경이 떠오르고, 그 속에서, 또 하나의 풍경이 떠오르는 이중의 매직아이.

시작되었다, 시뮬레이션 시공간의 워핑과 트위스팅, 초피막의 접힘과 펼침.

디지털 조산 운동과 함께, 입체 스마트 도로들이 뻗어나가고, 남대천은, 인공수로와 투명 플라스틱 포장재와 발광다이오드-맹그로브의 곡류천이 되어, 바다로 이어진다. 백두대간 공중-가변-거대 구조물이, 오렌지빛 해변과 푸른 바다를 넘나들며, 공중에서 꿈틀거린다. 두 개의 타원이 겹쳐지며 경포 호수가 생성되고, 그 프랙털

적 파편들이, 불과 모래의 정원에 오아시스로 산포된다. 북쪽 함몰
지구는, 플러그 인 하우스 섹터의 호수가 되고, 서쪽 함몰지구는,
매립지로 변해 랜드 아트의 캔버스가 된다. 테크노폴리스-숲이 도
시와 자연의 경계를 지우며 증식하는 동안, 자연-인공 복합체, 대
지-건물 복합체들이 발아한다. 랜드마크들, 도시-몸의 주요 기관
들이 완전히 분화하고 나면, 백두대간과 남대천의 프랙털 차원이
분배되면서, 자연과 인공이 뒤섞이는 경관들이 결정된다. 황보-헬
기가 긴장하는 건, 신강릉이 프랙털 리듬에 따라 일차 형태발생을
완료하는 시점이었다. 재건되는 강릉은, 좀더 '마카오'에 근접하는
것이었다. 유클리드 기하학적 도시는, 위상기하학과 프랙털기하학
에 의해 휘어지며, 뒤틀리고, 액화되어 흐르기도 하면서, 고흐의
하늘을 닮아갔다. 그 소용돌이치는 풍경 속에, 또 하나의 풍경이 숨
어 있었다. 황보-헬기가 갑자기 고도를 높이기 시작했다. 풍경이,
스틸 숏처럼 분절적으로 확장되는 어느 순간, 랜드스케이프 건축물
의 평면도에서, 심리-지리학적 건축물이 떠오른다: 테크노폴리스
의 메타-시티.

　황보가 파일럿을 꿈꾸기 시작한 건, 유년 시절부터였다. 그 이후,
한 번도 흔들리지 않았다. 중년의 나이가 된 지금도, 후회는 없다.
그래서 이번 생은 이것으로 족하다, 라고 생각하지만, 그 삶에 통합
되지 않는 사건들이 있었다. '히드라 정도의 신경을 가진 여자'에게
도, 상처는 있는 것이다: 암벽 등반 조난자가 헬기 바람에 날려갔
던 기억, 불타는 빌딩을 선회하며 거리 조절에 자신이 없어 망설이
다 타이밍을 놓친 기억…… 동료 조종사가 산불 연기 속에서 추락

하는 걸 목격한 이후로는, 재난 현장으로 출동할 때마다, 아무도 모르게 셀프카메라를 찍어두는 습관을 갖게 되었다. 버드 아이 뷰; 프랙털 강릉의 원경(遠景)은, 실패나 추락의 기억들이, 응축되고 치환된 이미지의 형태로 떠오르는 꿈을 닮았다. 어째서, 복원된 강릉에서 악몽을 보게 되는 것인가?

황보-헬기는 그 지점에서 미끄러지기 시작한다.

풍경은 빠르게 패닝하는 영상처럼, 이미지의 급류가 되어 흐르다가, 강릉 남쪽 경계를 넘는 순간, 정전처럼 꺼졌다.

강릉-매트릭스, 그 폐쇄도시 바깥에 있는 건 무엇인가?

암흑물질들의 스페이스 매트릭스.

아무것도 없는 것이다, 키네틱 타이포그래피, 사이보그 발광조처럼 날아다니는 경고 신호 외에는.

이철민은 암흑물질들의 스페이스 매트릭스로 상징되는, 강릉-정사각형 바깥으로 나아갔다. 지명도, 시간도, 이제는 의미가 없었다. 비바람에 펄럭거리는 건, 판초 우비만이 아니었다. 낡은 신문지 같은 몸이, 비에 젖어 뭉개지고, 바람에 뒤틀리며, 덧없이 날려간다. 카이퍼벨트 같은 워킹시티-벨트, 그리고 열사한 슈퍼슬럼의 은하계. 폐차와 중고 캡슐의 '움막'들이, 파괴된 행성의 잔해처럼 흩어져 있고, 형광 스프레이를 뿌린 가로수들이, 옛 궤도의 흔적을 간신히 표시했다. 그러나, 언론에서 '움막촌'이라고 부르는 이곳 역시, 테크노폴리스 생산시스템의 일부였다 —— 시스템 바깥에는 그 어떤 현실도 없다는 점에서.

고교 동창 독고는, 무소부재하며 전능한 세계-시뮬레이션의 디지털 면역망에 관해 들려주었다. 이철민이 디지털 바퀴벌레들의 안부를 물었을 때. 독고는 그저, 전해들은 이야기를, 이해하지 못한 채 다시 전해줄 뿐이었지만, 이철민은 그 메커니즘을 완전히 이해했고, 완전히 절망했다.

이철민이 디지털 바퀴벌레를 사육하기 시작한 건, 결코, 세계-시뮬레이션을 친다는 식의 황당한 짓을 하기 위해서가 아니었다. 그것은 그저, 시스템의 결함 찾기 놀이, 완벽이라는 개념에 저항하는 프로그래머 특유의 자아도취적 유희 같은 것에 불과했다. 그러나, 시스템의 절망적인 완벽성을 이해해갈수록, 유희는 점점 강박적인 것으로 변해갔다.

세계-시뮬레이션을 상대하려는 자는, 우선, 지상에서 가장 진화된 면역계와 대면해야 했다. 문제는, 면역계에 대한 공격 자체가, 면역계를 강화시킬 수도 있다는, 역설이었다. 세계-시뮬레이션의 디지털 면역망은, 국소적인 소프트웨어-모듈에 대한 집중 공격이 불가능한 다중분산시스템이었다. 그것은 네트워크 전체에 편재해 있었고, 디지털 기생충들의 코드를 포획하며 진화하는, 인공생명시스템이기도 했다. 과장된 소문에 의하면, 그 어떤 바이러스도, 디지털 면역망 자체를 파괴할 수는 없었다, 디지털 논리시스템을 사용하는 한. 항체를 생산할 수 없는 항원이 침입했다 해도, 면역계의 아폽토시스(:세포자살) 프로그램이, 바이러스를 품고 자살할 수 있었다. 다중분산시스템은, 그 일부가 죽어도 계속 작동할 수 있었고, 새로운 항원의 유전자는 그대로, 새로운 항체를 생산하는 데이터

뱅크에 통합될 뿐이었다. 그래서, 세계-시뮬레이션은 침투나 저항을 자양분으로, 오히려 진화하게 되는 것이다. 디지털 림프절의 방화벽은, 저항 프로그램들의 납골당이자, 침투한 디지털 유전자들의 박물관과도 같았다. 귀대환약신(貴大患若身)에 대한 개념 드로잉은 사실, 거기에서 온 것이었다. 세계-시뮬레이션이야말로, 재난을 자기 몸으로 통합하며 확장하는 시스템, 그 자체였던 것이다.

강박적인 유희는 어느 순간, 필사적인 목표 같은 것으로 변해갔다 — 세계-시뮬레이션이라는 '형이상학적 시스템'이, 메타-재난-시뮬레이션의 음화처럼 여겨지던 때부터. 이철민은 오랫동안 고민했고, 수많은 시행착오를 경험했다. 반전(反轉)은, 자신의 모든 시도가 파탄에 이르렀다고 느꼈을 때, 발생했다. 기이한 일이었다. 포기의 순간, 코페르니쿠스적 전환을 경험했던 것이다: 디지털 면역계를 붕괴시키려는 시도가, 디지털 면역계를 강화시킬 수밖에 없다면, 디지털 면역계를 오히려 강화시키는 경우에는 어떻게 될 것인가?

이철민이 찾아낸 것은 바로, 자가면역질환이란 개념이었다: 자기 세포를 공격하는 항체, 자폭의 형식으로 작동하는 질환; 예를 들면, 류머티즘성 관절염 같은.

그것은, 디지털 면역계가 일종의 인공생명체처럼 작동한다는 점에 착안한 것이었다. 이철민은 새로운 개념의 논리-폭탄을 디자인하기 시작했다. 그것은, 세계-시뮬레이션의 논리시스템을 직접 폭파시키는 게 아니라, 그 논리시스템의 알고리듬을 오히려 강화시켜, 폭탄으로 전화시키는 메타-논리-폭탄이었다; 디지털 면역계가 하나의 독립적인 개체로 떨어져 나오도록; 자신을 제외한 모든 시스템을 항원으로 간주하도록; 자신이 속한 세계-시뮬레이션에 대해서조차 항체를 생산하도록.

불타는 고딕체들에 의하면, 세계-시뮬레이션이 타격을 받은 건 분명한 듯했다. 시스템이 일시적으로 중단된 건 이번이 처음이었다. 위험한 면역억제프로그램까지 가동되고 면역망 필터링이 진행되는 동안, '마카오'가 입은 피해는 사소한 것이 아니었다. 그러나, 그 내파의 형식조차도 여과되고, 코드화되어, 림프절의 방화벽으로 통합되어버렸다, 독고의 전언에 의하면. 그리고, 세상이 돌아가는 걸 보면.

더 이상은 없었다; 세계-시뮬레이션은 이미, 충분히, 해체적이어서, 해체하려는 시도 자체를, 시스템의 일부로 통합해버린다; 여기에는, 출구가 없다……

그것은, 7번 스마트 도로를 지워버린, 저 모래와 진흙의 늪과도 같다: 그 어떤 부정, 그 어떤 반대도, 자신의 일부로 빨아들이는 늪.

이철민은 늪을 우회해, 산 쪽으로 올라가기 시작했다.

이젠 어떡할 거냐? 독고는 비난하는 게 아니라 탄원하는 것처럼, 반복해서 물었다.

독고, 나의 친구; 외모나 능력이나 성격, 거의 모든 면에서 완벽한 친구; 자신을 곤경에 빠뜨린 친구에게, 지프를 내주고 돈까지 쥐어주는 친구; 내가 어떻게 너를 싫어할 수 있겠는가? 너를 미워하는 것이 아니다, 나의 반대는 좀더 일반적인 것이다, 나는, 너의 '멋진 인생'에 동의하지 않는다……

사람들은 늘 개탄한다, 세상에 대해서. 그러나, 그 세상을 바꾸기 위해서는 아무것도 하지 않는다. 자살하지 않고 태어난 아이들 역시, 개탄의 수사학만 학습할 뿐. 그래서 더욱 세련된 방식으로 개탄할 줄만 알 뿐. 개탄할 만한 세계에서 낙오되는 일이야말로, 진정으로 두려운 일이다. 누군가는, 그 개탄할 만한 고리를 끊어야 하지 않겠나? 누군가는, 번뇌 위에 세워진 시스템에 대해 이의를 제기하고, 남김없이 자신을 소모하며, 떳떳하게 몰락하는 모습을 보여줘야 하지 않겠나?

그런 게 바로 예술이지, 시뮬레이션-픽션을 창작하며 예술가 흉내를 내던 자가, 혼자 말하고, 혼자 웃었다. 그러나, 그 기괴한 웃음소리가, 웃고 있는 자를 낯설게 만들었다. 그는 그 즉시, 폭우가 쏟아지는 숲 속에서 혼자 웃고 있는 인간에 대해, 강렬한 혐오감을 느끼기 시작했다.

그렇다, 진실은 그렇게 단순하지 않았다.

처음부터, 일이 이렇게 될 줄 알고 있었던 것이다. 논리-폭탄 따위로, 뭔가를 바꿀 수 있다고 믿은 적은 없었다. 그럼에도 불구하고, 하지 않을 수 없었다, 자멸하는 것 말고는 출구가 없었기 때문에. 파멸은 예정되어 있었고, 그 논리적인 결론에 동의하기 위해, 상황을 만들어낼 필요가 있었다 —— 파멸하기 위한, 파멸해도 되는. 알겠나, 친구. 정직해지기 위해, 아주 부정직하게 행동했던 인간이 있었다. 그 인간의 모든 행위는, 그저, 허무의 형식에 불과하였다.

—이젠 어떡할 거냐?

—그냥, 좀, 걸어보려고 해.

그래서, 걷고 있다.

이철민은 모래와 진흙 더미를 우회한 뒤, 다시 바다 쪽으로 내려
갔다. 몸을 관통할 듯 날카롭던 빗줄기는, 이제, 몸을 찌부러뜨릴
듯 무거워졌다. 취기와 수면 부족과 영양실조의 몸이, 허우적거리
며 나아간다. 위스키 작은 병이 어느새 바닥났다. 세계 전체가 알코
올에 젖어, 녹아내리는 듯 몽롱하다. 떨어져 나간 팔이 저 뒤에 나
뒹굴고, 몸통은 몇 겹으로 찢겨 판초 우비와 함께 펄럭이고, 분리된
다리가 후들거리며 저만치 앞서가는 느낌이다. 풍경은 빗줄기 속에
서 줄무늬가 되고, 얼룩이 되고, 어둠 속으로 녹아내린다.

걷기.

완전히 붕괴할 때까지.

자기 무덤에 도달할 때까지.

그저, 걷기.

펑크와 스킨헤드는 그 시간, 건천(乾川)으로 변해버린 양양 구(舊)
남대천 바닥에 처박혀 있었다. 밀봉한 알루미늄 박스를, 양양의 급
진적인 환경연합에 전달하는 조건으로, 지프와 현금을 받았다. 중
간에서 도망칠 수도 있었지만, 서울로 뜨기 위해서는, 스마트 하이
웨이 통행증이 필요했다. 양양에서, 알루미늄 박스와 통행증을 교
환하기로 했다. 그러나, 건천으로 내려올 때까지는 온 세상이 좋았
는데, 그 이후, 지프는 30분째 헛돌고 있다. 폭우가 쏟아지고, 건천
이 부활한다. 거품 섞인 커피 같은 물이, 모래로 흡수되는 것보다
빠르게, 차오르기 시작했다.

양양 구남대천은, 절단된 선분처럼, 양쪽으로 막혀 있었다. 산불 폐목들이 상류에서 댐 역할을 하고 있었고, 하류는 모래와 쓰레기와 건축물 파편으로 막혀 있었다. 지진은 강줄기를 수직 방향으로 뒤틀어놓았는데, 전체적으로 보면, 하구 쪽이 융기해 해안 절벽이 생겨난 상태였다. 건천의 물은 상류와 하류에서 동시에 흘러와, 꺼져버린 강줄기의 중간 부분에서 충돌했다. 펑크와 스킨헤드가 보기에는, 강이 거꾸로 흐르는 것처럼 보였다. 그들은 그쯤에서, 황당해하며, 모래경사를 기어올라갔어야 했다. 거꾸로 흐르는 강 이면에 있는 것은, 완전무장한 세계 전체였다. 그들이 싸울 수 있는 상대가 아니었다. 강원도 동해안의 집중호우는, 인도네시아 가뭄과 인도 계절풍의 실종, 호주 사막에 생긴 호수들, 펠리컨과 가마우지의 무덤으로 변한 페루 해안…… 그 모든 것과 '원격상관'되어 있었다. 그들이 거꾸로 흐르는 강과 싸우는 동안, 태평양의 엘니뇨 남방진동, 편두통의 지각판, 부서진 백두대간과 뒤틀린 구남대천, 게릴라성 집중호우가 절묘하게 결합했다.

강물의 흐름이 멎었다.

더러운 웅덩이가 부풀어오르기 시작했을 때, 펑크와 스킨헤드는 비로소 지프를 포기했다. 그러나, 늦었다.

백두대간으로 스며든 물의 압력이 임계치를 돌파했다. 산이 움직인다.

댐이, 터졌다. 협곡이 총신으로 변하고, 물과 흙의 발사체가 굉음과 함께 달려왔다.

……청년들은 익사했다.

그날, 강원도에서만 50여 건에 이르는 크고 작은 산사태가 발생
했다. 오대산 권 여기저기에서, 모래흙과 암석과 검은 나무들이 쏟
아져, 슈퍼슬럼들을 묻어버렸다. 청옥·두타권에서는, 산허리나 어
귀에 쌓아둔 산불 폐목들이, 폭발하듯 흩어지며, 바다까지 밀려갔
다. 지진 이후 복구 중이던 도로들이 다시 매몰되고, 개천이나 운하
등은, 진흙과 쓰레기 더미로 막혀 웅덩이로 변했으며, 근해는, 누
런 반점들로 뒤덮였다. 폭우는 하루 만에 그쳤지만, 사흘 동안, 해
가 뜨지 않았다.

이철민은, 슈퍼슬럼의 버려진 두랄루민 캡슐에서 밤을 새운 뒤,
비가 그친 오후부터 다시 걷기 시작했다. 백두대간 동쪽 해안도로
를 따라갔다. 군인들이, 쓰레기 더미를 걷어내며 임시 합판을 깔고,
슬럼의 주민들은, 진흙 속에 갇혀버린 집에서 가재도구들을 꺼내고
있었다. 스펀지처럼 물을 머금은 산에서는, 여전히 흙더미들이 미
끄러져 내려왔다. 그러나, 이철민은 풍경과의 대화를 거부한 채,
걸으면서 하이테크 비스킷을 씹고, 넘어지면 넘어진 김에 쉬고, 그
때마다 입술에 닿는 흙탕물을 마시고, 잠이 오면 젖은 채로 잠시 눈
을 붙이고, 깨어나면 다시 걸었다: 심장을 메트로놈 삼아, 그 메트
로놈이 멈출 때까지 걷기.

해가 지고, 완전히 지쳐, 걷는지 꿈을 꾸는지 모르게 되었을 때,
'향기로운 폐허'가 나타났다.

동해-삼척 도시연맹의 시외 폐쇄형 주택 단지: 화학물질을 사용

하지 않는다는 의미의 '케미리스 타운'; 전용 도로와 자체 기반 시설을 갖췄고, 친환경 소재와 쌀로 만든 접착제 등으로 지어진, 고급 저택들만 있는 곳. 그러나, 특권층들의 향기 나는 요새 역시 재난을 피할 수는 없었다. 지진 이후에는, 폭도들의 표적이 되기도 했다.

이철민은 비로소 어딘가에 도착했다는, 기이한 느낌에 사로잡혔다. 그곳이 목적지였기 때문이 아니라, 폐허의 향기가 몸속에 누적된 뭔가를 건드렸기 때문이었다. 하지만, 그것을 의식 위로 끌어올려 검토할 여력은 없었다. 그는 부서진 1인승 '다이맥시온 카' 안에서, 파도 소리를 듣다가 잠들었다. 그의 무의식을 건드린 것은, 어둠 속에 음울한 묘비처럼 서 있던 문(門)들이었다. 그곳은, 세 개의 문이 있는 폐허였다.

발열하는 아침.

면역계에서 전투가 발생했고, 몸이, 불타는 전쟁터로 돌변했다. 이철민은 몸이 아플 때만 감지되는 중력을 느끼며, 다른 행성처럼 보이는 풍경을 응시했다. 사이보그 발광조, 날카로운 기계적 새 울음소리가 몸-전쟁터를 가로지른다, 그 순간. 폐허에 수직으로 서 있는 것들을 발견했다. 벽도, 천장도, 무너진 상태에서, 웅장한 고딕 식 대문-모듈들이, 문틀이나 벽의 일부와 함께 서 있었다 —— 바다를 차단하며 베일처럼 펼쳐진 은빛 스크린을 배경으로.

이철민은 1인승 삼륜차 밖으로 나가 걷기 시작했다. 절뚝거리고, 헐떡거리고, 진흙탕에 발을 빠뜨리며 걷는 동안, 아픈 몸의 열기가 이상한 흥분으로 변해갔다. 잠금장치를 풀고, 첫번째 문을 통과하며, 조립식 낙산사를 생각했다. 시공간을 절합하는 세 개의 인터페이스; 일주문과 천왕문과 불이문. 50미터 정도 걸어가 두번째 문을 통과하며, 건축적 전이공간을 넘어가는 기분에 사로잡혔다: 이질적인 네트워크들이 혼융되는 게이트-웨이.

폭우 속에서 걷는 동안 몸속에 쌓였던 것들이 형태를 갖춰간다.

폐허에 길을 내는 '걷기'는, 걷기가 없었다면 존재하지 않았을 풍경을 구축했다. 예감과 전조로 가득 찬 상형문자들이, 키네틱 타이포그래피처럼 떠다니고 있다 —— 사이보그 발광조들; 시계(視界)를 가로지르며 뭔가, 머리카락을 곤두서게 만들고 심장을 두근거리게 만드는 뭔가의 출현을 예고한다.

불에 그슬린 세번째 문은 잘 열리지 않았다. 잠금장치가 녹아 붙었다. 벽이 되어버린 문을, 발로 밀어 차 쓰러뜨렸다. 시공간을 산산조각 낼 듯한 굉음, 부서진 파편처럼 튀어 오르는 새들, 그리고 '건축적 모멘트.'

일주문과 천왕문과 불이문 너머에 있던 것이, 공중-가변-거대구조물 형태로 나타났다. 풍경 전체가 일순간, 색과 형을 잃고서 물러앉고, 필로티도 없이 공중에 떠 있는 잿빛 건축물만, 그의 우주에 유일하게 존재했다. 그것을 향해 걸었다기보다는, 그것의 인력장 속으로 끌려들어갔다.

공중-가변-거대구조물은, 10미터 높이의 미세 철망 스크린 프레임에 걸려 있었다. 수십 개의 항아리들이 한 덩어리로 녹아 붙어 공중에 거꾸로 떠 있는 형태였고, 1인승 삼륜차 크기보다 컸다. 바로, 사이보그 발광조들의 집합적 둥지였다.

사이보그 발광조의 '원형'은, 일명 '베짜기 새'라고도 불리는, 사막의 산까치 종류였다. 그 새들은 기하학도, 건축공학도 없이, 몸의 논리에 따라 공중에 집을 짓는데, 돔형 천장부터 시작해, 차양을 늘어뜨리듯 벽을 세우고, 바닥에 문을 내는 전도된 건축술을 사용했다. 그 둥지는, 지상의 건축처럼 중력에 저항하며 솟구쳐 오르는 것도 아니고, 중력에 투항해 바닥까지 내려가지도 않으면서, 기우뚱한 균형을 유지하는 건축물이었다. 그중 군거성 베짜기 새들의 경우에는, 플러그 인 하우스보다 큰 집합적 둥지를 건축하기도 하는 것으로 알려져 있었다. 세 개의 인터페이스, 일주문과 천왕문과 불이문 너머에 있는 것은 바로, 초현실적 둥지-전각이었다.

건축적 모멘트: 포지티브 피드백 루프에 의한 인지시스템의 재건축; 인식의 파편들이 수만 번의 시뮬레이션 끝에 하나의 형태로 짜여 들어간다……

그 인식의 형태는, 완전하게 불완전한 균형을 유지하고 있는, 전각-둥지의 무정설법(無情說法) 형태로 왔다: '완전하게 불완전한 건축물'을 지어야 하는 것이다……

하나의 생각이 느닷없이, 인식의 블랙박스에서 튀어나왔고, 그 결론의 빛에 의해 뒤늦게, 연상의 경로들이 드러나기 시작했다. 하나의 결론이 거꾸로 구성해가는 논리는, 피할 수 없고, 부정할 수 없는 것이었다. 완전하게 불완전한 건축물이라는 개념은, 박인호와 대화하던 중 얻은 것이었다. 조립식 낙산사가 완공되고, 이재민대피소로 모래-밀물이 밀려들던 시간이었다. 이철민이, 완벽하게 논리적이며 윤리적이고 미학적인 '12연기(緣起)-구조물'에 관해 말했을 때, 박인호는, 완전하기에 불완전할 수밖에 없다고 역설했던 것이다.

　—12연기가 왜, 12마디여야만 하는 걸까? 붓다가 다른 언어권에서 태어났다면, 10연기나 18연기가 될 수도 있었던 게 아닐까? '해석'의 관점에서는 필연적이지만, '구축'의 관점에서는 우연적인 게 아닐까? 그러니까 핵심은, 12연기-구조물이 아니라, 연기적으로 사유하는 거라고들 하지. 그런데, 바로 거기에 붓다의 딜레마가 있어. 하나의 명제를 주장하면서, 동시에 부정해야 하는. 연기적으로 사유하기 위해서는, 12연기-구조물을 정교하게 구축해가야겠지만, 연기적으로 사유한다는 건, 상호의존성을 깨닫는 것이고, 12연기-구조물조차 붕괴시켜야만 하는 일이니까. 이를테면, 비트겐슈타인 식이지. 『논리철학 논고』를 이해하기 위해서는, 정교한 구축의 과정이 필요하지만, 『논리철학 논고』를 이해하는 순간, 구축은 '헛소리'가 되지. 나가르주나(龍樹)에 의하면, 연기는 중도(中道)이자 공(空)이야. 그것은 길이기에, 견고한 건축물이지만, 공이기에, 실체가 없어.

　시스템을 붕괴시키려는 시도, 시스템 밖으로 나가려는 시도는 필연적으로 실패한다. 그 대신, 편재하는 '전자기장의 시스템' 속에서 다른 논리의 전각-둥지를 지어야 하는 것이다; 기하학도, 건축공학도 없이, 오직 몸의 논리에 따라, 완전한 시스템 속에서 오히려 불완전한 공중-가변-거대구조물을 지어야 하는 것이다……

그런 게 바로 예술이지, 시뮬레이션-픽션을 창작하며 예술가 흉내를 내던 자가 또다시 중얼거렸다: 부수는 게 아니라 짓는 테러-아트; 세계를 바꾸는 것이 아니다, 나를 바꾸는 것도 아니다, 세계를 바꾸는 것과 나를 바꾸는 것이 일치하는 시공간을 내어놓는 것이다, 다른 논리의 집-몸을 짓는 것이다……

자신의 생각이 아닌 듯한 생각들이 거침없이 터져나오던 어느 순간, 미세 철망 스크린 너머에 있는 풍경이 끓는 듯, 꿈틀거렸다. 둥지에서 나오는 사이보그 발광조들을 피해 움직이며, 시선을 이동하는 순간, 물러앉았던 풍경이 현상액 속의 사진처럼 떠오르기 시작했다. 다시 파도 소리가 들리고, 숨죽이고 있던 바다가 비로소 뒤척이기 시작한다. 그리고, 어두운 얼룩들의 담요로 덮여 있는 것 같은 해변이 드러났다. 해변은, 살아 있었다.

이철민이 도착한 곳은 바로, 백두대간 짐승들이 재난을 피해 몰려든 피난지였다. 미세 철망 스크린은, 백두대간이 복구될 때까지, 그 야생동물들을 보호하기 위해 설치해둔 것이었다.

그것은, 거대한 몸이 하나의 평면으로 펼쳐져 있는 것 같은 광경이었다: 개체-환경 복합체의 스킨스케이프.

거기에는 귀기라고 부를 수 있는 어떤 것, 친근하면서도 무서운 힘 같은 게 있었다. 이철민은 어느 순간, 응시하는 게 아니라, 공감적으로 참여하고 있는 자신을 발견했다; 몸이 하나의 평면으로 펼쳐 스킨스케이프 그 자체가 되는 순간, 태양의 각도와 바람의 방향과 파도의 강도에 반응한 산비둘기의 날갯짓 한 번으로, 새로운 스킨스케이프가 구축되기 시작했다. 갯바위를 뒤덮고 있던 새들이 폭발하듯 날아오르고, 그것을, 자신의 몸이 부풀며 튀어나가는 것처럼 느끼고, 거기에서, 파열의 고통이 아니라 생성의 희열을 느꼈을 때, 그의 몸속에 있던 건축물이 살을 찢고 튀어나왔다: 스킨스케이프 건축물.

그것은 하나의 구체적인 건축물 같은 것이 아니었다. 백두대간 공중-가변-거대구조물 레벨의 건축물 같은 게 아니라, 그것이 생성되어 나오던 디지털 다이어그램 레벨의 건축물에 가까운 것이었다 — 가능한 공중-가변-거대구조물들이 잠재태로 공존하는.

이철민은 작은 돌멩이 하나를 주워들었다. 미세 철망 스크린 너머로, 높이 던져 올렸다.

돌멩이의 재난; 무한 탄력의 스킨스케이프 전체로 파문이 번져나가고, 구축과 반(反)구축, 새로운 건축물이 솟아올랐다. 여기에는, 건축적 재난 같은 게 존재할 수 없었다. 그 어떤 재난도, 하나의 건축 생성 요소로 전환될 뿐이었다……

이철민은 비로소 멈춰 섰다.

하나의 걷기가 끝났다 — 거룩한 대지에, 절망과 분노와 환멸과 치욕의 발자국을 남기던 걷기가.

그리고, 새로운 걷기가 시작되었다.

15장

　김영희는 빗방울 때문에 정신을 차렸다. 네모난 하늘에서, 차갑고 축축한 밤의 편린들이 쏟아져 내린다, 여기는 어딘가?

　링거병이 달린 사이보그 전나무가 있고, 광섬유가 삽입된 플라스틱-병풍이 모래지층의 압력을 견디고 있다. 그녀는 나무뿌리처럼, 땅 밑에 있는 자신을 발견했다. 고함을 쳤다기보다는, 반사적으로, 몸 전체가 비명이 되어 튀어 올랐다. 무의미한 고함을 한 번, 내지르는 것으로, 조난자의 격식은 끝냈다. 살아보겠다고 고함을 치는 자신이 문득 혐오스러워졌다: 너는 살 자격이 있는가? 튀어 올랐던 몸이 추락하며, 직사각형의 웅덩이 형태로, 처참하게 퍼져 나간다.

　일어서보려고 했지만, 발목에 힘을 담을 수가 없었다. 빗줄기의 타격을 피해, 나무 아래로 몸을 옮기는데, 관절 단위로 몸이 떨어져 나가는 듯한 통증이 느껴졌다. 10미터 이상 높이에서 추락한 것이다.

구덩이 바닥의 모래 위로 물이 차오른다. 강릉-사막의 새벽-겨울이, 피부를 찌르고 들어오는 게 아니라, 내장부터 얼려가는 느낌으로, 전신으로 번져나간다. 결국, '지하'에서 끝나는가? 그녀는 '깊은 마카오'를 생각했다. 젖은 나무와 모래 냄새가 뒤섞이며, 테크노 섹스존의 동굴 냄새로 변해간다.

마카오는, 좁다. 그 대신, 높고, 깊었다.

마카오-은행의 또 다른 얼굴, 세계경제를 지탱하는 또 하나의 축인 지하경제가, 깊은 마카오에서, 방사상의 지하도처럼 지구-사이보그 전체로 뻗어나갔다: 검은 거래와 합법 거래 사이의 회색 지대; 뉴홍콩이, 마약과 납치 산업, 불법 무기, 인간 장기 유통망의 아시아 중심지였다면, 깊은 마카오는, 그 유통망이 금융망과 접속하는 지점이었다. 일원화된 세계-시장은, 더 이상 규제할 수 없게 된 '비합법적 시장'을 차라리 통합하는 쪽으로 진화했다. 검은 거래는 더 이상 검지 않으며, 역외금융은 더 이상 바깥에 있지 않았다. 암거래상들 역시, 마카오 자본 네트워크를 구성하는 정당한 거래상들이었고, 홍콩 삼합회나 러시아 마피아 역시, 금융 구조의 관점에서는, 정당한 다국적기업이었던 것이다. 김영희는 그 깊은 마카오에서도, 가장 깊은 밑바닥에 살았다.

사이보그 창녀라고 하면, 몸의 표면을 장식하거나 하이테크 보철물을 장착하는 것, 그 이상의 의미였다. 포주는, 기계였다. 일렉트로닉 에로티카 시스템은, 롤플레잉 매트릭스와 물리적 섹스를 결합시킨 매춘시스템이었다. 성적으로 모든 것이 가능한 해방구, 테크노 소돔의 사이보그 창녀는, 롤플레잉 필드와 테크노 룸에 동시에 존재하면서, 가상과 실재를 넘나드는 섹스의 조인트 코어로 작동했다: 디오니소스 축제에 참가하는 마이나스의 테크노 버전: 탄소 세포와 실리콘 비트로 구성된 무기적 생물: 실제 시공간과 시뮬레이션 시공간이 뒤섞이는 인터스페이스의 외계체.

불감증의 몸들은 기계적 매개를 통해서만 성적으로 흥분할 수 있었고, 쾌락인지 고통인지 구분하기 힘든 극단의 자극을 찾아, 깊은 마카오로 내려오곤 했다. 김영희는 그곳에서, 이중의 강도 높은 노동을 수행했다: 피부를 벗기고 사지를 절단하는 시뮬레이션 노동과, 기계적 인터랙티비티를 보완하는 물리적 섹스 서비스. 고객들은 외모나 성별까지 포함해, 온갖 변태적이며 폭력적인 성적 환상을 시뮬레이션할 수 있었고, 쾌감은 언제나 고통과 뒤섞인 채, 실제 시공간과 시뮬레이션 시공간의 인터스페이스에서, 만다라처럼 작렬했다: 패닉에 가까운 오르가슴; 그 해방은, 파멸과 다른 것이 아니었고, 그 섹스는, 미학적인 죽음을 시뮬레이션하는 것으로 종료되곤 했다.

하지만 이것은 시뮬레이션이 아니다. 김영희는 심리적 빙점 둘레를 선회하며 중얼거렸다. 자기도 모르게, 잠깐, 잠깐, 잠들었다, 깼다, 하는 일을 반복하고 있는 중이다. 졸음이 쏟아진다기보다는, 의식이 희미해지는 느낌이다.

한 가지만 생각한다: 예정된 미래를 바꿀 수 있는가?

전날, 정오의 태양전지 라디오에서는 폭우주의보에 이어, 불과 모래의 정원 프로젝트 뉴스가 흘러나왔다. 이제는 재난폐쇄구역들에 대해서도, 복구 장비를 투입하는 모양이었다. 떠나야 할 시간이었다.

가던 길, 계속 가는 수밖에 없겠지, 폐허의 남자는 무책임하고, 무기력하게 답했다.

김영희가 물었을 때, 이제, 어디로 갈 거냐고.

그는 계속 낙산사를 고집했다. 그러나, 낙산사로 간 사람들이 모두 관음의 영토에 도달한 건 아니지 않은가? 낙산사 멀티미디어 북, 『삼국유사』에 따르면, 위대한 원효조차도, 관음을 친견하진 못했다.

폐허의 남자는 즉각 부인했다. 그리고, 『삼국유사』를 재해석했다: 의상이 친견했다는 관음에 대해서는, 묘사가 없어. 해굴 속의 어둠이 전부야. 반면에, 원효가 친견하지 못했다는 관음에 대해서는, 세부까지 자세하지. 벼를 베는 아낙, 빨래하는 아낙…… 옛 기록의 핵심은, 누가 관음을 만났고, 누가 만나지 못했는가, 하는 게 아냐. 나는 그렇게 생각해, 의상과 원효를 합칠 때, 비로소 관음이 드러난다고.

폐허의 남자에 의하면, 자유자재로 변신한다는 천수천안관음(千手千眼觀音)은, 변신 그 자체의 언어적 절단이지, '변신하는 자'의 이름이 아니었다. 있는 건 오직, 벼를 베는 아낙, 빨래하는 아낙과 같은 패턴들, 변신들이 전부였다: 관음-시스템: 연속적인 교환과 변환만이 유일한 본질인 보살-시스템.

—원효의 에피소드가, 맥락에 따라 끊임없이 변신하는 관음을 보여준다면, 의상의 에피소드는, 그 이면에 체성(體性)으로서는 아무

것도 없다는 것, 동굴 속 어둠이 전부라는 걸 보여주지. 관음-시스템은 바로 그 지점에서, 유효하게 작동하기 시작해. '변신의 보살'이 '자비의 화신'으로, '논리'에서 '윤리'로 이행할 수 있는 건, 바로 그 메커니즘 때문이야……

그러면서 폐허의 남자는 지나가는 말로, 개념적으로 모순되고 이미지를 그리는 것도 불가능한, 어떤 건축물의 비유를 사용했다.

―자기 몸으로, 완전하게 불완전한 건축물을 짓는다고 상상해보는 거야. 하나의 '방편'으로서, 기괴하고 즉물적인 상상을 해보는 거지. 피부를 넘어, 몸들이 넘쳐흐르기 시작해. 강릉 전체로, 한반도 전체로, 지구 전체로…… 상상할 수 있겠니? 사방팔방으로 흐르면서 경계를 지우지만, 그 극한의 변신을 통해, 하나의 형태를 구축하는 거야. 아마도 그때, 강릉광장에서 신음하는 부상자들의 팔다리는, 남의 팔다리일 수 없을 거야. 아마도 그때, 안데스 아메리카에서 굶주리는 아이의 위장은, 나의 위장과 다를 수 없을 거야. 자비는 그런 몸의 논리적 귀결, 무위(無爲)의 위(爲)로서 그렇게 되어질 수밖에 없는 것이지, 도덕규칙 같은 게 아냐.

남자의 이야기가 이상하게도, 신경망 속에서 용해되지 않고, 오후 내내 멈추지 않는 롤러코스터처럼 타성에 의해 돌아다녔다. 마카오 야경 홀로그램을 응시하는 동안, 마카오의 기억이 재편집되어 오버랩되기 시작했다: 나는왜마카오에서돌아왔는가-블랙박스. 완전하게 불완전한 건축물은, 바로 그 부분을 건드리고 있었다.

절대로 끝날 것 같지 않던 마카오 생활의 후반부는, 새로 온 룸메이트가 쓰러지면서, 급박하게 진행되기 시작했다. 그녀는 한국과 필리핀의 혼혈로서, 테크노 섹스존의 마사지 걸로 팔다리에 근육이 붙었지만, 한 달 전쯤, 에로티카 시스템의 사이보그로 재배치된 상태였다. 그녀를 생각하면 지금도, 후각적 착란에 빠지게 된다. 세포 하나하나가 마사지 오일 향으로 염색된 듯, 어둠 속에서도 환한, 향기-혼합체로 감지되던 친구였다. 그러나, 롤플레잉 매트릭스는 쉽지 않았다. 그녀는 근육질의 몸에 어울리지 않게, 새로운 일에 약간 겁을 먹고 있었다. 김영희는 아침에 퇴근해서 잠들기 전, 그녀의 이마에 손을 얹고, 팔 근육이 아깝다, 그건 그저 시뮬레이션일 뿐이야, 스스로도 믿지 않는 말을 몇 번이나 속삭여주곤 했다. 그날, 룸메이트가 접속했던 시뮬레이션에 관해서는, 김영희도 잘 알고 있었다; 육체를 극단적으로 모욕하면서도, 그 육체를 통해 쾌락에 이른다는 테크노 소돔의 일반적인 테마가, 후각적으로 강조된 프로그램이었다. 지독한 악취를 통제하는 건 사이보그 창녀의 몫이었다. 하지만 전기톱으로 팔다리가 절단되는 순간, 그녀는 시뮬레이션 쇼크 상태에 빠졌다. 롤플레잉 필드의 몸뚱어리는, 살아 있는 토르소가 되어 체액과 오물을 뒤집어쓰며 웃고 있었지만, 테크노 룸의 몸뚱어리는, 화공학적 악취 속에서 의식을 잃은 살덩어리가 되어 있었다. 고객은 그 상황에서도, 살아 있는 토르소의 심장에, 전자 드릴로 구멍을 뚫고 있었다. 사이보그 창녀의 노란색 피가, 무중력 시공간에서, 아메바 형태로 떠다녔다. 잘린 팔다리는 행성처럼 선회하며, 몰핑 테크놀로지에 의해, 새와 물고기로 변해갔다.

그 장면을 상상하자, 또다시 감각적 착란이 찾아왔다. 마카오 야경 홀로그램이 플루이드 이펙트로 피처럼 흘러내리면서, 후각적 파탄을 추상적으로 시각화하기 시작했다: 어룽지면서 뒤엉키는 홀로그램. 완전하게 불완전한 건축물의 뉘앙스를 닮은 패턴이 나타나는 듯했다: 심리적 몰핑 테크놀로지에 의한 이미지-피의 응결.

테크노 섹스존의 노동자들이 머무르는 숙소는, 깊은 마카오의 바닥이었다. 룸메이트가 쓰러진 그날, 김영희는 처음으로, 벽 너머에 있는 지층에 생각이 미쳤다. 옷장 크기의 방이, 땅속 깊은 곳에 묻힌 관처럼 여겨졌다: 공기가 희박하다기보다는, 공기 자체가 죽어 있는 방. 그녀는 콘크리트-나무에 매달렸다: 나는, 흔들리지 않을 것이다…… 그러나, 쓸쓸하면서도 불안해서 잠들 수가 없었다. 수면제 효과가 나타나기 시작하자, 불안은 오히려 공포로 변해갔다. 향기-혼합체가 암모니아와 황산 냄새로 분해되는 후각적 공포; 좌우 콧구멍으로, 각기 다른 냄새가 쏟아져 들어오고, 후각적 대비의 형태로 시작된 균열이, 몸 전체를 실제로 쪼개가는 느낌에 사로잡혔다. 콘크리트-나무는 흔들리지 않는다……, 소리 내어 중얼거려봤지만, 잘 되지 않았다. 몸은, 전혀 다른 생화학적 결론에 도달해 있었다.

쓰러진 친구는 오래전부터 신장에 문제가 있었다. 그래서 마사지 파트에서 쫓겨왔지만, 그 사실을 감추고 있었다.

죽을 장소가 필요했던 거야, 그래서 온 거지, 한국인 브로커가 여자들을 소집한 뒤 목에 핏대를 세웠다, 하지만 시체 따위를 치우려고 우리가 있는 게 아냐……

바로 그때, *반토막난여자-사이보그*가 나타났다: '어떻게 이런 일이 일어날 수 있는가'라는 식의 분노는, '사실은 이런 일이 일어날 줄 알았다' '어차피 일어날 일을 미리 겪었다'라는 식의 희한한 안도로 변해갔죠…… 절단된 다리 대신, 금속 보철물을 이식한 30대 중반의 여자는, 자신의 허브 숍에서 일할 점원을 찾고 있었다; 한국인 브로커 밑에 있는 여자들이 한 자리에 모이는 날이라는 이야기를 들었던 것이다. 갑자기 나타나 이야기를 종결시키는 인물; 바로 그녀가, 응급실에 있던 사이보그 창녀에게, 자기 신장을 내어 주었다. 그리고, 김영희는 지하광장의 허브 숍에서 일하기 시작했다. 마카오의 기억은 바로 그 지점에서, 프리즈 숏으로 얼어붙는다.

무슨 일이 일어난 것인가?

전날 오후의 재난폐쇄구역은 유례없이 조용했다. 김영희는, 개념적으로 모순되고 이미지를 그리는 것도 불가능한 암호에 강박적으로 매달리다가, 남자가 잠깐 잠든 사이, 베란다 난간을 넘고, 네오큐비즘의 폐허를 걷기 시작했다. 완전하게 불완전한 건축물이, 숨겨진 연상의 루트를 달리며, 계속 마음을 뒤집어놓고 있었다. 마카오 야경 홀로그램은 감추고 있는 것을 보여주지 않았다. 하지만, 한 가지는 확실히 알았다; 그녀는 자신이, '마카오사건'을 이해하지 못했고, 이해하지 못했다는 사실 자체를 모르고 있었다는 걸, 비로소 깨달았다. 그래서, 그녀는 이중의 산책로를 걷고 있었다: 비례나 대칭이 붕괴된 네오큐비즘의 루트와, 순환적이며 비선형적인 인지 시스템의 루트.

마지막 날은 확실히 특별했다. 정전기를 일으키는 모래바람도 없고, 머리카락을 뜨겁게 가열하는 태양도 없었다. 비의 예감이, 코로 느껴졌다. 저기압의 대기는 대지의 땀샘에서 분비되는 이온으로 가득 찼고, 폭풍우는 이미 콧속에 와 있었다. 블랙박스 속의 마카오는, 그 냄새-예감과 닮은 데가 있었다. 느낄 수는 있지만, 그것을 설명하거나 묘사하는 일은 불가능한 것이다.

붕괴된 태양광 발전 단지, 네오큐비즘의 폐허를 가로지르는 산책은, 중력이 다른 계들을 가로지르는 것과도 같았다. 아파트 단지는, 분할의 방식이 아니라, 큐브-블록들의 조립으로 구획되었다. 하나의 건물이, 위치와 각도에 따라, 완전히 다른 형태로 보였는데, 아파트 단지 전체로 보면, 하나의 건물을 다양한 관점에서 동시에 조망하는 큐비즘 회화가 나타났다. 지진은, 그 모자이크 회화를 한 번 더 섞어버렸다. 통째로 쓰러졌거나 해체된 큐브-블록들 위로는, 모래의 파도가 누적되었다. 김영희가 단지(團地) 내부로 깊이 들어갈수록, 지면은 점점 높아져서, 강릉-정사각형을 지탱하는 필로티들을 묻어버렸다. 사이보그 전나무가 들어 있는 빛의 기둥들도, 해안 사구의 검은 구멍들처럼 변해갔다. 건물들은 더욱 위태롭게 기울어져, 조망 축이 뒤틀렸고, 건물들의 프레임에 담긴 하늘은, 파손된 접시처럼 들쭉날쭉했다. 큐비스트의 불안과 공포가 그대로 물질화된 풍경 속에서, 어느 순간, 그녀는 점멸하는 느낌의 파국적 기미를 감지했다. 다차원의 분열증적 시점, 구도들의 중첩, 복수의 조망축, ……그 혼돈의 파노라마 어디에선가, 디젤 엔진 소리가 울려 퍼졌을 때였다. 기울어진 건물의 큐브-블록이, 머리 바로 위에서, 꺼졌다, 켜졌다, 하는 느낌으로 흔들렸다. 그리고, 알아차렸을 때는 이미 늦었다. 한 발짝도, 움직일 수 없었다.

디젤 트럭의 클랙슨 소리가 들리는 순간, 윗부분이 강화 플라스틱으로 된 큐브-블록이 떨어졌다. 직하지진의 충격으로, 몸이 튀어오르고, 귓속으로 철근 따위를 쑤셔 박는 것 같은 굉음으로, 시공간 감각을 상실했다.

맞바람이 불어와 모래안개가 흔들리고, 바로 옆에 추락한 10평짜리 큐브-블록의 윤곽이 드러나자, 뒤늦게 공포가 밀려왔다: 깔려죽을 수도 있었다…… 이윽고, 사람들의 고함 소리가 들렸다. 불과 모래의 정원 프로젝트팀이 답사를 나왔다. 모래안개 속에서, 사람과 차량의 실루엣이 일렁거리는 걸 보고, 그녀는 뒤돌아서 달리기 시작했다. 등 뒤에서, 큐브-블록 하나를 떨어뜨린 건물이 통째로 쓰러지고 있었다. 두번째 충격파와 함께, 그녀는 허공을 밟았다, 바로 그 순간: 건축적 모멘트;

이중의 산책로가, 이질적인 시공간을 가로질러 포개지며, 초시공간의 건축물로 이어졌다; 네오큐비즘적 시퀀스들이, 산책자 내부에서, 하나의 공중-가변-거대구조물 형태로 조립되었다: 개념이나 이미지가 아니라, 호르몬이나 신경전달물질의 분포를 바꾸는 형태의 건축; 뉴런들 사이에서 생체전기적 불꽃이 터지고, 가속화된 사유가 연쇄 폭발을 일으켰다. 어느 순간, 다차원의 큐비즘적 관점에서 '마카오사건'을 응시하고 있었다. 사이보그 전나무 가지들을 꺾으며 구덩이 바닥에 도달하는 순간, 개념적 시공간의 루트가, 실제 시공간의 허공에, 홀로그램 성좌처럼 출현했다. 그녀는 이해했고, 끝장났다.

그 이후, 이중의 산책로는 다시 분기해 나갔고, 네오큐비즘적 폐허의 메타-건축물은 언어레벨 아래로 잠몰했다.

그러나, 살아 있다. 살아서, 구덩이 속이 희붐해지는 것을 본다. 비는 내리는 듯 마는 듯, 약해졌다. 하지만, 희망은 희박하다. 어느새, 흙탕물에 잠긴 하체에서, 감각이 사라진 부위가 넓어졌다, 반토막이 나는 것만 같다. 몸을 일으켜 나무줄기에 기대고 앉는 데, 천문학적 시간이 걸렸다. 스스로를 힘내게 할 만한 것을 찾다가, 사이보그 전나무에 귀를 갖다 대고, 체관과 수관 속으로 흐르는 강물 소리를 상상한다. 사막의 사계(四季)를 견디는 나무가, 마카오 지하 광장의 사계-숲을 불러오기 시작했다. 불타는 갈증 때문에, 사이보그 전나무처럼, 흙탕물을 떠마셨다. 미생물과 광물, 곤충의 파편, 숯검정 따위가 뒤섞인 물맛을, 참고, 넘겼다.

……마카오 지하 광장의 동서남북에 있는 식물원은, 네 개의 아트리움에 의해 분절되어 있었다. 그 식생과 구조는 동일했지만, 서로 다른 계절에 속해 있었던 것이다. 사막의 사계가, 태양의 고도에 따라 변하는 것이라면, 깊은 마카오의 사계는, 아케이드를 따라 이동하는 동안, 인공기후장치에 의해 변했다. 그 무렵, 겨울이었던 동쪽 아트리움에 봄이 오고 있었다. 비오톱이 녹고, 투명 아크릴로 포장되어 나무줄기를 나선형으로 휘감기도 하는 개천이, 탄산음료처럼 기포를 품고 최면적인 리듬의 물소리를 내며, 롤러코스터처럼 떠다니고 있었다. 봄-기계장치는 식물-모듈들 속에서 카운트다운을 끝냈거나, 진행 중이었다. 버드나무의 연두색 줄기를 필두로,

자작나무와 참나무 가지 등에서 새순들이 발사되고 있었다. 지하 보이드에 투영되는 지중해의 하늘에는, 알록달록한 참새-미사일들이 유도탄의 궤적을 그리고 있었다. 그 봄날의 전쟁터에서, *반토막 난여자-사이보그*를 생각했다. 인공장기는, 고가였다. 그러나, 인체 시장의 메카인 뉴홍콩에서, 신장을 구하는 건 크게 어렵지 않았다. 그럼에도 불구하고, 그녀는 다른 논리에 따라 움직였다.

봄-숲에서 나가는 출구에는, 꼭대기에 홀로그램 구름이 걸려 있는, 거대한 단풍나무가 서 있었다. 시간의 지표로서, 기억하라는 의미였다. 단풍나무 가지에서 터지는 새순들은, 청각적이었다, 단풍나무에 들러붙어 노래하는 트랜스제닉 참새들 때문에. 봄날의 단풍나무는 그렇게, 발사체들의 폭음으로 남았다.

마사토가 깔린 아케이드를 따라 남쪽으로 가면, 똑같은 숲에 여름이 와 있었다. 인공폭포의 수량이 늘어 물소리가 증폭되고, 음이온과 테르펜이 분사된 대기는, 휘발성 기름으로 얼룩져 있었다. 출구 쪽에는, 표피 흉터와 가지들의 벌어진 각도까지 동일한 단풍나무가, 푸르게 부풀어올라, 시간의 흐름을 가시화했다. 솔가지와 낙엽 따위가 깔린 아케이드를 따라 서쪽으로 가면, 가을-숲이었다. 단풍으로 불타는 숲은, 노란색, 붉은색, 갈색, 녹색의 시각적 음악이 되어 울려 퍼졌다. 출구 쪽의 단풍나무는, 가을의 음악이 집약된 한 그루 프랙털 숲, 가을의 농도를 보여주는 스펙트럼, 그 자체였다. 초록 잎들은 아래로 내려올수록 연두색에서 노란색으로 변해갔고, 지면 근처에 이르러 적홍색으로 불타다가 추락했다. 낙엽들이 줄기 둘레에 원형으로 쌓여 있었다.

낙엽은 왜 떨어지는가?

단풍나무 안에서, 단풍나무가 되어, 단풍나무와 함께, 느껴보려고 애썼다.

그러면서, 자기 신장을 내어주는 일에 관해 생각했다; 파는 것이 아니다, 선물하는 것이다, 이해할 수 있는가?

김영희는 가을날의 단풍나무에 두 손바닥을 갖다 대고, *반토막난 여자-사이보그*를 생각했다;

……그 모든 일은, 작은 키에 대한 사회적 편견과 개인적 열등감에서 비롯되었다고 했다. '평범한 외모'는 언제부터 병리학적 대상이 되었는가? 주위를 둘러보자, 키 크는 수술도 있고, 키 크는 약도 있었다. 생명공학 실험실에서 신약과 신기술이 개발되면, 질병들 역시 발명되기 시작했다. 시뮬레이터 신드롬이라고 명명하자, 임상환자들이 폭증했던 것처럼. 사람들은 사회-몸의 기하학을 바꾸는 대신, 그 기하학적 편견에 맞춰, 자기 몸을 바꾸기 시작했다. 그리고 과학은, 기존 사회를 있는 그대로 인정하기만 하면서, 사회-몸의 기하학적 편견을 마케팅 전략으로 이용하는 자본과 결합했다: 키가 작은가? 여기, 신장 보철술이 있다, 여기, 국부 주사용 인공호르몬도 있다…… 무릎이 썩기 시작했다, 급성이었다. 엉덩이 바로 밑에서 두 다리를 잘라냈다: 시공간의 구멍, 환각의 다리, 유령통증…… 발이 사라지자, 길도 사라졌다. 남은 것은, 마카오, 길들의 요람이자 무덤. 일렉트로닉 에로티카 시스템의 오토마톤으로 떠돌다가, 지하광장 테마존의 변태적인 임원을 만나, 사계-숲 관할 허브 숍의 지배인이 되었다. 마카오에 온 지 9년. 지하 영주권도 얼

었고, 뉴홍콩에서 전자 티타늄합금 보철물도 이식했다. *반토막난여자-사이보그는 시공간의 구멍을 복원했는가? 시공간의 구멍을 복원하는 사이보그 보철술이 존재하는가?*

    ……가을-숲에서 인공눈이 깔린 아케이드를 따라 북쪽으로 가면, 겨울-숲이었다. 귀국을 결심한 건, 십 년분의 계절 변화를 겪고, 열번째 겨울을 맞이했을 때였다. 낙엽이 쌓인 길에, 하얀 서리가 내렸다. 단풍, 그 축제로서의 추락 이후, 숲은 모노크롬의 추상화로 변해 있었다. 주위는, 고요했다. 관람객들이 거의 퇴장한 시간이었다. 정적 속에서 들리는 숨소리와 심장 박동은, 몸 밖에서 들려오는 소리 같았다. 그래서 몸의 경계가 모호해지는 느낌이었다 ─ 몸 전체가 펼쳐져 풍경과 뒤섞이는 느낌: '촉경(觸景).' 단풍나무의 비장함과 우아함 역시, 내장과 혈관의 표면으로 전해져 오는 듯했다: 꺼끌꺼끌하고 구불텅한 감각, 피부를 잡아당기거나 겹주름을 만드는 감각…… 그 감각들이 대뇌피질과 소통하는 게 아니라, 원초적 정서와 연관된 부위로 흘러가서, 직관적 결론을 유발했다: 한국으로 돌아가자……

    그러나, 입력과 출력 사이에 있는 인지시스템의 내부 논리는 철저하게 밀봉되어 있었다: 나는왜마카오에서돌아왔는가-블랙박스.

    이제는 어떻게 해야 하는가?

    그녀는 사이보그 전나무 구덩이 속에서, 가망 없는 질문을 반복했다.

    예정된 미래를 바꿀 수 있는가? 구덩이 속의 미래는 정해져 있다.

구덩이 속의 하루가 십 년의 밀도로 흐르고, 그녀는 빠르게 죽어 갔다. 그 누구도, 그녀를 발굴하러 오지 않았다. 그 어느 계절에도, 그녀는 혼자였다. 폐허의 남자가 자신을 찾아다닐지도 모른다는 기대는, 처음부터 하지 않았다: 한 사람이 안 보이면 떠난 것이다…… 고지식한 남자는 그저, 자기 길을 갈 것이다.

하루가 지나고,

또 하루가 지나고,

또다시 하루가 지나갔다.

네모난 하늘에서 이물체가 날아든 건, 셋째 날 오전이었다.

처음에는 꿈인지, 현실인지, 구분이 되질 않았다. 몸은, 죽었는지 살았는지조차 모호하고, 비 온 다음 날 웅덩이처럼, 지하에 고여 있을 뿐이었다. 이물체가, 그 몸-웅덩이에, 파문을 일으켰다.

산림청 헬기가 젖은 땅에 종자-캡슐들을 뿌리고 다니는 중이었다; 트랜스제닉 씨앗들을, 흙과 비료, 접착제 등과 혼합한 뒤, 자연 분해 용기에 담은 것들이었다.

그녀는 기묘한 상상을 하기 시작했다: 잘못 떨어진 트랜스제닉 종자-캡슐을 통해 구덩이 밖으로 나가는 상상; 트랜스제닉 종자-캡슐의 자양분이 되고, 그 씨앗 안에서, 씨앗이 되어, 씨앗과 함께, 모래지층 밖으로 발아하는 상상.

내일일기를 쓴다: 내일의 내일일기, 내일의 내일의 내일일기……; 몸-웅덩이가 트랜스제닉 종자-캡슐 속으로 들어가, 그 속에 접혀 있던 시공간과 함께 펼쳐지기 시작한다.

하나의 씨앗 속에는 이미, 나무의 '삶 자체'가 들어 있었다. 그러나, '하나의 삶'은 오직 하늘과 땅과 대기와 더불어서만 가능했다. 낙하지점은, 운명이다. 돌이킬 수도, 거부할 수도 없다. 이제부터는, 지금-여기에서 일어나는 사건들과 더불어 살든가, 죽든가, 해야 한다. 변신이 시작된다. 트랜스제닉 종자-캡슐이 어린뿌리를 내린다. 떡잎이 일어선다. 하늘과 땅과 대기의 원주민; 빛과 물과 이산화탄소를 몸으로 전환하며 성장하기 시작한다. 뿌리가 깊어지며 넓어지는 동안, 줄기는 부름켜를 만들며 두꺼워지고, 나선형으로 솟아오른다. 성장의 발사 패턴; 줄기와 가지는, DNA 이중나선에서 은하계 나선성운에 이르는, 그 대수 패턴에 따라 발사되는 것이다. 그동안, 낮과 밤이 교차하고, 사계절이 흐르고, 비와 눈이 내리고, 가뭄과 홍수와 태풍이 지나간다. 벌레와 새와 박테리아와 바이러스를 견딘다. 30년의 세월이 흐르고, 트랜스제닉-김영희-나무는 드디어 구덩이 밖으로 튀어나가기 시작했다. 테크노폴리스-숲은 하나의 거대한 몸과도 같았다 — 지하 뿌리들의 네트워크와 휘발성 화합물들의 장(場)을 공유하는. 나무-집합체가 서로 소통하고, 협력하며, 시공간 자체를 바꾸기 시작한다, 바로 그 순간.

트랜스제닉 종자-캡슐들에서 시작된 테크노폴리스-숲이 극상림에 도달하는 순간, 카타스트로피, 자신의 생각이 아닌 듯한 재난-문장과 조우했다: 과거로도 흐르는 양자역학적 사건처럼 미래에서 침략해 오는 문장; 초록의 스펙터클을 휩쓸어버리는 붉은 문장; …… 그리고, 불이 온다.

그것은 이렇게 시작된다: 그리고, 불이 온다……

그 오래된 미래에 도달하는 순간, 과거에서 미래로, 일 방향으로 흐르는 시공간이 휘어지기 시작했다: 테크노폴리스-숲 연대기가 동시에 조망되는 시공간; 불을 끄기 위해서는, 미래-과거를 동시에 바꿔야 하는 시공간; 예정된 미래를 바꾸기 위해서는, 실현된 과거도 바꿔야 하는 시공간; 바로 그 시공간에서, 언어 레벨 아래로 잠몰했던 네오큐비즘적 폐허의 메타 건축물이, 격렬한 불길에 휩싸인 채, 다시 떠오르기 시작했다.

잊고 있던 에피소드 하나가 떠오른다: 이미 완료되었으나, 아직 생성 중인 에피소드 하나; 마카오의 *반토막난여자-사이보그*가 뉴홍콩으로 떠나기 전의 삽화가 선명하게 떠오른다, 여전히 그대로이면서, 어느새 달라진 채.

지하광장의 허브 숍; *반토막난여자-사이보그*는 마지막 날까지 허브 포푸리 작업을 했고, 김영희가 도왔다. 각종 드라이 허브에, 절구로 찧은 올스파이스와 잘게 찢은 베이 잎 등을 섞어 넣고, 이끼 등의 보류제와 장미 오일 등을 첨가해, 향기 혼합물을 만드는 작업이었다.

이제, 또 다른 향기-혼합체를 복원하러 가는 건가요?

김영희가, 암모니아와 황산 냄새의 혼합물로 변해버린, 룸메이트를 생각하며 물었다. 그녀는 친구에게 줄 선물로, '설탕무의 일종으로 루비의 붉은색을 띤 테이블비트'를 골라놓았다.

*반토막난여자-사이보그*는, 무슨 말인가, 잠시 생각하더니, 웃으면서 대답했다: 아니, 네가 말한 그 구멍을 복원하러 가는 거야……

김영희는 자신의 사촌 언니에 관해 말했던 것이다: 시공간의 구멍을 복원할 수 있는가?

그것은 불가능한 논리였다, 다른 시공간에서만 가능한: 구멍을 메우기 위해, 웰빙 푸드와 스마트 드링크와 명품 핸드백과 코미디 프로 따위를 잔뜩 끌어와서 쏟아 붓는 것이 아니다, 구멍을 메우기 위해, 신장으로 상징되는 뭔가를 내어주는 것이다⋯⋯

이해할 수 있는가?

내부와 외부가 상호 관입하는 클라인의 병은, 삼차원 공간에서 불가능하다. 완전하게 불완전한 건축물 역시, 마찬가지였다. *반토막난여자-사이보그*는 그때, 마카오에 있으면서도 마카오에 있지 않았다⋯⋯ 그 점을 이해했다: 마카오-시공간의 빅 크런치와 몸-시공간의 빅뱅; 붕괴하면서 설립되는 몸, 그 반(反)구축적 구축.

나는 왜 마카오로 갔고, 나는 왜 마카오에서 돌아왔는가?

여기가 아니다, 더 험한 데로 가라. 저기도 아니다, 더 험한 데로 가라. 다른 시공간을 향한 무의식적 충동은, 그저 지리적 경계를 가로지르는 방식으로만 실행되었다. 마카오에서 한국으로, 강릉광장에서 재난폐쇄구역으로, 계속 이동하는 것으로 핵심을 대체했다. 그 결과는, 링반데룽이다. 다시, 여전히, '지하'에 있는 것이다.

끝이 온다, 느낄 수 있다.

플라스틱 벽을 따라 쓰러진 이후, 두 번 다시 일어나지 못하고 있다. 이렇게, 좁은 구덩이 바닥에 오그리고 눕기 위해, 그토록 먼 길을 걷고, 그토록 많이, 먹고, 자고, 싸고, 아파야 했다. 인정할 수 있는가, 이토록 무의미한 삶을.

겨우, 학점 몇 점과 하체 비만과 내일 입을 옷 때문에 고민했던 일, 사소한 말 한마디에 상처받고 불면에 시달렸던 일, 혼자서만 사랑해서 자존심 상했던 일, 자신을 이해하지 못하는 누군가를 오랫동안 증오했던 일, 가난했던 게 부끄러웠고 그런 자신이 혐오스러웠던 일…… 그 모든 일이 무의미한 것과 마찬가지로, 온 세상이, 온 우주가, 압도적으로 무의미하다. 완전하게 불완전한 건축물 역시 마찬가지다. 이제 와서 그런 게 다 무슨 소용인가, 구덩이 속에서 홀로 죽어가는 자에게, 유효한 일이 있을 수 있는가?

그렇게 물었을 때, 빛의 급습. 구덩이 속에 불이 켜졌다. 사흘 만에, 해가 떴다.

태양이 지하로 내려온다, 그 순간.

죽어가던 나무가 초록의 불길로 타오른다, 그 순간.

초록이란 언어 코드가 걸러내는 노이즈 전체를 향해, 붕괴된 몸이 반응했다, 그 순간. 관능적이라고 해도 좋을 전류가, 몸 전체를 관통하며 흐르는 걸 느꼈다.

그녀의 날숨CO_2이 사이보그 전나무의 들숨이 되고, 사이보그 전나무의 날숨O_2이 그녀의 들숨이 되는 교환의 리듬이, 절단 불가능한 연속체의 폴리리듬으로 변해간다: 몸의 녹화, 얼굴의 녹화: 초록-사이보그.

탈진한 몸들이, 감각의 과부하 상태에서 경계를 넘어 흐르고, 초록 안에서, 초록이 되어, 초록과 함께 움직일 때, 기묘한 식물성 기쁨이 감전의 느낌으로 밀려왔다.

빛을 인식하고 기쁨으로 떠는, 파이토크롬, 크립토크롬 분자들; 몸을 구성하는 원소들이 변환되고, 새로운 분자들($C_6H_{12}O_6$)이 생성

한다: 정오의 광합성: 자립의 화학, 변신의 연금술.

초록-사이보그는 그 순간, 시민의 불안과 공포, 난민의 분노와 절망을 내려놓고, 완전하게 불완전한 건축물을 비로소 이해했다: 논리적 구조물, 윤리적 구조물…… 그리고 초록이 아름답다.

음악이 연주되기 시작한 것은 바로 그때였다.

익숙한 멜로디의 환청이, 이명처럼 들려와서, 가늘게 눈을 떴다. 귀로만 들은 것이 아니다. 노래는, 수액의 단맛과 잡풀의 쓴맛과 머루의 신맛과 붉나무의 짠맛으로 와서, 혀끝에 남아 꼬리를 물고 반복되는 흙탕물의 복잡한 맛이 되고, 추상적인 고향의 이미지를 품고 있는 흙냄새가 되고, 거칠고 구불텅하면서도 위안을 주는 식물성 질감의 총체 같은 것이 되어, 울려 퍼졌다.

이 노래를 알고 있다, 이 모든 고통이 지나가고, 결국은 흙이 되고, 물이 되고, 불이 되고, 바람이 될 거라고 속삭이는 노래.

누가, 노래하는가?

원주민만이, 노래할 수 있다: 낯선 곳을 고향으로 만드는 데 노래만 한 게 없지……

너의 하늘이 무너진 곳, 그곳, 너의 땅이 꺼진 곳, 그곳, 그 낯선 무덤에서 노래할 수 있겠는가?

그녀는 입을 다문 채, 환청의 멜로디를 흉내 내기 시작했다, 탈진 상태의 몸에 남아 있는 에너지를 전부, 함부로 끌어와서.

콧노래를, 시작했다.

허밍은 내이(內耳)로 직접 가고, 두개골과 척추를 진동시킨다: ……신경을 따라 음악의 전류가 흐르고, …… 순환-몸 생성기, 도관-몸 증폭기, 근육-몸 조율기, ……피부가 사운드스케이프로 팽창하기 시작한다: 노래를 던지는 게 아니라, 노래가 되어 던져지는 느낌.

사운드스케이프가 진한 초록의 액체처럼 구덩이를 채우고, 모래 지층 너머로 범람한다.

음악이, 구원이었다.

그녀가 들었던 노래는, 환청이 아니었다.

네모난 하늘에, 낯선 행성들처럼, 얼굴들이 나타났다.

워킹 시티가 그곳을 지나가고 있었다.

17장

두 사람이, 서로 다른 곳에서, 주역 점을 치고 있었다. 산가지와 컴퓨터로.

박인호는 문화재연구소 보존과학실에 있었고, 이철민은 영남 알프스의 워킹 시티 홀에 있었다.

강원도에서의 마지막 날 아침, 박인호는 재난폐쇄구역 해변에서, 흐릿한 감각의 지도로만 남은 한 여자를 추억했다. 여자는 예고했던 대로, 떠났다. 누군가를 만나고, 울고, 웃고…… 하지만, 마지막에는 누구나, 언제나, 밤을 새우고, 해가 뜨지 않는 해변에 혼자 서 있어야 한다. 그것은 새로운 일이 아니었다. 그는 언제나, 파라솔 하우스의 기둥처럼, 서 있었을 뿐이다. 여자들은 갑자기 나타나서, 기둥 둘레를 몇 차례 돌다가는, 갑자기 떠났다. 그러나, 몇 차례 겪었다 해서 슬프지 않은 것도 아니고, '기둥'이라 해서 아프지 않은 것도 아니다. 그래도 여자는, 남자를, '외향적이며 화제가 풍부하고 웃음소리가 멋진 사람'으로 기억했다. 하지만 그 시기도 끝나고 있었다. 갑자기, 하늘이 바다처럼 일렁거리기 시작했다. 때마침 모래바람이 불어주었다: 이 눈물은 모래 때문이다……

이제 어디로 갈 것인가?

두 사람이, 강원도에서의 마지막 날 아침, 서로 다른 곳에서, 동시에 물었다.

북쪽에는 낙산사가 있고, 서쪽에는 문화재연구소가 있었다.

동쪽은 바다였고, 남쪽은 황무지였다.

한 사람은 서쪽으로 갔고, 다른 한 사람은 남쪽으로 갔다.

이철민은 전각-둥지 아래에서, 다시 걷기 시작했다. 목적지가 있는 건 아니었다. 한 걸음 걷고 멈춰서도 좋고, 한 걸음 더 나가도 좋은, 그런 걷기였다. 절망과 분노와 환멸과 치욕은, 여전히, 내장들 사이에 남아 있었다. 그러나, 그것이 발걸음을 흔들어놓지는 못했다. 고통을 안고, 쓰다듬고, 어르면서 걸었다. 절망과 분노와 환멸과 치욕을 도려내려고, 메스를 들이대는 게 아니라, 그 고통이, 내장의 일부로서, 없는 듯이 있는 몸을 조립하기 위해 걸었다. 재난을 내면화한다는 식의 이야기가 아니다, '재난을 겪는 자' 같은 건 존재하지 않는 것이다, 오직 몸이 있을 뿐. 하늘과 땅과 이재민들의 고통이 느껴지는 폐허를 가로지르던 어느 순간, 해가 지고, 도시 실루엣이 나타났다. 실루엣은 움직이고 있었다. 워킹시티-벨트의 오아시스-슬럼. 때에 절고 불에 그슬린 듯 시커먼 아이가 고구마를 파는 곳: 뜨거운 모래에 넣고 삶아서 맛이 달라요……

대재난 이후, 문화재연구소에는 일들이 넘쳐났다. 소장은 그대로였지만, 예전의 큐레이터는 그 역량을 인정받아, 문화재 관련 고위 공직자로 자리를 옮겼다. 그것이, 세상이 돌아가는 방식이었다. 박인호는 묵묵히 자기 일을 했다. 오늘의 작업은, 산산조각 난 철검(鐵劍)을 복원하는 일이었다. 수지함침(樹脂含浸) 등의 화학처리가 끝난 파편들을, 마치 자기 삶의 조각들을 짜 맞추듯, 조립해 나갔다. 사라져버린 퍼즐 조각은, 합성수지로 제작해 끼워 넣었다. 복원은 예전 상태로 돌아가는 일이 아니며, 그럴 수도 없었다. 그 복원 행위가 바로, 낙산사를 짓는 행위였다: 노동행선(勞動行禪). 양양 낙산사 복원현장으로 가지 않은 이유는, 아이러니컬하게도, 낙산사를 짓기 위해서였다. 그는 자기만의 실험을 감행하고 있었다: 몸-낙산사 시뮬레이션의 합장이나 반배 같은, 신성한 행위의 유비에 기대지 않고, 신산한 노동행위 총체가, 낙산사-시공간을 내어놓는 일이 될 수는 없을까?

이철민이 도착한 워킹 시티는, 테크노폴리스 방화 사건으로 초토화된 도시였다. 지도부는 모두 검거되었고, 남편이나 자식을 잃은 여자들은 몸져누웠고, 청년들은 헛되이 범죄 집단이나 쫓아다니고, 아이들은 영양실조에 시달렸다. 이철민은 그곳에서, 네트 접속 기반을 구축하는 일부터 시작했다. 물론, 쉽지 않았다. 하지만 피로와 허무가 밀려올 때마다, 존재 자체가 테러이자 예술인, 테러리스트-아티스트, 미얀마나 티베트의 승려들을 생각했다. 재난으로 상처 입지 않았다 해서, 그것으로 끝나는 게 아니었다. 그들은 여전히 재난과 싸우고 있었다, 다만, 원한에 사로잡히지 않고, 세상에 재난을 야기하는 조건들을 바꾸기 위해 싸우고 있었다, 그것이 핵심이었다 —— 트라우마 없이 싸우기; 운명에 대한 증오 없이, 운명과 싸우기; 그 역설적인 사랑의 형식. 그런 게 바로 '기도'지. 이재민 대피소에서 만난 거구의 사내는 기도에 관해 말한 적이 있었다. 이철민이 워킹 시티에 머물기로 한 이유는, 아이러니컬하게도, 어디에도 머물지 않기 위해서였다. 그는 자기만의 실험을 감행하고 있었다: 조립식 낙산사의 집합적 에이전트들처럼, 워킹 시티들이 단일한 중심 없이, 고유의 리듬에 따라 움직이면서도, 낙산사-몸을 함께 조립할 수는 없을까?

정착한 자와 떠도는 자는, 서로 다른 곳에서, 같은 실험을 감행하고 있었다: 낙산사-실험; 낙산사-다이어그램과 낙산사-프로그램을 구축하는 실험; 한 사람은 '총체적 낙산사'를 꿈꾸고 있었고, 다른 한 사람은 '집합적 낙산사'를 꿈꾸고 있었다.

삶은, 몸들의 움직임들의 집합, 그 이상도 이하도 아니었다. 그 움직임들이 바로, '움직이는 자'를 만든다. 그 움직임 하나하나가, 낙산사를 짓는 일이 될 수는 없을까? 박인호는, 산가지를 분배하는 자신의 움직임에 집중하며 중얼거렸다. 노동이 교환가치를 넘어, 참선(參禪)이며, 유희가 될 수는 없을까? 그래서, 먹고, 자고, 싸고, 아프다가, 죽는 일이 그대로, 하나의 낙산사, 그 자체가 될 수는 없을까? 그는, 그런 포괄적 낙산사를 짓고, 그 낙산사가 하늘을 지붕으로 삼고 바다를 마당으로 삼아 퍼져 나가게 하고 싶었다. 아마도 그때, 일상은 여전히 그대로인 채로, 완전히 변해 있을 것이다: 주어지는 일상에서, 도달하는 일상으로. 붓다 역시, 먹고, 자고, 싸고, 아프다가, 죽었다. 일설에 의하면, 붓다 나이 80세에, 상한 돼지고기를 먹고, 식중독으로 죽었다. 그러나, 거기에 재난은 없었다. 중중무진법계, 총체적 낙산사의 원주민에게, 일어나는 모든 일은 일상, 그 자체였을 것이다.

워킹 시티는 비천하고, 남루하며, 결코 대안이 될 수 없었다. 이철민 역시, 잘 알고 있었다. 워킹 시티에 산다는 것은, 불과 모래의 황무지에서, 불과 모래의 황무지로 이동하며, 고단하고, 위험한 삶을 산다는 것이었다. 다만, 워킹 시티는 이중의 시공간에 존재했다. 먹고 살기 위해 자본-논리시스템에 접속할 수밖에 없지만, 워킹 시티 자체는, 공유와 분배에 관한 다른 논리시스템에 따라 작동하고 있었다. 이철민은 가능성의 시공간에서, 자신이 할 수 있는 일을 찾아봤고, 그 일을 시작했다. '제국'의 네트에 접속할 수 있게 된 이후, 그는 그 안에서, 여기, 저기, 쑤시고 다녔다. **불타는 고딕체들**에게 원조를 요청하고, 긍정적인 답변을 받아내기도 했다; 이철민은, 그들이 원하는 '시뮬레이션 테크네'를 갖고 있었다. 며칠 전에는, 정부 보조금 채무에 대해 '모라토리엄'을 선언한, 지리산 권 워킹 시티와 접속할 수 있었다. 그들을 통해, 올드홍콩의 스위밍 시티, 중국의 환경난민과 일본의 철거민 워킹 시티들과도 접속할 수 있었다: 하늘을 지붕으로 삼고 바다를 마당으로 삼는 낙산사-조립체. 그들과 함께 걷기로 했다. 그러나, 그런 것들 이상으로 중요한 것은, 워킹 시티 역시 변해야만 한다는 것이었다. 워킹 시티 네트워크는 집합적 낙산사, 기도의 네트워크여야 하는 것이다.

그래도 여전히 허전해서, 한 사람은 산가지를 돌리고, 다른 한 사람은 주역프로그램을 돌린다.

박인호가 돌아온 것은 결코, 확실한 뭔가를 얻었기 때문이 아니었다.

이철민이 떠도는 것은 결코, 확실한 뭔가를 구하기 때문이 아니었다.

박인호가, 거대한 깨달음에 대한 소문을 못 들은 건 아니지만, 하근기 인간이 얻을 수 있는 건, 그저 작은 깨달음에 불과하다는 것역시 잘 알고 있었다. 한순간, 뭔가를 깨달아, 태양 너머로 발사되지만, 곧이어 배반의 시간이 오고, 자신이 얻은 게 전혀 다른 어떤것이 되어버리는 걸, 고통 속에서 지켜봐야만 하는 것이다. 문제는, 그 절망의 심연을 가로지르며 다시, 발사를 준비할 때였다. 삶 자체는 예정되어 있고, 예정되어 있는 것은 이미, 항상, 일어났던 것이다: 먹고, 자고, 싸고, 아프다가, 죽는다…… 하지만 예정되어 있기에, 역설적으로, 자유라는 개념도 성립될 수 있었다. 산다는 것은, 단순한 '삶 자체'를 사는 게 아니고, 복잡한 '하나의 삶'을 사는것이었다. 그리고 '하나의 삶'에서 '삶 자체'가 나오는 것이지, 그반대는 아니었다. 길은 정해져 있지만, 그 길을 가는 자유는 무한하다. 해탈은 아마도, 복잡한 하나의 삶을 철저하게 살아내고, 그 복잡성의 극한에서 얻는, 삶 자체의 단순성일 것이다. 깨달음은 하나이면서도 하나가 아니며, 중생의 수만큼 있다는 말을, 박인호는 믿었다.

이철민은 주역프로그램이 돌아가는 동안, 반복해서 중얼거렸다:발사되고, 작렬하고, 추락하고, 또, 발사되고, 작렬하고, 추락하고,

또…… 그는 여전히 왼팔의 통증 없는 통증, 고통을 느끼지 못하는 고통에 시달리고 있었다. 감각을 상실하고 나서야 비로소, 통증이 존재의 좌표이기도 하다는 걸 알았다. 다시 아플 수 있을까, 다시 고통스러울 수 있을까? 그렇게 중얼거리자, 코끝이 시려오고, 뜨거운 게 올라왔다. 아직도 멀었다, 재난을 일상으로 봉합할 수 있는 자들만이, 기도하듯 싸울 수 있고, 기도하듯 움직일 수 있는 자들만이, 평상심을 유지할 수 있다. 그러나, 선형적 인과율의 평면에서 그 선후 관계를 따지기 시작하면, 링반데룽에 빠진다. 그것은, 몸 그 자체인 인간이, 자기 몸에서 떨어져 나와, 삶을 관찰할 때의 관점에 불과했다. 그래서 유식(唯識)의 무한퇴행을 끊는 원효의 역설적 일심(一心)에 관해, 다시 고민하기 시작했다. 그리고 지금-여기에서, 메타-재난-시뮬레이션과 완전하게 불완전한 건축물의 토대인, 먹고, 자고, 싸는 일에 집중하려고 애쓴다. 삶 자체는 예정되어 있고, 예정되어 있는 것은 이미, 항상, 일어났던 것이다. 그러나, 스킨스케이프 자체가 한순간의 건축물을 결정하진 않았다. 스킨스케이프 건축물은, 매순간, 태양과 파도와 바람과 돌멩이와 더불어 생성하는 것이었다.

물론, 나는 결코 도달할 수 없을지도 모른다, 두 사람이, 서로 다른 곳에서, 동시에 중얼거렸다. 하지만 이것이 바로 '나의 삶'이다, 그 누구의 삶도 아닌. 그 누군가에게는, 인생이 아닌 어떤 것처럼 보일지도 모르지만.

그 순간, 두 사람이, 서로 다른 곳에서, 같은 점괘를 얻었다: 화수미제괘(火水未濟卦).

그것은 주역의 마지막 괘, 64번째 괘였다.

미제(未濟) ; 해결된 것은 아무것도 없는 것이다, 그러나……

*

김영희가 머무르는 워킹 시티는, 폐허의 강릉에 49일 동안 정박했다.

워킹 시티는 처음에, 재난폐쇄구역의 모래를 퍼내고, 건축 폐자재나 치우는 일을 했다. 그러다가, '프랙털 경포: 춤추며 발광(發光)하는 카본파이어와 노래하는 선인장들의 오아시스' 작업 때 보여준 팀워크를 인정받아, 다른 용역 오더를 따낼 수 있었다.

랜드스케이프 공단의 비즈니스 파크는, 직사각형의 기하학적 공단 중앙에, 타원형의 네오 픽처레스크 식 공원을 조성하는 일이었다. 워킹 시티는 나무를 심을 줄 알았고, 경관-모듈들을 오차 없이 배치하는 일도 탁월하게 해냈다. 그 이후 테크노폴리스-숲 프로젝트의 섹터 일부를 전담하는 방식으로, 용역 계약을 체결할 수 있었다. 워킹 시티는 '나무 심는 도시'가 되어, 강릉-백지 위에 초록의 궤적을 그려나갔다. 그 궤적은, 워킹 시티가 걸어가며 변신한 흔적이기도 했다.

부활하는 식물성 등대로의 컨셉트는, 사행하는 보행로에 속도감을 도입하는 것이었다. 사이보그-전나무 기둥들은, 해변으로 나아갈수록 간격이 좁아지고, 높이도 낮아지고, 밝기도 달라졌다. 그 리듬에 맞춰, 포장재 패턴의 리듬도 비바체에서 안단테로 변해갔다. 워킹 시티는, 풍경의 속도에 맞춰, 분절된 리니어 시티 형태로 달리다가, 해변에 도착하는 순간, 클러스터 시티로 변신했다.

테크노폴리스-숲 속에는 오픈 스페이스들이 조성되고, 테마 포켓 파크들이 들어설 예정이었다. 바다-정원에는, 파도 소리와 함께 수막 스크린이 설치되고, 물고기 형태의 나무들이 배치되는 식이었고, 쇼핑센터 근처 거실-정원에는, 스트리트 퍼니처들과 지피식물들의 카펫, 열대성 덩굴 식재에 의한 식물성 벽이 세워지는 식이었다. 워킹 시티는 무성생식하는 생물처럼 분열해서, 숲 전체로 흩어졌고, 독자적으로 생존하며 경관-모듈들을 설치한 뒤, 구(舊)용강동 그리드에서 군체생물처럼 합체했다.

예전의 용강동과 교동 일부가 합쳐진 그리드에는, 자연과 인공이 이음매 없이 연결되는, 풍경 실험이 예정되어 있었다. 시청과 근처 주상복합건물들이 하나의 외피로 통합되고, 특히, 계단식 화단으로 변한 시청 건물의 벽면은, 초록의 스펙트럼을 따라, 테크노폴리스-숲의 일부로 녹아들 것이었다. 랜드스케이프 건축물에 도킹한 워킹 시티는, 테크노폴리스와 시뮬레이션 시티 사이의 복합 도시, 인공과 자연의 경계에 존재하는 사이보그 시티처럼 작동했다. 워킹 시티는 건물의 광케이블과 대지 지맥에 동시 접속했고, 건축과 대지가 하나의 판으로 통합되어 접혀 있는, 사이보그 배아의 발생학적 프로그램에 따라 수시로 변신했다.

테크노폴리스-숲은 또한, 남대천으로 들어가 물속에서도 자라고, 대지 위로 올라가 공중에서도 자랄 예정이었다.

발광다이오드-맹그로브의 수상정원: 남대천 일부 구간을 뒤덮은 투명 플라스틱판은, 빙어 낚시를 하려고 여기저기 구멍을 뚫어놓은 얼음판 같았다. 사람들은 이제 남대천 수면 위로 나와, 산책할 수 있게 될 것이다. 태국산 맹그로브-모듈들은, 닻 역할을 하는 수중용 화분에 담겨 있었다. 워킹 시티 사람들은, 구멍마다 사이보그 맹그로브를 심고, 열대성 덩굴-로프로 고정시키는 일을 했다. 그때의 워킹 시티는, 플로팅 시티였다.

전 지구적 아열대림 순환로: 강릉 서쪽 함몰지구는, 매립지로 활용되고, 폐허-공원으로 꾸며질 예정이었다. 그 함몰지구-매립지 상공에, 메가스트럭처와 슈퍼스트럭처의 인공지층이 띄워졌다. 주거-도로 복합체의 고속도로와 공항, 강릉-정사각형 레벨의 도로가 연결되는 공중 터널이자, 레저 섹터의 오픈 스테이지로, 백두대간과 동해를 모두 끌어당기는, 하늘정원이 예정된 곳이기도 했다. 마스터플랜에 따르면, 그곳 산책로에는, 아열대림을 따라 지구를 한 바퀴 도는, 식물적 콜라주가 설치될 예정이었다. 워킹 시티는 공중으로 올라가, 1평방 킬로미터에 달하는 인공지층 정비 사업에 참여했다. 그때의 워킹 시티는, 스카이 시티였다.

그러나, 이 무정형 도시의 진정한 변신은 다른 데 있었다. 강릉-정사각형을 떠나는 워킹 시티는, 낙산사가 있는 도시이기도 했다.

19장

　김영희는 불과 모래의 정원에서, 이재민들의 기념비, 조립식 낙산사를 보고 있었다.

　불과 모래의 정원은, 붕괴된 대학을 레클러메이션 아트의 중심 구조체로 삼고, 이재민들의 흔적을 보존해 조성 중인, 폐허-공원이었다. 그곳에 가면 낙산사-3단로켓이 있다고, 폐허의 남자는 말했다. 과연, 있었다.

　김영희는 오후 늦게 워킹 시티에서 나와, 일명 '흐느끼는 자작나무'로 통하는 나무들이 통곡을 시각화하고 있는, 함몰지구-매립지의 경계를 따라 갔다. 헬기에서 투하된 야생화 종자-캡슐들이, 뿌리를 내리지 못하고, 여기저기에서 밟히거나 차였다. 씨앗들을 아프게 하지 않으려고, 발밑을 살피며 걸었다.

　대학 정문이, 산문(山門)에 해당했다. 산문 너머, 가람의 영토에 있는 것은, 하늘이 무너질 때, 그때, 땅이 꺼질 때, 그때, 동결된 기억이었다. 그녀는, 부식된 철제 구조물, 허물어져 실내가 노출된 건물들 사이로, 느리게 걸었다. 건물 내부 천장에 부착된 열대 덩굴 식물들이, 갈색 버티컬처럼 늘어져, 거대한 두족류의 다리처럼 흐느적거렸다. 콘크리트 표면에 줄무늬 형태로 이식된 이끼들은, 콜로니 형태로 합쳐지며, 폭발적으로 증식하고 있었다. 풍경 여기저기에, 푸른곰팡이가 핀 것 같았다.

조립식 낙산사는, 불과 모래의 정원 안에 있는 모뉴먼트 가든, 포스트-포스트모던 사막 속으로 가라앉고 있는 중이었다. 모래-밀물 시간이었다. 책상과 걸상과 도서관 비품들의 조립물은, 썩고 부서진 그대로 광택 보존 처리되어, 희미하게 일몰의 빛을 머금고 있었다.

도달한 곳은 결국, 떠나왔던 곳이다: 낙산사-폐허.

아주 먼 길을 걸어서, 부서진 낙산사로 귀환하였다. 낙산사는 과연, '하늘을 지붕으로 삼고 바다를 마당으로 삼아,' 세계 전체로 퍼져 나가 있었다. 그리고, 낙산사를 무너뜨린 지진은 여전히 그녀 내부에 살아 있었다.

날이 어두워지면서, 모래의 파도가 거세지고, 불그스름한 모래 먼지가 비말처럼 피어오른다. 가라앉으며 퇴색하는 낙산사를 망연히 응시하는 동안, 기억-폭탄이 터지고, 시공간이 일그러지기 시작했다.

눈을 감고, 지난날의 격변을 생각한다.

아직, 있다 —— 함몰지구가 있는 기하학적 폐허의 진동.

폭발후폭풍에 가위눌린 시공간에서, 몸 안팎의 폐허가 뒤섞이기 시작한다.

*

그것은 공학적 리바이벌이었다.

강릉 랜드스케이프 건축물의 발생학적 프로그램이 작동하면서, 도시-몸의 새로운 형태가 드러나기 시작했다: 건물과 대지의 디지타이저된 신경-몸, 인프라스트럭처의 도관-몸과 순환-몸, 지형과 결합된 메가스트럭처와 슈퍼스트럭처의 골격-몸과 근육-몸, 네오픽처레스크와 표현주의적 추상의 문신이 새겨지는 피부-몸.

김영희가 머무르는 워킹 시티는, 발생학적 프로그램의 풍경-생성기로 외삽되었다. 그러나, 그녀는 탈진 상태에서 회복될 때까지, 아무 일도 할 수 없었다. 내장을 다치거나 뼈가 부러지는 증상은 없었지만, 기력을 회복하는 데는 상당한 시간이 걸렸다. 그동안, 워킹 시티 홀 트럭을 지키며 낙산사를 생각했다: 양양에 가볼 것인가?

—왜 재난폐쇄구역으로 들어갔는가?

—거기 가보면, 왜 가야 하는지 알게 될 거 같아서.

워킹 시티의 시장, 60대 후반의 나이가 믿기지 않을 정도로 정정한 노파는, 말문이 막히자, 조각칼로 깎은 헤어스타일을 놀렸다: 그런 곳에 함부로 들어가고 그러니까, 머리가 그 모양이지, 미친 까치집 같애.

폐허의 남자 이야기는 아무에게도 하지 않았다. 재난폐쇄구역의 일이, 급변하는 시공간에서는, 석기시대처럼 아득하게 느껴졌다.

폐허의 남자 역시, 낙산사-신기루 같은 것으로만 남았다.

그래도 양양에 가볼 것인가?

남자가 낙산사에 없다면 실망할 것이다, 그러나 낙산사에 있을까 봐 두려웠다……

그래서 정작, 몸이 회복되었을 때는, 모든 것을 잊고, 나무 심는 일에만 몰두했다.

노동은 힘들고, 공허했다. 몸 여기저기에, 부상을 입기도 했다. 테마 포켓파크의 장미원에서는, 가시에 찔리거나 긁혔고, 시청 동쪽 벽면에 수평으로 자라는 나무를 고정시킬 때는, 등 간격 스트라이프 패턴의 잔디밭을 보며 걷다가, 기울어지는 나무에 부딪쳐 타박상을 입기도 했고, 사이보그 맹그로브를 심던 남대천에서는, 익사할 뻔하기도 했다.

복원되는 풍경은 분명히 아름다웠으나, 그녀는 언제나 통증 속에서 풍경을 응시했고, 그래서 그 이면에 숨어 있는 찰과상이나 타박상 같은 걸 감지하곤 했다. 어디가, 어떻다고, 정확히 지적할 수는 없었지만, 풍경은 구겨지거나 일그러져 있고, 익사의 불안 같은 걸 내포하고 있었다.

랜드스케이프 공단의 '비즈니스 파크'는, 풍경의 핵심에 해당하는 뭔가를 상징했다. 그림 같은 인공림은, 자본과 권력의 이미지를 네오 픽처레스크 식 풍경과 연계해, 유토피아적 이미지로 조작하는 랜드스케이프-미디어로 작동했다. 그것은 역사적으로 실존했던 그 어떤 숲과도 달랐고, 오직, 가상의 메시지를 전달하기 위해 시뮬레이션된 숲과 같은 것이었다. 테크노폴리스-숲 전체가 그런 식으로,

수사학적 자연, 쇼윈도의 풍경-디스플레이와 다르지 않았다. 거기에는, '초록'이 없었다.

워킹 시티 아이들의 얼굴을 보고 있으면, 참혹한 뭔가가 떠오를 때가 있었다. 가난 속에서 단련된 아이들은 참을성이 강하고, 어떤 경지에 이른 노인들 같았다. 보통 아이들처럼 떼를 쓰고 칭얼거렸다면, 정말로 귀찮았겠지만, 마음은 더 편했을 것이다. 그렇다, 아름다운 테크노폴리스는 너희들의 도시가 될 수 없다……

매스미디어는 연일 복구되는 재난 현장을 보여주며, 그들만의 축제를 벌이고 있었다. 하지만, 거대한 슈퍼슬럼들이나 두 배로 불어난 워킹 시티들에 대해서는 침묵했다. 테크노폴리스는 마치, 슈퍼슬럼과 워킹 시티를 구획하기 위해, 존재하는 것처럼 보였다.

세계는 성숙하는 게 아니라 그저 교체되고 있었다. 그리고, 교체는 링반데룽의 형식에 불과했다: 불이 온다, 예정된 미래를 바꿀 수 있는가?

구(舊)옥천동과 성남동 그리드를 가로지르는 발광다이오드-맹그로브의 수상정원에서, 김영희는 물과 불이 화수미제괘처럼 뒤섞이는, 오래된 미래의 풍경에 사로잡혔다: 예정된 미래의 불타는 맹그로브들. 김영희는 수평으로 흐르는 남대천에서 수직으로 일어서는 불나무를 상상하다가, 플라스틱 판의 구멍으로 미끄러졌다. 이 세상에는, 그리고 이 삶에는, 얼마나 많은 구멍들이 존재하는 것인가?

그녀는 물속에서 허우적거리다가 올라와, 쓴물을 토하면서 생각했다: 예정된 문장은, 예정된 그대로, 한 획도 어긋나지 않고 씌어질 것이다……

길은 정해져 있었다: 먹고, 자고, 싸고, 아프다가, 죽는다. 문제
는, 그 길을 걷는 것이었다. 화엄일승법계도-미로는, 단선순환미로
였다. 그 길만 가면, 깨달음에 이른다고 했다. 문제는 그때도, 그
길을 걷는 것이었다. 그러므로 지도는 의미가 없었다, 길이 하나밖
에 없는 단선미로에서, 길이 휘어지며 돌아오는 순환미로에서.

차라리 기상도 같은 게 필요하다고 생각한 것은, 스카이 시티에
서, 새로운 계약 체결 소식을 들었을 때였다. 그 무렵, 오대산 권의
산사태 감지시스템 디지털 작업이 완료되었고, 워킹 시티가 그 녹
화사업의 일부를 담당하게 되었다. 김영희는, 하늘정원의 콘크리트
박스에 형광 액체 기둥 장식물을 부착하다가, 워킹 시티의 지도에
관해 상상해보았다.

그러나, 상상하기 힘들었다. 걸어가면서 해체되고, 조립되는, 무
정형 도시에, 지도 같은 게 존재할 리 없었다. 워킹 시티의 지도는
오히려, 워킹 시티의 외부를 정교하게 그려나갔을 때, 사후적으로
결정될 수 있었다 —— 몸을 그리는 게 아니라, 시공간을 그려나갔을
때, 그 만곡이 그대로 몸의 경계가 되는 식으로. 그리고, 그 경계는
고정된 실선이 아니었다.

워킹 시티의 진로 역시, 지도라기보다, 기상도 같은 것에 의해 결
정되고 있었다: 한반도 대지역 기후에서, 강릉 지역 기후와 동네 지
형 기후, 주변 경관의 소기후와 나뭇잎 표면의 접지층 기후에 이르
기까지; 시대적 대기권 같은 기후 요소들에서, 정치적 · 사회적 · 문
화적 기단이나, 등압선의 분포와 전선들 같은 천후 요소들, 일상적

인 기상 요소들에 이르기까지.

워킹 시티의 마지막 변신은, 술과 노래의 이벤트 시티가 되는 것이었다.

강릉 생활의 마지막 이틀은, 잔치로 마무리되었다.

김영희는 잠든 이벤트 시티에서 나와, 하늘로 상승하는 나선형 도로를 따라 올라갔다.

내일모레 떠난다. 워킹 시티와 함께 갈 것인가?

공중의 인공지층은, 보름달 아래에서, 거대한 공중무대처럼 보였다: '하늘의 낙산사'를 위한 표현주의적 추상의 스테이지. 수십 미터 아래 있는 워킹 시티의 보안등들이, 현기증을 유발했다. 이벤트 시티가 세워진 곳은, 강릉의 잔해들이 매장되고 있는 도시-무덤가였다. 하늘에서 보면, 조립식 낙산사가 있는 불과 모래의 정원은, 이벤트 시티에서 겨우 한 뼘 거리였다. 낙산사-이온이 달밤의 대기 속에 용해되어 있었다, 느낄 수 있었다.

반배로 부동자세를 깨뜨리자, 시공간도 갈라졌다. 몸의 무게중심점이 이동하며 부지를 구획하고, 동작선들이 벽과 천장의 형태를 구축하기 시작했다. 그것은, 몸-시공간에서 건축되는 낙산사이면서, 낙산사-시공간에서 조각되는 몸이기도 했다: 몸-낙산사.

구덩이에서 구조되어 워킹 시티로 들어온 뒤, 얼마나 회복되었나 보려고 아침마다 몸을 움직이곤 했는데, 그 무의식적인 동작들은, 몸-낙산사 시뮬레이션 동작들의 어설픈 캐리커처들로 구성되어 있었다. 탈진한 몸-낙산사는, 흐리고 모호하며, 어딘가 미친 데가 있고, 피를 흘리는 느낌이었다. 하지만 몸이 회복되는 정도에 따라, 몸-낙산사의 경계와 형태 역시 변해갔다. 거기에는, 무용/동작 치유 효과 같은 것이 있었다. 몸과 낙산사는 서로의 회복을 도왔다: 몸-시공간이 낙산사화되고, 낙산사-시공간이 몸화되는 되먹임 고리.

언제부터인가, 워킹 시티 아이들이, 그녀를 따라하기 시작했다: 낙산사-놀이. 그것은 그로테스크하고 아라베스크한 풍경이었다: 워킹 시티의 프랙털 낙산사들. 그러나 동일한 동작을 취할 때조차 도 그 리듬은 모두 다르고, 백번을 반복해도 똑같은 리바이벌은 없 었다. 그 리듬들이 상호 교차하고, 상호 조율되면서, 또 하나의 낙 산사-리듬으로 성장하고, 워킹 시티의 낙산사는 날마다, 조금씩, 진화해갔다.

워킹 시티와 함께 갈 것인가?

그녀는 잠시 멈춰 서서 물었다.

길은 정해져 있었다, 그러나 걷지 않으면 길도 없었다. 기상도를 읽는다는 건, 하늘과 땅과 대기의 맥락에 따라 변신하는 것, 마주치 는 우연/운명 속에서 기꺼이 재조립되며, 항해와 정박의 조건들을 창안하는 것, 길 위에서도 집을 짓고, 단선미로와 순환미로의 원주 민으로서, 먹고, 자고, 싸고, 아프면서, 나아가는 것…… 그 모든 것을 의미했다.

다시, 움직이기 시작했다.

즉흥적인 건축학적 산책: 동작들은 더 이상, 몸-낙산사 시뮬레이 션의 코드화된 동작들을 모방하지 않았다; 코드와 패턴을 깨뜨리면 서 동시에, 코드와 패턴을 구성하는, 즉흥무용이나 즉흥음악과도 같았다.

그녀는 공중의 인공지층에서, 자신의 삶 그 자체인, 몸-낙산사의 건축학적 진화사를 써나가기 시작했다: 죽느냐 사느냐로 분열되어 금이 가고 기울어진 낙산사, 불면의 피로로 흐느적거리고 새벽에 흐느끼는 낙산사, 찰과상과 타박상으로 뒤틀리고 익사의 불안으로 위축된 낙산사…… 하나의 삶 그 자체인 낙산사가, 공중무대에 세워지고 있었다. 이윽고 인공지층이 끝나고 허공이 펼쳐졌다. 몸의 일부가 관성에 의해 튀어나가 계속 허공을 걸어갔다, 그 순간.

하늘과 땅과 대기의 원주민의 정보-몸; 극한의 공중-가변-거대 구조물이 불완전하게 붕괴되고, 동시에 완전하게 설립된다: '건축학적 변신.'

김영희는 자신의 작은 몸이, 낙산사 안에서, 낙산사가 되어, 낙산사와 함께, 조금씩 회복되어 가는 걸 느꼈다.

*

한 걸음.

또, 한 걸음.

김영희는 조립식 낙산사로 들어간다.

산을 넘고, 바다를 건너서 왔다: 수미산 입구; 일주문은 현판도 없고, 왼쪽으로 기운 평행사변형이었다. 그 앞에서 두 손을 천천히 합하여 틈이 없도록 만들고, 반배한다.

카운트다운이, 시작되었다.

세 개의 인터페이스: 수미산과 24개의 하늘을 절합하는 일주문과 천왕문과 불이문은, 대략 30미터 간격으로 늘어서 있었다.

천왕문은 조잡하였다: 기둥은 비뚤비뚤했고, 도자기와 플라스틱 용기와 목제 걸상의 조립물이, 사천왕상에 해당했다.

불이문은 허술하였다: 지붕의 일부가 날아갔고, 높이가 다른 두 개의 기둥으로만 남았다.

그러나, 낙산사는 부동의 실체로서 존재하는 게 아니며, 몸과 더불어서 일어나고, 몸과 더불어서 스러질 뿐이었다. 반배로 삼배하고, 인터페이스를 통과할 때마다, 조잡하고 허술한 문들은, 시공간의 전이를 일으키는 게이트-웨이가 되었고, 피라미드 형태로 쌓은 책상과 걸상 둘레를 시계 방향으로 세 번 돌며 기도할 때, 정크 스페이스는, 하늘 위의 하늘로 현현하였다. 김영희는 오직 커뮤니케이션을 유지하는 일에만 집중했다: 몸-낙산사와 낙산사-몸의 음악적 커뮤니케이션; 몸-시공간과 낙산사-시공간이 상호 교차하며 상호 조율되는 리듬.

원통보전이 보인다, 얼마 남지 않았다. 바로 그 순간, 중력이 변했다.

다 왔다고 생각하는 순간, 좁힐 수 없는 거리가 감지되고, 상처 투성이 몸이 모래의 바다로 잠몰할 듯 무거워졌다. 몸의 흐름을 방해하는 감정이, 피로물질의 형태로 출현했다.

그녀는 사실 불교도였던 적이 없으며, 아마 앞으로도 그럴 것 같지만, ……이지러진 돔 형태의 원통보전 전체를 향해 반배하고, 세

걸음 뒤로 물러나, 오체투지, 세 번의 고두배를 올리고, 다시 두 손을 모으고 세 걸음 나아가 반배한다. 폐허의 남자에게서 배운 그대로였다. 그 의례적인 행위가, 하나의 사실을 더욱 아프게 부각시켰다: 도달하였으나, 그곳에는, 관음이 없었다.

일주문을 경계로 속세를 떠나고, 천왕문과 불이문을 넘어, 하늘 위의 하늘로 상승하였으나, 관음의 영토에 있는 것은 다시, 불과 모래의 속세였다. 잊고 있던 모래가 뺨을 때리고, 하늘의 달이 이지러지고, 조립물들이 비명을 지르기 시작한다. 그녀는, 저 뒤에 버려두고 왔던 속세의 질문과, 그곳에서 다시 조우하였다: 살아도 될 것인가?

하나의 질문이 스마트 폭탄처럼 날아와, 낙산사를 순간적으로 무너뜨렸다.

몸 전체로 퍼지는 피로물질의 독은, 새로운 것이 아니었다. 구덩이에서 구조될 때조차도, 그 기쁨 위에 드리워진 그림자가 있었다: 나는, 난자 밀매꾼이자, 대리모였고, 자궁이 없는 석녀이며, 마카오의 창녀였다. 손가락질하면서 가르쳐주지 않아도 된다, 잘 알고 있으니까, 내가 누구인지. 나는, 가진 것도 없고, 내세울 것도 없고, 잘할 수 있는 것도 없다. 그런 내가, 살아도 될 것인가?

도망칠 곳도, 숨을 곳도 없었다. 이제는 대답해야 하는 것이다.

그러나, 원통보전 둘레를 서성거리기만 할 뿐.

살아도 될 것인가?

아무도 가르쳐주지 않는다: 고요함의 폭력.

질문의 무게로 무너지며, 무릎을 꿇었다. 장궤 자세, 무릎을 꿇되 엉덩이를 붙이지 않고 일어선 그 자세로, 원통보전을 응시한다.

나에게 있는 것은 무엇인가?

뒤틀린 달이 천공을 가로지르고, 달밤에 종자 캡슐들이 뿌리를 내리고, 모래바람이 바다를 건너 이국의 땅에 도달해도, 대답은 찾을 수 없었다. 모래-밀물의 속도가 점점, 빨라지고, 낙산사는 점점, 낮아진다.

장궤 자세를 지탱하던 힘이 다했다, 허물어지기 시작한다.

나에게 있는 것은 무엇인가?

몸의 형태를 지탱하던 댐이 터지고 모래 위로 엎질러지는 순간, 불현듯, 두 개의 무기가 생각났다: 불과 모래의 황무지에 붙어사는 원주민들의 무기.

초맥락적 발견과 함께, 카운트다운이 재개되었다.

붓다 역시 먹고, 자고, 싸고, 아프다가, 죽었다, 불과 모래의 황무지에서; 낙산사 너머에 있는 불과 모래의 속세에서; 원통보전은 종점이 아니었다, 더 가야 했다……

산하대지(山河大地)와 일월성신(日月星辰)이 지켜보는 가운데, 더 가보고 싶습니다, 중얼거리는 순간, 부활하는 사물들, 백두대간이 물 위를 걷고(東山水上行), 남대천이 하늘로 난다: 몸의 논리적 평면에서 작동하는 언어들; 고요함의 폭력이 무정설법으로 교체된다; 흐느끼는 자작나무와 트랜스제닉 종자 캡슐과 콘크리트 파편과 녹슨 철골이 언어도단(言語道斷)의 언어로 말하기 시작한다……

카운트다운이, 끝났다.

극한의 건축, 완전하게 불완전한 낙산사를 생각한다. 피부-몸이 사방팔방으로 기어가고, 근육-몸이 다른 속도로 퍼지며 형태를 암시하고, 골격-몸이 그 형태를 떠받치며 솟아오른다. 순환-몸이 연결하고, 도관-몸이 구획하고, 신경-몸이 무정설법의 시공간 전체로 퍼져 나간다.

낙산사가 일어선다.